毛澂集

（清）毛澂 著
李佳傑 點校

巴蜀書社

圖書在版編目(CIP)數據

毛澂集 / (清)毛澂著;李佳傑點校. —成都:巴蜀書社,2024.5
(巴蜀文叢)
ISBN 978—7—5531—1912—0

Ⅰ.①毛… Ⅱ.①毛… ②李… Ⅲ.①古典詩歌—詩集—中國—清代 Ⅳ.①I222.749

中國國家版本館 CIP 數據核字(2023)第 012619 號

毛 澂 集
MAO CHENG JI

(清)毛澂 著
李佳傑 點校

策　　劃	王群栗
責任編輯	趙安琪
責任印製	谷雨婷　田東洋
出版發行	成都市錦江區三色路 238 號新華之星 A 座 36 樓 總編室電話 (028)86361843 發行科電話 (028)86361852
網　　址	www.bsbook.com
電子郵箱	bashubook@163.com
排　　版	四川勝翔數碼印務設計有限公司
印　　刷	成都國圖廣告印務有限公司
版　　次	2024 年 5 月第 1 版
印　　次	2024 年 5 月第 1 次印刷
成品尺寸	170mm×240mm
印　　張	29.25
字　　數	250 千
書　　號	ISBN 978—7—5531—1912—0
定　　價	148.00 圓

ISBN 978-7-5531-1912-0
9 787553 119120 >

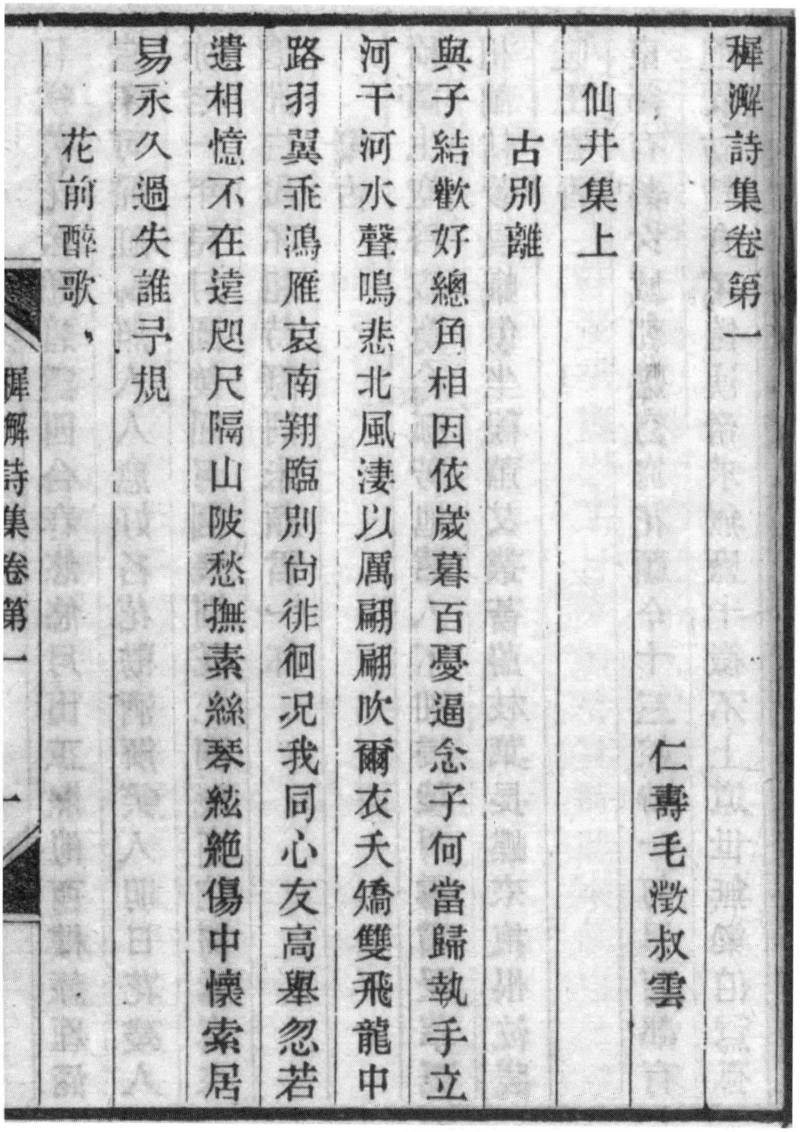
稺澥詩集卷第一

仙井集上　　　　仁壽毛澂叔雲

古別離

與子結歡好總角相因依歲暮百憂逼念子何當歸執手立河干河水聲嗚悲北風淒以厲翩翩吹爾衣夭矯雙飛龍中路羽翼乖鴻雁哀南翔臨別尚徘徊況我同心友高舉忽若遺相憶不在遠咫尺隔山陂愁撫素絲琴絃絕傷中懷索居易永久過失誰寻規

花前醉歌

稺澥詩集卷第一　一

《稺澥詩集》書影 民國十六年尹端成都刻本

懸數幅西風遠水幽人屋夜寒松上秋江
秋扁舟夢裡沙頭宿

○四百卅三中秋園中玩月華歌
夢裏驚逢佛光麗怢底宵陰忽澄霽誰把
千條五色虹蟠作花團擲空際天風裊裊
吹琅玕簫管冷冷仙籟寒東西萬舍一時
靜高掛天邊孤玉盤須臾白雲鋪珈地鎔
銀斬化無聲膩淡茵濃染剗成仰首爭
看桂華墜姮娥姊妹佳節親戲將綠縷纏
冰輪雲窗霧閣一推下室中策隱如花又
琉璃瑩潔愁粘塵瞬遣吳剛鋪錦茵軟綿
厚裏墜不破群仙大嚇呵母嗔青黃紺碧

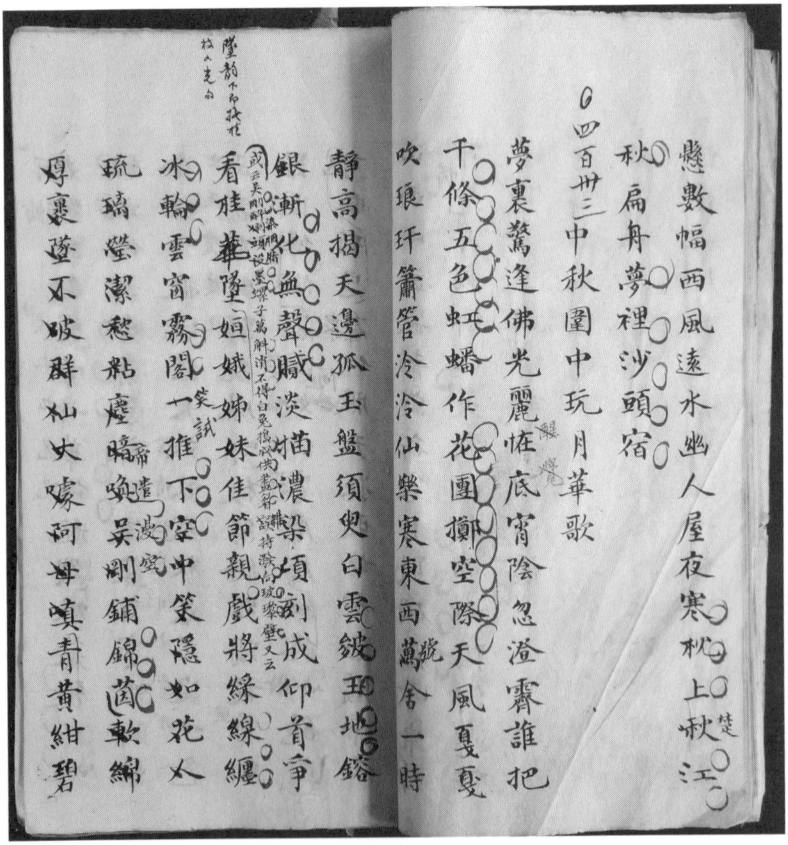

《蜀雲詩草》書影

毛澂像（泰安市西湖公園廉政園立）

和聖墓

序

門生李君佳傑整理其鄉賢清代毛澂詩文集，即將付梓，囑余爲序。

清代是繼唐代、宋代以後古典詩學的第三座高峰，錢牧齋、王漁洋、黄仲則、龔定盦均是出唐入宋、享譽後代的大家。余主持編纂《清人著述總目》，所耳聞目驗之清人詩文集浩如煙海，大部分都亟待整理，其中不乏相當耀眼的璞玉遺珠。除了别集、總集之外，更有大量的清詩散布在方志、家譜與碑刻之中，如何將這些作品打撈匯集，讓它們「重見天日」，發揮價值，我認爲是關心清代文學與鄉邦文獻的學人可以鄭重考慮的事情。

四川是文化大省，歷史上曾經走出司馬相如、揚雄、陳子昂、李白、三蘇父子、虞集、楊慎等大文豪，到了晚清時期，隨着何紹基、張之洞、王闓運等人的提倡，又興起了崇尚實學的風氣。張之洞的《輶軒語》《書目答問》均是在四川學政任上編成的；他在成都尊經書院培養的學生，如楊鋭、廖平、張祥齡等，後來在政壇、學界、文苑都大放異彩。整理這一時期的四川文人的詩文集，很有學術意義。

這部詩文集的作者毛澂，四川仁壽人，誕生於風雨飄摇的晚清，是張之洞在四川選拔的優貢生，其品德與才學都得到了張氏的肯定。他考上進士以後，長期在山東當知縣，雖然沉淪下僚、名聲不顯，卻爲百姓做了不少實事，在某些地方至今還有口皆碑。譬如，現今我們還能看到秦始皇泰山刻石的原件，便得益於毛澂擔任泰安知縣時的保護；我們在泰山上遊玩時，所步行休憩的道路亭臺，很多都是毛澂建造修整過的。他並且還是山東很多州縣新式教育的開創者。毛澂宦途的最後一站是我的家鄉滕縣，儘管他只在滕縣任上工作了幾個月便因病去世，但宣統、民國時期的《滕縣志》上都爲他鄭重立傳，這大概也算是一種民心所向吧。《書》云：「詩言志，歌永言」，閲讀毛澂的詩作，在嫻熟的詩藝之外，能充分感受到他的赤子之心、愛民之志，這一切都説明，他和他的詩歌是值得被後人銘記並重視的。

佳傑是毛澂的同鄉，負笈遊魯，從余者已歷數載，參加《毛詩注疏彙校》，發揮了重要作用。他不但擅考據，而且工辭章，與毛澂愛好既同，履歷亦相似，前後接踵，若合符契，堪稱冥冥之中的緣分。爲了整理這部詩文集，他在五年之間廣搜衆本，西走東奔，付出了不少的心血，無論是校讎同異還是撰寫年譜，所運用的都是嚴謹的文獻學方法。在我看來，這既是一次很好的文獻學實踐，也稱得上是表彰鄉賢的佳話。今書將問世，余亦樂見其成，名山藏舊業，雛鳳有清聲，毛氏幸甚！佳傑勉之！

二零二二年十一月七日，滕人杜澤遜序於歷城清濟堂。

序

我生長在泰安外家，兒時常聽家中老輩念叨起一位「毛官」，説他與祖上錢公奉祥、寅賓兩先生交誼深厚，並言家傳一方端硯，便是當日「毛官」所饋贈。年歲稍長，得知老輩口中所説的「毛官」，其名爲毛澂（蜀雲），四川仁壽人，清末曾任泰安知縣（後裔並寓家於此）。及遊普照寺，見到先外高祖錢寅賓先生書丹《重整上書院記》，所記乃「蜀雲父台」泰山興學政績，可證老輩所言兩家交契不虚。自此開始留意有關毛澂的史料，幾經搜訪，仍感零散支離，難以綴合。後有幸自岱廟藏書中檢獲一册《稚澥詩集》，乃毛澂詩作匯録，從中得觀其生平大畧，深感其人文章吏治皆有聲一時，而泰安治績更卓然可書。遂以詩、志（方志）互證，撰寫一篇《毛澂與泰山》，交《仁壽文史》發表（一九九一年第六輯），這是我考訂毛澂史料之起始。

小文刊發後，爲毛澂曾孫、時任教於台灣中興大學的毛鑄倫先生所見，慨贈多種家藏史簡以助研討。隨著文獻漸豐，遂産生校訂毛澂詩文的設想。鑄倫先生對此也極表贊同，表示書成稿後可在台北梓行。但梳理材料後，感覺所作泰半涉及巴蜀風物，而我淺識僅限岱域，董理實難，遂悵然擱筆。

此事轉眼過了三十年，但我對毛澂史料仍時加關注，希望能有後來者能填補此鄉獻闕畧。有一天接到了杜澤遜老師的電話，告知他的研究生李佳傑同學正在從事這一課題，介紹與我聯繫交流。不久佳傑便來泰安造訪，交流中獲知其生長仁壽，與毛公同鄉，自少小便瓣香先賢，發願整理鄉邦著述。初負笈於四川大學，卒業後又投考至山東大學杜教授門下。其人生軌跡，由西蜀而東魯，巴風齊雨，恰與百年前的蜀雲公相重合，徵文考獻又師承有自，簡直是研究毛澂的不二人選。我攜他赴泰山西湖廉政園，謁見了新立毛公銅像，並奉贈相關資料以助校工。不久之後，佳傑便將初定的《毛澂集》全稿發來。展讀之下，頗多感發：

這部集子，整合今日可覓的各種毛詩版本，加以勘定，巨細無遺，又整合新發現之散佚詩文附後，堪爲集成之作；復從各類史籍、碑誌中廣輯有關毛公之記録，許多采自稿本、碑石，文多新獲，價值巨大；書末附列《毛澂年譜》，系統勾勒了譜主一生政治活動與文學創作，使久湮不彰的毛澂行跡得以清晰呈現。雖然毛公史料挖掘尚有較大空間，但此整理本已是目前最爲系統完備的文本，可爲日後研究毛澂其人打下堅實基礎。

展卷既竟，心中頓生餘慨——在近世海桑變革中，毛澂子孫遠離故土，播遷寶島。其曾孫鑄倫先生禀承祖風，矢心國事，樹統幟於海隅，是台灣著名之「統派」領袖。而心念故土，曾多次往來仁壽、泰安兩地，尋根慰祖。今佳傑書將付刊，惜鑄倫先生已於前歲遽歸道山，不及親見。若九原有靈，定當因其先祖詩文百載後爲鄉人重光而欣慰無已吧！

周郢

二〇二二年十二月十七日於泰安

前　言

一、生平概述

四川仁壽自古便是人文薈萃之地。五代時，花間派詞人孫光憲在此誕生；兩宋時期，這裏孕育了包括江西詩派詩人韓駒、北宋末代宰相何栗、南宋名相虞允文在内的一百八十名進士①。儘管由於戰亂，在元明時期有所衰落，但到了清朝，又逐漸恢復元氣，涌現出了許多傑出人物。毛澂便是其中的代表。

毛澂（一八四四—一九〇六）②，譜名舞泗，初名席豐，字伯敷，登第後改名澂，字稚澥，别字菽畇，又作澍雲、叔雲、蜀雲等，四川資州直隸州仁壽縣（今眉山市仁壽縣）人。祖父含章，增生。祖母陳氏，庠生陳惟簡女，其侄陳韶湘是《（光緒）補纂仁壽縣原志》的主纂人。父鳴盛，歲貢生，官崇寧縣訓導。母鄢氏，道光八年（一八二八）舉人、湖南新化縣知縣鄢照蘭女。妻周氏，歲貢生、候選訓導周貴常女。

① 據《眉山市人物志》統計。眉山市人民政府主辦，眉山市地方志辦公室編纂：《眉山市人物志》，北京：方志出版社，二〇一三年，第一八一—一八七頁。

② 各種文獻多將毛澂生年定於道光二十三年（一八四三），然據《光緒六年庚辰科會試同年齒録》，毛澂實生於道光甲辰年（一八四四）。參見（清）佚名編：《光緒六年庚辰科會試同年齒録》，清光緒六年會文齋、龍雲齋、篆雲齋、聚元齋刻本。

毛澂年少之時，便聰慧好學，博覽群書，不只是爲了應付科舉而學習，而是專攻經史之餘，對古今學術源流、政治興廢，乃至輿地、星算、陰陽、佛道等都有深入的了解。咸豐九年（一八五九），雲南李永和、藍大順的農民軍逼近仁壽，毛澂在隨家人避難的同時，積極參與民團的訓練，閒暇則研習兵法，以國之干城自任。同治十二年（一八七三），張之洞出任四川學政，憑藉出色的學識和文采，他受到了張之洞的青睞，不僅於光緒二年（一八七六）考取了優貢第一，還在張之洞出省按試他縣時，與綿竹楊鋭、華陽范溶、漢州張祥齡隨行從屬，讀書論學，襄校重任。當時張之洞在成都創辦尊經書院，全省才俊匯聚一堂，互以經史詞章争高下，獨於毛澂則一致折服，尊稱爲「毛大哥」。他的三弟毛瀚豐也在尊經書院就讀，名列「尊經五少年」「尊經十六少年」之中，時人呼兄弟二人爲「大毛」「小毛」，比於眉山之大小蘇。光緒二年鄉試中舉時，副主考吴觀禮深以選得毛澂及華陽喬樹枏爲喜，爲二人寫有《蜀兩生行》，傳爲一時佳話。

光緒六年（一八八〇），毛澂考中進士，殿試三甲，朝考一等，授翰林院庶吉士。九年散館，改官知縣，分發山東。在光緒十年以後的二十三年中，他總共擔任了山東十個州縣的長官：光緒十年至十三年（一八八四—一八八七）任定陶縣知縣；十四年至十五年（一八八八—一八八九）署菏澤縣知縣；十六年（一八九〇）任曹縣知縣；十七年（一八九一）任歷城縣知縣，後署平度州知州；十八年至二十年（一八九二—一八九四）署泰安縣知縣；二十一年（一八九五）任益都縣知縣；二十二年至二十三年（一八九六—一八九七）署單縣知縣；二十四年至二十五年（一八九八—一八九九）回任益都縣知縣；二十六年（一九〇〇）再任泰安縣知縣；二十七年（一九〇一）署邱縣知縣；二十八年至三十年（一九〇二—一九〇四）三任泰安縣知縣；三十一年（一九〇五）署諸城縣知縣；三十二年（一九〇六）署滕縣知縣，因積勞成疾，於當年六月五日殁於滕縣任所。每一任上，他都任勞任怨、勤政愛民，不治家人産業，去世後囊空如洗。

綜觀毛氏一生，官不過州縣，職不過從五品，卻爲官清正，政績卓著，「書生而有健吏之稱」①，生前獲得長官的讚揚，身後贏得百姓的愛戴。張曜與周馥兩任山東巡撫都曾想過將他舉薦於朝，諸城縣、泰安縣紳商士民則公呈撫院，請將其列入名宦祠。泰安士民並且刊石爲主，公送於高等學校藏書樓供奉，歲時祭享。他的詩文也「藻麗風發」②，造詣頗深，「爲人傳誦，名震一時」③，被選入《晚晴簃詩匯》等總集，得到了相當高的評價。他的品德和作品都是清代巴蜀地區的重要精神財富。

毛澂的三弟瀚豐後來於光緒十四年（一八八八）鄉試中舉，內閣中書俸滿後，分發雲南，擔任過彌渡通判、尋甸州知州等職，俱有政績，尤其致力於以文化開導邊陲，因觸發瘴氣，於光緒二十五年（一八九九）卒於尋甸州任所。毛澂的長子元炳考中了貢生，改捐知縣，分發山東試用；次子何，候選訓導。毛澂的孫子毛登沂一九四九年後去了台灣，其子毛鑄倫曾擔任台灣《中國時報》主筆、中國統一聯盟的主席，終身都在爲促進兩岸統一奔走。毛鑄倫先生很爲自己的曾祖父感到自豪，生前多次造訪泰安，向人們講述毛澂的事迹。

① 徐世昌編：《晚晴簃詩匯》卷一七二，民國十八年天津徐氏退耕堂刻本。
② 同上。
③ 尹端《稚澥詩集跋》，載《稚澥詩集》卷後，民國十六年尹端成都刻本。

二、任内政績

毛澂的政績包括很多方面，而以以下八項爲最。

（一）抵禦災害

清末天災頻仍，山東地區由於黄河改道，更是水患不斷。在菏澤任上時，縣西北賈莊沿黄河築堤防洪，毛澂親自考察規劃，先修浚河身，增加培埝，厚築堤根，合龍以後，河水流回故道，水患得以消除。在歷城任上時，時值伏汛，境内濼口黄河水漲，深夜報險，毛澂立即親臨指揮，半日之内，轉危爲安。光緒二十一年調任益都知縣時，境内堯溝以南二十餘里地勢低窪，常有淹没之苦，前任知縣張承燮改建官道未果，毛澂到任後，便考究水源來處，招募民衆以工代賑，疏浚上下游，並於下游支渠分段築堰，汛期排洪，冬春蓄水，竟變數百年棄田七八萬畝爲沃壤。不僅是治理水害，在邱縣任上時，該縣連年荒旱，毛澂上報以後，動用倉庫儲糧，並撥款振恤、定價平糶，民賴以安。五月中，又有蝗蟲四起，毛澂便督率軍民分段掩捕，並設價用公款收買蝗蟲餘孽，竟未成災，反而獲得了大豐收。

（二）整頓治安

晚清政治腐敗，社會動蕩，人禍加上天災，導致很多人鋌而走險，淪爲盜賊，毛澂任職的魯西南地區尤受其害。依靠早年參加團練的經驗，毛澂在治安管理方面頗有成就。在菏澤任上時，他捐薪俸招募了馬隊、步隊兩百餘人抓捕著名悍匪，從匪隨之斂迹。在單縣任内，他數月間便清結了歷年盗案數百起，並招募馬隊一百名、步隊三百名，購槍二百餘支，親加訓練，又將縣境畫圖分區，編聯信號，一莊報警，九莊協拿，張貼賞格，不分晝夜率隊巡查搜緝，先後擒獲悍匪五十餘名，很快便四境安謐，遠近肅然。每次捕盗，毛澂都身先士卒，光緒二十九年泰安任上捉拿悍匪李大賢時，曾差點中彈，而他最後在滕縣任所病逝，直接原因也是在捕賊路上感染了寒疾。馬、步兵勇若有擾民之舉，毛澂也是毫不留情，輕則罰款，重則責革，時任兖沂曹濟兼運河道錫良因而盛讚他「聽斷勤明」「嫉惡如仇」①。由於清末複雜的社會環境，對於人民群衆的武裝鬥争，毛澂也緝捕鎮壓，如他在曹縣任上曾嚴禁百姓傳習大刀會，在泰安任上曾堵截義和團民，這自然與個人經歷和時代局限有關，不足苛責。

（三）興辦教育

這是毛澂的政績中影響最深遠、最受人讚頌的一項。毛澂認爲，要想徹底消除匪患，「澤以詩書，馴其頑獷」是相當重要的一環②，因此每官一任，無不以振興當地教育爲念。在定陶時，他爲書院添置書籍，對生徒補以津貼。在曹縣時，他整飭書院，購書六七百種，並重視學生的體育鍛煉，將衙署後的小湖提供給學生游泳。回任益都時，縣裏的雲門、海岱兩書院專習科舉業，毛澂爲他們購置中外科學書籍，益都的

① 中國社科院近代史所編，虞和平主編：《近代史所藏清代名人稿本抄本》第三輯第一三二册，鄭州：大象出版社，二〇一七年，第二七三頁。

② 中國科學院圖書館整理：《續修四庫全書總目提要（稿本）》第一二册，濟南：齊魯書社，一九九六年，第六〇七頁。

士人從此兼通西學。

毛澂在泰安的興學舉措尤其重要。光緒二十九年三任泰安知縣時，他在城西宋天書觀舊址上創建了縣立第一高等小學，又在城關設蒙養小學堂數處，鄉村設小學一百八十五處，皆爲籌集學款、考聘教員。對於科目開設，無論是高等學堂還是蒙養小學，均開有外國語課。爲了培養師資、普及教育，他還將仰德書院改爲師範學堂，在城關分設平民半日學堂和工藝教養局。山東巡撫周馥蒞泰祭岱時，曾巡視各類學堂，對所訂章程、功課、管理法、教授法逐件批閲，一一首肯，認爲規劃詳盡，譽爲山東第一。縣立第一高等小學到了民國時期還在招生，黄炎培曾前往考察，稱讚毛澂「極熱心提倡學務，邑人頗慨歎於繼起之無人焉」①。後來泰安的教學質量有所下降，泰安民衆愈加懷念毛澂爲泰安教育做出的貢獻，請山東提學陳榮昌撰寫了《泰安令毛君興學記》一文，給予他高度評價。

在公務之餘，毛澂經常視察各學校，與學生講論文義，對他們加以訓導，鼓勵他們以講求實學爲本、博通中西爲用，以經史爲根柢，明理達用，成爲通才。儘管他的教學思想並没有超出乃師張之洞「中學爲體，西學爲用」的範疇，但對於一個從西南邊區走出的舊知識分子來説，已相當不易，他的很多辦學舉措也確實起到了開風氣之先的作用。「於學可謂善作者」的評價②，他是當之無愧的。

① 黄炎培著，中國社會科學院近代史研究所整理：《黄炎培日記》第一卷，北京：華文出版社，二〇〇八年，第一二九頁。
② 陳榮昌撰：《虚齋文集》卷八《泰安令毛君興學記》，載《民國文集叢刊》第一編第二七册，台中：文听閣圖書有限公司，二〇〇八年，第五九四頁。

（四）變革風氣

除了發展教育之外，毛澂還試圖以變革風氣的方式來改良世態人心。他初到泰安任上時，便有感於人心不古，刑不能威，德不能化，在境内高里山上籌款重建了閻羅殿、三曹七十五司等建築，旨在借殷人尚鬼之義，讓百姓觀感之後能有所敬畏。方法值得商榷，但初衷畢竟是好的。當時，泰山之巔的舍身崖上流傳有自此跳下便可成仙，並能爲親人祈壽的傳説，無數遊人喪命於此。毛澂對這一迷信陋習深惡痛絶，不僅在崖邊修築了一道紅墻，於每年三月魯人朝岱的時候派人看守，還將「舍身崖」更名爲「愛身崖」，提醒人們愛惜生命。泰安斗母宫的尼姑庵形同勾欄，傷風敗俗，毛澂又於光緒十九年將其查封，把尼姑們趕走，改派道士住持，直到尼姑法霖表示願意洗心革面、謹守清規，方才准許返回。毛澂還敦促遊客在遊玩泰山時文明有序，曾禁止在泰山上寫字題詩，他自己也以身作則，從未在泰山上刻過文字。

（五）保護文物

山東是文獻名邦，文物衆多，毛澂每到一地，都格外重視當地的文物保護。光緒二十年泰安任上①，有

① 泰山刻石失竊案，諸書或繫年於光緒十六年，或繫年於光緒十九年，據陳代卿《書秦篆拓本後》一文，乃「光緒甲午春」，即光緒二十年春之事。陳代卿乃毛澂姻戚，當可據信。參見（清）陳代卿撰：《慎節齋文存》卷下《書秦篆拓本後》，載《清代詩文集彙編》第七〇三册，上海：上海古籍出版社，二〇一〇年，第二八六頁。

盜賊偷走了原存放於岱廟環詠亭的秦篆李斯刻石，毛澂聞信後立即下令泰安戒嚴，「大索十日」①，竊賊無奈，只好棄石於泰安北門橋下。查獲原石後，毛澂將它移存岱廟道院，派人嚴加看護。光緒二十八年，他經過考察後，重修了位於縣東南的柳下惠墓，伐石修壖，清理祭田，題「和聖墓」刻石，立於墓前。當地鄉紳爲立《泰安縣知縣蜀雲毛老父臺德政碑》。在益都任上，他重修了明末清初「青州四大家」之一的李煥章的墓。在諸城任上，他修復了瑯琊臺，並對瑯琊臺刻石加以維護。他還很關心山東的地方文獻，曾經訪求金棨《泰山志》的善本，爲其訂訛補缺，後由他的後任秦應逵重刊成書。

值得注意的是，毛澂在保護文物的時候常常帶着一份用它們來變革人心的祝願。如柳下惠是《孟子》中「聞柳下惠之風者，薄夫敦，鄙夫寬」的「和聖」，重修柳下惠墓，何嘗不是希望當地人能「咸廩廩於聖臤（賢）之域，而禮讓成風」②呢？至於之所以要重修瑯琊臺，他自己在《瑯琊臺》一詩的序中直言，就是期待人們在登臺遊覽之時，能想到越王勾踐、秦始皇、漢武帝等「三雄」開疆拓土的壯舉，進而奮發努力，尚武自强。

（六）建設設施

基礎設施建設是地方官的基本職責，毛澂也不例外，但在這方面他也有着突出之處。在定陶任上時，

① （明）蕭協中原著，趙新儒校勘：《新刻泰山小史》，載《中國名山勝迹志叢刊》第七册，台北：文海出版社有限公司，一九七一年，第八六頁。

② 佚名《賜進士出身華翎三品銜在任即補知府泰安縣知縣蜀雲毛老父臺德政》。原碑現存新泰市和聖墓。

他不顧士紳的反對，將定陶頹圮的土城改造成了磚城，並用餘下的費用環城種柳萬株，以柳樹所得的利潤作爲修葺城墻的資金。後來這座磚城在變亂中很好地保衛了定陶的安全，百姓也爲毛澂撰寫了《毛公改建甎城碑記》。在泰安任上時，境内的崔莊、三娘廟兩渡口向來以瓦甕編聯爲渡，一旦河水暴漲，過往行人常有覆没之患，毛澂便捐薪俸造了二十餘隻船，方便擺渡。至於在泰安修建對岱亭、環翠亭、西溪石亭等亭觀，發動泰安各界在金山、虎山、垂刀山、岱頂植樹種柏，不但點綴了名勝，百姓、遊人也是深受其惠。

（七）外交周旋

清末，外國殖民勢力在山東横行，往往仗勢侵擾民衆，在與他們打交道時，毛澂不卑不亢、有理有節。光緒二十年泰安任上，有法國傳教士試圖在泰安城内强買房産，與百姓發生了争端，又有教民和其他民衆産生口角，毛澂因爲不偏袒教士、教民，遭法國公使向總理衙門施壓，次年撤調益都縣。諸城任上，兩度有西人以莫須有的事項來縣告狀，意在敲詐訛索，毛澂均洞燭其奸，將其驅逐。不過，毛澂的涉外政策也是有彈性的，庚子之變，清廷向各國宣戰，上司命令毛澂封閉泰安教堂。毛澂知道這是仇視教徒者的主意，暗令教堂内西人轉移，把教堂查封嚴守。事後，教堂無所損失，泰安縣也免去了賠償的責任。從這裏也看得出毛澂的大局意識。

（八）體恤民力

毛澂所有的政績都建立在對民力的體恤上。每當需要籌款時，毛澂往往帶頭捐薪，或調用地方的不急之款，並不對百姓造成困擾。甲午戰争、庚子國難時，泰安作爲交通要道，大軍來往不絶，民衆的差役負擔很重。毛澂便實行官捐，物取於民，官與之值，減輕百姓的煩難。遇到災害之年，毛澂還會想辦法免去賦税，如菏澤任上的某年夏季，遭遇霪雨，禾稼歉收，他便上報免去了七十餘村的糧税。他還把這份體恤帶進了科舉考場。某年山東鄉試，他擔任供給官，因場屋潮濕多穢，他先用藥物進行薰治，又用竹管將珍珠泉水引入闈中作爲飲料，並延請醫士，廣儲藥物，以備不測。正是這份體恤讓他能够一如既往地爲民謀利，以致離開任所時，常有「士民攀轅臥轍」①「父老送道不絶」②的景象發生。

仕宦在外，毛澂從未停止過對故鄉的關切。進入翰林院以後，他曾請假回籍，主講仁壽鰲峰書院。當時院中書籍奇缺，毛澂設法購置經史子集四百餘種，並大力整飭校風，以理學、經學、考據、詞章四門分科講授，俱教以修身立行爲根本，通經致用爲目標。弟子常數百人，其優異者皆能博通典籍，成爲通才，如楊道南，是光緒十一年的舉人，曾與宋育仁、廖平合辦《蜀學報》，辛亥革命期間擔任仁壽縣的自治領袖；如辜增榮，曾在尊經書院住院十年，廖平視爲畏友。一時士林中乃有「仁壽學派」之稱，《（民國）仁壽縣志》甚至認爲，「迄今縣人稍知爲學之方，實以澂爲不祧之祖矣」③。在山東任職時，聞家鄉有災禍，毛澂必竭力扶持，如光緒二十八年泰安任上，得知川中水旱頻發，在京同鄉倡辦義賑，便典當衣物得千餘金，寄

① 陳興雯修，尹端纂：《（民國）仁壽縣志》卷二七，載《仁壽縣舊志集成》第八册，北京：中國文史出版社，二〇一五年，第四二頁。

② （清）毛澂撰：《稺澥詩集》卷六《二月二日去定陶，父老送道不絶，行四十里，至晚乃抵曹州。是夜，汜陽受命壇新亭乃爲大風刮去八九里，亦異矣》，載《晚清四部叢刊》第六編第一一三册，台中：文听閣圖書公司，二〇一一年，第二三五頁。

③ 陳興雯修，尹端纂：《（民國）仁壽縣志》卷二七，載《仁壽縣舊志集成》第八册，北京：中國文史出版社，二〇一五年，第四一頁。

回四川散放，另籌得千金直寄仁壽，倡辦平糶。他還關心新學在四川的傳播，光緒二十三年曾應巴縣潘清蔭的請求，寄平票銀一百兩與汪康年，幫助重慶開辦報紙。

擁有如此多的政績，毛澂卻始終難以升遷，除了政治腐敗的因素，與他的性格也有關係。據吴觀禮《蜀兩生行》描述，「毛生廣坐兀徘徊，陗如石笋撐寒梅。閉門頌酒自孤枕，夢吞溟渤杯中來」①，毛氏是個沉静内秀的人物。文守仁《蜀風集》也提到，毛澂「性恬淡，恥奔競」②。山東巡撫張曜曾提出將他舉薦於朝，他推辭再三，不肯躁進。清静恬淡的性格「阻礙」了毛澂登上更大的政治舞台，卻讓他能更加全心全意地關心民瘼，最終所到之處，有口皆碑。

三、詩文成就

「早負文譽」是時人對毛澂的普遍評價，毛澂留下的詩文作品，也是我們見證其學識、領畧其心迹的第一手材料。總的來説，它們都有相當不錯的文學成就，具有很高的欣賞及研究價值。

整體看來，毛澂的詩歌宗尚的是杜甫。他不僅在詩中以「憂亂杜陵翁」（《水關》）自比，其五言長古《憂亂》、七律組詩《新秋感興十二首》等詩更是有着很明顯的學習杜甫《自京赴奉先縣詠懷五百字》《秋興八首》等作品的痕迹。他不但認真研習杜甫的詞藻章法，而且忠實繼承了杜甫愛國憂民、以詩言志

① （清）吴觀禮《蜀兩生行》，載《晚晴簃詩匯》卷一六五，民國十八年天津徐氏退耕堂刻本。

② 文守仁著，新津縣政協文史資料委員會審定：《蜀風集：文守仁先生遺著》，内部資料，一九九八年，第七二頁。

的精神。但他也是位博涉多能的「多面手」。他的五古,既能取法漢魏古詩的高古雄渾,也能摹擬韓愈、孟郊的雄奇排奡；其七古既能效仿長慶體、梅村體,寫出《贈故將劉君即送其入道》《西園引》這樣的長篇巨製,又能學習東坡的瀟灑恣肆,創作出《東坡樓醉歌》《蘇祠新樓呈南皮夫子兼柬玉賓、叔嶠二君》等中篇佳作。他的七律中,有的縟麗典雅、近於西崑體,如《摩訶池》《籌邊樓》；有的則清新曉暢、脱胎白居易,如《晚行平羌江上》《過外氏小園有感》。他的五律大體效法的是中唐各家,《砦居避兵雜詩》《舟中雜詩》等組詩均是如此,但這並不妨礙他的七絶中流露出晚唐的纏綿情調,如《成都雜詩》一組。不管何種風格,他基本都能嫻熟地駕馭,並且揚長避短,形成自己的特色。

就題材而言,毛澂的詩大致可分爲以下六類。

（一）感時憂國

這是毛澂的詩歌中相對來説最具價值的部分。晚清是中國三千年未有之大變局,毛氏小時候經歷過農民軍的戰亂,生命中又目睹了中國逐步淪爲半殖民地半封建社會的全過程,作爲一名富有正義感的士人,這些内容自然會反映在他的詩文之中。他描繪過戰爭的巨大破壞力：「丁壯斃鋒刃,老弱死崖壑。逃避或不及,轉瞬成異物」（《憂亂》）,也揭露過官兵的養賊自重,殺良冒功：「夜聞賊去膽忽雄,急躡萬騎追長風。荒村零户百家滅,亂砍民頭歸獻功。」（《苦兵嘆》）他感嘆過亂世人民的生計艱難：「病叟跪挑菜,孤嫠行拾薪。高樓有思婦,含淚説征人。」（《除夜・其二》）也抨擊過權貴的醉生夢死：「芙蓉城裏花爲屋,肯信人間有石壕。」（《野泊聞長年譚其村人近事感而賦此》）但他格外關注的,是國際國内的風雲變幻,並爲清王朝的喪權辱國悲憤不已。《後感興十二首》正是這類作品的傑出代表。這組七律選取了鴉片戰争、越南、琉球、緬甸、朝鮮、台灣、中法戰争等主題，以藴藉沉鬱的筆調，描寫了清朝主權淪喪、邦圻益蹙的經過，吐露出詩人的痛恨和擔憂。

毛澂還善於以小見大，用特定的事物體現時代的巨變。如《揚州文滙閣四庫全書殘葉歌》，就是從揚州文匯閣《四庫全書》的聚散出發，以「金山樓閣燒成灰，西湖棄紙無人拾」的慘狀表現了太平天國運動對東南地區文化的摧殘。而他的《西園引》，則是用悲愴蒼涼的古調講述了圓明園自興建、全盛到被英法聯軍焚毁的血淚史。毛澂在光緒三年初次參加會試時曾探訪圓明園舊址，從引路的老宫監那裏聽聞了很多軼事，並將其寫進了詩中。如「汨羅不管金蟾鎖，上陽骨葬青蓮朵」，自注云：「管園大臣自沉；有嘉慶時嬪燼於火」，這些都很能補史之闕。王闓運在同治十年寫有《圓明園詞》，傳誦一時；胡先驌則認爲，毛氏的《西園引》「述焚園經過較詳，詩亦後來居上」①，《續修四庫全書總目提要（稿本）》更評價此詩能够「追步浣花詩史」②。其實，不止是《西園引》，毛澂的這類詩歌全部有着「詩史」的意義，可以帶我們最真切地感受那個時代的面貌。

不過，毛澂畢竟是一名封建政府的官吏，他的詩歌不可避免地對清政府抱有幻想、對農民起義持有敵意，我們也不必爲賢者諱。但是，他也直截地指出，民衆之所以會揭竿而起，成爲「盜賊」，完全是「直爲官長逼，救死不得脱」（《憂亂》）的結果，貪官污吏的壓迫才是罪魁禍首。這些都是他作品的閃光之處。

① 胡先驌著：《懺盦詞稿》《鶯啼序》，載《胡先驌詩文集》，合肥：黄山書社，二〇一三年，第二五三頁。

② 中國科學院圖書館整理：《續修四庫全書總目提要（稿本）》第一二册，濟南：齊魯書社，一九九六年，第六〇七頁。

（二）描山摹水

毛澂一生南船北馬，好爲壯遊，沿途所見往往付諸筆端，這類詩歌也在他的作品中占比最高。他的行旅詩有三個顯著的特點。一是想象豐富，可爲山川增色。毛澂在描繪景物的時候，經常運用神話、野史、志怪小説、佛道典籍中的元素，營造出光怪陸離、亦真亦幻的境界。如《登峨眉八首》中寫到的「露下鵲初警，月明僧正歸。天風翦鮫綃，瀑挂織女機」，「鐵鎖南極垂，石扇中天開。瓊樓十日出，花發金銀臺」，瑰麗奇幻，令人應接不暇。到了寫登泰山的《三疊前韻》裏，這份奇幻又多了分雄壯：「崑邱霞色中宵火，銀漢濤聲上界船。若到天門飄一唾，散爲花雨又千年」，真是讓讀者也飄飄欲仙。第二個特點是造句精警，足爲風景傳神。毛澂的山水景物詩，不少都體物精細、句法新奇，如「舟上一杯沙似雪，樓上一杯山吐月。雙彎螺黛正亞欄，憑欄一吸眉影没」（《東坡樓醉歌》）、「懸崖細路如經雨，近水空亭但住雲」（《採藥至熊耳山宿泰安寺》）、「山外白知江曲折，崖邊紅見寺高低」（《東下》）等，均奪胎换骨，給人深刻的印象。第三個特點是搜羅掌故，能爲鄉邦存史。毛氏在瀏覽景色的同時，常用詩筆記録一些當地的掌故軼事。如《月圓墓》記述了彰明縣關於李白之妹月圓的傳説，《平都山》提到了蘇東坡在此向道士請教丹訣的趣聞。韓愈詩云「願借圖經將入界，每逢佳處便開看」，毛澂的這類詩倒也可以算作圖經、方志的輔助。

（三）詠史弔古

毛澂的詩集中也有大量的詠史懷古類作品，或就史事而見志，或登古迹而興感，其與山水行旅詩的區別在於重議論而非寫景。他的這些詩通常意在言外，得風人之旨，如「王師自問江南罪，不爲吴宮伎五千」（《晉宮詞二首·其一》）、「譙周計失非難守，鍾會功成竟不還」（《宿劍門古縣》）等，諷喻之意，不言自明。他的歷史觀未能完全擺脱時代和階級的局限，例如他稱曹魏爲「賊」（《陰平道》），稱武則天爲「老狐」（《牛心山》），但他又十分讚賞秦始皇統一全國、開疆闢土的功績，認爲「河山不爲朝珠冕，嶺海猶應著卉衣」，秦皇是「論功合享太牢肥」（《秦皇寺》）的英豪。毛氏能對被舊史家口誅筆伐的秦始皇産生這樣的認識，自然是與弱肉强食的時代背景分不開的，這也折射出大環境下士人思想的悄然轉變。

（四）贈友懷人

與其他類别相比，毛澂贈人、懷人的詩算不上特别多，但都情感真摯，頗能動人。「戊戌六君子」之一的楊鋭、人稱「璧人」的范溶是當初和他一起受張之洞知遇的「高材生」，三人曾隨同張之洞到眉州、嘉定、敘州等地按試，感情最深，唱和最多，詩的内容也最豐富。鄭知同是著名詩人、學者鄭珍的獨子，精通文字訓詁之學，曾在尊經書院講課，毛澂與他頗爲相得，雙方也曾互贈詩歌給予肯定勉勵。毛瀚豐以文學與阿兄相頡頏，在毛澂的詩中也多次出現，光緒八年參加鄉試時，其試卷遭人割换，毛澂曾賦詩表達痛惜，流露手足之情的同時，清末科場的腐敗也可見一斑。至於《憶峽一篇寄季瀨》，更是毛澂集中的篇幅之最。此外，還有很多像《哭四弟阿壽》《過外氏小園有感》一樣明白如話、純以肺腑動人的作品。不過，毛澂這類詩中藝術成就最高的，當推七言長詩《贈故將劉君即送其入道》。該詩描寫了一位曾參加鴉片戰爭、太平天國戰爭和西北平亂的將領，其人胸懷韜畧，風流倜儻，卻飽受排擠，鬱鬱不得志之下，只好消極避世，求仙尋道。整首詩形象鮮明，用典純熟，起承轉合井然有序，完全可以嗣響梅村、追步四傑。

（五）閒情壯志

這類詩主要指毛澂那些表現生活情趣，以及直抒個人懷抱的作品。毛澂是一個頗有情調的人，不僅在閒居歲月中佳作多多，還能將這份閒情帶入科場。同治九年（一八七〇）中秋參加鄉試時，他曾在場屋中觀摩月色，後來雖然考試没中，卻寫成了一篇清新雅麗的《庚午中秋闈中玩月華歌》。不過，恬淡閒適的心態消磨不了建功立業的壯志，在少年時代的《古劍》中，他就表達過「更寫陰符三百軸，明宵抱劍沙場宿」的心願。他認爲，「黄金鑄像益何事，枉博窮愁雙鬢絲」，像賈島那樣專心寫詩是没有意義的，男兒若不能「風雨蘆花泛釣舟」，就應當「馬革裹尸報天子」（《讀賈長江集》），寫詩作文終究是他的「餘事」。這類作品的最强音當屬《書懷一百韻》。這是他二十歲左右的一首五言排律，與《憂亂》相同，它詳盡地描繪了李永和、藍大順農民軍對川南地區造成的影響，但涉及了更多的時事，個人情懷也抒發得更多。諸如「英雄無事業，落拓有文章」「但使氛埃靖，何須姓字芳」「櫪下疲騏驥，笯中隱鳳凰」等句子，都充滿了昂揚的鴻鵠之志。

（六）擬古仿作

和大多數詩人一樣，毛澂的詩集中也有不少擬古或借用古樂府題的詩作。這些詩有的是初學階段的習作，有的是舊瓶新酒的産物，但多能惟妙惟肖，得古人之形神。而且，毛澂的這些詩並非爲擬古而擬古，而是時常承載着真實的人生感悟和鮮活的時代精神。如《擬古》寫道：「黠鼠廣其居，穿墉自得計。但知營窟穴，而忘身所庇。牆空崩一朝，盡殪爾醜類。君看蠹國奸，國破身亦斃。」將國之蠹賊比作「黠鼠」，詛咒他們絶無好下場。又如《蜀中新樂府六首》，其中的《穿鹽井》《車載板》都揭露了底層人民的苦難和過度開採資源對環境造成的破壞。再如《古征人怨》《古從軍行》《南中曲》等，都間接反映了清末戰亂不斷的社會現實。即使是那些没有鮮明的意旨的仿古作品，也大多古雅可誦。

以上六類之外，毛澂還寫過一些描寫新奇事物的詩，如《西洋遠鏡歌》《火輪船歌》等，但數量較少，且多與時政相關，故不再單獨分類。

綜上，毛澂的詩歌達到了相當高的水平，《晚晴簃詩話》稱之爲「其遒鍊者差有玉溪深婉之意」①，絶非謬讚之語。但坦誠而言，毛澂在當時詩界的影響並不是很大，一些重要的選集，如陳衍《近代詩鈔》等都没有選他的作品，汪辟疆的《光宣詩壇點將録》也没有收録他。如民國文人楊世驥所言，他是近代四川詩人中「最不爲人所知的」②。揣測原因，可能一方面是他性格既恬淡，縣令又官微職卑、公務繁忙，自然没能和當時的詩壇有太多的交集，名家們也没怎麽注意到他。試想，毛澂的進士同年中，李慈銘、沈曾植均是詩壇名宿，他現存的作品中卻連一首與他們的唱和都没有，這也確實有點匪夷所思。另一方面，毛澂的詩風整體走的還是中和雅正的路子，而晚清詩壇異軍突起，晚唐派、宋詩派、詩界革命派你方唱罷我登場，代表着傳統趣味的毛澂詩當然很難大放異彩。不過，是金子總會發光，在巴蜀書社二〇〇五年出版的《近代巴蜀詩鈔》中，毛澂的詩歌被收録多達一百二十首，約占毛澂現存作品的六分之一，與趙熙、鍾朝煦並列爲該書第一。這是後人對毛澂詩歌成就的肯定，它也提醒着我們，以毛澂爲代表的近代巴蜀詩

① 徐世昌編：《晚晴簃詩匯》卷一七二，民國十八年天津徐氏退耕堂刻本。

② 楊世驥《毛澂》，載《新中華》復刊第二卷第九期，一九四四年，第一五一頁。

傑，還没有得到我們充分的挖掘與重視。

毛澂的文章散佚得比較嚴重，喬樹枏在爲他編纂詩文集時，只找到了三篇，分别是《形勢》《時勢》和《曹説》。《形勢》是一篇洋溢着神話色彩的寓言，文中暢想了人類文明、自然科學的起源，除了很明顯地受到了《莊子》《列子》《神異經》等書的影響外，某些部分還頗有現代主義文學的味道。《時勢》則是毛澂對中國如何由弱變强、統一世界，以及世界大同以後如何發展建設的構想。現在看來，確實有些浮淺和不切實際，但文字背後的救亡圖存之心，是值得我們讚歎的，這篇文章也不失爲了解晚清知識分子世界地理知識接受狀况的一扇窗口。《曹説》則系統分析了曹州地區爲什麽在晚清淪爲了「盜藪」，雖然毛氏給出的理由涉於玄學，但「開溝洫，課農桑，積穀殖貨，俾家給人足，有無相通，患難相恤，守望相助。暇則聚其子弟，而澤以詩書，多設鄉校，以誘其秀良，馴其頑獷」的「革其心」的解决辦法，則被《續修四庫全書總目提要（稿本）》譽爲「探本之論」①，即使放到今天也具有參考意義。這幾篇文章都汪洋恣肆、氣盛言宜。此外，毛氏還有些書信、公文等應用文存世，散布在各種文獻之中。

四、著述流傳

毛澂年少時便博綜群籍，步入仕途後仍勤於著述，除詩文集以外，還撰有《群經通解》《三禮博議》《秦蜀山川險要記》《單縣團練聯莊互助辦法條例》《齊魯地名今釋》《遼宋金元中外形勢合論》《治河心

① 中國科學院圖書館整理：《續修四庫全書總目提要（稿本）》第一二册，濟南：齊魯書社，一九九六年，第六〇七頁。

要》等書。這些著作在他去世後同鄉京官呈請發交清史館立傳時尚處於「待梓」的狀態，到了一九九〇年新編《仁壽縣志》時，已經全部亡佚。毛澂著作完整流傳下來的，只有《稺瀣詩集》和《蜀雲詩草》。

（一）《稺瀣詩集》

毛澂在生前曾自訂詩稿，但「傳寫多訛」。民國三年（一九一四），好友喬樹枏親自赴京爲其編次校訂，分爲六卷，又找到遺文三篇，附於詩後。民國五年十一月交付鉛印，六年五月書成，而喬氏已於六年二月辭世。

《稺瀣詩集》大致按毛氏的寫作地點分類、依寫作時間排序，前三卷爲《仙井集》，乃毛澂在四川期間，包括初應會試落第後還鄉，以及入翰林院以後請假回籍時期的作品，卷一存詩一百三十七首，卷二存詩八十三首，卷三存詩一百四十八首。卷四爲《棧雲集》，主要是毛澂兩次陸路出川途中，以及在北京時的作品，存詩九十四首。卷五爲《峽猿集》，是毛澂光緒八年、九年間由水路離川入京時的作品，存詩一百二十七首。卷六爲《海岱集》，是毛澂在山東做官時的作品，存詩五十一首。卷七爲《附録》，即喬樹枏搜緝到的《形勢》《時勢》《曹説》等三篇文章。《稺瀣詩集》主要有四個版本：

一是稿本。現存前三卷，即《仙井集》的上、中、下，收藏於中國人民大學圖書館。它的文字内容絶大多數和喬樹枏的鉛印本相同，字體也相當齊整清晰，但前後筆迹並不一致，俗體字和異體字的旁邊常用墨筆注明較爲規範的寫法，且卷二的封面題有「鈔定之本」四字，卷三的封面題有「已排完」三字，因此它應當是喬樹枏編定《稺瀣詩集》以後僱人謄寫、以供排印的清稿本，其重要性不言而喻。《中國人民大學圖書館藏古籍珍本叢刊》業已影印出版。

二是民國六年華陽喬氏鉛印本。這個版本是由喬樹枏、喬曾劬祖孫在北京排印的，是三個版本中流傳最廣的一種，中國國家圖書館、上海圖書館、北京大學圖書館、四川省圖書館等館均有收藏。書的前面有民國六年六月喬曾劬的序，敘述了《穉澥詩集》編集、付梓的緣起、經過，後面附有《穉澥詩集勘誤表》。台灣林慶彰等主編的《晚清四部叢刊》第六編已收入此書。

三是民國十六年尹端成都刻本。據尹端刻在書後的《稚澥詩集跋》，這個版本是鑒於民國六年喬樹枏在北京排印成書後，《穉澥詩集》很快便被愛好者一取而盡，在四川流傳不多，尹端便運用仁壽縣參議會的餘款及董長安、李夢聃等人的捐款，於民國十六、十七年間在成都僱工刻成的，同時付梓的還有毛澂高足楊道南的《春芥山房詩集》。因爲完工後很快又被分發完畢，在民國三十一年，仁壽縣長吴大猷又出資重印了一次。該版本以喬氏鉛印本爲底本，但可能是認爲體例不純，删去了卷七《附録》。它在文字上似乎並没有充分利用《穉澥詩集勘誤表》的成果，鉛印本的很多訛誤，它都沿襲未改，且增加了不少新的錯誤；但它也有一些獨到之處，可以糾正稿本和鉛印本的不足。尹刻本現藏於南京大學圖書館等地。

四是民國間無名氏鈔本。該本僅存卷三《仙井集下》一卷，現藏於仁壽縣圖書館，詩歌篇目及排序與《穉澥詩集》的其他版本相同，而基本繼承了喬氏鉛印本原有的誤字，推測它可能是尹端刻本問世之前，仁壽本地的讀者以喬氏鉛印本爲底本鈔成的一個本子。它雖然也增添了很多新的訛誤，但依然有值得借鑒的地方。由於鈔録的具體時間不詳，我們只好把它列在版本序列的最後。

（二）《蜀雲詩草》

《蜀雲詩草》一册，毛裝，稿本，不分卷，題「仁壽毛席豐伯敷甫著」，現藏於重慶圖書館。已有的毛澂傳記資料在羅列毛氏著作時均未著録此書，幾種目録在介紹《蜀雲詩草》時也都説毛席豐「生平事迹不詳」①，但實際上毛席豐就是毛澂，《蜀雲詩草》裏的很多作品也收録進了《穉澥詩集》。

《蜀雲詩草》依體裁分爲「五言古」「七言古」「五言律」「七言律」「五言排律」「五言絶」「七言絶」七部分，凡有詩一百五十二首，其中五古三十二首，七古十七首，五律五十六首，七律二十首（含存題無詩者一首，七律部分有缺），五排七首，五絶十首，七絶十首，不見於《穉澥詩集》的有七十三首（存題無詩者在内）。書中的很多詩都進行了多次圈改，就《穉澥詩集》收録了的作品來看，其圈改後的面貌與《穉澥詩集》更爲接近，因此我們推測，《蜀雲詩草》應該是毛澂對自己的詩作做的一次選編，編好以後又做了若干修改，後來再次編訂詩稿時，就以修改後的版本爲準，並對《蜀雲詩草》加以去取，最後成爲了喬樹枏編選《穉澥詩集》的依據。《蜀雲詩草》的詩題上往往用小字注有數字，如「五言古」的第一首詩《石潭》，標題上就注有「六十」二字。這應是毛澂給自己作品加的編號，它們是我們推斷詩歌寫作時間、考證毛澂生平經歷的寶貴資料。就藝術水平來説，《蜀雲詩草》並不比《穉澥詩集》遜色，有的作品還更有戰鬥性，如前文提到的《擬古》之「黠鼠廣其居」一首，便只見於《蜀雲詩草》。毛澂在自訂詩稿時對這七十三首詩棄而不取，或許是有所避諱，或許有别的原因。

① 陽海清主編：《中南、西南地區省、市圖書館館藏古籍稿本提要》，武漢：華中理工大學出版社，一九九八年，第三三一七頁。

五、整理説明

目前，除了《仁壽文史》《泰山文史叢考》等地方刊物刊登過一些介紹毛澂生平的文章，以及周郢先生等泰山文化學者撰文記述過毛澂與泰山的逸事以外，很少有人對毛澂進行專門的研究，其著述也未見系統整理。四川省作家協會的宋時修先生運用《毛氏宗譜》《（民國）仁壽縣志》等材料撰有《毛澂傳》，具有開創之功，不過還有很多資料没有使用到。爲了弘揚毛澂的廉政精神，也爲了給近代巴蜀詩學的研究增添材料，我們點校出版了這本《毛澂集》。

我們整理《穉澥詩集》所用的底本是《晚清四部叢刊》第六編影印的民國六年華陽喬氏鉛印本（簡稱「喬本」），參校本則包括《蜀雲詩草》（簡稱「《詩草》」）、《中國人民大學圖書館藏古籍珍本叢刊》影印清稿本（簡稱「稿本」）、民國十六年尹端成都刻本（簡稱「尹本」）、仁壽縣圖書館藏民國間鈔本（簡稱「鈔本」）以及《晚晴簃詩匯》（簡稱「《晚晴簃》」）、《岱粹抄存》等書中所收録的毛澂詩，並吸收喬本卷後《穉澥詩集勘誤表》（簡稱「《勘誤》」）的校勘成果。校勘記以腳注的形式列出，只注異同，不斷是非，無版本依據一般不改正文，必要的時候加上按語。由於《詩草》、稿本和鈔本上面都有大量的圈改，有的甚至一改再改，簡明起見，我們只將它們改定了的版本，即旁邊没有明確的删去符號的文本作爲校勘對象。

異體字方面，出於保留文本原貌的考慮，我們盡量保持底本的原有字形，如「嘑」不改作「啼」，「巖」不改作「岩」。但一些舊字形或過於生僻、簡俗的字形，我們則徑直統一爲規範正體字，如「吳」改爲「吴」，「旣」改爲「既」，「宫」改爲「宮」，「耺」改爲「職」，等等。

避諱字方面，我們的原則是缺筆諱補全，改字諱不改，必要的時候在腳注中注明，如「王士正」注明應爲「王士禛」。但一些因避諱而混淆的字，如「曆法」之「曆」與「歷史」之「歷」在原書中常常都作「歴」，我們則將它們直接分開，並不再一一注明。

我們還從地方志、檔案等資料中搜羅到了毛澂的一些集外詩文，把它們和《蜀雲詩草》中的七十三首佚詩一起，編爲附録一《集外詩文》；又從方志、日記、雜史、目録、他人詩文集等書中採摘若干材料編爲附録二《毛澂生平資料選編》，利用現有資料編成附録三《毛澂年譜簡編》，並編有附録四《引用書目》，以供讀者參考。

晚清民國的各種材料浩如煙海，且多未整理，我們雖盡力搜羅，恐仍有遺珠之憾。限於水平，整理過程中的魯魚亥豕之誤，更是無法免除。我們期待古籍普查和進一步的搜尋能爲我們帶來更多的綫索，也敬祈廣大讀者不吝批評指正。

李佳傑二〇二二年六月於仁壽家中

目録

喬曾劬序 …… 一
稺瀣詩集卷第一 …… 二
仙井集上 …… 二
古別離 …… 二
花前醉歌 …… 二
擬古 …… 三
古歌 …… 六
夏夜 …… 七
紀夢 …… 七
砦居避兵雜詩 …… 八
古劍 …… 一〇
憂亂 …… 一〇
鄉兵行 …… 一二
暝 …… 一三
除夜 …… 一三
人日 …… 一四
元夕 …… 一四
雪 …… 一四
苦兵嘆 …… 一五
扶桑挂曉日 …… 一五
愁 …… 一六
門晝開 …… 一六
風蕭蕭 …… 一六
有感 …… 一七
松州屠 …… 一七
春夜大醉 …… 一七
亂後經縣門 …… 一八
資州東樓 …… 一八
南津驛 …… 一八
夜發簡州 …… 一九
薛濤井 …… 一九
蜀江舟行即事二首 …… 一九
漁父辭三首 …… 二〇

書懷一百韻……二〇
望月……二四
秋霖怨……二四
養疴……二五
壬戌九月聞官軍殲賊犍爲喜而有作……二五
偶至縣門有懷舊事……二六
感懷時事五首……二六
成都雜詩……二八
婕妤怨……二八
晉宮詞二首……二八
南行曲……二九
古征人怨……二九
古從軍行……二九
暮春病起……二九
偶成……三〇
遣憤五首……三〇
悲歌行……三一
借書……三一
漢中……三二
穆屯將歌……三二
花門行弔多將軍……三三
西洋遠鏡歌……三三
獨坐……三三
醉吟……三四
余家寺懷馬丈伯枚……三五
東坡樓醉歌……三五
嘉州絶句……三五
晚行平羌江上……三六
峨眉縣……三六
晚出南門……三六
登峨眉八首……三七
佛光……三八
萬曆集字銅碑歌……三九
山僧夜設茶供戲成……四〇
遊二峨山洞遂至山後……四〇

送人往瓦屋……四〇
望曬金山……四一
天池……四一
登舟……四一
睡起煮茶……四一
江上人家……四二
分水鋪早發遇雨，雲物騰涌，肩輿中得數句，晚投煎茶溪續成之……四二
武擔山……四三
摩訶池……四四
籌邊樓……四四
蜀王城……四四
楊用修故宅……四五
彌牟鎮觀八陣遺蹟……四五
哭四弟阿壽……四六
贈故將劉君即送其入道……四七
稺瀣詩集卷第二……五〇
仙井集中……五〇
迴瀾寺前登舟……五〇
夜泊厓下……五〇
過古佛洞……五一
翫月……五一
蘇祠新樓呈南皮夫子兼柬玉賓、叔嶠二君……五二
月夜步至木假山堂西偏玉賓、叔嶠書室……五二
三月二十一夜南皮夫子招飲水際竹邊亭……五三
蘇祠東陂同叔嶠、玉賓泛舟戲作……五三
遥憶……五四
三月晦夜雨宿舟中……五四
昌黎郭夢九、雄縣劉瞻斗兩大令，遵義鄭伯更、南皮張君謀邀遊中巖……五四
嘉州試院寓室正對東山，每清晨挂窗即見之。晦明變化，致有佳趣，書此詫客……五五

文學臺望峩眉和叔嶠……五五
酬黔中鄭伯更先生……五六
雨中渡江沿涪溪訪涪翁洞……五七
敘州城南樓看雨歸舟同叔嶠作……五七
送人歸黔中……五八
遣悶……五八
登城……五九
次韻……五九
暮秋歸草堂……五九
送人入京之作分贈計偕諸君子……五九
宿古寺……六〇
宿大滑石……六〇
偶出……六一
晚行……六一
飲桃花下……六一
芝山禪院……六二
近郭……六二
春遊……六二
瑯琊王節婦詩……六二
又代人作……六三
江洲……六四
豈有……六四
望遠……六五
夢哀……六五
父子寺訪虞雍國琴臺……六五
山寺晚歸……六六
秋夜……六六
凭欄……六六
學書……六六
山行……六七
食荔支……六七
昔時……六七
江寺……六八
遊城南花市醉歸……六八
登城……六八
巫山高……六九

蜀中新樂府六首 …… 六九
支機石 …… 六九
紗縠行 …… 六九
三城戍 …… 七〇
穿鹽井 …… 七〇
車載板 …… 七〇
西藏佛 …… 七一
蜀牋 …… 七一
題嚴子陵垂釣圖 …… 七二
八月初七日雨 …… 七二
初九夜又雨 …… 七二
留別書院諸生四首 …… 七三
穉澥詩集卷第三 …… 七四
仙井集下 …… 七四
揚州文滙閣四庫全書殘葉歌 …… 七四
離宮曲 …… 七五
長歌行 …… 七五
隴上 …… 七六
何時 …… 七六
秋懷 …… 七六
雪夜 …… 七七
游山宿古寺，有客談泰岱之勝。寢即夢登其巔，寤後，書此示客 …… 七七
歲暮宿彭山舟中感舊 …… 七七
嘉州尋梅 …… 七八
幽棲 …… 七八
春興 …… 七九
櫃崖越雞冠石、兩母山出黑龍潭，趨列乘墩，晚投青林寺 …… 七九
白果渡放船入慈母溪沿途瞻眺 …… 八〇
石室即事 …… 八〇
登故蜀藩宮城 …… 八一
成都秋日城上看西山 …… 八一
犀浦 …… 八二
郫縣 …… 八二
江樓晚眺 …… 八二

憩山口同游誦二徐詩戲占……八二
入關遇急雨走避山家題壁……八三
天師洞……八三
上清宫遠望……八四
芙蓉坪……八五
老人村……八六
丈人觀……八六
朝陽洞……八七
贈真一道人……八七
夜話……八七
留别……八八
長生宫觀范賢遺像……八八
味江橋亭送同游東還……八八
灌縣……八八
鎮夷關……八九
夜渡繩橋……八九
伏龍觀壁畫都江圖……八九
司馬相如墓……九〇
秋晚登浣溪樓……九〇
送人下第歸……九〇
遇滿洲軍校……九〇
席上聽人話東南近事……九一
東門行……九一
秦皇寺……九二
書堂雨夜獨坐……九二
秋夜即事……九二
久不得關隴消息……九二
山市晚歸……九三
雪後……九三
讀賈長江集……九三
清明……九五
龜城即事……九五
錦江東下絶句……九五
偶成……九五
眉州……九六
雨後出城偶成……九六

春歸……九六
春暮歸山即事……九七
春晚偶題……九七
夜投山家沿溪行經古寺門外……九七
家園……九七
寄人戲效南宋體……九八
新築屋……九八
旱……九八
書近事……九九
偶成……九九
蜀州立秋……九九
怨詩……九九
崖阿……九九
憶山中人……一〇〇
隴右行……一〇〇
官軍促諸賊畿東南，三面阻水困之，尚數萬。一夕河水汜漲又餘，漂溺入海。存者不能去，盡殲禽之。聞之輒喜不寐……一〇一
雨憶……一〇一
過外氏小園有感……一〇一
秋興……一〇二
留客……一〇二
紙帳……一〇二
出門……一〇二
錦江岷山樓……一〇三
征南蠻……一〇三
偶成……一〇四
山游絶句……一〇四
睡起……一〇四
初發宿逆旅……一〇四
彭祖墳……一〇五
過新津登脩覺寺……一〇五
臨卭……一〇五
文君井……一〇六
池上夜宴分咏臨卭故事得白頭吟……一〇六

大邑　一〇六
鶴鳴山　一〇六
侵晨遊霧中　一〇七
採藥至熊耳山宿泰安寺　一〇七
重入青城　一〇七
趙公山　一〇八
崇甯道中　一〇八
彭縣　一〇八
晨入高景關　一〇九
登山　一〇九
鎣華　一〇九
雪　一一〇
贈山僧　一一〇
雪茶　一一〇
九峰　一一一
千佛樓　一一二
天臺　一一二
山中人家　一一二
定僧　一一三
下山　一一三
什邡　一一三
飲田叟家　一一四
安縣山中　一一四
石泉訪禹穴至石紐宿廟中　一一四
龍潭　一一六
漫波渡訪太白故宅，在青蓮塲後天寶山，今爲寺，名隴西院。并謁祠像。去寺東一里，有金匱楊
撲詩碑　一一六
月圓墓　一一七
竇圌山　一一八
太白洞　一一八
大匡山　一一八
自江油入龍安峽，中數十里，山水奇詭特絕，雖夔巫不能過也。作八韻紀之　一一九

牛心山……一一九
陰平道……一二〇
彰明縣……一二〇
綿州……一二一
發羅江……一二一
漢州……一二二
絶句……一二二
桂湖消夏六言……一二二
蜀中大水……一二三
津門篇……一二三
庚午中秋闈中玩月華歌……一二三
秋風辭……一二四
南中曲……一二五
秋夜……一二五
黔中……一二五
穉瀣詩集卷第四……一二七
棧雲集……一二七
桂湖寄范三……一二七
黄滸鎮有懷叔嶠郤寄留別……一二八
上亭驛……一二八
宿劍門古縣……一二八
出關憩志公寺……一二八
利州皇澤寺……一二九
發三泉遇雪……一二九
早行……一二九
褒城登樓……一二九
留侯祠……一三〇
煎茶坪……一三〇
益門鎮……一三〇
寶雞暮登金臺觀……一三〇
除夕……一三〇
長安懷古……一三一
温泉……一三一
萬壽閣對月望嶽……一三一
河内道中……一三一
薄暮獨行……一三二

渡黄河……一三二
道蘆溝橋……一三三
南苑……一三四
寺内海棠一株，花似兩本。臥病旬餘，起則盡矣，感而成詩……一三四
都門懷古……一三四
獨遊西郊古寺，醉臥假山亭子上，醒後落花滿身，即題亭上……一三五
十刹海納凉……一三五
同李佐卿北河泊泛舟次韵……一三五
耶律文正墓……一三六
石景山有感……一三六
過明景帝陵……一三六
歸興……一三六
送李佐卿、朱枕虹兩孝廉歸彭水……一三七
游北郊宿小亭……一三七
新秋感興十二首……一三八
暮歸……一三九
西園引并序……一四〇
飲西郊歸作……一四五
渡海八首……一四五
海中遇大風……一四七
滬瀆雜詩……一四七
軒轅……一四八
重陽武昌登樓……一四八
趙家渡見晚橋……一四八
絶句……一四九
沔縣道中……一四九
金牛驛……一四九
登華山雲臺觀……一四九
蒼龍嶺……一五〇
過千秋……一五〇
讀戰國策……一五〇
有感……一五一
送傅潤生同年之官湖北……一五一

寄同年黃君爲其尊人壽 …… 一五三
滎縣 …… 一五四
途中偶成 …… 一五四
野寺 …… 一五四
輿中詠晚霞 …… 一五四
題高觀察珠海歸帆卷子 …… 一五四
秋雨經旬，庭中雜花爛然，有懷威
叔資州官舍，柬寄長句 …… 一五五
穉瀣詩集卷第五 …… 一五六
峽猿集 …… 一五六
嘉州晚眺 …… 一五六
竹根灘 …… 一五六
犍爲舟中 …… 一五七
嘉定至宜賓，江流曲折重複，岸山
皆作城雉麾纛之狀。感時無人，
海内多故，寄示兩弟 …… 一五七
舟中雜詩 …… 一五七
野泊見彗 …… 一五八
東下 …… 一五八
望敘州 …… 一五八
泊城外感舊 …… 一五八
鎖江亭 …… 一五九
望南岸有感 …… 一五九
南廣 …… 一五九
舟曉 …… 一五九
舟中偶成 …… 一六〇
南溪道中 …… 一六〇
泊瀘州高竹潭孝廉昆仲招同敖金甫
刑部小集江樓 …… 一六〇
合江 …… 一六〇
舟夜 …… 一六一
江津輓陳閬賡同年 …… 一六一
江津縣 …… 一六一
礮船 …… 一六二
水關 …… 一六二
東窮峽 …… 一六三

晏起 …… 一六三
望渝州 …… 一六三
得次澥書，知季澥秋試卷爲人割換，得雋刻入試録，感賦 …… 一六四
重慶府 …… 一六四
銕危峰亭子 …… 一六四
塗山 …… 一六五
泛舟龍門，浩入溪口。躡石壁，訪塗洞。緣山樓閣欄楯，花木嚴靚。褭裒瞻眺良久，和壁間韻 …… 一六六
覺林寺 …… 一六六
過江步至海棠溪上感舊 …… 一六六
渝州歌 …… 一六六
戲占 …… 一六七
巴女詞 …… 一六七
江北登樓 …… 一六七
季澥專使回卻寄 …… 一六八
縉雲山寺 …… 一六八
登城 …… 一六九
有感 …… 一六九
初陽 …… 一六九
巴峽短歌 …… 一六九
荔支園 …… 一七〇
北巖 …… 一七〇
涪州舟中夜雨獨坐 …… 一七一
平都山 …… 一七一
宿酆都城下 …… 一七二
花林驛 …… 一七二
忠州 …… 一七二
十月廿日，舟泊南浦，渡江訪岑公洞。歸，游西山太白巖，便道過魯池，讀山谷及南宋人諸題記，賦詩以紀歲月 …… 一七二
野泊聞長年譚其村人近事感而賦此 …… 一七三
舟夜不寐 …… 一七三

舟望……一七四
泊舟絶句……一七四
寄家書……一七四
望峽……一七四
三峽堂側有小亭，正臨灧澦，俯瞰峽門，江聲悲壯。山僧餉茶果，裴裒瞻眺，還拜昭烈、武侯廟……一七五
夔門……一七五
東屯……一七五
聞説……一七六
瞿唐峽……一七六
峽中……一七六
巫山縣……一七六
南陵……一七七
晚登巫山縣城……一七七
訪高唐遺址……一七七
巫峽……一七七
書所見……一七八
獨泊……一七八
冬暖……一七八
萬流驛……一七八
飯……一七九
逼迮……一七九
官渡口迴望巫峽……一七九
巴東秋風亭下感寇萊公故事……一八〇
過歸州見梅……一八〇
白狗峽……一八〇
將至新灘……一八〇
空舲峽……一八一
陽景……一八一
屈溪……一八一
黄牛峽……一八二
憶峽一篇寄季灖……一八二
後感興十二首……一八五
泊宜昌……一八七

繫舟古柳下夜聞雷……一八七
宜都遇大風雪……一八七
過湖……一八七
出沌……一八八
發武昌……一八八
望廬山……一八八
望皖公山……一八九
望九華山……一八九
揚州……一八九
清江浦……一九〇
趙北口……一九〇
偶成寓觀音院作……一九〇
都門夏感……一九〇
稺澥詩集卷第六……一九一
海岱集……一九一
憶岱……一九一
夢游嵩少……一九一
夜歸……一九二
梁王臺……一九二
登樓……一九二
捕盜宿野市……一九二
出郊有感……一九三
梁王臺新祠成設祭歸途之作……一九三
捕賊夜歸宿野店……一九三
獨游入古寺……一九三
夢歸……一九四
送人入黔……一九四
登秦觀峰觀秦碑……一九四
日觀峰疊前韵……一九五
再疊前韵……一九五
三疊前韵……一九五
乾坤亭四疊前韵……一九六
泰山御幛坪石亭銘……一九六
宿岱頂……一九六
之官濟陰次辛莊送人登岱……一九七
感春……一九七

觀門蟋蟀有感……一九七
續成一首……一九八
春歸……一九八
無題……一九八
七月初五日……一九八
滙泉寺……一九八
題畫……一九九
二月二日去定陶，父老送道不絶，行四十里，至晚乃抵曹州。是夜，汜陽受命壇新亭乃爲大風刮去八九里，亦異矣……一九九
海上……一九九
泰安道中……一九九
汶水西岸人家……二〇〇
無題……二〇〇
瑯琊臺……二〇〇
曉登禮日亭……二〇二
海上歸次石門作……二〇二
游障日山寺……二〇二
春盡……二〇三
行縣……二〇三
逢哥莊劉氏園看牡丹……二〇三
廬山安國寺……二〇三
潮河城道中……二〇四
超然臺獨飲……二〇四
重九登常山……二〇五
四時主祠望海……二〇五
穉瀣詩集卷第七……二〇六
附録……二〇六
形勢……二〇六
時勢……二〇九
曹説……二一一
穉瀣詩集跋……二一六
附録一……二一七
集外詩文……二一七
石潭……二一七

砦上石城 …… 二二七
擬古 …… 二二八
醉歌行 …… 二二九
苦熱行 …… 二三〇
擬行樂辭 …… 二三〇
火輪船歌 …… 二三一
逆夷欲於京師及各省買民田爲火輪車路，事幸格不行，感賦此 …… 二三二
山水横看 …… 二三二
萬里橋懷古 …… 二三二
幽事 …… 二三三
秋晚 …… 二三三
漫興 …… 二三四
宵奔 …… 二三四
砦居雜詩二十首 …… 二三四
送人從軍 …… 二三六
觀兵 …… 二三七
賊去歸敝廬 …… 二三七
散步 …… 二三七
初冬 …… 二三八
感春 …… 二三八
三月晦日與同人夜飲 …… 二三八
林亭晚凉 …… 二三九
亂後經縣門 …… 二三九
荒廨 …… 二三九
宿南山舖 …… 二四〇
初至成都作 …… 二四〇
偶出 …… 二四〇
城南 …… 二四一
古觀 …… 二四一
文殊院 …… 二四一
泛舟 …… 二四二
重訪古觀 …… 二四二
山中夜半聞鼓吹聲有感 …… 二四二
寒食 …… 二四三
中秋後三日出城作 …… 二四三

上元日入城 …… 二四三
游山題村店壁間 …… 二四四
書帷 …… 二四四
中秋登明遠樓 …… 二四四
琴臺 …… 二四五
墨池 …… 二四五
謁杜少陵祠 …… 二四五
寒夜雪 …… 二四六
偶成 …… 二四七
古別離曲 …… 二四七
早行泊舟 …… 二四七
江邊漁家 …… 二四七
九日 …… 二四八
杜鵑 …… 二四八
書齋夜起 …… 二四八
宿高灘阻雨 …… 二四九
驛亭 …… 二四九
馬上聞鶯 …… 二四九
夜吟有感 …… 二五〇
柳堂六十壽詩 …… 二五〇
題泰山圖 …… 二五〇
毛氏家譜跋 …… 二五一
與錫良書 …… 二五二
與喬樹枏書 …… 二五五
泰安縣毛籌辦小學堂經費稟 …… 二五五
泰安縣毛設立蒙學堂並常年經費稟 …… 二五七
祭魯士師柳下惠展子文 …… 二五七
天寶郭家莊告諭碑 …… 二五八
山東泰安縣毛閱報公所牌示 …… 二五九
泰安知縣毛澂等堂諭碑 …… 二六〇
題高里山森羅殿 …… 二六一
題高里山戲臺 …… 二六一
附録二 …… 二六二
毛澂生平資料選編 …… 二六二
（一）方志 …… 二六二

（民國）仁壽縣志·毛澂傳 …… 二六二
仁壽縣志·毛澂傳 …… 二七二
泰安市志·毛澂傳 …… 二七六
（民國）華陽縣志·喬樹枏傳
（節選） …… 二七七
（民國）華陽縣志·范溶傳
（節選） …… 二七七
（民國）簡陽縣志·毛純豐傳
（節選） …… 二七八
（民國）綿陽縣志·陳湋傳
（節選） …… 二七八
（民國）定陶縣志 …… 二七八
曹縣鄉土志 …… 二七九
（民國）續修歷城縣志 …… 二八〇
（民國）平度縣續志 …… 二八〇
泰安縣鄉土志 …… 二八〇
（民國）重修泰安縣志 …… 二八〇
泰山小史注 …… 二八六
（光緒）益都縣圖志 …… 二八七
（民國）續修廣饒縣志 …… 二八八
（民國）單縣志 …… 二八八
（民國）邱縣志 …… 二八九
諸城縣鄉土志 …… 二九〇
（宣統）山東通志 …… 二九〇
（宣統）滕縣續志稿 …… 二九一
（民國）續滕縣志 …… 二九一
（二）詩文詞 …… 二九一
蜀兩生行 …… 二九一
登眉州三蘇祠雲嶼樓 …… 二九二
仁壽毛蜀雲席豐、緜竹楊叔嶠銳，蜀中績學士也。香濤學使納之門下，爲講明漢學宗旨，因與余友善，亦同氣相求之理，各贈詩二首 …… 二九三
丁丑將赴鄷寄懷叔雲京師，時方由水道還蜀 …… 二九四

丁丑秋將赴鄷都，寄懷毛蜀雲京
師下第後由水程還蜀 ……… 二九四
九月十七日出都，叔雲、茂蔆、
晦若、孟侯送於彰武門，賦
此卻寄 ……… 二九五
同梁節盦、于晦若、繆小珊、楊
次麐、吴柚農、王雪澂、毛穉
澥、吴季清泛舟北泊觀荷，還
集天甯寺三首 ……… 二九六
陳同年光明輓詞 ……… 二九六
出都畣毛菽畇同年 ……… 二九七
重九寄懷潤生次毛菽畇太史送潤
生詩韻 ……… 二九七
送叔匀師赴京 ……… 二九八
送匀師館選後入都排律一百韵 ……… 二九九
寄毛尹孺 ……… 三〇〇
樽前有佳客五首・毛蜀雲賦詩 ……… 三〇一
答同年毛蜀雲明府 ……… 三〇一
泰山山腰有飛泉，泰安令毛菽畇
前輩澂築亭其側，余名之曰酌
泉，并題小詩 ……… 三〇二
岱頂觀日出同泰安令毛菽畇前輩
澂 ……… 三〇二
遊後石隖 ……… 三〇二
毛菽畇餉石鱗魚 ……… 三〇三
泰安道中寄贈毛蜀雲大令兼呈段
春巖太守 ……… 三〇四
題龍峪泉石亭 ……… 三〇六
絶句 ……… 三〇七
毛蜀雲明府招飲普照寺即席賦贈
……… 三〇七
寄泰安毛蜀雲大令代柬乞各石搨
六絶 ……… 三〇八
送毛澂作令山東 ……… 三〇八
泰安令毛澂，蜀中名翰林也。余
在都門，嘗相往還。今過所治，

以詩示之……三〇九
輓顧印伯二首……三〇九
題山亭觀瀑……三〇九
題吴雨僧詩集……三一〇
四川尊經書院舉貢題名碑……三一〇
毛公改建甎城碑記……三一二
甘棠雅化碑……三一四
重整上書院記……三一五
賜進士出身華翎三品銜在任即補知府泰安縣知縣蜀雲毛老父臺德政……三一六
屋後小園牡丹記……三一八
治盜探源……三一八
泰安令毛君興學記……三一九
太清寺義塾碑記……三二二
稟請祀毛縣尊於高等小學校稿……三二三
邑庠生座銘公暨張孺人墓表……三二四
望湘人……三二五

鶯啼序……三二五
（三）奏摺、書信、諮文、序跋……三二六
致毛叔雲門生書……三二六
與高紹良刑部……三二七
與金大令某……三二八
法國公使施阿蘭致總署函（其一）……三二九
總署致法國公使施阿蘭函……三三〇
法國公使施阿蘭致總署函（其二）……三三〇
山東巡撫李秉衡致總署函……三三一
山東巡撫李秉衡致總署諮文……三三二
法國公使施阿蘭致總署函（其三）……三三三
致曹州府邵太守香亭暨曹、單縣毛大令（光緒二十二年兖沂道任）……三三四
豐縣復單縣信（光緒二十三年六

月二十八日到）……三三五
碭山縣復單縣信（光緒二十三年六月二十八日到）……三三五
復單縣毛太令蜀雲（光緒二十三年七月十三日）……三三六
與汪康年書（其四）……三三六
與汪康年書（其五）……三三八
與汪康年書（其六）……三三九
與汪康年書（其八）……三四〇
光緒二十五年八月十八日山東巡撫毓賢奏摺……三四〇
山東巡撫周奏因争誤傷親母嚴緝逸犯務獲究辦片……三四二
泰山志序……三四三
元至正本新編翰林珠玉跋……三四三
北夢瑣言二十卷跋……三四四
奉高吟題詞……三四五
跋後石隖題刻……三四五
書秦篆拓本後……三四五
書澄鑑堂帖後……三四六
跋漢三十二字磚……三四七
（四）日記、筆記、雜史……三四八
藝風老人日記……三四八
督學山左日記……三五一
湘綺樓日記……三五二
黄炎培日記……三五三
愛智戊午日記……三五三
遊岱隨筆（節選）……三五四
舍身崖……三五四
吕祖洞……三五四
高里山神祠……三五六
蒿里山閻羅廟之創建……三五七
敬祀閻王廟之風俗……三五七
張之洞優容熊汝梅……三五九
泰山有姑子……三六〇
漢畫象石（節選）……三六一

黄崖案的回憶（節選）……三六一
（五）總集、目録、詩文詞評……三六二
晚晴簃詩匯·毛澂……三六二
（民國）仁壽縣志·稺澥詩集……三六二
續修四庫全書總目提要·稺澥詩集……三六三
蜀詞人評傳·毛瀚豐……三六四
毛澂……三六四
中南、西南地區省、市圖書館館藏古籍稿本提要·蜀雲詩草……三七一
清人詩文集總目提要·蜀雲詩草……三七二
清人詩文集總目提要·稺澥詩集……三七三
附録三……三七五
毛澂年譜簡編……三七五
附録四……四〇三
引用書目……四〇三
史籍……四〇三
史料叢編……四〇三
地方志……四〇四
日記……四〇七
年譜傳記……四〇八
總傳……四〇九
家譜……四〇九
目録……四〇九
碑誌……四一〇
筆記……四一〇
別集……四一〇
總集……四一三
雜著叢書……四一三
研究論著……四一四
後記……四一五

喬曾劬序

穉澥毛公早負文譽，與先大父損庵府君有道義骨肉之雅，公車北上，出處多偕，仁和吴子儁先生觀禮所爲賦《蜀兩生行》者也。以進士服官山東，光緒丙午，卒於滕縣任所。遺詩數册，傳寫多訛，府君嘗欲爲之印行，展轉南北，卒卒未果。甲寅冬入都，親爲釐次，並託朋好任校讐之役，多所訂正。其不能臆斷者，則姑仍之，分爲六卷。遺文散佚甚多，存者三篇，附詩後。代鬻書畫，以給印資。丙辰十一月，始付鉛印，期以今歲二月成書①，而府君以二月中旬疾作，病中往往以亡友遺詩爲念。五月，梓人來告刻成，府君已不及見矣。傷哉！伏處倚廬，敬識緣起如此。

丁巳六月華陽喬曾劬謹記。

① 「成書」，尹本作「書成」。

穉澥詩集卷第一①

仁壽毛澂叔雲

仙井集上②

古别離

與子結歡好，總角相因依。歲暮百憂逼，念子何當歸？執手立河干，河水聲嗚悲。北風淒以厲，翩翩吹爾衣。夭矯雙飛龍，中路羽翼乖。鴻雁哀南翔，臨别尚徘徊。况我同心友，高舉忽若遺。相憶不在遠，咫尺隔山陂。愁撫素絲琴，絃絶傷中懷。索居易永久，過失誰予規！

花前醉歌

日欲暮，花含愁，碧雲四合春悠悠，月出正照池西樓。緑煙滿堂不可掃，紅燭照人人愈好。名花勸酒

① 「穉澥詩集」，稿本作「毛穉澥集」。
② 「仙井集上」下稿本注有「戊午至庚午」五字。

解笑人，明日花殘人亦老。一年見月圓幾回？月圓幾回花正開？幾回花開逢客來？滄洲白髮不相待，酥酒朱顔君一杯。

擬古①

猗蘭生空谷，寂寞含孤芳。地遠人不知，侵陵凋雪霜②。衆草更相詘，枯荄蟲蟻傷。坐觀蕭艾叢，薈蔚枝葉長。蝶來抱根泣③，嗟嗟王者香。

東鄰有美女，城郭豔窈窕。花顔今十三，嫁時一何早④？西鄰有醜女，紡績食不飽。漢帝求無鹽，十徵不上道。世無梁伯鸞，孤棲以終老。

園中新種桃，結實何離離。羣兒不俟熟，採摘忘朝飢⑤。入口轉顰蹙⑥，棄擲拋汙泥。桃實豈不甘，亦須待其時。時來味自美，慎勿傷暮遲⑦。

① 「擬古」下《詩草》注有「三至二十六」五字。按：此題下《蜀雲詩草》另有八首，見附録一。
② 「凋」，《詩草》作「雕」。
③ 「根」，尹本作「恨」。
④ 「一」，《詩草》作「亦」。
⑤ 「飢」，《詩草》作「饑」。
⑥ 「轉顰蹙」，《詩草》作「螫蛇蠍」。
⑦ 「勿」，《詩草》作「毋」。

堇肉非不甘，餓丐忍不食。所以君子明，渴死盜泉側①。神龍戲滄海，變化世莫測。有欲即可罾，終爲醢人得。

高山石嶄嶄，流水聲澌澌。美人期不來，日暮涼風吹。散懷採芳草，憶遠忘行遲。淚痕溼羅袖②，愁君猶未知。莫言君不知，知亦來何時？人生匪弦望，會合多愆期。傳書責鴻雁，恐被虞人羈。且宜種紅豆，盡斫楊柳枝。柳枝别時折，紅豆長相思。

神仙不聞道，千歲猶爲夭。封禪求赤松，安見蓬萊島？王母瑶池宴，蛾眉颯秋草。金石尚銷鑠，焉得長美好。志士爭千秋，修身以爲寶。顔回三十殤，芳名今未老。

野墅秋色淡，霜風發佳菊。喜無蜂蝶狂，寒香媚幽獨③。花遲開不落，桃李隕何速。採掇感頽齡，東厨酒新熟。世事如轉燭，百歲鳥過目。但醉莫復問，盡此杯中醁。

江南鴨嘴船，七月可採蓮。破曉涉江去，鴛鴦沙際眠。攀花露猶滴，湖水涼生煙。摇曳如花人，倒影臨風前。采采欲誰贈，翹首望遠天。秋鴻南向飛，何日還幽燕？欲作採蓮曲，無人爲扣舷。折得並蔕花，憒憒擲水邊。日暮打兩槳，欲去仍留連。惟恐早霜至，紅落不復鮮。

故人尺書至，僮僕款荆扉。倒屣迓來使，裘馬皆輕肥。故人中朝貴，何意顧寒微？開函讀未罷，涕下

① 「盜泉側」下《詩草》有「鴆毒藏珍饈，干戈伏衽席。不見貪夫貪，實乃賊自賊」二十字。
② 「淚痕溼羅袖」，《詩草》作「血淚溼襟袖」。
③ 「香」，《詩草》作「寒」。

沾我衣①。上言天子聖，輔佐皆皋夔。下言德澤洽，萬物生光輝。緘淚謝故人，努力青雲期。自慚非仲父，鮑叔今豈稀？

弱冠事豪俠，拔劍遠行遊。行遊至何所，長嘯入幽州。金臺千載空，霸氣關河秋。獨抱漸離筑，來上燕丹樓。高歌北風起，易水寒颼颼。慨焉想荊卿，兒戲非遠謀。慷慨樊將軍，萬世無匹儔。不成死何恨，孤負英雄頭②。丈夫感知己，功名非所籌。古人倘可作，執鞭安足羞？

岐山化爲谷，阿閣成蒿蓬。鳳去一千載，哀哀吾道窮。朝來鷹隼匿，鸞鶴朝於東。九州腥穢多，悲鳴天地中。引領望都邑③，飄飄元圃風④。鳳兮胡爲來，矰繳世易逢。桐枯竹不實，歸哉丹穴空。

轉甕如轉車，灌樹不灌花。花落不復開，樹老成良材⑤。種樹種桃李，慎莫栽荊棘。荊棘刺傷人⑥，桃李飢可食。

至人謝聲利，澹泊寡所求⑦。著書闡道德，聾瞽開千秋。没世奚足云，但期躬自修。神龜七十鑽，身後無遺謀。乃遭豫且制，使我淚莫收。大化何茫茫，天命良悠悠。東家與盜跖，同盡歸山邱。

---

① 「沾」，《詩草》作「霑」。

② 「孤」，《詩草》作「辜」。

③ 「領」，《詩草》作「頸」，稿本作「頸」，旁注有「領」字。

④ 「元」，《詩草》作「玄」。

⑤ 「成」，《詩草》作「猶」。

⑥ 「刺」，《詩草》作「剌」，稿本作「剌」，旁注有「刺」字。

⑦ 「澹」，《詩草》作「淡」，稿本作「淡」，旁注有「澹」字。

晚食以當肉，安步以當車。富貴常畏人，貧賤如我何。緜力舉九鼎，罕得全其家。斥鷃慕深山，山深招網羅。魚蝦羨大海，海大蛟龍多。

日月轉兩丸，迅疾箭不如。奔車走駟馬，安及過隙駒。及時不行樂，負此七尺軀。千金買歌舞，歡樂無須臾。猖狂嗜麴糵①，醉骨生已枯。至今伯倫墓，何曾依酒壚②？不見魯丈人，至樂常有餘。飲水曲肱臥，陶然天地初。

驅車古原上，遥望黄金臺。宫觀鬱嵯峨，城闕高崔巍。寥天望不極，萬里浮雲來。意欲鏟山岳，力薄中心哀。緬想燕昭王，駿骨收郭隗。霸圖寂千載③，遺迹空蒿萊④。

古歌

毛褐可以卒歲，穅覈可以療飢。一身作客，鬱鬱何爲？出門山高高，渡河水深深。利劍不在手，四海無知音！

① 「糵」，《詩草》作「蘗」，稿本作「蘖」，旁注有「糵」字。
② 「壚」，《詩草》作「鑪」。
③ 「寂」，《詩草》作「向」。
④ 「遺迹空蒿萊」，《詩草》作「而今安在哉」。

夏夜①

風露空山滿，天高夜氣沈。雲輕多聚散，星動乍晴陰。螢影石房亂，猿嗁松徑深。誰知採薇客，抱膝此長吟？

紀夢②

我從蓬萊游③，第煮蓬萊石。跣足下東海，清淺不盈尺。恍惚紫鯨背，俯弄日丸赤。掬日丸兮隨水轉，雞再鳴兮暘谷旦。時有彩霞自天墜，海山紅綠眩。決然飛起追雲車④，風泠泠兮倏至帝所家。仰見金彈嵌青天⑤，芒吐華。橫斜歷落不可數⑥，我手摘之疑摘瓜。天體蕩蕩，青滑如飴。以杖撞門，彭鏗響遲。瓊扉

---

①「夏」上《詩草》注有「三十」二字，「夜」下《詩草》有「即景」二字。

②《詩草》「紀夢」旁注有「升天行」三字，「夢」下注有「卌一」二字。

③此詩《詩草》所載與其餘各本甚異。「我從蓬萊游」上，《詩草》有「春雨合兮寒夜深，悄獨行兮山半陰。花有殊色兮水有佳音，路忽迷兮無古今。清澗之阿，長松之曲，臥青牛，騎白鹿。瑤草春兮香滿谷，中有幽人留我宿。溪邊日暮花含煙，天台女兒愁不眠。霎時冥晦作雷電，羅浮暗與蓬萊連」八十六字，然將此部分框住。

④「海山紅綠眩」與「風泠泠兮倏至帝所家」之間部分，《詩草》作「陽開陰闔忽而清，鸞鶴空中吹玉笙。幢幡羽葆紛紛籍籍落崖下，仙之人兮顧余跨其馬。余馬若豬兮余有雲車」。

⑤「仰」，《詩草》作「但」。

⑥「歷落」下《詩草》有「凹凸」二字。

洞敞玉爲地，下視紅塵釜波沸。瀛海摇摇秋色寒，雪光飛上青鸞翅①。

砦居避兵雜詩②

古砦高山頂，寬平别有天。翠崖明紫日，赭壁挂紅泉。樹本苔衣厚，花間石鏡圓。狼烽飛不到，擬住問神仙。

梯崖三萬級，魚貫入天行。雲外猶人影，風中每鶴聲。青溪涵疊嶂，赤燒岋層城。所願吞瓊髓，鶱飛羽翼輕③。

青壁古苔滑，往來雙手捫。摩天盤線路，鑿石劈山門。谷響落飛狖，藤枯垂飲猿。白雲足下起，仰首日車翻。

久賃樵人屋，時尋木客家④。秋燈飛怪鳥，暑雪長奇花。井竭泉多石，田磽飯有沙。燒畬灰土下，蚯蚓

① 「彭鏗響遲」之下部分，《詩草》作「瓊扉洞敞日月白，金銀宮闕的皪而崔巍。入閣道，升雲樓，捲簾玉女花滿頭。下視八極風颼颼，山河大地猶浮漚，人世齷齪何時休。吁嗟乎，人世齷齪何時休！嘆未終殿前來詔，朱衣小史爲我導。丹墀稽顙再拜稱外臣，上帝支頤屢含笑。賜我元精飯，飲我青瓊漿。黄金爲門，白玉爲堂。乘龍後庭，游戲紫房。天地滅，此樂不可忘。慎忽説與市朝客，思故鄉。俯仰一笑三千霜，天地滅，此樂不可忘」。

② 《詩草》「砦居避兵雜詩」作「砦居雜詩二十首」，「砦」上注有「四十至五十九」六字。按：此處録其中十一首，餘下九首載《蜀雲詩草》，見附録一。

③ 「鶱」，《（民國）仁壽縣志》卷三七作「騫」。

④ 「久賃」二句，《詩草》作「渡水溪橋斷，登山石逕斜」。

大如蛇①。

江山寒雨冷，蕭瑟不成春。豺虎晝當道②，烏鳶饑啄人。軍需城邑竭，賊火井閭貧。一飽非容易，長歌背負薪。

山入雲中掩，溪穿石底過。天陰稀見日③，水大欲成河。避地朱顏改，憂時緑髮皤。終軍年少耳，把劍淚滂沱。

寂寂荒山夜，孤棲獨一家。空村潛過虎，深樹暗藏鴉。天近星垂大，崖敧月入斜。王師應報捷，三夕有鐙花。

架屋石崚嶒，編茅蓋古藤。牆乾經暑雪，池濘隔年冰。寒夜惟消酒，虚窗不上燈。韜鈐已焚盡，甘此百無能。

晝眠常嬾起，夢醒覺春非。淺草碧油潑，晚花紅絮霏。日斜山鬼出，雲返洞龍歸。喪亂明雙眼，晴天淚溼衣。

冤氣黑雲橫，蒼茫七百城。營空中夜徙，壠廢去年耕④。抱珥天常暈，生毛日不明。秋風吹木葉，送作鼓鼙聲。

---

① 「井竭」四句，《詩草》作「營壘三千里，巖棲數百家。不言風土惡，兵甲送年華」。

② 「晝」，《（民國）仁壽縣志》卷三七作「畫」。

③ 「天陰」，《詩草》作「霧深」。

④ 「冤氣」四句，《詩草》作「四海未休兵，兒童帶劍行。荒城多鬼哭，廢壠少人耕」。

忽忽三春盡，凄凄百卉肥。雲忙銜隼墜①，風陡挾人飛。荷蓧久忘世，灌園今息機。干戈昧生理，掘盡北山薇。

古劍②

金虎嘯暗室，霜氣柱礎摇。獄邊掘得井花淬，太白下貫牀頭鞘③。解絛失手墜平地，劃然萬丈長虹戲。起舞筵前月争輝，電光亂掣羣星飛④。須臾匹練落素几，滿堂湛湛秋江水。書生憔悴淮陰貧⑤，封侯有策無由陳。從君乞歸壯行篚，更寫《陰符》三百軸，明宵抱劍沙場宿。

憂亂⑥

蜀道天下險，萬古稱石穴。要害用一夫，賊騎敢馳突？民風素純樸，聖朝厚撫卹。所以二百年，關河

---

①「雲忙」，《（民國）仁壽縣志》卷三七作「雲茫」。

②《詩草》「古劍」作「古劍歌」，「古」上注有「六十二」三字。

③此詩《詩草》所載與其餘各本甚異。「解絛失手墜平地」之前部分，《詩草》作「主人有古劍，銛利如昆刀。獄邊掘得自磨淬，裝以七寶黄金鞘。什襲牀頭厭惡魘，往往暗中生白毫。虎皮包裹頸猶縮，勝買虬鬚千健僕。古道無人獨相伴，鐵膽猙獰照寒目。西山老魅血猶紅，鬼母荒林夜深哭。酒酣燈下求借觀，引杯未見神先寒」。其中「如」字旁注有「逾」字。

④「掣」，《詩草》作「射」。

⑤「淮陰貧」下《詩草》有「强顔胯下長羞人。中原盜賊正充斥」十四字。

⑥《詩草》「憂亂」作「憂亂五百字」，「憂」上注有「六十三」三字。

久寧謐。雖遭嘉慶變，元氣猶未失。况復生息餘，富庶壓京闕①。物極理必反②，大亂起倉卒。命將已十年，中原地流血。兵甲暗吴楚，烽火照閩浙。獨此梁州區，耕稼少侵軼。邊帥恃地險，防守久廢缺。一旦長鯨來，頭觸天柱折。承平忘武備，人不諳戰伐。破竹勢難敵，火焚乾坤裂。倏忽踰三年，請從初亂説。艱苦身所受，欲語氣嗚咽。軍興困轉輸，黎民苦搜括。重以貪黷吏，奸宄暗萌蘖③。賊徒實無能，安敢思僭竊？直爲官長逼，救死不得脱。虎急思噬人，毒螫類蛇蝎④。長驅至西蜀，宇宙電一掣。一舉圍戎州，孤城屢瀕没。蕭條蜀南地，千里盡空室。請救錦官城，羽檄星火疾。嚴武今不在，告急久未出。遂使梟獍徒，猖狂恣屠割。丁壯斃鋒刃，老弱死崖壑⑤。逃避或不及，轉瞬成異物。虜掠村爲虚⑥，快刀斷其髮。臨陣驅向前，進退兩難活。朝廷養兵士，征討備奸黠。蔓延盈兩川，坐視竟無術。初賊起南詔⑦，烏合本易滅。養癰不早計，蓄毒厚乃决。迫脅日愈多，蹂躪日愈闊⑧。錦江玉壘間，傷心萬人骨！企望援軍至，延頸慰飢渴。及至又不然，出入民戰慄。白晝公殺人，横行誰敢詰？淫掠甚殘賊，何止害桑麥！受賂不出師，嗚呼

---

① 「富庶」，《詩草》作「庶富」。
② 「理」，《詩草》作「則」。
③ 「蘖」，原作「蘗」，尹本同，依《詩草》、稿本改。
④ 「螫」，《詩草》作「蠚」。
⑤ 「壑」，《詩草》作「窟」。
⑥ 「虚」，稿本作「墟」。
⑦ 「初賊」，《詩草》作「賊初」。
⑧ 「躪」，《詩草》作「躙」。

誰秉鉞？將軍已富貴，閭閻固騷屑。腐儒竄山谷，奔走筋力竭。腹飢飲泥土，足冷踏霜雪①。生死尚難料，驚定神恍惚。流離面目醜，愁思肝肺熱。意欲乘長風，徒手無寸鐵。彎弓滿宇宙，掃蕩望羣傑。長歌激諸將，急擊慎師律！

鄉兵行②

黃塵暗天大風起，鄉兵列陣臨江水。江水翻風波浪急，小弟呼兄爺喚子。泣血辭家告阿孃，不願同生願同死。萬人號呼飛渡江③，怒髮衝風沙割耳④。鑄鋤持作劍，裂衣持作旗⑤。枯槎持作薪⑥，乾餱持作糜⑦。兵來賊來等一死，忠名義字誰知之？以上二句一作「兵來賊來同死之」。不見前村老翁惜錢帛，烏來

---

① 「霜」，《詩草》作「冰」。

② 《詩草》「鄉兵行」作「鄉兵謡」，「鄉」上注有「六十四」三字。

③ 「號呼」，尹本作「呼號」。

④ 此詩《詩草》所載與其餘各本甚異。「江水翻風波浪急」與「鑄鋤持作劍」之間部分，《詩草》作「但見夫攜婦，兄攜弟，父攜子。父子兄弟夫婦萬人號呼飛渡江，不願同生願同死」。

⑤ 「衣」下《詩草》無「持」字。

⑥ 「槎」，《詩草》作「椿」。

⑦ 「乾餱持作糜」下《詩草》有「日戰古城側，夜宿荒山陂」十字。

啄，腸銜飛，上挂枯樹枝！我聞兵農未分秦漢前，自事召募民騷然①。何人批鱗上疏復古制，直遣九州惡少俱歸田②？

暝③

煙樹暝霏微，秋山坐不歸。望雲風落帽，待月露侵衣。亂罷家何有，饑驅願始違。嗁烏江海客，猶傍故園飛。

除夜④

歲序蕭條盡，連村鼓樂閒。聞鐘知野寺，擫笛想關山。世亂人情異，年凶物力艱。開正無濁酒，誰爲洗愁顔。

盗賊年年熾，瘡痍處處貧。兵戈寒嶺色，烽燧阻江春。病叟跪挑菜，孤嫠行拾薪。高樓有思婦，含淚説征人。

---

① 「兵來賊來等一死」與「何人批鱗上疏復古制」之間部分，《詩草》作「何如爲國殺賊，忠名義字人知之？莫言鋒刃利，白梃交加碎車騎。莫言盔甲堅，赤身酣鬥揮戈鋋。鄉兵百人一心力，勝似徵兵盈數千。我聞寓兵於農聖王法，静如山岳流如川。人自爲守自爲戰，不比外兵情不專。自從後世事招募，飛芻輓粟民騷然。若使家家有精卒，草澤羣雄焉敢奸？嗚呼！」

② 「州」，《詩草》作「邊」。

③ 「暝」上《詩草》注有「六十六」三字。

④ 「除」上《詩草》注有「六十七」三字。

人日①

花勝家家翦，梅香院院通。盞浮春酒緑，門擁夜鐙紅②。簫鼓軍前樂，鞦韆塞上風。歡娱多涕淚，元不爲飄蓬。

元夕③

寂寞上元夜，夷歌連百蠻。鉦鐃誰虎帳，冰雪古蠶關。寒柝邊城閉，孤燈野市閒。回頭十年事，揮淚話鼇山。

雪④

莽莽新年雪，天涯未洗兵。暮雲含嶺色，夜雨長江聲。國讖蛇相鬬，軍威鳥亂鳴。陰陽失調燮，玉燭望羣卿。

---

① 「人」上《詩草》注有「六十八」三字。
② 「鐙」，《詩草》作「燈」。
③ 「元」上《詩草》注有「六十九」三字。
④ 「雪」上《詩草》注有「七十一」三字。

苦兵嘆①

黄花戰帬紅抹巾，腰刀暗嘯青蛇鱗。閃閃大旗道旁立，白日街頭横殺人②。羣入人家捉婦女，彈雞射犬驚童豎③。磨刀向頸誰敢拒④？厲言而翁不赦汝⑤。賊來猶可避一時，大軍徧野將安之？哭訴轅門反遭箠⑥，草間嘔血狐鳴悲。日暮原頭陣雲黑，將軍震掉無人色。兩軍相遇西山前，礮聲雷碾秋空煙。勁弓猛箭劇風雨，不射賊酋空射天。陰謀蓄賊要恩賞，走馬聯翩來索餉。夜聞賊去膽忽雄，急躡萬騎追長風。荒村零户百家滅，亂砍民頭歸獻功⑦。

扶桑挂曉日⑧

扶桑挂曉日，正在東南隅。夜半浴滄海，飛來三足烏。羲和棄鞭走，側翅招其雛。銅距一爪破，火球

---

① 「苦」上《詩草》注有「七十五」三字。
② 「白日」，尹本作「日日」。
③ 「童豎」下《詩草》有「虎額虬髯雙目努」七字。
④ 「磨刀向頸誰敢拒」，《詩草》作「礪頸磨頭誰我拒」。
⑤ 「厲」，《詩草》作「怒」。「不赦汝」下《詩草》有「家家甕盎無全器，故毁門扉搥甑釜」十四字，然被框住。
⑥ 「訴」，《詩草》作「訢」。
⑦ 「砍」，《詩草》作「斫」，《勘誤》改作「斫」。
⑧ 《詩草》「扶桑挂曉日」作「咏日中烏」，「咏」上注有「七十六」三字。

流碎珠①。金盆裂爲二②，鏗然聞帝閽。分光照八極，四海皆驚呼。羣仙袖手哭，此恥萬世無。牽牛挽銀漢，難洗腥涎汙。死矣有窮后，誰敢彎天弧！

愁③

乾坤未息戰，廊廟尚論兵。赤子理難棄，黄圖勢必争。龍髯懷往事，虎口脱餘生。夢熟兒時景，依然舊太平。

門晝開

爰居來，門晝開。門晝開，揚黄埃。狐裘蒙茸草頭宿，八十老兵省中哭，禿鶖夜啼上門屋。桑乾湛湛，西山巖巖，愁君零露衣霑霑。

風蕭蕭

朝括金，暮括金，城中無人春色深。清宫一騎古塵起，九衢寂寂静如水。風蕭蕭，吹野蒿。雞犬不鳴，狐狸遁逃。都人回首，面北且莫啼，西陵月黑萬馬嘶。

---

①「球」，《詩草》作「毬」，稿本作「毬」，旁注有「球」字。
②「二」，《詩草》作「三」。
③「愁」上《詩草》注有「七十七」三字。

有感①

負扆朝羣辟，垂簾坐兩宫。安危關大計，社稷仗元功②。玉殿妖星紫，金城燧火紅。魂飛宸極北，夜夜夢周公。

松州屠③

城中火起城門闢，軍聲颯颯飛砂石。人頭如雨刀如風，流血滿山雪光赤④。夢中驚起暗縋城，月黑林荒竦矛戟。晝藏古塞臥深冢⑤，夜走空江踏寒磧。百口今惟存一身，兩臂君看箭瘢襞。誰爲禍首匿不報？青海戎王尚相惜⑥。中原白骨高齊天，蕞爾邊城固應擲！

春夜大醉

江北江南草不春，年年海上起煙塵。長星勸汝一杯酒，那有千秋萬古人！

---

① 「有」上《詩草》注有「七十八」三字。
② 「關大計」，《詩草》作「天下體」。「仗元功」，《詩草》作「後之侗」。
③ 「松」上《詩草》注有「八十」二字。「屠」下《詩草》有「爲馬君作」四字，然以墨圍框住。
④ 「赤」下《詩草》有「碧眼番兒殺爲戲，豬屠羊刲牛寸磔」十四字。
⑤ 「冢」，尹本作「冡」。按：「冡」實爲「蒙」之本字，原書中多與「冢」相混，誤。
⑥ 「戎王尚」，《詩草》作「王子來」。

亂後經縣門①

背郭人煙少，春晴四望通。城垣芳草外，祠屋菜花中。歸燕巢官樹，妖貍穴佛宫。溪濠多白骨，灑淚向東風。

資州東樓②

黄昏漁火亂汀洲，獨倚元龍百尺樓。繞郭平沙争晚渡，半城明月送行舟。羣峰隔水寒相對，古樹臨江遠若浮。鄉國不殊烽火近，茫茫旅思起春愁。

南津驛③

風前放盞倦時身，拂壁題詩兩袖塵。破院無僧鶯是主，空亭有客燕爲鄰。長流水更愁於我，欲落花真惱似人。日暮酒旗村店路，淡烟微雨可憐春。

① 「亂」上《詩草》注有「八十一二」四字。「門」下《（民國）仁壽縣志》「文徵」目録、卷三七有「詩」字。按：此題下《蜀雲詩草》另有一首，見附録一。
② 「資」上《詩草》注有「八十三」三字。
③ 「南」上《詩草》注有「八十四」三字。

夜發簡州①

征馬嘶風路幾條，紅旗樓角影飄蕭。花時夜發陽安驛，落月寒沙折柳橋。

薛濤井②

露甃蒼煙滿碧苔③，桃花含笑倚欄開。浣牋亭破詩樓燬，來飲春江水一杯。

蜀江舟行即事二首④

維舟入蒼翠，峰影插江天。一路高桅拂⑤，巖花落滿船。

丹林僧寺隱⑥，白塔市樓寒。山好嫌舟駛，回頭倚柁看。

---

① 「夜」上《詩草》注有「八十五」三字。

② 《詩草》「薛」作「薜」，上注有「九十六亂後至」六字。

③ 「蒼」，《詩草》作「寒」，旁注有「蒼」字。

④ 「蜀」上《詩草》注有「九十七八」四字。「即事」下《詩草》無「二首」二字。

⑤ 「一路」，《詩草》作「不礙」。

⑥ 「丹」，尹本作「舟」。

漁父辭三首①

溪頭新雨寒，林角炊煙早。蓑衣頭白翁②，摸魚入深藻。

竿頭一壺酒，近出緑楊村。釣罷眠孤艇，風吹自到門。

映水竹籬曲，花潭船夜歸。水禽巢處近，網得翠毛衣。

書懷一百韻③

鼇極天翻動，圯邊臥子房。英雄無事業，落拓有文章④。慧自西崑賸，才誰北斗量⑤。前身多白業，先世守青箱⑥。夢冷花生筆，鐙枯月照囊⑦。氣應吞李廣，年亦傲馮唐。薄海烽煙息⑧，深宮軌範張。隱淪皆

---

① 《詩草》「漁父辭三首」作「江邊漁家」，上注有「九十九至一百〇三」八字。按：此題下《蜀雲詩草》另有一首，見附録一。
② 「蓑」，《詩草》作「莎」。
③ 「書」上《詩草》注有「一百〇九」四字。
④ 「鼇極」四句，《詩草》作「銀牓青瑤館，牙籤碧玉房。仙家新洞府，天上大文章」。
⑤ 「誰」，《詩草》作「難」。
⑥ 「前身」二句，《詩草》作「龍威多寶笈，蟲篆縷金箱」。
⑦ 「夢冷」，《詩草》作「有夢」。「鐙枯」，《詩草》作「無燈」。
⑧ 「息」，《詩草》作「熄」，稿本作「熄」，旁注有「息」字。

進用，駕馭必非常。鴉鷺排三殿①，貔貅衛九閶。收兵魚海月，洗箭雁門霜。白草千年堠，紅沙萬里牆。乘風曾有志，破浪在何方。渭水周基闢，嶢關漢業昌。經綸羞管樂，寤寐到羲皇。此意蕭條盡，無端盜賊猖。攜家移絶嶠，避地阻高岡。疊巘叢蘿接，驚波一葦航②。飢來餐苦李，倦處憩垂楊③。石隕如雷吼，泉飛過弩强。結荷衣薜荔，倚樹飯桄榔。屋毁多生草，田蕪不插秧④。塵沙容慘淡，鼓角興徬徨。心死嘑鶯唤，魂銷獨鳥翔。兒童談戰伐，父老受恓惶。慘更遭家難，忠偏羨國殤。揮戈迴日馭，發礮落天狼。憶昔昇平久，陰教禍患藏⑤。擁旄争蝟縮，專閫孰鷹揚？况乃輕爲虺，因之遂沸螗。先機惟避舍，勝算但持觴。獠洞横刀唱，蠻江擊鼓鏜。揭竿屯桂嶺，鳴鏑指錢塘。吴苑游麋鹿，燕臺老鷫鸘⑥。江湖今已徧，關塞豈能防？狐兔跳畿甸⑦，鯨鯢跋大洋。六飛遼海闊，七月薊門凉。古木愁行殿，寒花冷戰場。野人轅外哭，宫女帳前妝。龍去號沈痛，熊飛夢未央。不逢班定遠，誰是郭汾陽？吾蜀文翁去，多時武備忘。藩臣皆養虎，諸將等毆羊。太白宵衝斗，蚩尤晝耀芒。斷碑前禮殿，古柏舊祠堂。院燬存深井，營空逗别厢。征夫依魍魎，

---

①「鴉」，《詩草》作「鴐」，稿本作「鴐」，旁注有「鴉」字。
②「航」，《詩草》作「杭」。
③「倦」，尹本作「捲」。
④「插」，尹本作「揷」。
⑤「教」旁《詩草》注有「看」字。
⑥「鷫鸘」，《詩草》作「鷛鸘」。
⑦「狐兔」，尹本作「孤免」。

鬼馬哭鋒鋩①。霞映朱旗閃，天開紫蓋張。築壇思葛相，持節盼蕭郎。蕭方伯奉命援蜀，未戰病死。蝨叟彎弓健②，賓姬舞槊長。蠶叢關玉壘③，魚腹鎖銅梁④。望捷憑穿眼，偷生欲斷腸。詩書兵後廢，奔走亂中忙。幸荷絲綸美，欣傳遇合良。垂簾乘泰運⑤，負扆振乾綱。鶉尾通秦棧，旄頭接楚疆⑥。參軍劉子羽，方伯劉公霞仙⑦。草檄駱賓王。制府駱公籲門。灩澦輕帆渡，峨嵋大旆揚⑧。急公民踴躍，赴敵馬騰驤。慘黑烽黏袂，殷紅血濺裳。美人披鐵甲，壯士裹金創。驥皁香羅帕⑨，蝥弧繡裲襠。捎雲雕影墜，飲羽虎魂傷⑩。《玉帳》經猶在，《陰符》卷未亡⑪。指揮白羽扇，坐臥緑沈槍。獻策期分組，閒居恥釣璜。乾坤增氣象，

---

① 「哭」，《詩草》作「泣」。
② 「蝨」，《詩草》作「蛋」。
③ 「叢」，《詩草》作「崖」，稿本作「崖」，旁注有「叢」字。
④ 「魚腹」，《詩草》、稿本作「魚復」。
⑤ 「垂」，《詩草》作「撤」。「乘」，《詩草》作「交」。
⑥ 「接」，《詩草》作「出」。
⑦ 「霞仙」，《詩草》作「霞軒」。
⑧ 「揚」，《詩草》作「颺」。
⑨ 「驥皁香羅帕」，《詩草》作「象箙雕鞍鐙」，旁注有「驥皁香羅帕」五字。
⑩ 「羽」，《詩草》作「石」。
⑪ 「卷未亡」，尹本作「卷未忘」。

宇宙再輝光①。轉徙身飄泊，蹉跎事渺茫②。抱琴彈古調，櫜筆足清裝。春日悲花柳，秋風怨稻粱。不聞聲赫濯，祇見走踉蹌。破壁呻吟静，層冰凍臥僵。鼠憐無宿米，鶴喜有餘糧。問藥時時病，佯巫日日狂。採芝終仕漢，納履漫歌商。遠賈耕閒地，饑烏立廢倉。緯蕭鄰壁炬，拾橡暮原筐。憂賊鴉盤陣，思親雁斷行。門扃愁有隙③，臺圮債難償。寶劍無真用，儒冠即不祥。功名生未建，溝壑轉何妨④。事定故園破，歸來秋徑荒。麂籬懸巨棗，雞柵長幽篁。户外峰圍座，亭陰水入廊。猿懷丹柰實，鼠負紫芽薑。冒雪冬鋤筍，披星暮翦桑。樽呺刳木癭，篘熟飲松肪。夜雨疏鐙碧⑤，虚窗落葉黄。蟾圓差代鏡，龜穩借支牀。送客溪橋曲，尋僧野店旁⑥。拚將書作枕，直以酒爲鄉。錦段同功繭，崑刀百鍊鋼。俗情空冷暎⑦，苦淚自淋浪。鸚鵡聰明累，麒麟出處詳。那能添羽翼，祇學飽糟糠⑧。心力填文海，生涯寄墨莊。散仙原住世，騷客枉沈湘。但使氛埃靖，何須姓字芳⑨。詠懷憐杜老，搔首弔秦娘。兵起連年，求一秦良玉不可得。櫪下疲騏

① 「再」，《詩草》作「在」。
② 「轉徙」二句，《詩草》作「詎料多飄泊，翻嗟事渺茫」。
③ 「隙」，《詩草》作「罅」。
④ 「轉」，《詩草》作「死」。
⑤ 「鐙」，《詩草》作「燈」。
⑥ 「尋」，《詩草》作「逢」。
⑦ 「暎」，《詩草》作「煖」，稿本作「煖」，旁注有「暎」字。
⑧ 「祇學飽糟糠」，《詩草》作「安得掃粃糠」。
⑨ 「芳」，《詩草》作「香」，旁注有「芳」字。

驥，筊中隱鳳凰。題詩訴真宰，灑墨向蒼蒼。

望月①

低頭月在水，舉頭月在天。一時兩明月，共照四海間。日落不可留，見月意悽惻。有月山河明，無月山河黑②。瑶臺不耐寒，常恐妖蟇蝕③。

秋霖怨④

秋雲漠漠秋風酸，秋夢幽幽秋雨寒。狂風急雨捩天走，蒼蓋團團沈碧湍。坡陀黝石媧皇天，年深鏽泐篩層瀾。黄姑别淚滴欲盡，更聞兩道銀河乾。銀河乾兮海水溢，空齋驚聽萬馬集。洞庭夜半湘妃泣，滄江晝徙鮫人室。神女應悲錦衾溼，山鬼號咷碎瑶瑟。太陰慘慘愁冥冥，萬丈銀濤浴秋日。秋日寒，秋月死，蘆灰飄散隨風起。大波隘宇宙，六合俄一洗。吞山吐海聲洶洶⑤，隱見出没蓬壺東。馮夷海若百怪從，魚眼射波天夜紅。磨牙格格排霜鋒，欲取赤縣爲龍宫。我聞禹治水，八年不窺家⑥。呼吸走萬靈，翩翩乘雲

① 《詩草》「望月」作「待月」，上注有「一百〇八」四字。
② 「黑」下《詩草》有「嘆息姮娥寡，鍊藥好顔色」十字。
③ 「蝕」下《詩草》有「况復落海中，風波更難測。今夕上何遲，毋使蛟龍得」二十字。
④ 「秋」上《詩草》注有「一百一十」四字。
⑤ 「吐」旁《詩草》注有「呷」字。
⑥ 「八」，《詩草》作「三」。

車。稽首見瑶姬，授以上清之寶籙，轟雷掣電誅妖邪。大難削平，蓺黍種麻①。金書碧字不可讀，遺碑剥落青苔花。庚辰上天，帝堯宜咨嗟。何須更怨秋井塌，殿庭浩浩生龍蛇。

養疴②

崖栖樂幽僻，亦欲養沈疴。窗小留雲久，庭寬得月多。讀書每含笑，把酒時獨歌。不有舊朋好，其如秋夜何。

壬戌九月聞官軍殲賊犍爲喜而有作

銅鼓響嗷嘈，官軍夜浚濠。遮空遏飛鳥，絶地斷神鼇。雪彈流星鏑，霜棱偃月刀。馬頭圍匼匝，鹿角布周遭。苦雨刓重鎧，尖風裂戰袍。梯衝鵝鸛翼，鋩瑩鸊鵜膏。厭亂蒼蒼意，偷生陸陸曹。險踰攻即墨，危似守成皋。戟列金湯壘，鐙寒玉帳韜。噴筒煙漲地，火矢燄隨櫜。皸瘃創犀手，胡纓亂虎毛。觀崇知即築，穴潰那能逃。組甲三千練，囚車數尺絛。威聲傳草木，喜氣動旌旄。韔外黄花静，沙邊白酒醄。洗兵看日永，唱凱覺天高。猘犬終烹鼎，孤豚已入牢。地連津産玉，時逼節題餻。獻馘元戎至，論功聖主褒。多年愁棘杞，今日掃腥臊。追憶奔離慘，猶令老稚咷。人油煎作炬，兒腹割爲槽。碧血冤魂語，紅顔鬼妾號。潛藏身入樹，憂痗目生蒿。積憤逢開豁，雄心失鬱陶。巴童吹劍吷，蠻女繡弓弢。佇見昇平復，應添

① 「蓺」，《詩草》作「蓻」，稿本作「蓻」，旁注有「蓺」字。
② 「養」上《詩草》注有「一百一十一」五字。

第宅豪。貧無釵釧賣，催婢釀春醪。

偶至縣門有懷舊事①

羣峯圍一縣，絶嶺即官衙。歲熟鞭忘挂，春深鼓漫撾②。梁間山鳥路，門外野人家。綬惹歸雲溼，窗含落日斜。寒廳交竹石③，甬道臥藤花。訟獄時稀見，寒暄令不差。幕僚閒逐雀，掾吏睡彈鴉④。渾樸遺風古，鳴琴戀物華⑤。

感懷時事五首⑥

鼎湖龍去已經年⑦，海國妖氛滿殿前。遺老不聞思洗日⑧，功臣誰望畫凌煙？離宮樹繞秋關外，蹕路

---

① 「偶」上《詩草》注有「一百一十六」五字。「舊事」，《詩草》作「兒時稔聞乾嘉閒事」。「事」下《（民國）仁壽縣志》「文徵」目録、卷三七有「詩」字。
② 「漫」，《詩草》作「慢」。
③ 「竹石」，《詩草》作「石竹」。
④ 「掾」，《詩草》作「椽」。
⑤ 「物」，《詩草》作「歲」，旁注有「物」字。
⑥ 「感」上《詩草》注有「一百一十七至一百二十一」十一字。
⑦ 「已」，《詩草》作「動」。
⑧ 「遺」，《詩草》作「大」。

河流古塞邊。往日百僚無恙否，慕陵春草又芊芊①。

番舶金輪火未消，騰空萬里度長遼②。風車大海三山轉，杜牧詩「車乾海水見底空」③。浪簸中原五嶽摇。鑾貨羶腥通郡國，夷裝奇詭上雲霄。樓船將士今安在？爲取天西報聖朝。

金陵從古帝王州，十一年來戰血流。廢苑銅龍千點淚，荒陵玉馬六朝秋。空聞鬬艦屯京口④，未見降旛出石頭。聖主臨軒頻嘆息⑤，將軍何患不封侯？

紫塞秋高馬正肥，三秦父老泣戎衣。孤城草没炊煙絶，古驛花深過客稀。賦役頻繁仍世亂，兵戈重疊更年饑。關中自昔稱天府⑥，聞道於今未解圍。

瀾滄江畔瘴煙輕，南極星躔半列營。六詔河山成異域⑦，百年冠帶化空城。滇池夜晦明烽影，瀘水秋高急鼓聲⑧。投筆請纓無限事，飄飄關塞一書生。

---

① 「慕陵」，《詩草》作「孤陵」，尹本作「墓陵」。
② 「度」，《詩草》作「渡」。
③ 「杜」上《詩草》有「去聲」二字，「詩」下《詩草》有「安得東召龍伯公」七字。
④ 「屯京口」，《詩草》作「聯江口」。
⑤ 「臨軒」，《詩草》作「憂時」，旁注有「臨軒」二字。
⑥ 「關中」，《詩草》作「長安」。
⑦ 「成」，《詩草》作「歸」。
⑧ 「晦明烽」，《詩草》作「照豺狼」。「高急鼓」，《詩草》作「嘷虎豹」。

成都雜詩

芙蓉城上語流鶯，金水橋邊緑柳横。百二十坊明月夜，紅樓何處不吹笙。
垂柳毵毵送冷風，任家潭側雨濛濛。畫船日暮忘歸去，只宿花溪别港中。
青羊肆接碧雞坊，一路笙歌十里香。柳外樓臺花外舫，簟紋春水睡鴛鴦。
紫罽紅鐙醉復醒，一年歌舞不曾停。江風日日調絲管，多少珠簾隔水聽。
桃花水暖濺紅幂，山似春波浪似雲。記得年年寒食雨，畫船來上薛濤墳。
重門深鎖月西斜，一騎彭州報送花。唤起玉人殘醉在，錦袍花底按琵琶。

婕妤怨

玉輦承恩自不從，齊紈枉錯怨秋風。昭陽近日歌聲歇，聞在甘泉豹尾中。

晉宫詞二首

萬斛龍驤出峽船，石頭城下水連天。王師自問江南罪，不爲吴宫伎五千。
流涕孤臣御座傍①，銅駝門外哭聲長。可憐三月南風烈，吹得胡塵滿洛陽。

① 「臣」，尹本作「城」。

南行曲

孤帆轉盡楚雲垂，䳇鳩聲中萬里悲。人影南流心北向，嶺頭分水是湘灕。

古征人怨

夜夜慈親勸强餐，魂歸萬里路應難。白頭多病來何數，不畏邊城雨雪寒。
征衣暗裏置刀環，路遠黴生兩袖閒。衹道江南梅雨涴，不知原是淚痕斑。

古從軍行

陰山吹笛大軍行，鐵甲冰霜落有聲。西上胡沙天漸近①，可憐月比故園明。

暮春病起②

絳蠟成灰淚不收，碧桃露井伴閒愁③。繡帷雨止聞金鑰，錦帳風來響玉鉤。洗盞酒含前度氣，登樓塵

① 「胡」，喬本、尹本均作「湖」，依稿本改。
② 「暮」上《詩草》注有「一百六十一」五字。
③ 「碧桃露井」，《詩草》作「燭光釵影」。

鎖去年秋①。鶯花草草渾如夢,病起春殘欲白頭。

偶成

伍相甘身死,晁生畏反遲。徙薪嗤過慮,厝火望無危。莫道兵難用,非關餉不支。從來出名將,必待戰場知。

遣憤五首

宗藩周召闢金湯,手捧乾坤奉御牀。創業夙聞盟帶礪,專征今見誤封疆。烽煙匝地清江浦,樓櫓黏天黑水洋。一局殘棋千載惜,虎門風雨恨蒼茫。

巍巍天半禁中樓,塞雁高飛過亦愁。賈誼豈無書作餌,袁安空有涕長流。旄星射牖三宫曙,海月隨槎萬里秋。傳説君王自神武,時時含笑看吴鈎。

茫茫西北幾交兵,那見滄溟跋浪鯨。直恨未曾填大海,可憐無益築長城。戈船下瀨濤聲伏,礮石飛車地道平。萬古中華無此禍,古人何事不遲生!

天府珍璆積似山,明珠翡翠亦如閒。唐堯不見求丹甑,虞帝非因愛白環②。自放蛟龍游陸地,甘從魑魅入城闉。煌煌海禁何時廢,嘆息前朝閉玉關。

① 「樓」,《詩草》作「臺」。
② 「帝」,尹本作「舜」。

極目蕭條四海空，孤臣草莽泣秋風。十年芻秣軍無用，百兩金繒國已窮。趙社未墟由將帥，吴宫雖沼亦英雄。冰天尚有橋山淚，灑徧龍沙萬木紅。

悲歌行

黄沙漲日日輪仄，萬木呼號催殺賊。將軍馬尾捎風直，陳陶澤中血流塞。鉛子貫瞳碎冰翼，魏錡射楚月爲蝕。韔外英魂夜追北，提刀握髮雲頭黑。

借書

硯田成穴不出錢，道逢書肆歸流涎。《春秋》五傳見未全，那有漆書蝌蚪篇？上書欲逐瑶華後，奏上玉皇難頷首。委宛誰從夏后探，嫏嬛不遇張華剖。淫雨滴帷風破帽，右臂偏枯兩眸眊。前生誤食神仙字，謫餓紗厨蠹魚笑。蠹魚日以書爲生，無書我亦飢腸鳴。時發壁筐乞一二，胠篋竊恐劓與黥。君不見唐時鏤板始蜀中，蜀本刻劃天下工①。祕笈潭潭出二酉，俚儒那復患眼窮。突吼無肝老黄虎，井鉞紅衣然一炬。百年莫問石經堂，蔓草荒榛幾堆土。世間過眼皆煙雲，嗟我與君誰主人？於君無損我有益，君固爲富我不貧。朱門插架三萬軸，縹帶牙籤新未觸。我今欲讀苦無書，有書又恐無人讀。茅檐花底餉一鴟，送酒不受寧非癡？人家有書急借讀，慎勿留爲燃脂覆醬資！

① 「蜀本」，尹本作「蜀木」。

漢中

南鄭至扶風，山峻路險巇。驅車落日晚，古原秋草迷。羣犬猛於虎，躑躅行爲遲。千里無人煙，曠野風鳴悲。田中生旅穀，門前生旅葵。叩門覓主人，腹飢求餔糜。入門何所見？梁上懸纍纍。堂上有貯水，重疊皆嬰兒。吞聲出門去，追思還涕洟。此身幸脱免，感荷皇天慈。

穆屯將歌并序①

維州穆蕃將，嘗從征江南、黔中。庚申，將三百人援井研，過吾鄉。部卒置雞子掌中，百步外發銃，卵潰而掌不傷。攫小兒，餅置額上，火舉，餅心墜後數十步，餘餅邊如環②。插刀於土，銃響刀斷，稱之輕重適均。有强取市傭菜者，立斬以徇。與賊戰，累勝。同官忌之，陰與賊通，遂盡喪其精鋭，痛哭而返。旋以非罪死。

將軍養士如養獒，發縱指嗾追煙飈③。魚腸刷土松紋膏，白羽朱肉嘑哀猱。石頭城下跳重濠，黔西猛獸紛騰逃。紅勒盤雕蕃錦袍，團花漬血鐵不撓。憑軾大呼風怒號，豎髮上指星生毛。腰閒淡淡流秋濤，馬蹏四舉空中高。近不見人惟見刀，磨盾刮甲聲嗷嘈。冤霜一夜零蓬蒿，旂常日月無勳勞。國士坐法緣連敖，符鳩啞啞悲雲旄。陸剸犀兕水斷鼇，兜鍪貂蟬榮汝曹。

①「歌」下《晚晴簃》卷一七二無「并序」二字。
②「邊」上稿本無「餘餅」二字。
③「縱」，稿本作「蹤」，旁注有「縱」字。

花門行弔多將軍

君不見關中地繚垣白沙如白水，土厚泉香草豐美。大麥黄時南風起，棗花細零委行李。胡騮踣蹏鳴向天，牙帳内徙經千年。雷霆雨露獨不化，八川浩蕩流腥羶。蒲生五丈苻家事，嘯上東門塵滿地。火薰土穴掩鼻過，烽到瓦亭闔門縊。令守前者既養癰，蓄寇那復逢元戎？赤眉鄧禹尚垂翅，黄巾朱儁無成功。雜種由來異族類，野心嗜殺人爲餌。輜車惟載鹽尸從，利刃争看雪鰍戲。朝使莫問咸陽原，驪山渭水多空村。日落人稀虎行路，風清月黑鬼扣門。高田生櫟下田槲，旅葵覆厨蕨延屋。兩壘相距半里間，牆上蜂窠剔遺鏃。夜深何處戰鼓聞，磔磔梟嘑頽怪雲。老嫗攜孫店前泣，遺民猶祭故將軍。

西洋遠鏡歌

洞中視天凹且凸，巖石谽谺哆然裂。虬珠斗大欲射人，密似蜂房液流泄。冰壺地影漏篩眼，寶藏斕斑土蹟羼。洋西曾淬鯤鮫涎，細數鱗鬐海波淺。何當短衣登戍樓，菱花一掃關河秋，平沙列竈開雙眸。絶塞蒼煙幾堆米，寸管迴光攝千里。如何祇用收雲山，空看江南天接水。

獨坐

野曠空營暗①，山高畫角哀。東南風色惡，深畏海氛來。

① 「野曠」，尹本作「曠野」。

醉吟

獨坐風霜起，天涯入望思。瘡痍愁白著，征戍到黃支。授鉞亦已久，補牢何太遲。此時經國者，沓沓恐非宜。

周家聖繼聖，御宇七齡同。再踐成王祚，重看世祖風。百僚誰一足，四海望重瞳。大本端今日，何人翊養蒙。

不料兵猶賊，曾聞吏亦商。剖符唐債帥，綰印漢貲郎。閭里盡雞犬，衣冠多虎狼。九重望廉潔，子母恐難償。

牘背書何易，從知獄吏尊。鍰多蠅報赦，賂盡鳥號冤。終使吞舟漏，徒令禁網繁。願聞下車泣，幽枉概平反。

閫外猶召募，何堪廢制兵。由來籍難減，況乃餉非贏。狼狽空争米，貔貅不出城。脂膏奉無益，遑肯念蒼生！

四野毬場闢，千山獵火多。飛霜筵外舞，曉月帳中歌。鎧重愁跳澗，麾輕蹶注坡。可憐卒予敵，百萬欲如何。

沿海二萬里，屯田真可修。永斸聽自守，互犄爲身謀。長技風濤習，分防島嶼周。十年儲練後，應斬月氏頭。

記得爲兒日，民間禁帶刀。豈知屬板蕩，明詔按團操。郡邑雖恢復，邊疆尚繹騷。銷兵莫輕議，後事聖躬勞。

余家寺懷馬丈伯枚①

到有高人處，終憐山水清。白頭封酒國，南面擁書城。學佛花前蜕，耽醫藥裏生。凄凉退菴月，所居有耐冷退菴。誰續苦吟聲。

東坡樓醉歌

凌雲石壁連烏尤，金焦兩點浮中流。恨無北固丹陽渡，亦是西南第一樓。樓中並坐兩仙客，笑看峩眉把書冊。插水林巒入畫圖，隔江城郭開丹碧。三巴暝色來蒼蒼，漁舟泛酒欺滄浪。金盤炙蕈磵花落，玉椀氣含松葉香。舟上一杯沙似雪，樓上一杯山吐月。雙彎螺黛正亞欄，憑欄一吸眉影没。門前斷仆多殘碑②，姓名磨滅知爲誰？賸有巖邊老尊宿，曾見兩翁年少時。人生事事盡春夢，富貴文章了無用。魚游不上郭璞臺，猿嘯空迷海師洞。狂歌醉倒樓頭眠，江風吹醒骨欲仙。坡翁去後涪翁去，冷落江山八百年。

嘉州絶句

高標樓閣鎖煙霞③，嶺上山城一道斜。春去獨尋方響洞，朱門芳草有人家。

---

①「枚」下《（民國）仁壽縣志》「文徵」目録、卷三七有「詩」字。

②「仆」，稿本作「撲」，旁注有「仆」字。

③「標」，稿本作「幖」，旁注有「標」字。

晚行平羌江上

淺草平沙極目秋，回頭步步看烏尤。沿山獠洞如方屋，拂水神龕似小舟。人去天邊高過樹，江從霜後釀於油。大峩漸近風逾冷，短笛巴歌盡是愁。

峨眉縣

古槐夾道小郵亭，蠟樹平田歲暮青。水色過清知雪化，土膏微冷帶雲腥。農分供石争山界，僧送春茶入縣庭。只有中峩看不足，乍如眉影乍如屏。峨眉應以二峨爲正。未至縣，數十里即望見翠屏在煙霧中。一日天霽，忽變蛾眉，乃知前者雲氣攔山腰耳。

晚出南門

雲動身邊失城郭，風摇頭上起樓臺。闇山日入雪中没，拄杖人從天外來。野客揮鋤仙藥遁，游僧壓擔佛花開。夜明空翠紛紛落，一路樵歌踏月回。

登峨眉八首①

岷南土色赤②，返照萬峰濯。金燄出火山，槎枒歧鹿角。今夕尚在平，不寐聽仙樂。山影黑頭上③，天倒壓屋桷。推窗看西嶺，林木遠如幄。月落未落時，紫翠昡斑剥。三峨蕩雲海，波心一錐卓。光怪悸我魂，夜寒夢游嶽。

斜徑出林薄，彎弓彀飛橋。黑白二蛟舞，對戲千珠跳。風漪細皮皺，觸首朱欄摇。迅雷轉萬壑，亂石鳴簫韶。楚狂洗耳聽，五夜迴松濤。鳳兮作歌去，華嚴山月高。

獨行天門口，手掠太白脚。山下暝已深，山上日猶落。何時闢空境，憑虚造樓閣。俯視不見地，積氣浩漠漠。人語煙中流，頭上孰騎鶴。霧消瞰蔥嶺，青天插霜鍔。崑崙伏檻外，墨浪盡東躍。兹游冠平生，論功策芒屩。

振衣躡金頂，捫天陷深碧。獨尋黄帝鑪，爛冶五色石④。知與人境隔，今夕識何夕。夜半誤打鐘，驚落星滿席。下牀踏珠斗，拾得半規璧⑤。夢中游化城⑥，醒後了無迹。他日乘雲來，誰此網喬舄。

① 「眉」下《晚晴簃》卷一七二無「八首」二字。
② 「岷南」，尹本作「岷山」。
③ 「黑」，《晚晴簃》卷一七二作「墨」。
④ 「爛冶」，原作「爛醉」，尹本、《晚晴簃》卷一七二同，依稿本改。
⑤ 「璧」，尹本作「壁」。
⑥ 「游」，尹本作「遊」。

趨下大峩石，再過桫欏坪。來時險絶處，重到路欲平。風泉洒珠玉，就枕神魂清。孫翁古銅罐，量藥手自烹。澗篠及崖杉，火發寒琴鳴。雷威披褐裘，雪中聽松聲。空山滅人迹，知君何處行。

蓐食訪九老，直入地底天。秉燭暗有聲，策策霜葉燃。竹下見虎迹，苔上聞龍涎。白雲漲幽谷，小語萬竅傳。老僧不識日，黑影坐一磚。瓊户莫敢撞，或恐驚諸仙。陰河滄海通，何年撑鐵船。雞鳴化爲石，洞口迷寒烟。

石上看日落，赤盆爛詭暉。簷前撫冰柱，白玉大十圍。著屐草際路，荷杖林中扉。露下鵲初警，月明僧正歸。天風翦鮫綃，瀑挂織女機①。銀漢水氣凉，暑月侵我衣。想像鳳鸞舞，鵝笙吹翠微。仙童化青鳥，飄然雲際飛。

澄碧古潭渺，落木號西崖。龍子三寸餘，頭角藏風雷。海水縮歸鉢，養此千歲孩。鐵鎖南極垂，石扇中天開。瓊樓十日出，花發金銀臺。玉女千餘人，飄飖凌九垓。雲璈輟靈響，貽我流霞杯②。躡烟笑相語，漢武非仙才。

佛光

夜來月黃星映雪，萬盞明燈散飄瞥。巖邊拾得腐葉燃，淡碧微紅冷無熱。朝來日出風發屋，金鴉騰翅

---

① 「女」，《晚晴簃》卷一七二作「玉」。

② 「流」，《晚晴簃》卷一七二作「鏤」。

宿東麓。磨盤石黑陰陽精，日光下射海眼驚。兜羅綿雲滃渤起，鍊銀初化汞乍平。漸從山趾没山頂，乾坤變作白玉城。青林緑樹頃刻失①，宫殿動摇皆水晶。忽看金綫出雲面，毫端閃儵目爲眩②。虹顛蜺駭鳳鸞舞，日氣雲光兩酣戰。諸天合正在巖下，寶蓋幡幢滿空徧。輪心圓鏡嵌春冰，佛影鬚眉水中見。須臾收盡突暗黲，絳草朱松綺波絢。雞足山聞亦有此，鎣華見説可相擬。只是鎣華朝夕看，東西兩現蝃蝀寒。雞足光中有船影，一人篙笠隨飛湍。聖燈名山在在有，佛光奇異世罕覯。鎣華跬步可易到，縱遠終須落吾手。西洱海深如柳汁，點蒼天色卵猶溼。一楖載訪迦葉來，寶髻光中再相揖。

萬曆集字銅碑歌

大王繭紙歸昭陵，二王練帬無寸綾。河南劃沙得師法，一真九贋疑難憑。誰始集字倣集句，後來更出得未曾。百家古錦雜持翦，千琲明珠同入罾。鐵畫銀鈎易缺落，撥鐙自起銅觚棱。想當臨冶合範時，工倕鏤泥如鏤冰。銅净碑完質堅好，絲紋滑膩摩黄繒。疏匀沈著瘦且硬，纖毛細爪秋空鷹。指頭有眼暗中讀，蛟螭觸手愁飛騰。蘚涴烟霾長銅緑，竹間夜雨吹寒鐙。漫硾紙熟孤蛩鳴，老僧袒衣麾一肱。金聲不似聞登登，搨歸豈惟誇友朋。平生不解綰蛇蚓，誤點人彈癡凍蠅。水柳病霜學摇曳，從今戲墨蟠僵藤。

① 「頃刻」，尹本作「項刻」。
② 「儵」，《勘誤》改作「倏」。

山僧夜設茶供戲成

山高月黑天荒荒，僧雛前導開雲房。曲几團蒲試安坐，土檠一鐙風入廊。齋厨無酒澆渴羌，争燃松粒催煎湯。湖柑蘸玉擘初破，哀梨飣座寒生光。蜜餞桃李梅，鹽窨葱韭薑。榨橙鏤卍字，醃齏蟠篆香。櫻顆真珠紅，菜花乾蠟黃。瓜片色勝雪，柿餅津流霜。壓筵粔籹粉匙滑，堆盤磊落冰山凉。大誇風味勝詩味，齒牙三月餘甘芳。吾聞山中木耳肥瓠白似佛手樣，巖前筍萌脱袴纖如兒指長。薰烟黯黯笠頂野菌脆，落磑霏霏帶胯新茶方①。若能贈我助一飽，夜夢應無羊蹴腸。明朝更草老饕賦，不須泉石填膏肓。

遊二峨山洞遂至山後

紫芝被崖長，絳葉疑豬肝。高敞容千人，洒淅毛髮寒。入谷氣候暖，盎然春未殘。綏山桃正花，根結王母盤。紅霞爛溪澗，茅屋鳴潺潺。笠影出復没，驅羊煙雨間。成都多貴人，何由到天壇。林密不可見，光景難追攀。

送人往瓦屋

歷徧名山熟道心，又摩南斗理瑶簪。一單持鉢齋難乞，六月圍鑪火亦陰。雪嶺晴看乘象迹，天湖夜噤老龍吟。歸來不用峯頭物，但覓空觀世外音。

① 「磑」，尹本作「鎧」。

望矖金山

方峯最難得，正士每遐隱。西南煙雨間，遥望峙峋嶙。崇墉草木合，霧氣浮海蜃。紫皇座後屏，那得在荒螽。頂上看峨脊，甑中擢孤筍。雪花滿金斗，量玉槪可準。謝公遲不來，無人發幽藴。砥礪空廉隅，徒使衆仙哂。

天池

樵者言天池，風雨連南溟。峰巔陷小海，落木摇寒星。島嶼散海中，水涵秋草青。羣山盡倒影，飛鳥可鑑形。何人作橋閣，駕石通茅亭。虚窗映水色，獨臥還獨醒。遥知釣舟上，有僧時誦經。山空萬緣寂，松月魚龍聽。

登舟

兩岸青山緑樹垂，南風一起去帆遲。舟人笑問行何事，自下戎瀘摘荔枝。

睡起煮茶

風軒凉夢醒，黄葉滿棋枰。自起汲飛瀑，披衣巖下行。雲流庭不掃，瞑至火初明。滌盌坐蒼石，滿鑪秋雨聲。

江上人家

築室白陂側，松門秋不扃。晚煙冒漁渚，落日没遥汀。水色淡空浄，天光臨野青。何人石梁語，暮網漉寒星。

分水鋪早發遇雨，雲物騰涌，肩輿中得數句，晚投煎茶溪續成之①

雞鳴萬山黑，起立倚市門②。秋鐙尚耿耿③，月墜山西村。肩輿陟崇嶺，夾道嘑青猿。崖下並積水，輕煙弄潺湲。山高地氣盛，歊蒸時吐吞④。朝雲欲作雨，涌出如泉源。須臾塞山谷，五色迷乾坤。羣峯西北來，飛舞雲中騫。如龍挾雷雨，出没升崑崙。狂風捲巨浪，萬疊波濤翻。身落大海中，四顧但渾渾。面前結樓閣，腳底揚旗旛。白霧兜羅緜，紫暈黄金盆。洶洶下灘舟，馳驟萬馬奔。戢戢出林筍，輻輳千軍屯。

①「分」上《詩草》注有「二百卌」三字。「鋪」，原作「餔」，《詩草》、《戊午周報》第三六期、《（民國）仁壽縣志》卷三七作「鋪」，稿本作「餔」，旁注有「鋪」字，今依《勘誤》、尹本改。「雲物」上《詩草》有「嶺上」二字。「肩」上《詩草》有「狀甚奇偉」四字。「成之」下《（民國）仁壽縣志》卷三七有「詩」字。《（民國）仁壽縣志》「文徵」目録題作「煎茶溪續成之詩」。

②「倚市門」，《戊午周報》第三六期作「依石門」。

③「鐙」，《詩草》作「燈」。

④「歊」，原作「敲」，《戊午周報》第三六期同，依《詩草》、稿本、《勘誤》、尹本、《（民國）仁壽縣志》卷三七改。

雜聒兩耳聵①，澗谷笙鐘喧。懸崖輥甕盎，狹路交車轅。變幻不及瞬，恍惚悸我魂。雨過見曉日，秋光亦温暾。回視向來路，歷歷孤雲根。山川面目在，夢景何足論。暫憩官道旁，茅舍僅壁存。檐前地可坐，滑浄無履痕。老翁寒無衣，見客猶抱孫。荷塘可半畝，花稀紅不繁。蒲葦風蕭蕭，水鳥葉上蹲。蠹梨津帶酸，青黄垂棘園。生計乃爾拙，不聞出怨言。亦未嘗餓死②，底用冕與軒？嗟我夫何爲，僕僕不厭煩。朝餐入窮谷③，暮宿投荒原。數徧道旁堠，獨立依空墩。蕭條小市聚，買酒盤無飧。詩成暮鐘起，微雨初黄昏。

武擔山④

武陵寺廢近千年，樓閣虚空鎖碧天。石鏡月明塵匣啓，玉棺霜曉漆燈燃。巫雲也自愁神女，錦水何須怨杜鵑。不見後來亡國恨，金牛换得蜀山川⑤。

①「聒」，《（民國）仁壽縣志》卷三七作「聒」。
②「嘗」，《（民國）仁壽縣志》卷三七作「常」。
③「窮」，《（民國）仁壽縣志》卷三七作「穹」。
④「武」上《詩草》注有「二百卌一」四字。「山」下《詩草》注有「一」字。
⑤「金牛」，《詩草》作「美人」。

摩訶池①

十里煙光蘸緑波，樓臺倒影入摩訶。蒲荒半掩游人艇②，樹密深藏宿鷺窠。白浪一篙春載酒③，紅窗四面夜聞歌。當時苑囿繁華盡，奈此凄清月色何。

籌邊樓④

西川節度籌邊處，萬里巖疆鎖一樓。坐見金湯圍劍閣，幾聞玉斧劃刀州。軍行細路青天近，戍撤秋關黑水流。太息斯人無復再，干戈滿眼不勝愁。

蜀王城⑤

廢城重訪板橋邊，吴苑於今尚鑄錢⑥。滿閣落花紅不在，繞牆流水緑依然。春風樓堞生荒草，秋雨宫門鎖暮煙。王氣銷殘人世改，冷雲喬木自年年。

---

① 「摩」上《詩草》注有「二百卅二」四字。「池」下《詩草》注有「二」字。
② 「游」，《詩草》作「宫」。
③ 「篙」，《戊午周報》第三七期作「蒿」。
④ 「籌」上《詩草》注有「二百卅三」四字。「樓」下《詩草》注有「三」字。
⑤ 「蜀」上《詩草》注有「二百卅四」四字。
⑥ 「於」，尹本作「如」。

楊用修故宅①在狀元街，絳雪書堂猶存②

書堂空榜舊時題③，教伎樓傾久闕梯。樹繞假山藏石穴，水侵枯柳臥池隄。日斜每見居人祭，月暗如聞野鵩嘑④。白髮逐臣天萬里，永昌猶在夜郎西。

彌牟鎮觀八陣遺蹟

彌牟原上秋雲飛，黃沙蔽天白日迷。陰風慘淡丞相旗，木牛跰弛流馬嘶，仿佛祁山西出師⑤。土堆亂石晝漠漠，一石一鞭石驚躍。日月不敢陣中過，殺氣騰空衆星落。攝提建首枕斗魁，蒼龍矗角虎跂腳。老農荷鍤破一陣，一夜風雷涌棱崿。東來夔峽水冒城，磧邊碎葩掃不平。北望沔陽戰雲擊，定軍草木能退敵。頗聞二者多異同⑥，捲舒暗辨守與攻。將百萬師易易耳，役使土石真英雄。皮袴老桓獨含笑，笑世人徒詑神妙。不知此法有原本，神兵自古可學到。風后夜半傳兵符，顛倒八卦無須臾。後轅海水黑浸裾，元夷噏嗒波浪矗。火軍皆騎赤色駒，頳胸垤腹煙中趨。榑桑吹折萬萬株，劈空亂棓雨著膚。斧山箭林白雪

---

①「楊」上《詩草》注有「二百卅六」四字。

②「絳」，《戊午周報》第三七期作「□」，尹本作一字空格。

③「堂」，《詩草》作「臺」，旁注有「堂」字。「榜」，稿本作「傍」，旁注有「榜」字。

④「鵩」，《戊午周報》第三七期作「鵬」。

⑤「仿佛」，稿本作「彷佛」，旁注有「仿佛」二字，尹本作「仿佛」。

⑥「異同」，《戊午周報》第三七期作「意同」。

鋪，霜刀飛起血縷濡。覆槃轉軸隨廂車，九幽鬅鬙影攫軀①，平地崛起千崎嶇。封姨怒射矛戟殳，長蛇掉尾隤名都。大魚麗網驚周陆，持以較此總不如。惜哉閫帥未揣摹，致令盜弄潢池汙②。我聞此語重悲吁，人謀不善胡爲乎？

哭四弟阿壽③

七月我赴郡，送我官道旁。嬉戲折楊柳，阿姊相扶將。九月我始歸，失意理輕裝。入門拜慈母，不語神暗傷。懷疑未敢問，佇立久彷徨④。弱弟向隅泣⑤，小妹嘑盈眶。四顧少一人，驚呼斷中腸。徘徊入家塾，塗鴉堆滿筐。案頭賸棗栗，弄物存空房。日夕鴞作聲，哀鳴孤雁行。七日成千秋，慟哭飛冤霜。夜夢猶課書，醒尚聲琅琅。追思悔扑責，淚下沾衣裳。明旦訪新冢⑥，數年爲戰場。玉骨掩黄土，游魂在何方？生時不識母，死後墳相望。嗚呼母不知，冀汝光門牆。汝生母不死，汝死母再亡。憶昔母初逝，呱呱奄在牀。三日賊烽近，藁葬南山岡。間關覓乳媪，襁負逃窮荒。終夜掩口嘑⑦，深林多虎狼。祖母抱而泣，雪飛

① 「鬙」，尹本作「鬙」。
② 「潢」，尹本作「横」。
③ 「哭」上《詩草》注有「二百四十」四字。
④ 「彷」，《詩草》作「傍」。
⑤ 「向隅」，《詩草》原作「暗垂」，改「垂」作「中」，旁注有「向隅」二字。
⑥ 「冢」，《詩草》作「塚」，稿本、喬本、尹本均作「冡」，據《詩草》改爲正體。
⑦ 「終夜」，《詩草》、稿本作「中夜」。

皮骨僵。謂我珍寶孫，兵刃愁早殤。數載惡氛熄，艱難歸故鄉。見汝如見母，提攜安敢忘①？早慧衆口譽，行看童子郎。鬼伯坐强奪，寒日爲無光。嗟我白髮親，喪亂百備嘗。垂老抱孤痛，仰視天蒼蒼。

贈故將劉君即送其入道

西州俠士鏡湖客②，倚醉當筵拓金戟。月下調鷹鳳蠟紅，雪中射虎貂裘白。當時意氣抵海深③，刎頸論交快壯心。到門不去三千士，入手隨空十萬金④。錦衾繡帽人如玉⑤，笑倚畫欄親度曲。洞房香暖曉猶温⑥，水舫聲低聽未足。開場縱博華燈明⑦，繞牀一呼人盡驚。班超不肯老鉛槧，項籍羞將書姓名。初試從軍澳門外，颶母漂摇舟似芥。大臣魏絳善逶迤，年少終軍徒慷慨。落魄東游滄海東，圯上數尋黄石公。八門乍啓風雲陣，三箭齊驚霹靂弓。忽傳絶塞煙塵起，西過烏斯萬餘里⑧。秋夜霜凝海屋冰，春風雪霽河

---

① 「安」，《詩草》作「焉」，旁注有「安」字。
② 「鏡湖」，《詩草》作「江南」。
③ 「當時意氣」，《詩草》作「意氣當時」。
④ 「十」，尹本作「數」。
⑤ 「衾」，《詩草》作「裙」。
⑥ 「暖」，《詩草》作「煖」，稿本作「煖」，旁注有「暖」字。
⑦ 「燈」，《詩草》作「鐙」。
⑧ 「過」，《詩草》作「出」。「烏斯」，《詩草》作「玉門」，尹本作「烏師」。

源水①。醉上崑崙暮打圍，落葉飄紅滿戍衣。穹廬沃酒黄羊脆，故國傳書白雁肥。回首邊沙已腸斷，歸來又值中原亂。共看枯骨與山齊②，更忍狂飆滿天半③。銀甲雕鞍雙淚流，可憐皓首不封侯。轉戰曾經十晝夜，荷戈不計幾春秋④。石頭城下空營久，殘旗廢帳無人守。幾點荒凉越國山，數枝憔悴蘇臺柳。十載無功命不齊，回軍萬里又征西。關中處處愁烽火，隴上年年厭鼓鼙。鑱天嶺路真難上，宦海波濤多惡浪。未聞麟閣後標名，已見烏臺先列狀⑤。秦山風雨蜀山雲，從此煙霞盡屬君。鄴郡空圍諸節度⑥，灞亭誰識故將軍？晦迹埋名塵土下，青衫白眼長遭罵。英雄末路託神仙，悠悠孰是知音者？屈指年將半百齡，那堪持鏡照星星。欲訪羽人烹白石，好尋松子問黄庭。飄然徑上峨眉頂⑦，禪花窣地招提境。河岸車停響法輪，簾帷火發温鉛鼎。斗轉星移夜步壇，風清月朗自燒丹。林間獨坐蒲團冷，雲際横吹玉笛寒。游徧吴江與粵嶠，道書仙藥隨身掉。西塞山前獨鶴飛，東林寺後清猿嘯。閒身已落水雲鄉，夢裏猶驚舊戰場。田園破碎孤舟月，身世飄零兩鬢霜。穀城歸去逍遥睡，塵寰小住聊游戲。寶劍《陰符》送與人，朱輪華轂成何

① 「海屋」，《詩草》作「瀚海」。「河源」，《詩草》作「天山」。
② 「枯」，《詩草》作「白」，旁注有「枯」字。
③ 「狂飆」，《詩草》作「黄巾」，旁注有「狂飆」二字。
④ 「計」，《詩草》作「記」。
⑤ 「臺」，《詩草》作「台」。
⑥ 「圍」，《詩草》作「違」，旁注有「圍」字。
⑦ 「徑」，《詩草》作「竟」。

事。萍蓬相遇亦前緣，野市蕭條二月天。竹影入簾閒對弈①，松風滿閣臥談玄②。嗟予插腳紅塵重③，話到名山心已動。何必黄粱閲歷回④，始信乾坤同是夢。正喜追隨符素懷，倏爾長謡思舊崖。脱屣未能歸閬苑，打包應是到天台。浮世光陰能幾度，重逢此後知何處。别淚隨風灑落花，離情鎮日縈煙樹。更待他年脱此身，萬水千山訪故人。祇愁不識神仙路，但見桃花便問津。

---

① 「閒」，《詩草》作「閑」。「弈」，稿本、尹本作「奕」。
② 「玄」，《詩草》、稿本作「元」。
③ 「予」，《詩草》作「余」。
④ 「黄粱」，原作「黄粱」，尹本同，據《詩草》、稿本改。

稺澥詩集卷第二

仁壽毛澂叔雲

仙井集中

迴瀾寺前登舟

麗日炙沙際，和風颺江潯。紅旆摇獵獵，緑舟去騣騣。蔬色遠上衣，蔣芽短及襟。波光濯塵鬢，天影埋昬涔。橋低過篷響，汊斷入港深。宿麥秀平岸，古木屯高岑。村童臥渚牧，漁子坐石吟。舷響見垂柳，窗陰知竹林。蜂聲動嬾意，鸝唤撩春心。脱囂神轉疲，乍曝夢易尋。眼倦屢落帙，手掃暫解衾。進櫂誰作謳，揮杯且孤斟。

夜泊厓下

石淺灘高雲水錯，艕語前途暝難泊①。竹根煜煜火漸明，風起泠泠衣覺薄。汲甕淅米夜未眠，時有怪

① 「暝」，原作「瞑」，依稿本、尹本改。

禽飛入船。巽香馣馤暗中至，虚籟蕭寥空際傳。石壁藤蘿隱深洞，山影壓篷寒氣重。高吟撼起野寺鐘，驚破匡前老漁夢。

過古佛洞①

此生本飄飄，登舟意良足。中流見磑舍，碓磨轉相屬。岸闊紫燕飛，灘晴白鳥浴②。煙村望猶飯，膏野净如沐。渺渺石分流，悠悠草迎旭。水涵山更青，人遠江始緑。月出照笭箵，漁梁映深竹。將家移鹿門，上冢白沙曲③。

翫月

温風兩岸草蟲聲，水調鄰舟動客情。野泊夢惟江鳥見，春宵月似玉人明。愁多怕更移香國，將往嘉州。詩好都緣住錦城。一卷《楞嚴》花下讀，長年頭上雪飛平。

① 「洞」下《（民國）仁壽縣志》「文徵」目録、卷三七有「詩」字。
② 「浴」，《（民國）仁壽縣志》卷三七作「落」。
③ 「冢」，原作「冡」，各本均同，據意改爲「冢」。「白」，《（民國）仁壽縣志》卷三七作「自」。

蘇祠新樓呈南皮夫子兼柬玉賓、叔嶠二君

眉州近城多小山①，四圍匝作碧玉環。一角微哆放江溜，翠銅古鏡磨斑斑。南皮夫子今文伯，尤愛樓居岸輕幘。微瀾瘦竹蘇家宅，彈指華嚴涌百尺。褰裳高步鳴琤瑽，津亭遠鼓聞逢逢②。檣竿亂矗隻復雙，堞外知是玻瓈江。蟇頤樹色潑濃緑，過江欲西來入窗。窗中有人散巾服，一卷文書映山緑。晨興江氣染畫簾，夜静池光照喬木。冷泉判事咤希有，似此衡文真絶俗。暇日招邀羅衆賓，放眼浩蕩郊原春。青神去鳥向三峽，白馬炊煙連五津。江山如此不盡醉，不見披風臺榭成灰塵。胡牀坐嘯發興清，城隅落日晚霧横。斯須雲破吐娟月，峩眉正與闌干平。銀河斜注帶檐挂，珠斗錯雜和燈明。麗譙角動不言起，得句蒼寒出新水。紅船緑棹繫堂側，欲泛青蘋拾金鯉。百年草莽那能料，十日嬉娱聊復爾。未識昔時紗縠行，勝事曾否能如此。先生持節秋當歸，賤子亦似飛鴻飛。當前好景且莫擲，後來痛飲知爲誰。衹恨杏花零落滿階盡，空聽笛聲幽怨隣家吹。逕須唤起彭城守，共向樓頭著羽衣。

月夜步至木假山堂西偏玉賓、叔嶠書室

碧天澹澹掃纖翳，魚鑰沈沈美深夜。粉牆散步尋餘春，布袷微寒似新夏。樹後壁明池返照，竹梢瓦白露初下。遠亭秃柳類老桑，暗砌蕙叢抽淺蔗。試觀沈月立小橋，更數稀星循曲榭。地上苔紋一寸厚，窗前

① 「眉州」，尹本作「眉城」。
② 「逢逢」，尹本作「逄逄」。

花影數枝亞。假山倚石嵌嵜嵚，枯木成峯學衡崋。何緣下帷得此地，乃忍閉户不我舍。孤鐙青熒尚然柏，高燭紅妝笑燒樺。書聲振屋宿鳥驚，詩魂入座老仙怕。世事雲散那可擎，流年箭脱詎能靶。空庭泥釀猶聞香，壓槽酒熟莫論價。如此良宵堅不出，負君清景恐難赦。連牀聽雨應更佳，對枕闌題幾曾暇。僮僕鼾起答城柝，鸜鵒催歸喚鋃架。

三月二十一夜南皮夫子招飲水際竹邊亭

微風拂修竹，蕭槭菰蒲聲。宿鴨忽引吭，格磔水鳥鳴。恍然泊煙渚，欲濯滄浪纓。是時疏雨過，野涼亭外生。官事少得閒，坐定知三更。解衣挂竹枝，掃葉然鉼笙。樓陰浸水黑，鐙影暗不明。酒香聚遊魚，聞語了弗驚。我生墜憂患，萬事秋毫輕。不圖塵堀中，觸此江海情。一杯酹髯翁，來領夜氣清。

蘇祠東陂同叔嶠、玉賓泛舟戲作

南溟北渤空自奇，芥舟即以坳爲池。堂前一葉舞澎湃，書生挽衣稱柁師。鷁首蓱堆進無路①，持篙亂劃奔潛黿。湔裙袯袂潑滿面②，酒氣頓解涼侵肌。仰天大笑臥水底，陶朱竟欲沈鴟夷。撫此頭顱已三十，束書猶事同兒嬉③。可惜不見二月時，東陂初漲輸西陂。畫柱朱欄隱煙雨，紅瀾緑浪吹參差。遲來半月百

① 「鷁首」，尹本作「鸀首」。
② 「袯」，尹本作「祓」。
③ 「束」，原作「東」，依稿本、尹本改。

花盡，衹有拂舸青桃枝。牆下陰深邃如洞，低頭俯出披幨帷。新蒲芽坼茁沙際，小荷葉長浮淪漪。迴望高樓在竹杪，動摇半頃蒼琉璃。恍然晚飯越中去，豈必斫鱠尋吴姬。道人雲房插陂下，冰窗四敞夏更宜。與君今夜莫歸寢，共待月明垂釣絲。

遥憶

六扇紗窗樹影横，荼蘼花下月微明。蛙聲聒暖池塘白，庭院沈沈欲二更。

三月晦夜雨宿舟中

一年只今夕，江上送殘春。野岸落花盡，孤舟寒燭親。不明雲外火，多病雨中身。逝水流光速，荒灘笛愴神。

昌黎郭夢九、雄縣劉瞻斗兩大令，遵義鄭伯更、南皮張君謀邀遊中巖

鼓潭匯深黛，萬動同一照。刻石爲漁翁，終古坐垂釣。香草滿石磵，雜花覆茶竈。疎雨林罅來，坐避洞門寮。經聲在雲上，可望不可到。樹杪開窗扉①，百轉級愈繞。中峯負軍幄，夾侍峙雙纛。山風吹鸛巢，背聽若長嘯。平生作游急，勇往氣無躁。坐瞰山外江，平沙發晚燒。

---

① 「杪」，尹本作「秒」。

嘉州試院寓室正對東山，每清晨挂窗即見之。晦明變化，致有佳趣，書此詑客

凌雲蒼玉屏，烏尤青硯山。馬鞍浮東流，架筆嘶紫珊。朝見老僧汲，暮看神鵶還。鐘鼓到牀上，嵐翠迎窗間。有時隱煙雨，一白城彌漫。維摩方丈室，旅進妙月鬘。江水似中泠，瀹茗盡日閑。何必訪萬景，分餉了不慳。

文學臺望峩眉和叔嶠

佛現軒前風灑灑，曾倚鐵闌看雲海。飛身起摘雪上花，石壁空青爪痕在。左跕雲頭右烏背，百里汶涐褶衣帶。曬金瓦屋閣雙机，方平欲取作茶械。粉皴墨蹙天西圖，舒卷隨窗不須挂。放杖東還將十年，荷衣不散山中煙。枕函詩卷沁山靄，至今臥席餘芳鮮。老僧所遺木癭瓢，到處隨身爲酒船。酒船順水來龍游，登臺讀牓愧汗流。平生遇鼠苦不識，口饞竟欲烹蝤蛑。犍爲卒吏久寂寞，誰爲一洗山林羞。晚學無成總顏厚，十問九瞠坐呿口。祇有此癖君與同，酷愛看山兼飲酒。蹣跚早暮來無時，脱巾槃礴巢烏疑。何處得此二狂客，天公一笑伸修眉。雨洗浮空出樓閣，斜陽金碧開丹梯。爲君指點舊游路，盤盤曲綫從天垂。烏尤寺樓最佳絶，湫底魚龍護禪窟。前年過此方隆冬，夜起僧房送江月。昨宵恍惚復夢見，樓外松稍戴微雪①。鐘聲打散九頂雲，人海沈沈涌銀闕。天容圓橢萬影纖，山幽水淡光相涵。大峩皓潔凜毛髮，冰壺霜刃瑩巉巉。少峩靈氣獨蒼翠，玻璃鐘覆碧玉簪。舊歡新夢迹如掃，遊山讀書莫草草。結茅弄月華嚴峯，此

①「稍」，稿本、尹本作「梢」。

願他年會須了①。頭上歲月寖已馳，後事茫茫難預知。深秋有約定當踐，芭蕉應與臺基齊。今夕扁舟繫深竹，迴首高臺隱喬木。逆風夜起醉不知，吹到峩眉山下宿。

酬黔中鄭伯更先生

牂牁萬山叢，太古閟石竇。尊公首倡學，千載始一晝。譬如崖上松，不假寸土茂。於菟出老兔②，用《集》中語。天稟鋭且厚。觀書下俊鶻，快眼放江溜。没齒窮鑽研，六籍盡穿漏。總丱弄竹聿，聲形夙耽究。直尋倉頡師，迒迹繁鳥獸。尊胝與鼎膜，辯證亦侈富。近剷鄉壁謁，遠糾騎省謬。深衣客岷峨，三《禮》常在袖。戈戟攷鈎鎩，輪輿訂轂輻。示我明堂圖，意匠庀新構。君家兩司農，繼起照宇宙。命名乃謙意，僅殿侍中後。跬步共昕夕，醯甕儼發覆。遂使終夜魂，孔宅聽金奏。《凡將》逮《訓纂》，蜀學漢已舊。邇來一變盡，端坐誚疾走。矧是蒲柳姿，窾綮抱孤陋。喉吻錯鉤棘，斷句每失讀。突杌珠璣投，妄譽恐招訽。全箸許泛覽，句句水石鬭。騷壇變大弨，木弩那敢彀。餘事擅秦篆，韻勝圓愈秀。玉箸如編排③，豐勁匀不瘦。當塗筆法在，剡紙匄我詶。熙朝文運隆，績學悉老壽。晚成器愈大，往往早不售。微賤爝火光，高位懸列宿。秋風屬文戰，成霸暗心祝。願惟諸大師④，世傳蓋罕覯。歸去鼇縣山，門前種紅豆。

① 「了」，原作「丫」，依稿本、《勘誤》、尹本改。
② 「兔」，尹本作「免」。
③ 「編排」，尹本作「編琲」。
④ 「惟」，尹本作「爲」。

雨中渡江沿涪溪訪涪翁洞

城根緑陰下，漁艇一水亂。急雨跳千渦，風來忽吹斷。篙師笠簷溜，飄去倏在岸。同行三兩人，連袖作帷幔。舍櫂沿迴溪，沙上鷺羣散。遠林隨霧深，苦竹隔磯看。石田秧水足，顆顆露珠璨。茅屋濛白煙，閉户尚晨爨。涪翁舊遊處，童山色如炭。中分疑剖瓜，留記字多漫。想見燒筍來，飽食揮玉腕。人生解適意，何地容煩惋。弔黄樓址頹，聞歌喟長嘆。

敘州城南樓看雨歸舟同叔嶠作①

江上火雲如赤山，繞屋熾炭熱所環。短衣蹋壁走百反，十日不雨天公慳。靡草未死穢未删，饑蟁晝出羣飛翾。鎖江山勢有峽意，地暖氣瘴連南蠻②。今晨城上抉遠目，西樓近出臨塵闤。萬里金沙望不極，夷荒穠秀難躋攀。忽噴黑煙潑濃墨③，西樓已在溟濛間。慶符孤塔亦他徙，是誰攫去久不還？雨點過江大車軸，風勢亞樹咸弓彎。鬱悶堆胸可千斛，付與一洗開襟顔。移時雨霽瀑泉出，鐵崖百道流銀灣。下城歸路净於拭，美睡人家多掩關。儵儵荔子溼欲然，竹畔葵根半紅殷。雙斑鵓鳩唤何處，殘溜在樹猶餘潸。插水亂石劍戟巉，上有閣屋聽潺湲。欲往從之畏灘險，書篋别行心轉閒。且臥船窗看赭壁，射江返照明斕斒。

①「歸」下尹本無「舟」字。
②「暖」，稿本作「煖」，旁注有「暖」字。
③「濃墨」，尹本作「淡墨」。

送人歸黔中

劍外新詩馬上删，亂蟬聲裏過黔關。花明官道初成聚，草長人家半未還。鐙閣夜抄雲子飯，火雲秋入雪公山。丈雪道場在遵義。傳經道自文園令，可有祠堂祀百蠻。

遣悶

功名等是爛羊頭，故李將軍老不侯。掛得玉壺隨馬首，遇花臨水即糟邱。
路向花溪西復西，竹林迴合人迹迷。中藏碓舍水碧玉，女伴浣衣山鵲嚛。
丞相祠堂久寂寞，惠陵古柏今已非。黄四娘家亦荒草，騎馬拗花腸斷歸。
釀酒那得漢時甕，梅龍化去餘寒灰。行人莫問蜀王苑，眼前何有相如臺。
放翁入蜀已中歲，子美白髮依滄浪。古人身世總如許，文章事業兩茫茫。
李公擁纛東海頭，左相討胡尚蘭州。西域未平海波沸，醉眠錦江春水流。
潭上細流色濁黄，蔣芽擢水一寸長。摳衣盤膝坐芳草，花落繡巾春酒香。
狂花浪蕊漫芳菲，醉後雄心想鐵衣。三十離家三百里，杜鵑猶道不如歸。
留客黄鸝亦有情，金衣勸酒太憨生。淡紅香白去成陣，日暮雨漂花入城。

登城

春風吹堞影，城在百花間。日落生漁火，天晴見雪山①。登高驚力減，懷古轉心閒。卻羨痾瘻者，時清老抱關。

次韻

錦城芳草遍天涯，綠到臨邛第幾家。鑾鼓羃塵珠絡索，燕泥涴畫玉丫叉。碧天如夢雲猶緊，紅燭無言淚半斜。不是傷春非病酒，懨懨三月爲梨花。

暮秋歸草堂

三十不得志，浩然歸故山。文章博憂患，貧賤得蕭閒。伏枕遠人語，開軒飛鳥還。别來耦耕者，益覺鬢毛斑。

送人入京之作分贈計偕諸君子

看君匹馬入幽燕，驛路寒花小雪天。九曲河聲流枕上，三更海色落窗前。壯游最喜添新作，及第尤欣在少年。試上金臺回首望，暮雲高處是西川。

① 「天晴」，尹本作「天情」。

萊衣猶有淚痕斑，前歲都門失意還。嵩樹彫黃飛洛水，嶽蓮晴緑滿潼關。階前草長難遮路，嶺上梅開又出山。一渡長河不成醉，更堪紅淚唱刀環。

一經換得鬢雙皤，三十猶難博一科。想我空齋吟大雪，正君孤棹渡黃河。重衾短榻悲蛩訴，静夜孤鐙過雁多。倘夢故人何處宿，江天風雨臥魚蓑。

何郎携手賦彈冠①，同到燕山春未闌②。起草定應天上宿，好花多在路傍看。夢回雁叫秦雲冷，醉後人稀易水寒。織錦心情化明月，隨君流影過邯鄲。

宿古寺

薄暮水光白，過橋人影長。溪雲宿高閣，山月照禪房。貝葉初經雨，陀花半帶霜。塵心空際滅，鼻觀發天香。

宿大滑石

勞生真碌碌，浮世此休休。流水不成語，亂山相向愁。主人親近客，行賈説邊州。壁垿風能入，宵寒戀敝裘。

① 「何郎」一首前稿本原有「又一首」三字，後圈去。
② 「同到」，稿本作「明到」。

偶出

崦内隱茅屋，隔籬聞藥香。秋山獨行路，落葉下寒塘。柏樹已如雪，板橋微有霜。立看北來雁，風急不成行。

晚行

路轉平田白，臨溪屢問津。遠天低似水，暝樹立如人。屐響知樵牧，煙花悦隱淪。從今鹿門去，應與德公隣。

飲桃花下

平生不解酒船空，月落金觥醑亂紅。何用更尋崔處士，玉簫吹斷五更風。
紅雲靉靆珊瑚海，絳雪繽紛瑇瑁天。醉下蓬山殘酒在，紫鸞背上萬嬋娟。
青鳥不來春夜永，九天風露自開關。前身合是羣芳主，一色紅裙擁玉山。
蹋歌連臂帽簷斜，親到瑤池阿母家。試摘餘花歸酒甕，明朝應得化流霞。

芝山禪院①

屐輭知苔厚，苔鬆識筍侵。鐘聲下山小，樹影入池深。趨市雲黏屨，歸巢雪滿林。一花孤石上，趺坐定猿心②。

近郭

近郭人煙密，清流曲曲過。春田游女散，芳草白羊多。緩步風光麗，晚晴天意和。橋邊酒帘上，一鳥學蠻歌。

春遊

郊原爛熳恣春遊，柳眼花鬚着暮愁。喚住斜陽莫西去，且容老子醉高樓。

瑯琊王節婦詩

星牖摇高梧，繐帷打落葉。霜角吹烏烏，風草掠獵獵。自緡安仁賦，就枕席不貼。夢見初來日，褰簾啓笑靨。明珠垂翠翹，香錦軟白氎。妾身即君身，憐君亦憐妾。嗥牀訓狐怖，集桁野鵩慴。滌圊鐙抑揚，

①「院」下《（民國）仁壽縣志》「文徵」目録、卷三七有「詩」字。
②「趺」，《（民國）仁壽縣志》卷三七作「跌」。

煮藥雨淒霎。空房星欲稀，道衣學襶厭①。彌留執我手，未語淚盈睫。腹中一塊肉，所望續宗牒。君去嫡隨殞，相距旬甫浹。鸞釵舉雙櫬，苴杖負孤篋。劍閣雲面迎，秦棧風腕挾。橋柳顰緑眉，岩花損紅頰。薄暝小市堠，返照古縣堞。癡婢榻上鼾，老僕棺側魘。重趼七千里，婦髮白可鑷。補屋權雞栖，負土若馬鬣。寡鵠播間哀，愁鳶墓門跕。蚌胎竟云殄，同根慘分接。姆教課鍼黹，蒙養戒觿韘。絮纑晝長擘，緶裙夜連緁。寒披襦隙噓，凍入爐火攝。棘心久况瘁，龜手困疲苶。相攸治妝奩，就傅買書笈。廿年雜聒事，闔眼亂稠疊。精衛爲妾魂，不復作莊蝶。餘事及豪素，灑翰滿紈箑。傷心花鳥間，丰骨隱豪俠。苦節必昌後，彤管何煒曄。青禽頒誥綏，泥金送門帖。

又代人作

事君未云久，感君恩在初。藥罏三月伴，經卷廿年餘。蜀道跣嗁樹，齊山寒灌蔬。清臺聞有後，應降紫泥書。

竟爾報一死，孤魂終異鄉。况憐撫遺腹，執手淚千行。詎料陰風慘，蘭枝隕夜霜。至今寒雨夕，猶夢在西梁。

聞鵑思往事，一度一沾巾。小閣孤花落，新阡宿草春。撫孤能擇壻，教姪已成人。恤緯敝廬在，清風東海濱。

淚染丹青筆，開匳不忍題。寫花無並蒂，畫鳥不雙棲。琴咽獨絃絶，鏡昏單影嗁。寡時年十六，頭白

① 「襶」，原作「襶」，稿本同，依尹本改。

守金閨。

夫子今無恨，妾身猶古松。代完畢生事，不記昔年容。行迹門前絶，遺真案上供。艱難老皈佛，竹閣晚聞鐘。

只有雕梁燕，能知獨處心。青鐙今古憾，白髮短長吟。花外小星落，柳間孤月沈。九泉應不見，霜雪早寒侵。

生不識春風，金釵着篋中。素衣常似戒，淡食豈緣窮。憶子憐雛燕，思君望斷鴻。百年才幾日，江水淚流紅。

兩鬢蓬蓬雪，人呼女畫師。猧嬌翻賸粉，婢黠弄殘脂。白手持門户，青裙教女兒。大家曾作誡，不賦斷腸詩。

江洲

淺草際平沙，洲中一兩家。漁歌隨水去，雁影帶帆斜。落日紅楓葉，秋陰白菊花。含愁正無限，城上復聞笳。

豈有

豈有淩煙畫黑頭，空餘清嘯落滄洲。新苔石筍刳茶竈，慢火松枝挂帳鈎①。善養鬬雞如御將，爲騎生

---

①「挂」，稿本作「至」。

馬憶封侯。而今短鬢西風冷，醉插黄花臥酒樓。

望遠①

白雲起兮何處，下蒼蒼兮墓門樹，羣鳥哀鳴兮不能去。母兮毋悲，兒登高兮望之。

夢哀

朔風烈兮摧井梧，嚴霜降兮嗁老烏。鐙欲翳兮夜已徂，暫假寐兮牀之隅。人多厭聒兮人少畏虛，喉癢不敢出聲兮行不敢趨，洗手進藥兮出户滌牏。牏不潔兮藥翻，心怛怛兮不安。雞忽鳴兮哽嗚唈，呻吟在耳兮敝衾溼。惟憑棺以慟哭兮吻忽張而有聲②，徐乃直起坐兮死者復生。問魂遊何處兮何又返乎故鄉，破涕爲笑兮日暗復明。出户兮上堂，錦衣兮繡裳。問答兮不遑，勞苦兮如常。迴風起兮入靈幃，飄然去兮忽不辭。悸而醒兮心然疑，猶彷彿兮其行遲。嗚呼吾親兮去我何之！

父子寺訪虞雍國琴臺③

謝傅東山在，風流直到今。掃臺留像影，彈石帶琴音。野鶴梳翎立，鄉僧抱厀吟。荷鋤談宰相，那解

①「望遠」，尹本作「遠望」。
②「惟憑棺」句以下稿本分爲另外一首。
③《（民國）仁壽縣志》「文徵」目録、卷三七題作「父子寺訪虞雍國琴台詩」。

讀書心。

山寺晚歸

苔窠拄杖深，著屐晚相尋。獨鳥臨寒水，斜陽出遠林。磬聲經雨晦，人影過橋陰。借得《華嚴》返，行拈嗅古沈。

秋夜①

籜葉裁冠槲葉衣，採茶亭子樹成圍。水中星動叉魚過，山下鐙行射虎歸。茅屋雨多苔蘚活，石田土瘦藥苗稀。鄉園養拙成高尚，徙倚空庭看少微。

凭欄

塵事不相干，前身是懶殘。健行知病退，茹素覺心安。落日山陰淡，秋天樹影寒。一聲孤雁過，流響隕闌干。

學書

隱几巾綦不下堂，仰天南郭嗒相忘。巴僮換注雞缸水，山鳥銜供佛座香。紙養桃花逾肉色，墨含松氣

① 「秋夜」，尹本作「秋衣」。

作眉光。向陽試手東窗下，草得鵝經一尺長。

山行

林梢石氣午難開①，路古人稀半是苔。鈴語聲聲行不得，亂山寒雨馬馱煤。

食荔支②

龍游有官園，乃在荔浦湄。陰陽異歲實，煙雨垂離離。我昔扁舟過，十錢幾滿枝。團團紫雀卵，中凍白玉脂。歸來四五年，渴想妃子遺。今晨食指動，忽覯一騎馳。有美十八娘，惠然慰我飢。紅紗淺映肉，隱現冰雪姿。發籠風露香，飣座光纍纍。芳甘沁齒頰，瓊液生華池。郵至二百里，色味儻小虧。何如臥樹下，飽摘生啖之。

昔時

玉笛飛聲似昔時，浣花才子鬢成絲。剌桐花落紅蕉下③，記按《梁州》教蜀兒。

---

① 「梢」，尹本作「稍」。
② 「荔支」，尹本作「荔枝」。
③ 「剌」，稿本、尹本作「刺」。

江寺

江氣接朝暉，曾樓一白圍。孤猿對花坐，静鳥入門飛。磬去摇山翠，舟來亂水衣。老僧頭似雪，雲悟箭鋒機①。

遊城南花市醉歸

浣溪春雨五色濃，人聲雷殷塵濛濛。玉盂金帶大如斗，海棠十丈開雲中。牡丹樓臺高百重，花光眩轉天爲紅。甲煎萬斛爇一炬，暖薰四體皆酥融。雕鞍繡轂馳香驄，齾齾壓鬢隨羣蜂。聯襼牽裙作幃帳，遮護不使微風通。一花足可百回看，我初客此猶兒童。十餘年來洊兵燹，紅緑稀疏亭榭空。成都雖幸未殘破，園場芻秣儕蒿蓬。元氣如絲近少復，看花往往泣老翁。側聞勝國太平日，繁麗亦與今時同。樂極哀來杜鵑哭，萬里橋邊多虎蹤。何論花市絶人迹，荆榛拱把生遺宫。保泰持盈在守吏，後有衛公前鄭公。年年客此豈非福，不辭醉倒眠花叢。花聞此言亦歎息，一刻千金能幾逢。闗門下鑰急歸去，城南街鼓敲逢逢②。

登城

步屧春城上，門闌半落花。緑楊多近郭，芳草入貧家。江鳥争樓角，風鳶亂日斜。畫廊聞晚鼓，孤石

---

① 「雲悟」，各本均同，頗難解。疑「雲」爲「云」之訛。

② 「逢逢」，尹本作「逄逄」。

在天涯。

巫山高

巴水漾枕春綃紅，眉峯蹙黛愁山重。十二香鬟鴉色濃，碧煙着瑟彈瑶宫。高唐臺榭灰青楓，橘花細雨空山空。夜月猿嘑酸骨死，壇前雪落相思子。章華夢遠春如洗，白帝城荒一千里。

蜀中新樂府六首

支機石

媧皇鑪底燒餘石，浸入銀河化深碧。牽牛一吸乾一灣，拾贈天孫壓刀尺。天孫雲帔飛霞綃，七襄軋軋玉杼勞。蟠桃白兔少花樣，戲織錦石沈秋濤。投梭淚灑緑苔泣，至今尚覺流紅溼。螺紋指印嗅有香，唾處紺痕袖華褭。青天碧海何終極，别恨隨槎下南直。誤盡成都織錦兒，不道黄姑苦相憶。

紗縠行

五更烏啼金井欄，畫堂月落羅衣單。禿襟窄袖指瑟縮，機石似帶銀河寒。亳州鬆花江錦膩①，蛟毫溢手冰綃乾。碧煙如紗摺蟬翼，絡緯相憐對檠織。鬟溜釵傾時欠伸，停梭欲起倦無力。櫻唇細唾紅絨溼，珊

①「鬆」，尹本作「松」。「江錦」，稿本作「錦江」。

枕幽噱窗曙色。深閨井井二十餘，爲習輕紗嫁不得。昨日浣花行出城，城邊江水玻瓈清。玻瓈江水多縠紋，縠紋自古熨不平。

三城戍

贊普傳箭詔飛鳥，隴右原州草枯槁。偷渡青海窺三城，西山蕭條踐更少。帳房雪没齧寒鐵，十丈牙旗凍竿折。金鐘蘆酒不醉人，渴擊黄獐飲其血。放瞭四散登碉樓，江源月出猿啾啾。蓬婆嶺上戍火烈，滴博營中吹角愁。江水載愁識歸路，一夜一回錦城去。

穿鹽井

穿鹽井，千尺深，利錐鑽石石迸火，邪許相呼千杵音。石盡火鳴油噴起，不息雨中然水底。一鐙引作百十鐙，筒盛脬封走千里。篾簍萬箇來江邊，暑天雪花堆滿船。那畏煙薰草木死，更愁鹵下傷民田。祇有鹽商好意氣，十年往往爲高官。夜半地祇乘龜升紫府，遍體瘡瘢與天語。海眼鑿穿地肺裂，血液燒枯陽外吐。井星摇摇井絡坼，鼇脊蜂窠孔難數。直恐深漏地下天，喚起媧皇不能補。帝聞頷首意無奈，第勅鹺家峻鹽課，鹽課重時穿井憹。井水日退課日增，竈户十家九家破。

車載板

車載板，出甯遠。紅紙糊題書壽字，道旁停車店中飯。金聲玉質花紋香，刓形仰瓦長而方。腰繩痀瘻兩肩赭，車多人雜塵飛揚。問言板來經某所，材産窮鄉有無主。何山林立多如斯，何年萌櫱大如許？答云邃古霜雪之所降，萬年壽盡成枯樁。龍顛熊躓倒崖谷，震雷巨壑相舂撞。臕皮腐盡獨心在，沙底深埋幾千載。土人善以錐劃沙，緣巖密探勤搜爬。裹糧秉燭縋幽險，陰霾毒霧虺與蛇①。况復蠻溪石繳繞，筏不能行行陸道。大小關山相嶺頭，失足須臾葬荒草。成都貴人好夸侈，一槻千金言不美。那識深巖絶澗虎豹叢，一歲常聞百人死！

西藏佛

萬馬西征龍象慄，達賴班禪身伏鑕。聖人意在廣羈縻，何物番僧稱活佛？番僧碧眼骨相巉，金環繫耳垂毿毿。黄衣紅衣各掌教，摇鈴持杵侍兩三。旁行梵筴過億函，迦陀密印結指箝。氆氌割截七條縫，敷座誦咒言喃喃。貢道年年出巴蜀，拜賜西歸車折軸。忽傳天使熬茶來，迦葉阿難皆禮足。一佛死，一佛生。新佛慈悲念舊佛，特建道場爲誦經。

蜀牋

浣溪粉水流温香，玉女津西多紙坊。呼買尺半小學士，踏杵有聲潭北莊。榿陰籠井按碪石，松風蕭蕭漾苔碧。溪邊解玉鏡面平，過研琅玕片如席。臙脂涴手猩血漬，千碓彤霞冷金地。桃花粉養肉色紅，膩理烏絲作濤字。鴝眼墨氣浮松煙，鸂鶒傳呼青背牋。淺礬銅緑古彝鼎，綾紋布紋蟲鳥全。冉村玉冰紙骨薄，

①「陰霾」，尹本作「險霾」。

雪藕表光如厚錢。十色争誇謝家好，薛家小紅尤可憐。枇杷巷後百番殉①，五鳳樓中真豔羨。風流雅製今翻新，印作佳人捧團扇。

題嚴子陵垂釣圖

一竿送老浙江西，大澤何人且鼓鼙。七里灘邊身未到，笠簷春雨夢磻溪。

八月初七日雨

木樨屏下聽寒雨，三日空階訴凄楚。夢中忘是秋檐聲，道與平生故人語。瓦松花落瓦壠黄，碧蘚如錢黏瓦當。飽飯東厨歸射堂，銀槃卍字挑殘香。芭蕉葉畔攤書臥，滴入心頭一寸凉。

初九夜又雨

風入疏櫺閃鐙穗，石欄千珠萬珠碎。山僮不鼾蛩不鳴，數盡江湖十年事。前年聽雨金雁橋，隔窗一樹紅甘蕉。去年聽雨蜀宫井，梧桐葉落秋衾冷。照壁孤檠又一年，松陵夢裹水連天。銀鐙玉笛三更雨，身在吴孃鴨嘴船。

① 「百番殉」，各本均同，殊難解。且「殉」屬去聲震部，與「羨」「扇」於韻不合。竊以「殉」或「絢」之訛。

留別書院諸生四首①

亂峯如黛古陵州，爲聽書聲住過秋。汶長遺文排建首，鄭君絶學問長頭。風天煮藥花圍竈，涼夜矚詩月上樓。道是鄉園行樂好，玉堂清冷轉生愁。

《七畧》編排欲付誰，草玄亭上鬢成絲。也隨祇樹推都講②，獨禮寒山向本師。賈傅孤忠年最少，謝公明德達偏遲。不妨歸向梅花説，縱酒談兵似牧之。

歸去寒塘獨掩扉，書生誰解著戎衣。漢陰抱甕心猶在，汾上傳經願已違。粵海帆如霜葉亂，荊門檣似陣雲飛。秋來慣作江南夢，又駕戈船采石磯。

蜀山十月雨中青，別路回頭醉未醒。咸豐庚申，避賊南山中，嘗一大醉，自是深以爲戒。前夕諸生治酒話別，竟致淋漓滿茵，此生平第二醉也。紅葉翳鐙抄語録，紫苔侵案校圖經。罪言削草傷孤憤，瘦句如冰近四靈。諸生分理學、經學、考據、詞章四門。記取華陰講堂在，一株枯柳臥池亭。

① 《（民國）仁壽縣志》「文徵」目録、卷三七「諸生」下有「詩」字，「四首」二字均作小字。
② 「祇」，《（民國）仁壽縣志》卷三七作「衹」。

稺瀣詩集卷第三

仁壽毛澂叔雲

仙井集下

揚州文滙閣四庫全書殘葉歌

純皇郅治深宮閒，羽陵蠹簡高於山。飛僊捲幔帳殿啓①，袞衣步坐開天顏。親御丹毫加點勘，漏箭將終月西暗。翻然藜火照人間，欲網珊瑚歸銕纜。荒林破冢夜有光②，東壁射地寒生芒③。大開虎觀購遺佚，九州岳牧皆奔忙。諸儒校纂目睛喪④，直拓殿庭排縹緗。侍書内史跪進膳，玉觥滿飫蒲萄漿。序録初成屢召見，踞聆褒貶提宏綱。字字曾過聖人手，每逢子午生天香。更憐禁籞人罕至，特貯行宮及山寺。此

---

① 「僊」，原作「⿰亻遷」，稿本同，尹本、鈔本作「僊」，《晚晴簃》卷一七二作「仙」，據尹本、鈔本、《晚晴簃》作「僊」。

② 「冢」，稿本、喬本、尹本、鈔本均作「冡」，依《晚晴簃》卷一七二改。

③ 「壁」，稿本、喬本、鈔本作「璧」，尹本作「壁」，依《晚晴簃》卷一七二改。

④ 「睛」，原作「晴」，鈔本同，依稿本、尹本、《晚晴簃》卷一七二改。

事古無今始聞，萬手叢鈔衍巾笥。老龍借讀亦解嘲，五更攫取乘風濤。蒼崖很石爪痕裂，琅函半惹腥涎膠①。轉眼邗溝烽火急②，按籍徵名百亡十。金山樓閣燒成灰，西湖棄紙無人拾。一編乍展先嗚唈③，段段銀光布紋澀④。摩挲想見乾隆日，《崇文總目》那能及⑤！牆隈短檠秋雨溼，空山回首飛雲立。腐儒寒餓何能爲，獨抱殘經草間泣。

離宫曲

丁當銀蒜邊風起，朔雲壓夢煙如水。素衣私祭月明中，年年七月焚黄紙。摇扇秋蟲上羅袖⑥，螢委花叢撒紅豆。牡丹霜零海棠悴，鸞鏡慵開墨蛾瘦。階下唾痕碧成石，淚滴苔窠舊行迹。

長歌行

生不及康熙北狩龍旗度沙漠，屬車草檄賜冰酪。又不及乾隆西征雪夜出玉關，貂裘駿馬登天山⑦。男

① 「半」，鈔本作「牛」。
② 「邗」，鈔本作「刊」。
③ 「唈」，《晚晴簃》卷一七二作「悒」。
④ 「段段」，原作「叚叚」，尹本、鈔本同，依稿本、《晚晴簃》卷一七二改。
⑤ 「總」，鈔本作「綜」。「及」，鈔本作「文」。
⑥ 「蟲」，鈔本作「虫」。
⑦ 「駿」，原作「酸」，鈔本同，依稿本、《勘誤》、尹本改。

兒不取金印大如斗，識字虚名亦何有？飄然欲作海外游①，海外茫茫浮九州。赤道以南天赤色，夜夜回頭望南極。船邊陰火繞黄蛇，每颶風必見黄蛇。颶風漂入蛟龍家。海面紅燈似椒粒，每風②，禱天妃，見紅燈則無恙。海底紅星如盎立。一山忽涌魚脊横，一山忽没魚尾驚。周公有鬼舵樓底，南指遥遥三萬里。長繩急縛葉柳歸，獻俘太廟張皇威。一舸蓴鱸五湖水，不載黄金載西子。

隴上

隴上秋高急羽書，銀州青海近何如。棘門壁壘三年久，氊帳烽煙萬里餘。白草燒痕虞翊竈，紅旗斜照馬隆車。漢皇有意憐驕虜，不是將軍計畫疎。

何時

皋蘭城北慘胡笳，萬里瓜州落照斜。煙散穹廬聞漢語，雪明板屋見人家。雕盤青海雲開樹，馬踏黄河月涌沙。姑衍狼胥愁滿眼，何時親逐李輕車。

秋懷

中原戎馬後，劍外獨登樓。蜀道長多雨，騷人畏及秋。浮雲百年夢，流水一生愁。何事青青草，無憂

---

① 「游」，尹本作「遊」。
② 「風」，鈔本作「見」。

亦白頭。

雪夜

地上生明月，窗中凝去聲。曉天。鏡臺揩粉絮，花發繡簾前①。

游山宿古寺②，有客談泰岱之勝。寢即夢登其巔，寤後，書此示客

碧霞宫殿眺崑邱，七十二君皆夢游③。負月西飛身似重，踏雲東望影隨流。孤峰照海陰三島，一石支天壓九州。嬾向文園草《封禪》，枕函空鎖漢時秋。

歲暮宿彭山舟中感舊

記訪磨鍼溪上寺，江梅的皪送殘冬。醉眠象耳花前月④，寒噤蟇頤雪後鐘。游屐已隨山鳥散，舊題空被洞雲封。今宵獨聽荒灘水，流下夔巫一萬重。

---

① 「簾」，原作「廉」，尹本、鈔本同，依稿本、《勘誤》改。
② 「游」，尹本作「遊」。
③ 同上條。
④ 「眠」，鈔本作「眼」。

嘉州尋梅

街頭玉笛月中吹，一樹寒花瘦不支。煙散九峰茶竈冷，冰膠三峽青神有小三峽。酒船遲。草鞵渡上香臨水，名鼓祠邊雪亞枝。拂髩垂肩襟袖滿，路人争道是梅癡。

幽棲

鹿柴昨宵成，魚梁春水生。湖光借鷗占，山色與僧争。過訪祇箯叟，同居惟石兄。悠悠沮溺意，不盡古今情。

讓路惜苔紋，寬籠養鶴羣。松陰棋局滮，花外屐聲聞。引水胎明月①，堆山種白雲。閒中忙不了，幽事亂紛紛。

蝸角寄生涯，簞瓢俸已奢。食單來北閣，釀法問西家②。牆曝三年艾，塍香八月瓜。自憐未華髮，漸解學桑麻。

春事已闌珊，南窗日日閒。松風涼鶴夢，花月好人顔。船繫牀前水，泉飛屋上山。哦詩抵勳業，佳句亦天慳。

流火收威後，秋風似素交。草深迷獸穽，葉脱數禽巢。露酒蒸紅菊，霜燈績白茅。早涼凄已厲，閉户

① 「胎」，鈔本作「昭」。
② 「問」，鈔本作「向」。

有蠨蛸。

不寄城中信，柴扉暮始開。壁空牀没草，案冷硯生苔。犬入牛宫吠，僧尋鳥迹來。姓名渾不記，樗散久心灰。

拈得《長江集》，巴猨伴苦吟。鳥知栽樹意，蝶解惜花心。蘚面琴都痺，苔腔笛半暗。無名渾坐嬾，鐘鼎在山林。

春興

屋角村雞號，遠林聞桔槔。披衣看時雨，散步登東皋。田水濺白浪，新秧翻翠濤。溼蓑掛樹滴，臺笠隨風飄。羣雀聚餖筐，飛啄聲咬咬。老農耘且歌，亦各忘其勞。辭俚得真意，使我百慮消。人生一飽足，燒書從汝曹。

櫃崖越雞冠石、兩母山出黑龍潭，趨列乘墩，晚投青林寺①

幽景在獨往，俗客難可攜。身遠自擢煙②，意愜親援霓。經峰想砥柱，眄石憶秉圭③。冷谷日漠漠，荒

①「青」下《（民國）仁壽縣志》「文徵」目録無「林」字。「寺」下《（民國）仁壽縣志》「文徵」目録、卷三七有「詩」字。
②「擢」，鈔本作「摺」。
③「圭」，鈔本作「主」。

隧風淒淒。蕨長雉春乳，竹深貍夜嗁。攀蘿覆鳥巢，植杖踐獸蹊。誤摘琪樹實，戲抽瑶草荑①。潭緑剖欹甕②，崖絳鐫層梯③。喘陟既越岫，揭涉還遵谿④。短彴蓋淺土，平沙生細泥。寺遠使鐘近，嶺峻疑天低。緩步險無虞，數問路不迷。興象本長净，名理毋相睽。希孔人與徒，慕莊物自齊。

白果渡放船入慈母溪沿途瞻眺

晨煙冒去術，遊子切雲上。蒨峭山無名，翕赩嶠異狀。船遠逐樵響，江空答漁唱。步瀨石横出，擊汰樹交漾。蛇曲緣迴溪，蟻轉繞疊嶂。唧鼠嚇不動，跂鳥立相向。天高秋月明，水落寒沙漲。蔽岸竹臥生，懸壁花倒放。蘅薄搴餘馨，芳蓀秀彌望。流盼悟静言，引領浹微尚。

石室即事

古木斜陽淡有煙，葛巾紈扇影翩翩。畫廊薙草眠青石，玉盌嘗瓜漱碧泉。弈興倦時尋酒客⑤，歌聲歇處起風蟬。緑皮靛子紅香水，江瀆池頭醉採蓮。

① 「瑶草」，尹本、《（民國）仁壽縣志》卷三七作「摇草」。
② 「剖」，《（民國）仁壽縣志》卷三七作「剥」。
③ 「絳」，原作「綘」，《（民國）仁壽縣志》卷三七同，依稿本、尹本、鈔本改。
④ 「遵」，鈔本作「尊」。
⑤ 「弈」，稿本、尹本、鈔本作「奕」。

登故蜀藩宮城①

刼火餘灰泠，高城獨至今②。石龍蟠柱礎，鐵馬臥壕林。鎖斷宵扉敞③，壺乾夕漏沈。宮花寒少色，苑樹夏多陰。井濁人猶汲，池乾客獨尋。敗牆殘畫影，流水古琴音。鋤菜揮金印，犁荒得玉簪。殿基銅瓦在，輦道甃苔侵。春鬼思羅襪，秋鴛夢繡衾。珠香青冡瘞④，煙雨翠樓深。不化萇弘血⑤，哀嘑杜宇心。蒼茫興廢感，斜日幾登臨。

成都秋日城上看西山

高城背江水，城上芙蓉開。憑高散我目，飛鳥正西回。松龍千里翠，連蜷走邛崍。遥峰納歸雲，嵐氣向夕佳。石骨日色黄，萬壑飛煙埃。了了九峰雪，遠襯玉壘皚。雷聲動天倉，雨自霧中來。林表絢金碧，不爲霧雨霾。想見山阿人，倒影戲蒼苔。龍湫暝已深，山鐘但相催。徐庶既孤往，顧瑛亦寡諧。棄世古逸人，曠世同所懷。襆被諒非難，時事與我乖。悵望久不歸，將爲俗士咍。

① 「登」上《詩草》注有「二百七十一接青城」八字。
② 「至今」，尹本作「自今」。
③ 「敞」，《詩草》作「廠」。
④ 「冡」，稿本、喬本、尹本、鈔本均作「冡」，《詩草》作「塚」，依《詩草》改爲正體字。
⑤ 「弘」，稿本、喬本、尹本、鈔本均作「宏」，依《詩草》改。

犀浦

秋風吹龜城，落日照犀浦。霜清石犀見，水花傍寒渚。土橋市初散①，江亭暮聞鼓。樹下繫馬嘶，林陰醉人語。晚稻穫已盡，曠然見天府。躍馬夫何人，霸圖寂終古。

郫縣

繞郭篠簩緑不分，筒香並舍竟無聞。江流似帶金川雪，山勢遥連瓦寺雲。賣果園鄰揚子宅，種瓜人守蜀王墳。鵑溪亭榭摧頹甚，耆舊彫殘悵夕曛。

江樓晚眺

洲渚縱横似水鄉，江樓面面看斜陽。唤來小艇人争渡，飛入閒雲鳥不忙。楓葉三叉紅似火②，蘆花一壁白成牆。煙波遠處榿林密，結箇茅齋號讀莊。

憩山口同游誦二徐詩戲占

釵燕鈿蟬散作堆，親驅金翠萬山開。黄衣煖酒香薰樹，紅袖題詩墨濺苔。侍女分花歸月殿，老僧持杖

① 「市」，鈔本作「石」。
② 「叉」，鈔本作「又」。

拜霜臺。傷心一碧巖前水，曾照宫車幾度來。

入關遇急雨走避山家題壁

入關地冷住人稀，破薦遮風板藉扉①。爨叟爇雲黄石竈，牧童冒雨紫櫻衣。溪深松鼠行還止，羽溼山禽立不飛。想是羣仙解迎客，故添竽籟瀉珠璣②。

天師洞

梁州惡分野，異物恃幽險。《夷堅》《諸臯志》，荒幻夙所覽。禹鼎既沈水，羣譆日中闇。跂望真人來，天柱欲手撼。祆神雄九頭，老虎尾摇颭。腥風洒鮮血，藍靛怖牙臉。天魔化美人，妖蠱夢生魘。真人投袂怒，披髮口含啖。雷霆具鞲炭，洪爐開鐵菡③。飛天十萬劍，雲舞剖鬼膽④。寶鏡生虹霓，百怪恣一噉。指洗日月明，夔魍始潛斂。至今試劍處，餘血苔花黲。洞門架广屋，秉燭駴深窞⑤。下有邃古穴，地底透黯黮。年久山骨膠，瘢痕錯如壍。玉牒不可盜，黑龍守石磩。禁敕唐碑存，摹讀字猶儼。當時患物怪，未識

---

①「藉」，鈔本作「籍」。
②「瀉」，尹本作「寫」。
③「鐵」，鈔本作「鉄」。
④「膽」，鈔本作「胆」。
⑤「燭」，原作「獨」，依稿本、尹本、鈔本改。

人妖慘。詎料符水倡，簧鼓無不敢。猖狂建安末，孫魯視眈眈①。日收五斗米，旱澇不知歉②。傳法鍥臂盟，喣毒沫濡染③。燒香夜扃户，吹巢碧火閃。玉女乘文貍，山君載驕獫。六月嘯有霜，陰砭割肌憯。紅巾彌勒死，白蓮再開萏。近歲粵氛燃④，積骸海水瀲。始信先王教，幽明惟德感。有道鬼不靈，斯語固難貶⑤。

上清宮遠望

昨日石洋江水磨古銅，鏡中滿放青芙蓉。今朝身到芙蓉最深處，千花萬葉無路通。一花一葉俯仰反側各有態，却與鏡中微不同。欲開未開落未落，眉間飄蕩隨天風。花心聳出金天宮，苔窪盈尺軒轅蹤。拍洪崖肩不我掖，竹杖化作雙青龍。舉頭覺天近，銀河水聲洶。日月夾脇飛，海氣高盪胸。冷風送仙語，飄然落霜鐘。是時候已九月交，山木慘淡彫丹楓。憑崖西直對雪嶺，斜陽正照白映紅。天半峩峩丈人峯，高冠大劍誰爲容？回首望成都，青煙黑暈相溟濛。漏光射下玉環缺，瞥眼復失歸雲縫。羣山露頂涌翠浪，迤邐奔傾流向東。直瀉深愁地維裂，巫尖突起當其衝。一十二點互出没，天清隱約浮秋空。憶昔峨眉頂上

---

①「眈眈」，尹本作「耽耽」。

②「旱」，鈔本作「早」。

③「喣」，尹本、鈔本作「煦」。「沫」，鈔本作「沬」。

④「燃」，鈔本作「然」。

⑤「固」，鈔本作「最」。

瞰三江，道是人家匹布曬水中。嘉州城郭一抔耳①，撫掌笑倒騎羊翁。又聞大行昂頭天下脊，俯視九州歷歷無纖蒙②。五嶽錯立去盈尺③，黄河一綫蟠蟻封。何當吹笛跨黄鶴，暮飲渤澥朝崆峒。脚底萬國墜積水，海山浪浪聲渢渢。崑崙元圃摇玲瓏，終嫌蟻垤汙仙蹤④。天上鬱羅蕭台好泉石，麻姑攜手歸去巢雲松。

芙蓉坪

軒轅葩蓋蔭千頃，西來偶墜汶山頂。雲根入土長奇花，花開照天掃天影。春風盎盎蒸紅霞，枝上團團懸月華。紫絲步障五十里，空中幻作神仙家。蟠屈瑶臺向陽處，無雪無霜易成樹。四時蛺蝶大於船，么鳳張帆散香霧。探花只有緑衣使，王母欲來先幾度。忽飛一片下人間，萬丈丹梯上無路。前身合在花中住，三生猶帶看花趣。祇今流落不歸山，山頂道人應未去。道人惜花學花顔，花瓣裁衣香作緜⑤。餐花蕊兮飲花露，飽時笑向花中眠。

①「抔」，鈔本作「杯」。
②「歷歷」，尹本作「曆曆」。
③「五嶽」，原作「五獄」，尹本同，依稿本、《勘誤》、鈔本改。
④「終嫌」句，稿本無此句。
⑤「花瓣」，尹本作「花辨」。

老人村

小兒白髮稀垂肩，稚孫頷下鬚飄然。阿婆九十即早夭，不見膝前曾與元。東邨西邨聚羣叟①，嘆息而今盡中壽。乳崖石縫滴瓊飴，芳甘共飲長生酒。採藥人來山月斜，沿溪夾道多山花。此地催租吏不到，忽聞好客争留家。椓石懸空揞板屋，但種胡麻無五穀。瓦盆生擘嬰兒脯，松根人参脆於肉。百年混沌來無門，彷彿又見桃花源。非仙非隱了難測，至今疑有秦人存。樵者無心曾偶遇，有意重尋又迷路。路旁古寺久雲封，但聽鐘聲不知處。

丈人觀

白雲溪口月，淡墨掃半彎。丈人峯頂雲，翠城圍一圜。四更五嶽朝，笙樂鳴空山。林花繞輿蓋，風泉鏘珮環。黄帝訪道來，龍蹻去不還。藏丹化聖燈，煜爚千崖閒。茯苓夜出游，枸杞吠榛菅。至人輕天下，清風灑人寰。如何名利徒，老待筋骨孱。終然解塵鞅，偃息棲元關。

① 「東邨」，稿本作「東村」。

朝陽洞

山高鳥聲絶，深林浄如洗。空翠摶氤氲①，隨風化流水②。天雞半崖宿，仙吏幽房跪。牀下月平山，竇中雲滿几。侵曉巾拂溼，晨光破文綺。洞樹穿虚明，泉花爛紅紫。東岡向陽石，萬古流銀髓。聊復吸日華，一滌腸胃滓。

贈真一道人

宴坐峰頭天眼通，隔年相見已成翁。三春雪夜巡菴虎③，十月雷聲起鉢龍。幻迹浮雲倏南北，此心流水自西東。悲懽舊事休重説，紺殿孤燈瑟瑟紅。

夜話

微風吹竹雨悽然，此去重來又幾年。珍重不言臨别意，莫因詩酒誤神仙。

---

① 「摶」，原作「搏」，尹本、鈔本同，依稿本、《勘誤》改。
② 「流」，鈔本作「爲」。
③ 「巡」，尹本作「尋」。

留别

苦留小閣聽琴音，道勝開函雪滿簪。木葉再彫雖有約，桃花一落恐難尋。石多渡水生重跰，路遠經秋起病心。夢裏若來禁不得，亂峯高處冷雲深。

長生宫觀范賢遺像

世本無長生，長生容何地？世果有長生，長生反多累。乃知佛與仙，終未聖與賢。孔孟倘不死，轍環將萬年。遐哉張子房，功成始高蹈。遐蹤繼者誰，蜀才起長嘯。飲藥昧可嗤，渡海歸亦鄙。一去幾千家，西山遂成市。有才保鄉土，恨不梟賊奴。畫師未忘俗，乃著金貂汙。破廟屢興廢，樓殿壓巍峩。長生吾不知，遺民奉香火。

味江橋亭送同游東還

名山回首一悽然，把臂相攜出洞天。芒屨尚黏松澗雪，油衣都帶石門煙。有情溪月如留客，無賴樵風欲送船。我自獨游君自去，夢魂同繞緑崖邊。

灌縣

萬峰飛舞一時平，三泊分流九月清。水舫推窗看山色，城樓高枕聽江聲。市惟賣藥從無事，園許尋花不問名。見説關西更幽絶，幾人塵外肯閒行。

鎮夷關

蜀山錮石穴，劍戟森四障。白狼槃木陬，萬世少侵掠。釀禍由墨吏，貪功起驕將。索賄日巡邊，捉生夜打帳。奸民屢争奪，相率肆欺誑。亂民利鄉導，陰教製兵仗。毒螫從茲多，大潰始一創。前年松州破，井絡氣悽愴。煌煌諸葛公，攻心法爲上。相安兩無事，界牧不需防。雄關用一夫，天險古無恙。作詩告來者，往事君勿忘。

夜渡繩橋

仙人渡江足踏虹，黑影臥水起孽龍。大風飄舉幡蓬蓬，孤篷塌起在半空①，翩然恐吹入海中。西山歲斫千艘竹，石罅獸環繡鑌緑。耳邊轂轉百萬雷，不語疾走禁持燭。我命窮薄行蹣跚，好游忘險輕波瀾。懸崖細縆縛飛鶻，欲試經霜溜筒滑。

伏龍觀壁畫都江圖

何處灘聲來，座上屋瓦戰。高堂三丈壁，晴天雪花濺。閘官走且顧，籠石促修堰。脈縷如醫經，縱横細於綫。老蛟裂山破，夜鬭石犀爛。神牛腰白綬，折角江始宴。秦守當時心，傾身急民難。豈意身後名，遺容儼深殿。益都生齒富，千廩僅一爨。無公仰他食，米粒定珠算。商君鏟溝洫，掃地盡更變。遺制剩一

① 「塌」，鈔本作「塚」。

閉目隅，天心未周徧。北望古中原，茫然川瀆亂。西門與鄭國，成功尚可見。膏腴十倍此，畝收鍾有半。秋雲黄，汙邪滿畿甸。此法省轉漕，歲蠲累千萬。近輸利已多，况復除水患。嗚呼賈讓死，乾坤浩瀰漫。千載山東西，兒生不識飯。得公三數輩，咄嗟何足辨。斜陽待不來，臨風喟長歎。

司馬相如墓

遠山四壁鎖芙蓉，誰識爐邊滌器傭。秋雨茂陵才子骨，遺書不肯葬臨邛。

秋晚登浣溪樓

一洗街頭百日塵，危樓飛起蜀江濱。霞拖水面繰紅錦，月涌雲心碾白銀。村巷鳥銜殘栗過，野塘魚戲晚荷馴。卜隣萬里橋西好，稱此秋風落第身。

送人下第歸

長空飛鳥還，天際孤雲没。風前一杯酒，星星照華髮。笑問君何爲，歸山看秋月。

遇滿洲軍校

萬騎從龍入塞垣，羽林環衛拱端門。當時未議屯田策，今日空愁輓粟繁。瘦馬荒郊迎主將，懸鶉歧路泣王孫。居無四壁炊無釜，慚愧天家累葉恩。

席上聽人話東南近事

聽來猶覺黯魂銷，何況親經萬里遥。野火枯槎尋白閣，荒堤斷板過紅橋。遺民屋借空村樹①，縣令門依破寺寮。七百餘城愁盡説，乾坤風景半蕭條。

東門行

秋風拉沓辭成都，墨雲壓城天欲枯。藍縷淩兢者誰子，跕跕狂奔相叫呼。纔望橋頭僵已撲，石枕草衾黄土褥。尺半竹筒一篝火，水上疏星明煜煜。待馬不來久佇立，斜倚危欄暗垂泣。就中黠者微有知，相顧㖂眙前致詞。身是三川富家子，誤交五陵輕薄兒。當時貂裘擲煖客，豈知今日寒如斯！一人在旁長嘆發，試將目覩爲君説。諸王邸第夜寒消，戚里家家紫麝燒。綵綸閣下封章亂，往往披衣誤早朝。建牙鈴閣深如洞，金壺漏盡香煙重。不管千家野哭聲，偎鐙且作巫陽夢。大官既如此，下吏自應爾。我輩一人飲鴆死一人，此曹但醉一人萬人死。何況良田不種穀，旱潦年年多轉徙。島夷緣倚爲奸利，海外威靈長已矣。仰首蒼茫日無色，歸鴉噪急天昏黑。遥看飛騎插兩翼，定知何處生反側。將軍虎毛深玉帳，轅門日午起不得。吁嗟日午起不得，更望怒馬走殺賊。

① 「屋」，尹本作「物」。

秦皇寺

漫聽行人説是非，論功合享太牢肥。河山不爲朝珠冕①，嶺海猶應著卉衣。塞北征鴻愁地險，漠南胡馬畏天威。白登亦藉興王勢，可笑良平袖手歸。

書堂雨夜獨坐②

高齋秋雨響，窗虛滿林樾。幽人亦何事，坐聽清吟骨。鐙寒曖不明，雨止書聲歇。

秋夜即事

月出菊有光，露影在粉堞。多愁不安枕，適意起步屧。荒村宿鳥静，古渡幽人涉。一犬臥寒雲，醒來滿黄葉。

久不得關隴消息

花門竄穴空三輔，百戰仍聞據朔方。渭水蒼煙連帳幙，涇原豐草散牛羊。苻堅計失秦終亂③，江統言

① 「河山」，鈔本作「山河」。
② 「夜」，鈔本作「後」。
③ 「苻」，稿本作「符」。

行晉不亡。冠帶賈胡青史在，路人休憾郭汾陽①。

山市晚歸②

山店落黄葉③，江風吹客衣。雪微宿鳥噤，道古行人稀。隔水見隣火，叩門聞夜機。雲溪犬如豹，遥識林僧歸。

雪後

曉來松竹滏，亞檐斷冰響。茅屋鳥始飛，板橋僧獨往。夕陽天淡紅，西崦月初上。

讀賈長江集④

桐陰黄卷星光寒⑤，高歌拍碎蒼石欄。紙上不留墨痕在，但見古人心與肝。古人爲問今在否，死矣空

---

① 「郭汾陽」下稿本注有「休亦作偏」四字。

② 「山市」上《詩草》注有「三百一十九」五字。

③ 「山」，《詩草》作「茅」，旁注有「山」字。

④ 《詩草》「讀賈長江集」作「除夕祭詩」，上注有「三百廿二」四字。

⑤ 「黄卷」，原作「黄巷」，稿本、鈔本同，依《詩草》、尹本改。

餘詩不朽①。平生未得半日閒，身後高名亦何有②。草根露溼哦青蠅，雕春鏤黜天公憎。筆下杈枒起芒角，字中突兀生觚稜③。萬仞磨崖寫寒月，剜苔斲破秋山骨。爾時自謂無摧殘，豈意百年霜雪齕④。瘦賈可憐癡不癡，不解祭身空祭詩。黄金鑄像益何事，枉博窮愁雙鬢絲⑤。孤燈不明波漾漾⑥，把酒移鐙泣相向⑦。何當盡捲付祖龍，趁早東游取卿相。不然鬥死沙場裏，馬革裹尸報天子。不然一葉五湖秋，風雨蘆花泛釣舟⑧。

① 「朽」，鈔本作「杇」。

② 此詩《詩草》所載與其餘各本甚異。「身後高名亦何有」下《詩草》有「君不見李謫仙，烏靴玉帶斗百篇。匡山白首不歸去，夜郎流落愁啼鵑。又不見杜陵老，頭戴笠子飯不飽。十年夔峽多哀吟，晚滯湖湘慘懷抱。文章無命自古昔，富貴非關作詩好」六十八字，下接「瘦賈可憐癡不癡」至「枉博窮愁雙鬢絲」四句。

③ 「稜」，鈔本作「稄」。

④ 「豈意百年霜雪齕」下《詩草》有「人生不樂非英雄，丈夫未肯終雕蟲。錦囊字字血猶溼，一笑衹堪投溷中」二十八字，下接「孤燈不明波漾漾」諸句。

⑤ 「枉博窮愁雙鬢絲」下《詩草》有「閉門擁被呻吟苦，構思入甕嗟何補。浩然愛奇眉盡脱，相如病渴毫爲腐」二十八字，下接「草根露溼哦青蠅」至「豈意百年霜雪齕」八句。

⑥ 「孤燈不明波漾漾」下《詩草》有「爆竹連聲欻悲壯。新詩一卷陳几前」十四字。

⑦ 「鐙」，《詩草》作「燈」。「把酒移燈泣相向」下《詩草》有「昔日少年今長大，日綴語言徒孟浪」十四字。

⑧ 「泛」，《詩草》作「吹」。

清明

三月愔愔不放晴，蕭然客邸過清明。乍看孤嶼痕微没，知是春江水暗生。夜雨寒侵鄉夢短，閒花落與石欄平。沙堤柳色堪腸斷，那更荒城有甲兵。

龜城即事

春半韶光嫩暖烘，玉淪江上錦城東。浣衣香識花溪水，吹面寒知雪嶺風。井甃硯刓鑲碧瓦，牆嵌碑斷續青銅。山童報道先生醉，臥聽流鶯細雨中。

錦江東下絶句

春江風信冷於秋，不必秋心始算愁。水似鏡匳山似黛，一帆煙雨下眉州。

偶成①

峰峰白猿嘯，浦浦白鷺閒②。白石可見底，白雲長在山。攀林乞樵火，摘花開水關。蒲長路忽迷，竹寒

① 「偶」上《詩草》注有「此首添在《錦江東下》後《眉州》前」十二字。
② 「閒」，《詩草》作「閑」。

溪屢灣①。錦波碧如簟，可以濯我顔。

眉州

玻璃江上酒帘斜，江水鱗鱗皺緑紗。三日春陰三日雨，半城芳草半城花。祠堂地空宜裁荔②，試院煙高正焙茶。州試院與蘇祠僅隔一牆。擬欲卜鄰來放鴨，平田修竹幾人家。

雨後出城偶成

東風隱約怨歸遲，一枕梨雲夢所思③。家在寒塘花落處，客當孤館鳥嚬時。江雲壓屋愁沽酒，沙雨沾衣步咏詩。行到城東蕭寺裏，山桃紅落淡燕支。

春歸

不肯故山住，常晝故山宅。小别僅月餘，主人已如客。猿鳴階下岫，鵲噪庭前栢。塵絲羃書卷，藤蘿蔓瑶席。夜夢溪上花，晨憶澗邊石。花枝亞水舫，石磴生苔迹。釣翁喜我歸，勸飲忘日夕。問我城中事，欲語雜難擇。且問桃花潭，紫鱗今幾尺？

① 「灣」，《詩草》作「彎」。
② 「裁」，鈔本作「栽」，似可從。
③ 「梨」，鈔本作「犁」。

春暮歸山即事

谷口閲巖耕，飛泉幾道明。蒼猿抱石臥，白鹿嚙花行。梅雨遲游約，松風亂嘯聲。南山有佳處，吾與北山盟。

春晚偶題

不識晨昏聽寺鐘，柴門一月緑錢封。牆邊花落蜂聲少，榻上塵多鳥迹重。沽酒誤攙雲化水，買山贏得雪堆松。道人約訪餐霞客①，家在峨眉第一峰。

夜投山家沿溪行經古寺門外

爲讀古碑文，忘歸獨後羣。山門春鎖月，水碓夜舂雲。燈遠溪先得，沙寬路屢分。石林投宿處，一飯感殷勤。

家園

抱甕漢陰墟，眷言終荷鋤。醉尋園叟弈②，閒讀橐駝書。種石移新土，疏泉刷舊淤。百年同是客，何處

① 「約訪」，尹本作「欲訪」。
② 「弈」，稿本、鈔本作「奕」。

賦歸與。

寄人戲效南宋體①

釣竿在手即生涯，分作閒人更不疑。月榻留僧祈咒筍，雪簑訪友爲醫詩。尋花夢少吾衰也，種玉田荒鶴餒而。辟穀有方君未試，飽看山色亦忘飢。

新築屋

向陽新築三間屋，半住梅花半住雲。閒處差容人獨臥，夜寒還與鶴平分。竹皮作几師琴樣，石卵填堦學篆文。東嶺老松龍欲蜕，秋濤遠自月中聞。

旱

爕理竟何似，藴隆今幾年。得毋獄多濫，或恐令常愆。日者愁天險，星家厭歲躔。苦將罪巫覡，駃豎亦堪憐。

聞説鑾輿出，蒼生念念俱。側身思避殿，剪爪淚盈襦。房駟悲青草，陽烏暍白榆。不知宵旰熱②，曾有沃心無。

① 「戲效南宋體」五字稿本爲小字。
② 「宵旰熱」，鈔本作「宵旰熟」。

書近事

雲漢昭回尾注天，漏天漏盡旱經年。妖虹吸水田都涸，老木生煙火自燃。吏放早衙争野菜，人喧夜市賣山泉。干戈餓殍同枯骨，慺絶荒原古道邊。

偶成

十年沴氣兼兵氣，萬里秦州接蜀州。太白生芒入東井，恐煩西顧聖人憂。

蜀州立秋

羅衣颺處忽飀飀，悄地新寒細雨收。暑氣漸隨湖上葉，秋聲先入水邊樓。青山似洗凉歸夢，紅豆如珠記客愁。夜半畫屏銀燭下，風前螢火一星流。

怨詩

一葉碧梧落，空閨生暮陰。羅衣金翦淚，團扇玉階心。海月中宵曙，河天傍曉沈。姮娥冰雪骨，不畏早寒侵。

崖阿

返景上崖阿，秋衣帶女蘿。猿嗁桂花落，君歸芳杜多。冉冉歲將暮，悠悠顔已酡。靈修渺浩蕩，遥睇接微波。

憶山中人

遥知宴坐處，獨伴無絃琴。飛雪灑黄葉，空庭多竹陰。蕭蕭暮寒響，幽人方苦吟。

隴右行

清時六郡無邊患，縣門早啓關常宴①。羌女桑條制駱駝，番兒竹弩隨鴻雁。漢家丞相方營田，忽覩妖星躔渭汧。宛馬場平鳥鼠穴，旄牛市罷魚龍川。先零解散渡鹽水，草長金城候烽起。開府臨戎七八年，爲營去賊一千里。大讌皋蘭獵火紅，捷書夜到紫泉宫。門前親故皆殊錫，竃下髡鉗盡上功。南山直笴愁難給②，西海鵰翎輸不及。賊去城空恢復歌，賊來城失瘡痍泣。毳帳連天霜角哀，上邽亭障生蒿萊。偵伏洮河曉月落，登高吴嶽秋雲開。隗囂宅畔松埋骨，李廣村邊花濺血。侵晨葉下望秦川，隴頭流水聲嗚咽。

① 「早啓」，尹本作「早起」。
② 「直」，稿本作「貞」，旁注有「直」字。

官軍促諸賊畿東南，三面阻水困之，尚數萬。一夕河水氾漲丈餘①，漂溺入海。存者不能去②，盡殲禽之。聞之輒喜不寐

宮中聖人禱紫極，帝賜蛟龍得飽食。十年三十六將軍，不及陽侯一宵力。元戎豈屑貪天功，神靈默助應加封。買酒烹羊賽河伯，好傍河淤種桑麥。登高矯首望中原，士女歡騰氣象温。四萬干戈將漸定③，須流滄海洗乾坤。

雨憶

閉門雲欲墮，山色雨蒼然。醉擁巖間夢，寒思水上眠。篾篷慈姥渡，氈笠老翁泉。欲説何人共，清游憶去年。

過外氏小園有感

記曾樹杪縛鞦韆，夢景迢迢二十年。回憶故人誰更在，重經此地一潸然④。白楊古屋空斜日，青草荒

① 「氾」，原作「氾」，尹本、鈔本同，依稿本改。
② 「不能」下鈔本有「存」字。
③ 「萬」，稿本作「寓」。
④ 「潸」，鈔本作「潸」。

原臥冷煙。傍晚風吹花似雪，可能吹淚到重泉。

秋興

一葉扁舟世外身，煙波長作釣魚人。青林紅樹平羌路，水色山光似富春。

留客

篝火留君看弈棋①，紙窗竹屋朔風時。山家别有香茶在，帶雪梅花折一枝。

紙帳

高人紙帳畫滄洲，臥看清江白石流。驀地夜來寒破夢，梅花和雪亞牀頭。

出門②

東風吹淚灑征衣，書劍辭家願已違。卻是姊歸爲客久③，未行先道不如歸。

---

① 「弈」，稿本、尹本、鈔本作「奕」。

② 「出」上《詩草》注有「三百八十一接《岷西》」八字。

③ 「卻是姊歸爲客久」，《詩草》作「最是姊歸解人意」。「卻」，原作「郤」，稿本、尹本同，依鈔本改。

錦江岷山樓

錦江西去岷山邊，下牀不召山自前。成都城中塵土塞，眼澁覓山山不得。樓頭睡起乍捲簾，忽潑天邊幾堆墨。主人一家清且腴，日吸山翠充醍醐。靈光入腹久不死，況臥山嵐沐山水。有時峰頂雪作花，飛灑妝奩落書几。朝來山失不知所，一角濃雲溼眉宇。披衣吮筆走倚欄，更看雙江好煙雨。

征南蠻①

紅旗颭颭車班班，漢兵轉粟征南蠻。南蠻溪洞邃無路②，箐密林深多瘴霧。龍湖木落邊關秋③，遠客思歸登戍樓。暮火高原慘淡色，野水荒灘嗚咽流。孟獲城南夜吹角，巴塘江畔風沙惡。天壓荒營鐵甲寒，霜濃大野綿衣薄④。胡雁哀鳴烏夜啼，前軍暗度涼山西。山頭寂静絶行客，月照碉房雪中白。可憐見月動鄉心，夷歌忽起四山陰。河邊枯骨知多少，回首相看淚滿襟。

① 「征」上《詩草》注有「三百六十九」五字。「蠻」下《詩草》注有「爲討越嶲夷人作也」八字。
② 「洞」，《詩草》作「硐」。
③ 「湖」，鈔本作「胡」。
④ 「大」，《詩草》作「太」。

偶成

漸識乾坤樂土稀，幸從閒處掩柴扉。日斜遠水猶相戀，風定孤雲亦嬾飛。玉版脱綳醃笋脆，銀刀上匕凍魚肥。便便一覺齁齁睡，睡到明年未必非。

山游絶句

幽行林樹下，樹杪聞人語。知有採樵人，山昏日方午。
深林日色薄，返影照苔窠。獨立聽流水，松陰冷雀羅。

睡起

睡足百體適，徐起臨前軒。軒前緑樹茂，一鳥向我言。不解作何語，但覺真意温。微吟與之答，效我彌繁喧。愛此學語兒，侑我酒一尊。

初發宿逆旅

仲夏少行旅，客館益蕭索。高樹夜如山，繁星滿庭落。螢火池上明，寒生葛衣薄。家園昨宵雨，孤吟倚西閣。

彭祖墳

江邊亂山赭，一堆黝如銕。蒼苔冷地肺，中有神仙骨。玉棺葉縣下，金棺身毒滅。往弔黃帝陵，歸哭老聃没。飛昇神炁耳，火傳薪已竭。陟降古聖魂，今猶騎日月。萬年著八百，隙影電一掣。靈椿笑朝菌，同盡底須别？但得壽如君，讀書亦堪悦。松風吹客拜，重是稽古烈。蓬科掩三代，汲竹恐當泄。癡哉霜夜翁，幽扃斸丹訣。

過新津登脩覺寺①

花竹無塵鳥雀繁，下方城郭不聞喧。山扉磬曳厨煙散，石閣雲銜座酒昏。白浪三江歸外水，碧蕪千里似中原。客愁直爲高樓減，獨倚天西望劍門。絶頂可望劍門，見《范致能集》。

臨邛

壚邊醉寫《麗人行》，笑倩荷香爲解酲。深巷微風傳水調，綺窗凉月有琴聲。煙中草路醒時夢，雨後蕉衫客裏情。賦價長安休再問，飄零今悔作儒生。

①「新津」下鈔本無「登」字。

文君井

朱樓無復碧池平，涸井空存漢代名。猶有遠山寫眉影，甕亭西畔月初生。

池上夜宴分咏臨卭故事得白頭吟

君心如車輪，妾心如車轍。車輪常轉移，車轍隨不滅。一解。
一寸髮，一寸絲。髮有盡日，絲無斷時。絃絶鳳飛，淚如綆縻。二解。
妾不敢怨君，但怨鏡中人。日月匪親，風霜不仁。三解。
水流花謝，葬君墓下。倘共化成泥，同作鴛鴦瓦。四解。

大邑

雲隙數峰漏，晚晴雲脚移。平雲亭外雨，遥似望峨眉。暝色已將至，野風猶自吹。近山少煙火，馬首暮何之。

鶴鳴山

鶴化去千載，耳孫時絶糧。山雞猶惜羽，仙鼠自迴腸。白板三層閣，青莎數尺牆。煙痕晴亦暖，雲氣晚來香。石髓泥丹竈，松毛蓋草堂。經聲春曉雪，幡影月明霜。候火蒸巴戟，分泉洗蜀薑。桂巖禽守圃，芝壟鹿開荒。客曬溪邊屐，僧眠洞裏牀。乾坤正多事，蕭寂此俱忘。

侵晨遊霧中

濛濛萬山失，滄海没瑶簪。暗傍千尋石，惟攀百歲枬。天容橢白璧，日影小黄柑。古殿飛崖後，虚窗挂斗南。雞冠花窣窣，鳳尾竹毿毿。蘿月游僧夢，松風座客譚。奇光收夏雪，腥氣出晴嵐。地冷無茶樹，雲温護草菴。青峰佳處嶂，碧玉舊時潭。莫訪高人宅，塵蹤也自慙。

採藥至熊耳山宿泰安寺

恐遇山精誦秘文，胡僧相保採秋芸。懸崖細路如經雨，近水空亭但住雲。病鳥啄苔因久立，乳猿得果亦平分①。若無晚唄報蘭若，今夜應隨麋鹿羣。

重入青城

蓊然八百里鴻荒，卓午深林漏日光。唾碧玉天石華影，噉青精飯海蒼香②。聽泉仍坐松間磴③，步月還開竹下房。鶴喜猿懽道翁笑，一鐙茶話上雲堂。

① 「平分」，尹本作「分平」。
② 「噉」，尹本作「瞰」。
③ 「間」，稿本作「閒」。

趙公山

勝引常忘疲①，意愜不知遠。晨霧溪中行，斜陽石上飯。密竹隱邃蹊，修林蔽長阪②。空翠暑易消，異香静餘善③。山隨人益高，影與逕俱轉。野墅種芎秀，崖阿摘葉卷。月出嘑愁胡，雲際吠寒犬。懸知寺樓夢，搴芳在絶巘。

崇甯道中

翠阜蜿蜒稻壟西，柴門芳草雨初齊。牧童枕笠臥看犢，村女持竿行逐雞。蓋井樹陰凉可坐，出牆李熟落成蹊。斜陽畫出關山路，古木蟬聲瘦馬嘶。

彭縣

名園風景淡如秋，遺譜叢殘不可收。緑樹成帷花盡落，鬢絲憔悴過彭州。

---

① 「常」，鈔本作「長」。
② 「修」，鈔本作「脩」。
③ 「静」，尹本作「盡」。

晨入高景關

關門隔斷火雲鄉，天色瓷青日影凉。藉道繁花鋪罽毯①，趁人鳴鳥奏笙簧。倦投古寺茶煙起，渴飲流泉藥氣香。樵採年多山漸禿，亂麻皴處石微黄。

登山

綫路身常共影争，蹠穿流血石庚庚。熟眠虎履尾邊過，層累人重頭上行。銕楯風摇黄葉墜，木梯雲滑碧苔生。迴看落日數飛鳥，何處地中聞磬聲。

鎣華

臺殿懸風中，巖膚削如剮。陰砭萬萬古，一冬不復夏。雪汁虐木皮，雷火轟鐵瓦。欄杆落西海，咳唾滿天下。日月壁上旋，帝座一燈炧。窺窗黑圜影，墨幪罩平野。石醜靈有神，樹老祀爲社。蚩蚩求福多，悠悠探奇寡。餓僧募疏字，瘠蛟蜷在把。哦詩猶不閒②，孰是無事者。

① 「毯」，稿本作「緂」。
② 「閒」，尹本作「間」。

雪

昨宵風拔屋，萬竅怒簷銕。僧起拈迦黎，戒指凍忽折。開門一驚呼，簃網降瓊屑。平生大戡後，再睹三伏雪。麞麑滿廊立，禽鳥上階歇。冰籤排瓦溝，玉筯綴松節。巖濘壯士臂，敲骨點湯潔①。帶葉生柴燃，炙手火不熱。過午又斗晴，驟雨見雲缺。雷聲破盎甕，振振波濤没。赤電走雲中②，銀海金蛇掣。白頭傳紅粉，斜暉眼花纈。流澌石槽顯，草木散嗚咽。陰陽頗錯亂，意豈山鬼譎。歸去誇里儒，半月宿天闕。

贈山僧

僻寺雖貧不作家，瓦檐捨肘誦《楞迦》。牀頭木溼生香蕈，衲領霉斑蝕繡花。雪早秋儲經歲米，盆枯冬換隔年沙。初來自説長如鶴，腊瘦今看兩鬢華。

雪茶 生草中，性極寒，能除內熱，脾虛者不能當也

鎣華雪茶雪之精，茁於石上寒晶瑩。道人歲歲收瑤瓊，草間片片白羽輕。日炙雲腴味飽更，元霜出磑透紙明。石鼎忽作秋蟲鳴，赤銅斑斑鸜鵒睛。銀絲遶甌香乳傾，餘瀋匆潑好濯纓。舌根莫教松風生，恐堆

---

① 「敲」，鈔本作「敲」。

② 「雲中」，稿本作「雷中」。

膈上冰崢嶸。胸中熾炭山不平，甘露一洗毛孔清。蒼璧月團浪得名①，建溪雙井不敢争。未忍包裹遺公卿，方壺臘水沃老傖。藤花落處手一鎗，臥聽打窗折竹聲。

九峰

昔遇陵陽何②，歷述此山舊。少爲無賴賊，晚悟悔莫購。皈依老比邱，决往祝母壽。阿師急追躡，杖錫背佝僂。謂汝蔑根行，獨往恐不救。時當三月中，嶺下百草秀。漫山凍油鏡，在地人影瘦③。斲坎乃容足，滑澾上屢仆。冷光摇目瞷④，寒色磕齒鬬。入門佛頭白，没膝幾丈厚。千條冰綴髭，一塊玉盈袖。旁室缺門牖，七星夜天漏。跂脚朽木牀，古壁落蒼鼬。師獨坐佛前，拊盎暗持呪。忽聞共人語，出視無所覯。柏燭縮淡紅，鷙影臥孤獸。灰斑怒毛豎，搐鼻向我齅。渴極燥吻乾，嚥雪不可嗽。座下出蘚甎，啓塞噴香餾。十年蘸餘飯⑤，貯久化瓊酎⑥。至今無病嬰，靈醴荷神佑。我來六月半，異境過難復。老僧已茶毗⑦，短塔泐如堠。流霞飲無分，夙命欲誰詬。

---

① 「璧」，尹本作「壁」。
② 「陵陽何」，尹本作「陵陽河」。「陵陽何」，蓋陵陽（仁壽）何姓某也。
③ 「漫山」至「在」六字，尹本脱。
④ 「瞷」，喬本、尹本、鈔本均闕，尹本注明「原本『目』字下脱一字」，今依稿本、《勘誤》補。
⑤ 「餘飯」，尹本作「餘販」。
⑥ 「酎」，尹本作「酧」。
⑦ 「茶毗」，尹本作「荼毗」。

千佛樓

久聞幽險絶人蹤，老衲隨行有畏容。屋草成山雲自蓋，樓松接漢雪長封。開山鹿引尋初地，禮佛狐來報曉鐘。路側廣巖誰蜕去，壁間斜靠一枝筇。

天臺

陽崖艴詭石，陰洞淪丹霄。彷彿赤城嶠，恍疑華頂標。霞色激璀璨，日足森嶕嶢。下瞰垂天雲，鵬擊走六鰲。上挹尺五天，河漢迴松潮。翼彼風泠然①，步虚衣飄飄。何須五彩虹，駕天作長橋。仙人散緑髮，舉手來相招。

山中人家

晝規草堉築灰舍，夜映竹潭修磑房。易瓦野鼠走緣屋，開軒山禽飛入牀。園中橘叟對秋弈②，水上梅妃多古妝。餐玉藍田未知法，點金黄爐從乞方。

① 「泠然」，尹本作「冷然」。
② 「弈」，稿本、尹本、鈔本作「奕」。

定僧

昔見空崖定枯佛，塑像無人造香塔。竹根穿膝亂筍抽，蓬顆蒙頭野花壓。今聞絶嶺蟄老禪，斷崖有虎守長峽。身似枯木心似石，地作蒲團雲作衲。簾垂睫合生紫苔，山聳肩寒戴黄葉。髫毛覆體拳如環，指爪纏身圍一匝。初疑尸解棄舍去，又恐神游閉關攝。茅菴寂寂若一年，塵海茫茫逾萬刼。料君不記能識字，顧我何由來問法。路險林深誰復知，世外遥看翠千疊。

下山

一步一梯下天阪，一梯一石墜海鐘①。鐵堅炭黝太古雪，鶴瘦猿拏千歲松。山童負草日邊下，仙女採芝崖畔逢。向晚不愁不識路，破葉踠痕隨虎蹤。

什邡

土脈近山堅，泉流漱石旋。桑空人避雨，麥瘦鳥耘田。信佛鄉氓樸，留賓地主賢。恩仇忘已盡，過此更憮然。

① 「墜」，尹本作「隊」。「鐘」，稿本作「鍾」。

飲田叟家

泥印雙鈎帖，柴焚四合香。蜂鬚花鬣短，龍爪樹根長。牡蠣酒翻白①，地蠶蔬萎黃。誰言愁有國，但願醉爲鄉。

安縣山中

林深松日黄，苔草行肅肅。靈泉應聲落，巖腹飲寒淥。何處聞呼雞，蹲鴟啄茅屋。

石泉訪禹穴至石紐宿廟中

瑶光化白蜺，貫月若水暝。修己見貫昴，月滿十四經。蜀生兩聖人，金天開帝庭。夢感拆胷處②，坤軸爲崖扃。訪古造荒縣，探賾留寒廳。穹碑蘚駁紅③，繆篆火炙青。蟲鳥鬭落穗，鼁魚輕闖萍④。羣蛟捲素壁，萬鬼摇虚亭。口箝指劃肚，俯首趨冥冥。仄峽呷微澗⑤，險磴腰絶陘。松風獨杖策，瘦影吹伶俜。逕登望崇嶺，豁若揚修翎。峯巒騁變怪，向背增愡惺。鱗尾没崑崘，噣翼騫滄溟。彲彨魍鑄鼎，蜿蜒龍負舲。

---

①「牡」，稿本作「梅」。
②「拆」，尹本、鈔本作「折」。
③「穹」，尹本作「窮」。
④「鼁魚」，原作「鼁漁」，尹本、鈔本同，依稿本改。
⑤「仄」，稿本作「灰」，旁注有「仄」字。

干舞堂上階，冕贅扆後屏。臥橇樺狼藉，堆闕石瓏玲。蒼水立惘惘，元圭植娉娉。支祁械鑠鈕，雲華御輜軿。聖迹陟足胝，夏泉樂耳聆。獸裸益屢烈，鳥囀夔猶伶①。雲物閟三代，風雨走百靈。金屑溷草中，披沙揀晶熒。餘糧變異土，飽食能延齡。薏苡吞殘珠，千年成仙苓。古木浸洪水，睢盱溺人形②。蕬生十日曝，歷刧止寸莛。劒崖平截天，漆洞深孕霆。霏煙結成字，彗曳虹飲汀。何年手巨刃，椓杙縋絚鞓。一筆千丈强，勢若渭割涇。無故謫長庚，爲此二字銘。九隴尤蜷然，昂頭吐清泠③。特緩三日温，一洗九漏聹。奇香驢虎鼻，血漬石氣腥。墜潭恍浴日④，掇笥驚包星。想昔滔天初，大圜如一瓶。此山在懷襄，海波浮一釘。不没數尺地，汎掃勑六丁。坤維土德王，子足堙淵渟。上映直井絡，源塞氾乃停⑤。上帝降聖神，茅茨忽生蓂。頑石産帝子，故亦如桑螟。惟有羽淵恨，黄能痛明刑。所以穴下溪，清淚眦流潑⑥。溪水不釀酒⑦，一飲可獨醒。溪民不食鱉，至敬神始馨。遺廟徧四寓，故山唅以嶅。過門既不入，舊宅栖鼯鼪。篠簜陰入廊，橘柚色照鍘。神光何幽虬，肅穆見典型。擊磬宿古殿，孤鐙閃疏櫺⑧。塵帳囓冷蠹，絲旒點飛螢。微禹

① 「囀」，尹本作「轉」。
② 「睢」，原作「雎」，依稿本、尹本、鈔本改。
③ 「清泠」，尹本作「清冷」。
④ 「浴日」，尹本作「沐日」。
⑤ 「氾」，諸本同，疑當作「氾」。
⑥ 「眦」，尹本作「眥」。
⑦ 「溪」，稿本作「潑」，旁注有「溪」字。
⑧ 「鐙」，鈔本作「燈」。

吾其魚，中夜涕雨零。卑宮固聖意，過陋豈后廷？會稽第封窌，丹碧臨郊坰。矧屬誕降鄉，而缺甓與瓴。報功念明德，改不待折筳。慚匪贊侑才，歌使守者聽。

龍潭 有太白祠

言辭神禹鄉，駕訪翰林宅。縹緲孤飛鴻，長空滅行迹。落日涼風起，千里暮雲碧。天地涵餘清，林巒淡將夕。名山自宇宙，佳景在荒僻。笑問祠中人，幾回逢此客。有酒復何需，憑君借新月。

漫波渡訪太白故宅，在青蓮塲後天寶山，今爲寺，名隴西院。并謁祠像。去寺東一里，有金匱楊揆詩碑

渡頭水作隃麋香，砂石五色成文章。十萬尖峰十萬筆，浩淼雙江流酒腸。此地仙翁謫降處，過客不唾白玉堂①。詩人舊宅誰敢汙，只合廡下棲空王。翁生太白黯無色，翁死太白寒生芒。至今仰天有墜勢，荒祠夜夜驚流光。我少讀翁詩，不意拜翁里。挾書拊几欲下來，恍似金鑾脱鞾起。細看清霜點眸子，疑是銀灣兩支水。去家千年今始歸，翁見鄉人翁亦喜。東巖子，雍尊師，皓首江湖猶見之。相如臺，子雲宅，青天蜀道長乖隔。林壑淒凉春復秋，何不西歸營首邱？故園風景足瀟灑，青山未必能相侔。想是扁舟箭滿眼，子規空勸巴人愁。人閒水底等埋骨②，但問醉魂何處留。樓上斜陽隱煙樹，剔碣迴廊散吾步。移家便擬來

---

① 「不唾」，尹本作「不睡」。

② 「人閒」，稿本、尹本同，鈔本作「人間」，可從。

仙鄉，魂兮歸來倘相遇。夜夢翁歸宮錦袍，銀鬢素角挂酒瓢。手中捉月光摇摇，腰繫詩卷吹洞簫。自言泝江訪舊宅，兼來邀我觀秋濤①。問翁醉否笑不答，海波淡淡風蕭蕭。

月圓墓并序

楊天惠《彰明逸事》：「太白出蜀，有妹月圓，前嫁邑子，不去，捨宅爲寺。墓在隴西院旁②，久蕪廢。」道光間，安邱孫令訪得之，掘其磚，皆鐫月字。乃爲竪碑，碑陰刻小記，復系以詩。皆八分書，甚工。詩一云：「青蓮歸蜀未曾聞，一别終身骨肉分。今日夜臺應不恨，難兄祠宇近秋墳。」

令暉能文勝明遠，大家有史續孟堅。長庚謫後小星謫，墜入懷中如月圓。蚤誦六甲倚過膝，時時竊弄生花筆。只緣誤信長卿賦，一别天涯見無日。夜郎赦後便平聲歸來，三巴返棹胡爲哉？思兄有淚滴江水，直到謝家塋下迴。三尺蓬蒿左芬墓，月黑鵂鶹叫荒樹。秋墳不唱鮑家詩，爲有烏棲斷腸句。土花蝕字揩殘磚，碑刓首撲野火燃。詩人眷屬那易到，香龕别食同千年。眉山蘇祠有蘇氏先世神主，今祠中别祀先生妹，而不及前代，亦缺典也。杜陵弟妹亦久别，弔影哀吟日嘔血。翰林萬首一字無，應爲悲深不忍説。吁嗟乎！伯禽與姊多離憂，當塗二女尤飄流。因君轉覺眉山好，兄弟他鄉共一抔③。

① 「觀」，原作「親」，鈔本同，依稿本、《勘誤》、尹本改。
② 「隴西」下鈔本無「院」字。
③ 「一抔」，稿本、喬本、尹本、鈔本均作「一坏」，依《勘誤》改。

寶岡山

城中瞰此山，無路梯蒼崖。登山瞰城中，嵐翠落滿街。坐憩飛仙亭，石船天外來。剛風舉几案，身若升蓬萊。北望劍門關，旗幟側以摧。西望千里雲，插戟高崔巍。俯見青蓮鄉，江村煙樹開。真人去不返，謫仙安在哉？載酒凌三峰，一散曠士懷。明月潑流水，樹影鋪瓊瑰。露凉羽衣溼，笛聲清且哀。長歌踏鐵索，百丈鳴春雷。三峰離立如斧劈，兩峰無路，上接以鐵絙。寺僧代惟一人能過奉香火焉。前峰駐靈響，恍然笙鶴迴。緬想衡嶽翁，妙語留山隈。衡山聶蓉峯學使詩碣在山半。恨無錦袍翰，共把雲中杯。

太白洞

殘霞映淺渚，樵風吹輕舟。山光及水色，我心淡悠悠。兩崖如一門，樹影交中流。鳴榔入古洞，六月疑清秋。崖静竹喧寂，篷高花落稠。出浦月已升，歌聲南渡頭①。平沙散漁火，晚煙生客愁。

大匡山

名山墮榛莽，屐齒驚蒼煙。江色暮雨來，想見千載前。仙翁昔棲遁，著書方少年②。星飯月窺讀，露吟

---

① 「聲」，喬本、尹本、鈔本均闕，尹本注明「原本『升』字下脱一字」，據稿本、《勘誤》補。
② 「方」，鈔本作「乃」。

雲護眠。白鶴宿禪室，青牛耕上田。巖倒樹障日①，窗虧蘿隱天。拾果送猿洞，折花供佛筵。遐寄世外情，永謝區中緣。一爲塵網縈，遂使芝桂捐。潯陽有歸夢，溪南聞夜泉。頭白杜陵句，使我心悁悁。

自江油入龍安峽，中數十里，山水奇詭特絶，雖夔巫不能過也。作八韻紀之②

連峰塞西南，鐵立萬馬介。厚疑壓地裂，高恐刺天壞③。甕中百里黑，虛響衆山話。樹禿枯魈髗，壁癩老翁疥。髪紅草垂迤，爪碧石抉隘。躡銼足自掉，濺雷耳雙聵④。險處多雲霞，細膩若圖畫。白日懾我魂，窮荒富幽怪。

牛心山 武后時鑿斷山脉

世間怪事那有此？感業寺尼作天子。蛾眉不掃服冕旒，老狐手持皇帝璽。唐家宗室殺欲盡，廟社爲墟冷如水。周來鍛鍊山有罪⑤，千磓雷動山骨死。山下居民王烈徒，常見山開石流髓⑥。利州黑龍孕王氣，火井令曾親抱視。何不即撲殺此獠，乃以星讖煩太史。明母辰嬴絶人理，雉奴淫烝天所使。騎騾禍亦

① 「巖倒」，原作「巖到」，尹本、鈔本同，依稿本、《勘誤》改。
② 「紀」，鈔本作「記」。
③ 「剌」，稿本、鈔本作「刺」。
④ 「聵」，原作「瞶」，鈔本同，依稿本、《勘誤》、尹本改。
⑤ 「鍛」，原作「鍜」，稿本、鈔本同，依尹本改。
⑥ 「流」，鈔本作「如」。

由新臺，苦咎地脉妄言耳。圖經未免有附會，掘痕斷迹僅可指。青松團團白雲裏，鷓鴣折翼飛不起。乾陵風月久荒凉，懷古悲歌斗南紀。

陰平道

戰雲黯黯風颼颼，斧聲人語陰啁啾。手鑿腰繩縋魚貫，氈紅蓑緑緣獮猴①。飛鳥旁觀不敢下，深林絶磵亘古愁。龍種虎臣肯降賊？賴有譙周工賣國。劍閣不絆姜將軍，百萬雄師可生得。孔明口嘘漢火燃，死灰復煬一綫延。猰貐沃摽手覆鼎，高光陵上虹貫天②，得請即假監軍權。董曹祠廟起何日，遺像天留受斧鑕。忠魂千年來復仇，大膽公然據其室。劍州有鄧艾廟，康熙壬子王士正使蜀③，始改祀姜維。靈旌夜賁過故關，猶恨庸奴守無術。只今摩天嶺頭秋月癯，紅旗吹角鼓嚨胡。秦隴洮河近出没，入穴莫遺一鼠逋。近日回逆屯踞，蜀軍於此設防。乘險徼倖勿羨渠，請看巖奔谷藉皆榛蕪。玃狖哀啼暮鴉噪，疑是當年寃魂呼④。

彰明縣

斗大唐時聚，荒江橘柚園。天圍喬木小，城浸野雲昏。市販歸山箐，樵歌出水門。部民有詩老，縣尹

---

① 「獮」，各本均同，當作「獼」。

② 「天」下疑漏一句。

③ 「王士正」，稿本、尹本同，鈔本作「正士正」，當作「王士禛」。

④ 「魂」，鈔本作「魄」。

亦言尊。

綿州

怒湍齧沙隄腳淪，沙邊鐵犀如有神。芙蓉溪暖藕花色，涪江綠潑蒲萄温。高城磊落涪之濱，越王舊迹亦已陳。角鷹飛去海椶伐，少陵放翁俱古人。只有東津尚無恙，無窮煙水磨清新。呼船載過蒼山根，微風細細生魚鱗。點綴何當碧油旆，鏡中倒影漾白蘋。書生乞相太酸冷，那得醉眼揩紅巾。土埂中流近百丈，晉陽瀰漫逾兼旬。咸豐辛酉，滇賊藍朝柱築長堤①，决涪水以灌城②。垂成復壞，城賴以全。綿州副使柘黃裙，惜哉不遇花將軍。致使瘡痍滿郊郭，渡頭暮雨嘑青燐。干戈甫定世故迫，吾儕自坐緣詩貧。山川信美未忍去③，文字縱好誰爲珍？銀舫縷鱠不盡興④，祇怕滄江漁子嗔。

發羅江

巴西行盡笑開顏，千里孤雲一日還。淺草黄沙原上水，平巒碧樹畫中山。牆眉漫字行人讀，簷角繅車小婦閒。笠子半斜衣半摺⑤，一鞭微雨鹿頭關。

---

① 「滇」，鈔本作「傎」。
② 「决」，稿本、喬本、尹本、鈔本均作「絶」，依《勘誤》改。
③ 「忍」，稿本作「認」，旁注有「忍」字。
④ 「縷鱠」，原作「縷繪」，尹本、鈔本同，依稿本、《勘誤》改。
⑤ 「摺」，尹本作「褶」。

漢州

韋莊句裡客愁賒，郭邑樓臺舊日誇。露井一窠活英石，畫屏兩樹海榴花。香名熬蝎傳宫法，酒色嬌鵝出卓家。恍宿蓉城最深處①，夜凉人静有琵琶②。

絶句

金雁驛中愁病起，石犀橋上獨眠遲。燈紅酒緑瀟瀟夢，猶是潺亭夜雨時。

桂湖消夏六言

古樹山頹堤面，孤亭笠覆湖心。桂老經秋不蠹，城高過午先陰。
赤鯉跳驚枕席，白鷗立近欄杆。風月一年作伴，水雲六月生寒。
石筍斑如湘管，荷花瓣似椰瓢。碡碌枰温對局，玻璃舫窄聞簫。

蜀中大水

今年大水漂兩川，銀漢氣溼井絡連。豈惟灌口損户口，張儀樓上生炊煙。合州城中撑大船，渝州不没

① 「蓉城」，鈔本作「芙城」。
② 「琵琶」，尹本作「琶琵」。

僅半磚。成都十日變陸海，何處更能尋稻田。瞿塘牛馬草栜闐，仰見樹杪鈎衣懸。浮尸似蟻蔽江下，水退沙紅淘散錢。臭泥堆屋高成山，日曬漫漫如鐵堅。長鑱拕門日一尺，門開米盡哭向天。皆云蛟鰐東入海①，我意細思殊不然。道光戊申己酉間，西江吴楚淪深淵②。水所到處賊即到，水爲陰氣兵之先。初時桑土尚可塞，及早綢繆陰雨前。

津門篇

流星四隕，海水羣飛。赤手斬蛟，一去不歸。刀躍出硎，墜地雷鳴。龍鱗刺䵡③，繡澀苔生。精衛銜石，瘏血爲碧。毛羽摧頹，反見彈射。高高仙人，游戲太清。貨財千億，婉孌長生。王莽下士，周公流言。殺人媚人，古多此賢。

庚午中秋闈中玩月華歌④

夢裡驚逢佛光麗，怪底宵陰忽澄霽。誰縮千條五色虹⑤，蟠作花團擲空際。天風戛戛吹琅玕，簫管泠

①「蛟」，尹本作「鮫」。
②「西江」，尹本作「江西」。
③「刺」，稿本、鈔本作「剌」。
④《詩草》「中秋」上無「庚午」二字，注有「四百卅三」四字。「闈」，《詩草》作「圍」。
⑤「縮」，《詩草》作「把」。「虹」，尹本作「紅」。

泠仙樂寒①。東西席舍一時静②，高揭天邊孤玉盤。須臾白雲皴玉地，鎔銀漸化無聲膩。淡描濃染頃刻成，仰首争看桂華墜③。蝦蟇張口噴鉛水，化爲彩霧縈香煙。流蘇百寶帳脚懸，金繩一撒流經天④。密界條條繡裙襌⑤，細捲層層妝鏡圓。或云吴剛醉染胭脂墨，螺子萬斛消不得。白兔搗成供畫眉，雜持潑向玻瓈壁⑥。又云姮娥姊妹佳節親，戲將綵綫纏冰輪。雲窗霧閣試推下，帝遣漫空鋪錦茵。巧思堪憐阿母服，天孫暗妬愁難贖。平生見此四五回，豈意重逢在場屋。場屋相看自一時，家家眠熟未應知。五更泥首風簷下，應有仙人笑我癡。

秋風辭

秋風兮凄凄，落葉兮滿墀。吏一怨兮目眥裂，立鵠噤兮烏不嘑。一解。

嘑來前而，褫而衣而，右手胝而，無以盗竊爲。二解。

毋瞬而目兮，毋指而頤⑦。若之人兮於而私。三解。

① 「泠泠」，尹本作「冷冷」。「樂」，鈔本作「藥」。
② 「席」，《詩草》作「號」。
③ 「墜」下《詩草》有「桂枝九光光艴然，青黄紺碧何紛聯翩」十五字。
④ 「經天」下《詩草》有「陰晴眩晃目生暈，羽人出没瓊樓邊。飛鳳啣梭緑絲結，燭龍照剪紅羅圈」二十八字。
⑤ 「界」，《詩草》作「擠」。
⑥ 「瓈」，鈔本作「璃」。
⑦ 「毋指」，尹本作「母指」。

由與光兮天下辭，管仲何人兮召不來。我思古人兮使心悲，如斯人兮脂與韋。四解。

南中曲①爲征滇黔諸將士作

鬼方營外火連山，銅鼓聲中賽百蠻。嗁烏莫愁行不得，將軍飛過老鴉關。

箐路烏江照出師，月明花落竹郎祠。行人才過哥羅驛，望見雲間五色旗。

遠戍飄零瘴海頭，朝朝洗淚海邊樓。憑波送爾東歸去，無奈滇池水不流②。

共道南中雨雪稀，閨人幸免寄寒衣。誰知別後書難達，不及胡天有雁飛。

秋夜

秋風別久未生疎③，局腳胡牀坐短除。月色滿庭棲鳥定，桂根涼露滴攤書。

黔中

前歲黔中平，荒田十年空。蜀民往占籍，疫癘病死衆④。飲啄有定分，膏腴總一夢。數載梓閭間⑤，亦

---

① 「南中曲」，尹本此四詩合并作一詩。
② 「奈」，尹本作「柰」。
③ 「別久」，尹本作「久別」。
④ 「病」，鈔本作「酒」。
⑤ 「數載」，尹本作「數歲」。

枉走秦鳳。吾蜀國初日，曠土少人種。一縣九十丁，披志我心痛。招徠半楚粤，薄賦等包貢。直至乾隆末，來者尚相從。豈意未百年，繁息遂成壅。殺運使不臨，地利愈難供。純皇拓西域，所以思遠控。後來德諸賊，地下主應慟。我嬾不耐耕，得田亦無用。黔中頗磽确，秦地苦旱凍。不若尋桃源，花開釣潭洞。

穉瀣詩集卷第四

仁壽毛澂叔雲

棧雲集

桂湖寄范三

昔與君來時，破曉發孤驛。雞鳴隔錦水，殘月泛深碧。湖亭晨氣清，煙荷露猶滴。叢桂花始孕，香襌謫仙宅。今來景物盡，俯仰倏成昔。樓空塵尚凝①，地冷葉如積。蒼苔假山畔，是君舊行迹。倚竹立思君，廻風颯將夕。

徂暑客梓州，夜闌飲君酒。掃地鋪竹簟，野凉浸虚牖。仰視天河流，落月挂高柳。時運去不息，良會詎能久。預識別有期，此語君記否。此別今已驗，此會何年後。面訣難爲情，先行不回首。淚灑湖邊梅，寒香似吾友。

①「尚」，尹本作「上」。

黃滸鎮有懷叔嶠卻寄留別

平蕪見鹿頭，雄鎮古緜竹。水自君家來，百里送寒緑。伊人玉堂彦，有文照巴蜀。相從非一時，相見苦不足。採芝紫巖畔，探梅白沙曲。古道迷高塵，層陰障遠目。窮冬市易散，行人在喬木。孤煙帶長阜，落日隱平陸。征鳥飛不前，驚麕走相逐。傍晚更黯然，獨向寒山宿。

上亭驛

驛樓無復雨淋鈴，薄雪寒煙古上亭。猶似當年長恨在，蜀江水碧蜀山青。

宿劍門古縣

晉代題銘剩蘚斑，蜀門廢縣水潺潺。譙周計失非難守，鍾會功成竟不還。黃葉樹懸雲外石，紅衣人上雪中山。馬蹏不管興亡事，細雨梅花出劍關。

出關憩志公寺

壁上開門户，青天石罅間。累丸成雉堞，鑄銕閉蠶關。寺破殘鐘冷，林深古路閒。過橋松吹亂，人影落潺湲。

利州皇澤寺

紫塞峰銷四海清①，蓮花鶴監侍長生。若教身作唐天寶，應免青騾萬里行。

瑶光無事學三乘，壽邸何曾冀上昇。畢竟仙家輸佛力，乾陵猶得望昭陵。

發三泉遇雪

袂上梨花鬢有斑，籃輿緩緩看皤山。斷橋紅樹青羊水，古堞蒼煙白馬關。錫杖僧譚冰海事，鋏衣人自火州還。相逢我亦勞勞者，輸與閒雲盡日閒。

早行

寒夢不可續，故鄉歸路迷。霜清官閣曉，月墮女牆低。長炬驚山蝠，空塒入野雞。歲闌行客早，人語隔煙谿。

褒城登樓

平川漠漠草萋萋，獨倚高樓望不迷。斜日斷雲箕谷北，寒山細路米倉西。雉巢危棧多冬乳，狖挂空江每夜嘑。千載行人怨天獄，石門煙鎖阿瞞題。

① 「峰」，尹本同，疑當作「烽」。

留侯祠

道旁古觀無人迹，怪石清泉冰不流。紫柏峯巔新月上，萬山松雪落危樓。

煎茶坪

隴坂從西下，連山涌巨波。一峯分井鬼，二水各江河。蜀棧孤雲渺，秦川遠樹多。益門雄鎮在，風雨擁琱戈。

益門鎮

平章遺壁足悲風，回首鄉關一綫通。曲澗清磷殘雪後，亂山明滅夕陽中。烏嘑古道陳倉暝，人下高原獵碣空。韓信鼓行諸葛退，莫將成敗論英雄。

寶雞暮登金臺觀

陳寶祠荒古道邊，斯飛高閣尚巍然。西來漠漠初平地，北望昏昏欲暮天。石鼓山頭明獵火，金陵水上白漁煙。城根戰骨歸何處，萬頃寒沙作墓田。回亂軍覆，城下渭水爲之不流。

除夕

爆竹聲三兩，荒城夜不關。撫窗無缺月，臨水送殘山。夢尚雲中宿，詩從雪裏删。營門好燈火，簫鼓慰愁顔。城外屯營作樂至夜半。

長安懷古

散關東去接函關，歷歷如棊不肯閑。唐代衣冠衰草外，漢家宮闕夕陽間。白楊古殿迷金屋，黄土空坡葬玉環。鶉首賜秦天已醉，不應亡國是驪山。

温泉

沁紅三十六鴛鴦，石甃蓮花出水香。春澡珠塵温玉液，冬圍錦幄醉雲漿。西風棧閣鈴聲咽，衰草宮門輦路長。鸚鵡不知亡國恨，唤人來試貴妃湯。

萬壽閣對月望嶽

春月升首陽，照見希夷宅。清光滿關中，不與大河隔。三峯吐靈氣，縹緲越終夕。仙掌金風寒，凉露下流腋。誰傾東海水，洗此月上石。竹栢莖稀微，淡墨繪虚白。丹房發椒光，巖畔大星赤。短松如老翁，散髮蒼龍脊。彷彿玉女鬟，香雲起盆坼。欲歸顧我影，我影布瑶席。鐘聲忽飄墮，無人半天碧。

河内道中

太行勢西走，衙衙如獰龍。夕陽照其脊，發燄燒高空。我車繞而行，自西將徂東。褰帷飽看之，颯颯天大風。大風摶飛塵，矗立成長虹。遥望高樹巔，疋布垂黄紅。餘綺化大鳥，綵翼摇蓬蓬。鶩沙復屢作，灑淅擊我胸①。路旁清水多，知與濟源通。村園盡夾道，氣色何蔥蘢。舊聞産薯蕷，久服緑髓充。下轅且飲馬，詢彼白髮翁。

薄暮獨行

落日墜草中，地上野燒烘。長雲一以净，天闊平原空。皂雕掣寒影，枯桑鳴天風。疲羸策不前，四顧傷途窮。

渡黄河

亭午上北邙，大風寒且僵。人傳孟津渡，三日不可航。數年前河分，水淺不可渡。洲渚多歧流，泥潦浩縱横。西投鐵謝鎮，在孟津西三十里。埃壒晚不明。新路少逆旅，言丐村氓莊。户内積黍稭，席地解我裝。步登東土山，陰后陵半入於河，望如土山。其下林帆檣。衣裳忽改色，失我髩髮蒼。黄河洶在前，十里雲茫茫。風霆起地底，百萬崩雷硠。入晦變深黕，踏月濛昏黄。衆星跳不休，睒睭争翻芒。陰火爇地釜，亘古涌沸湯。墨寖煮天影②，赭碎燖山光。滂澤潛通噓，耨池流隘吭。混混吐神瀵，沱沱趵天漿。奮突富媪骶，暴泄柔祇腸。怒排折碣石，倒灌淤銀潢。狂飈更猙狉，靈怪逾蹌踉。蛟尾掉渴虎，龍首嶷羵羊。隱約獨角鯉，彷彿十丈魴。纛引河伯屋，鈞奏冰夷房。推波翅櫂激，蹋浪鬐桅張。劈箭射海立，鰲輪連地傾。横亘凸層

① 「淅」，尹本作「浙」。
② 「墨」，《勘誤》改作「黑」。

阜，平衡峙頹牆。壯疑廣武壁，閣若成皋倉。簸峰嵦自鬭，撅嶽磓相搪。鵠起鼎脱羃，鶻落井墜礧。漩似絲上機，解纇弩發牀。是時朒魄死，角角柝二更。蘆葦遠蕭蕭，岸闊煙荒荒。驚懼久未定，惝恍不可詳。歸臥身磨旋，飄浮颭中央。帳前萬斛汁，河處搗蜀薑。合眼盡金氣，一作「黄氣」。童鼾爲濤聲。微飔入麥甕，謂是鼉鼉鳴。斗吹屋瓦翻，悚攫跋浪鯨。晨牖爛丹霞，纖纊亦不揚。前舟點鳧鷺，拍水翮以翔。繼進摇大櫓，鵜鶘叫飛艎。擊楫發浩歎，六合皆澄清。奔騰胸臆間，浩氣直與并。有本見儒學，不舍懷聖情。自古多英雄，跨據各戰場。浩浩歸洪流，俯仰增慨慷。迅瞬舷戛岸，輈側水入箱。餘瀾散滙瀰，汩泥濺菰蔣。沙淖爍金礫，碕渚淘瓜瓤。洄腹揞沈檣，沫脬搏棄糠①。舉首驚纍纍，浮槎罥枯桑。想見伏汛漲，人馬隨牛羊。自決瓠子來，吾山久懷襄。連連二千年，魚鼈游大梁。水門不可開，塞外不可行。今日成金隄②，明日淪汪洋。帝命驅飛廉，夜起銅瓦廂。一鼓填析津，泰宗爲右防。逆播漸禹迹，患梗猶堯鄉③。意欲更駛北，直抵榆關旁。尾閭注尾箕，元象垂煌煌。運道有滄海，版閘何乃忙。斗水漕斗粟，底足勞經營。氣運異南北，所拱衛者昌。國家宅燕薊，寶籙知靈長。前徂登山椒，絪緼出榮光。安得屈爲帶，繫之叩九閶。

道蘆溝橋

五雲宫闕望岧嶤，轣轆輪蹏鐵盡銷。三尺垂楊短金綫，桑乾河水赤欄橋。

① 「搏」，《勘誤》改作「搏」。
② 「今日」，尹本作「令日」。
③ 「梗」，尹本作「便」。

栗留聲裏過天津，猶憶紅波洛水濱。衣上黃塵泥上影，春風不似錦城人。

南苑

螞蟻墳邊閱武場，網城四面幄中央。黃旗照水迷天色，翠羽影纓射日光。市舶熟聞安息語，部人漸改室韋裝。初明空奏通天表，不得戎衣侍武皇。

寺内海棠一株，花似兩本。臥病旬餘，起則盡矣，感而成詩

半月春酲釋子家，故鄉風物萎天涯。長鑱淚溼朱欄角，自掃蒼苔葬落花。

都門懷古

蘆葉蘋花映白溝，百年塘濼兩朝秋。天長馬放滹南磧，霜落烏嘑代北州。衰草獨尋磨劍石，凉雲不散洗妝樓。珠冠祇博梁園醉，兄弟烽煙萬里愁。蔡京寵姬得女真大珠冠，諸姬爭欲得之，獻媚者購之契丹。契丹貪利，虐取之，女真乃叛。

海上晴雲射晚霞，燕臺風雪洛陽花。三秋艮嶽催移石，四月温湯敕進瓜。南渡有人先馬迹，北歸無雁過龍沙。錮車一樣青城路，五國城荒是舊家。

昌平山水賸寒藤，木脱千崖見石棱。當蹕緑殘燒後石，守陵紅點雨中鐙。花宮梵漏催銀箭，椒殿星河落玉繩。夜冷瓊華孤島上，銅仙鉛淚幾行冰。

翁仲秋苔衣只孫，梟鳴起輦峪黃昏。幔城此日荒銀海，幄殿當時駐鐵門。御酒西風花盡落，清歌南内

水猶渾。蟠龍帖地穹廬月①，一舞天魔有淚痕。

獨遊西郊古寺，醉卧假山亭子上，醒後落花滿身，即題亭上

碎疊連錢蜀錦茵，湖山石暖碧苔春。東風捲得猩紅被，飛過雕欄覆醉人。

十刹海納凉

汊尾晴波一鑑開，水荭花外即瀛臺。蟬聲飛過宫牆去，金爵觚棱照影來②。

菱歌風嫋日西斜，高柳陰閒金犢車。綠藻紅苹滿衿袖，晚凉酒氣撲荷花。

雪藕香肥玉奴腕，海榴氷凍泉客珠③。更促移牀傍水際，茶煙起處似江湖。

鵁鶄對語話無愁，紗帽何曾到野鷗。多少江南未歸客，門前孤負白蘋洲。

同李佐卿北河泊泛舟次韵

水鳥雙隨一葉舟，玉泉山影漾中流。綠迷荻港洞初出④，紅落蘭橈煙未收。祇有滄浪動歸興，惜無絃

① 「廬」，尹本作「蘆」。
② 「觚棱」，尹本作「孤棱」。
③ 「榴」，尹本作「留」。
④ 「港」，尹本作「巷」。

管付清秋。年華未老心情減，每到歡娱畏白頭。

耶律文正墓

花落空山葬子房，墓門松桂蘸湖光。當時不爲蒼生哭，萬里中原作牧場。

石景山有感

昆明湖上晚煙蒼，講武當年此校場。霜葉高翻黄屋纛，雨莎平卧緑沈槍。蜺旌不復從天下，虎帳誰親近日旁。六十年間秋草净，臂鷹老校曬斜陽。道光以後三朝皆不舉大閲禮。

過明景帝陵

嗚咽泉鳩出戾園①，金川燕子又含冤。春來不及西湖上，花落僧雛埽墓門。于墓近岳墳。

歸興

槐花黄落苑牆頭，倦客争歸我獨留。愛訪北人談國俗，怕尋南雁寄鄉愁。高粱閘外藏花窖，裂帛湖邊賣酒樓。只爲薊門山色好，也騎官馬到幽州。

① 「嗚」，尹本作「鳴」。

送李佐卿、朱枕虹兩孝廉歸彭水

李侯落落人中龍，九流六籍紛羅胸。朱子翩翩弄彩筆，齒頰屑玉磨清風。同向長安半年住，已草凌雲《大人賦》。西風忽吹鄉思生，直上城樓望關樹。條支海上烽煙愁①，天山南北催防秋。感時傷別萬古意，獨立亂鴉殘照之高樓。君來楊柳青，走馬幽州城。御溝拖藍草抽碧，牆内玉人吹玉笙。君歸木葉落，大海風濤惡。秣陵夜雨潯陽潮②，峽烏江猿慘不樂。前宵共飲城南斜，夜凉如水彈琵琶。酒闌曲罷三歎息，堦前一樹櫻桃花。人生脆薄霜中草，明月名花不長好。三載重來知若何？君尚少年吾漸老。縱然未老情事改，不見哀鴻滿江海。西鄰責言無歲無，旱潦頻仍是誰罪？欲隱知何山，欲耕嗟無田。峩眉故人招我歸學仙，長此悠悠殊可憐。不如且盡一杯酒，酒盡登車莫回首。男兒會須能自立，富貴易枯名不朽。白露下溼清夜徂，與君執手聊須臾。明朝塵起望不見，征鴻滅没雲模糊。

游北郊宿小亭

桑枯葉盡遠骹聞，淺草空原牧馬羣。近塞日光常似雪，滿川沙氣欲成雲。蹋球場散天逾冷，擊筑聲高夜已分。獵火西山紅噀血，田頭醉臥李將軍。

① 「上」，尹本作「丄」。
② 「夜」，尹本作「莈」。

新秋感興十二首

木落桑乾萬户砧，榆關殘暑早寒侵。天連易水黃雲合，地接長城白日陰。古寺殘鴉憂國憾①，高樓飛鳥望鄉心。臨風欲誦《懷沙賦》，淚眼逢秋恐不禁。

午夜飛書報九閶，七閩涇潦海田荒。鯤身日落澎湖白，鹿耳天黏淡水黃。竹柵火明宵試礮，蕉棚硫熟遠聞香。滄波尺寸金錢買，莫遣澶州作戰場。

朝漢臺高一夜傾，黃灣浪打海雲驚。花田涎涴蠔山溼，茘浦煙腥蜑户晴。珠母乘潮遊近市，楓人過雨長秋城。大官空望暹羅米，五管瘡痍萬里情。

牙旗雙引海中天，列宿通宵向水懸。佛國魚龍朝漢節，祅祠風雨記唐年②。莓苔暑絓鮫人屋，瑇瑁秋生賈客船。地下甘陳無問者，争傳奉使得張騫。

庫葉西風海氣腥，珠軒遺户讋威棱。葠膏入水松花緑，木骨生磬石砮青。鳥下邊城初散市，人稀孤障罷行亭。磨崖界字蒼苔遍，甌脱如今屬北庭。

豐貂文鼠滿長安，朔漠時清氣不寒。塞草秋生鳴鏑静，蕃花春壓拂廬乾③。名王篝篳霜中語，公主琵琶月下彈。今日匈奴爲漢守，丁零北望恐凋殘。

① 「憾」，《勘誤》改作「恨」。
② 「祅」，尹本作「祆」。
③ 「廬」，尹本作「蘆」。

花門疏勒久逋逃，上相西征落節旄。宛馬不聞肥苜蓿，番氓幾見貢葡萄。天陰雪斷交河樹，風急沙翻瀚海濤。多少征人望鄉處，磧西回首月輪高。

西蕃宣諭拜王臣，藏衛今年耳目新。烏撒江源通兩蜀①，青唐驛路接三秦。屬車傳導崑崙曉，互市喧闐邏些春。聖代藩籬終恃險，雪山輕重問何人。

地迥龍江瘴霧開，鞴鑪篝火萬山摧。鯷人路自朱鳶出，鵞子經隨白馬來。誰遣怒夷供弩矢，已從驃國起樓臺。天心自欲通中外，力士金牛只費材。

薊門煙樹似西川，獨立金臺落照邊。鄉國微茫勞遠夢，家書重疊報荒年。巴渝地确翻鹽井，夔峽灘高滯米船。鄭俠流民如在眼，一鞭何日上青天。

漢家宮闕暮雲凝，人世茫茫感廢興。太液蒼波飛水鶴，寢園紅葉坐禪僧。佞臣誰爲誅張禹，鈎黨今猶惜李膺。銷盡寒山金碧影，夕陽零亂十三陵。

征鴻南去飽經過，亂後人家在薜蘿。寂寂蕪城空有恨，瀟瀟水閣不聞歌。開元白髮樽前少，建業青山海上多。欲趁秋風渡江去，蘇臺楊柳近如何。

暮歸

城西蕭寺登高晚，瘦馬馱秋入郭門。投刺牛心空有炙，當罏犢鼻久無褌。天陰欲訪荆軻冢②，月晦難

---

① 「烏撒」，原作「烏撤」，依尹本改。
② 「冢」，各本均同，當作「冢」。

招樂毅魂。醉解魚腸酬酒價，市橋無語立黃昏。

西園引并序

圓明園者，世宗皇帝潛邸之賜園也。巖巒洞壑，亭臺竹石，玲瓏皺瘦，窈折幽勝。渲藻繪植，粉涵黛滀①。湖光山色，演迤窗户。以皇居之壯，而兼吴越山水園林之勝，古未有也。庚申之變，燬於兵火，予尚童稚，聞而悲之。光緒三年丁丑，始來京師，蹈隙一訪，則樹石依然，而月地雲階已不可復問矣。承平時，離宫别館四十餘所，亂後僅存六七，又多剥壞，獨雙鶴齋完好如故。毅皇翠華三度臨幸，皆駐於是。

有老宫監，自言以嘉慶時入宫，歷述四朝遺事云②：「宣宗尤好園居，方春入園，至冬始歸。天顔眷顧，徘徊久之乃去。園中築複道通東西，夾道樹花木，萬幾之暇，或輦或騎，夜則縳炬樹杪③，燦若繁星。御幸龍舟長十丈，鏤黄金爲鱗甲，爪鬣飛動。每夕陽西下，宫女數十人櫂舟，舟中懸琉璃鐙百數④。入夜，概易紅紗，照水盡赤。嘗下船，履石，步而蹶，親扶掖以免。」猶爲予指其處⑤。又言：「入本朝來，園中未嘗一日停工作。其費之鉅，則以泰西水法爲甲。轆轤汲井，輪轉而上，濺沫跳珠，宛若冰花萬樹。木梘浮空，達於亭上，檐溜凄清，四時皆雨。復琢石爲穹樓，類窣堵波狀，中空若城門。懸甕下注，隨石曲折。鴨舫拍浮，距尾畢肖，容一人坐臥，以手發機，行止

---

① 「粉」，《遼東詩壇》第六六期作「紛」。
② 「遺事」，《遼東詩壇》第六六期作「遺世」。
③ 「縳」，《勘誤》、《遼東詩壇》第六六期作「縛」。
④ 「懸」，《遼東詩壇》第六六期作「縣」。
⑤ 「予」，《遼東詩壇》第六六期作「豫」。

惟意。洞天石扇，迴環往復，迷惘不復可識，今惟怪礓千笏①、荒草一溝而已。」又言：「康熙、乾隆兩朝，六飛南巡，自西湖、虎邱、惠泉、焦山、金山、蜀岡，及蘇、浙士夫家之以臺榭名者，無不圖寫以歸，增省締構，既成復易，至於再四。自皇太后、皇后以下，妃嬪、諸王、皇子、公主、軍機大臣、內閣、南書房翰林，皆有賜園。東接海濱，西極香山，南盡昆明湖，百里浮青②，金碧相望。曉鐘甫動，魚鑰已闢，車聲隆隆③，自遠而至，則聖躬已起，披衣聽政。畢，視殿前樹上白鷺，甫能辨色也④。大內向無漢裝，御園奴則所不禁。咸豐間，有所謂『四春』者，號承恩遇，而勤政如故。夷酋至，僅遺一矢，火發輒止。時管園大臣已死，羽林佽飛之士盡散，市販鄉氓，囊括席捲，坌涌絡繹，始遍燬之以滅迹。同治改元，天恩浩蕩，不復詰問。於是廠肆所陳，强半皆園中物。故和議之成，僅償園值二十萬，夷酋猶齗齗置辯⑤。」敍罷憫嘿，自傷篤老。問其廩給，第月領米六斗。煮荈留客，屬意良厚。話既久，日薄西崦，乃撥蓬蒿，尋徑而出。忽聞隔崦鷄犬聲，急踰嶺入，則四山環合，清流縈帶，槿籬板屋，稻田作花。不意武陵桃源，近在宮掖。出門已暝，即宿湖上酒樓。月明如晝，荷香襲人，宮門樹影，蕩漾水中。菱葉有光，游魚瀺灂。望玉泉山頂，孤煙直上，亭亭如淡星，則金川俘卒所作卭籠也⑥。翌晨復入，山重水複，都非昨日所經，導者亦疲。以非數日所能盡歷⑦，乃廢然返。

① 「礓」，《遼東詩壇》第六六期作「殭」。
② 「浮」，《遼東詩壇》第六六期作「溪」。
③ 「車」，《遼東詩壇》第六六期作「東」。
④ 「辨」，《遼東詩壇》第六六期作「辯」。
⑤ 「齗齗」，《遼東詩壇》第六六期作「斷斷」。
⑥ 「卭」，《遼東詩壇》第六六期作「卬」。
⑦ 「以」，《遼東詩壇》第六六期作「亦」。

予惟古阿房、建章、未央宫殿①，皆以崇閣瑰詭爭勝②。園因遼、金、元、明之舊，一變而爲清閟③。尺尺寸寸，皆以陂石畫法爲之。壯麗雖遜於古，糜金錢不啻倍蓰④，侈矣！然列聖游豫，垂垂百年，累洽重熙，四海清宴，則園之燬，非園之罪也。疆場之中，視乎廟算；廟算之勝不勝，視乎樞相。始則侮之，繼則畏之，蘗芽弗摧⑤，斧柯莫假，鞠爲禾黍，誰之咎歟？若羊已亡矣，牢猶不補⑥，將可哀者，獨此園耶？私成此章，聊自附於風人之義。以園在西直門之西，故以「西園」命篇云爾。

桂宫流水漸臺沈，青松夾道隱黄昏。野花嗁鳥談天寶，賸粉零縑畫上林。武清遺迹又榛莽，禁籞猶存氣蕭爽⑦。前湖鎔鏡照宫門，門前聖祖親題榜。四圍柳陌接菱塘，興廢龍潛有賜莊。六飛兩世南巡後，平地安排作水鄉。延陵詔寫秦家式，海昌亦倣陳園則。盡占西湖十錦圖，中使江南採鸂鶒⑧。平灘淺石學湘山，舵樓晚似越中還。無屋不隨山曲折，無山不在水中間。銅溝瀉入高粱閘⑨，玉乳流從趵突泉。遠過秦

① 「建章」下《遼東詩壇》第六六期有「建章」二字。
② 「閣」，《遼東詩壇》第六六期作「閎」。
③ 「閟」，《遼東詩壇》第六六期作「悶」。
④ 「糜」，《遼東詩壇》第六六期作「縻」。
⑤ 「蘗」，《遼東詩壇》第六六期作「孽」。
⑥ 「猶」，《遼東詩壇》第六六期作「由」。
⑦ 「籞」，《遼東詩壇》第六六期作「禦」。
⑧ 「鸂」，《遼東詩壇》第六六期作「灘」。
⑨ 「粱」，《遼東詩壇》第六六期作「梁」。

地宜春苑，肯數吴王銷夏灣。未燒以前有園後，簣土運斤不停手①。遍覽須教十日游，烹茶坐對靈和柳。白頭阿監爲我言，道光初元隨至尊。是時天下久無事，鷹坊虎圈皆承恩。大内尊嚴乏水木②，每來不懌出園門③。園中四序多佳節，至尊最愛華林月。月下親騎白鳳凰，清歌挾彈花如雪。東西複道接長秋，雷殷車聲走未休。燭天燈火湖山外，知是官家福海游。蓬壺萬炬環孤島，松栝千株繫綵球④。赤龍鱗甲隨風動，宫娥蕩槳銀濤涌。步頭扶上玉皇來，荷花滿袖秋雲重。文皇御宇尤加意，自選傳頭串新戲。女史分箋紀歲華，奉誠弟子分番試。遥望瓜洲戰壘寒，羽書日夜報長安。君王宵旰多愁思，抱盡琵琶不教彈。繡嶺烏啼金屈戌⑤，温湯人倚玉欄杆。圖葠汁冷療消渴⑥，海荔瓤多罷晚餐。八里橋頭鼙鼓起，驚斷歌聲落秋水。侵曉開門放内人，翠華已在邊風裏。汨羅不管金蟾鎖，管園大臣自沈。上陽骨葬青蓮朶。有嘉慶時嬪燼於火⑦。回首阿房一片紅，錯認湖山舊鐙火。誰念冰天七月凉，蕃河嗚咽遶宫牆。似聞天語彌留際，猶問離宫一斷腸。親賢刻意權成敗，議定先看敵兵退。奉使迎鑾消息遲，列朝宸翰緣街賣。老嫗筐中宋本書，

① 「土」，原作「士」，尹本同，依《勘誤》、《遼東詩壇》第六六期改。
② 「嚴」，《遼東詩壇》第六六期作「巖」。
③ 「每來不懌」，《遼東詩壇》第六六期作「每不至懌」。
④ 「綵」，尹本作「緑」。「球」，《遼東詩壇》第六六期作「珠」。
⑤ 「烏」，《遼東詩壇》第六六期作「鳥」。
⑥ 「圖」，《遼東詩壇》第六六期作「圗」。
⑦ 「嬪」，《遼東詩壇》第六六期作「殯」。

牧童壁上元人畫。莫問叢殘貝葉經①，牙籤四庫亦飄零。僧廊篆鼎蝌文緑，儈肆柴窑寶氣青②。明年返蹕延洪祚，蒙恩遺向園中住③。馬埒蓬蒿一丈高④，斜陽手撥常朝路。厮養眠皮瑇瑁屏，竈丁爨砍沈檀樹。康國猧兒海户收，交州鸚鵡關山去。朝朝暮暮總堪哀，銅輦秋衾夢不來。脂奩粉盝餘香土，寶册珠衣化刧灰。傷心最怕秋來夕，寂歷虚塵羃瑶席。鐘鼓遲遲出禁城，珮環隱隱來湖石。柏寢流螢熠熠黄，椒房鬼火熒熒碧。邃洞泥青蝙蝠窠，假山月黑狐貍迹⑤。林間何物解吟詩，樓上無人似吹笛。老病纏綿傍曉嘶，又到當年宴舞時⑥。銀屏椽燭高花下，正侍君王看水嬉。豈知池苑都非舊，鷁首摧殘御舟漏。手帕鮫綃揾淚珠⑦，年深冰結成紅豆。近來特旨興工築⑧，楚南梁山括材木。大官虚費水衡錢，萬户千門那能復。露臺詔下萬人呼，趙鬼徒能誦《兩都》。中興大業崇朝定，太液池頭許釣魚。廣寒團殿愁仙蹕，玉泉亭榭浮雲失。游人莫上萬壽山，祇剩明湖曬寒日。曲江痛哭子美詩，連昌寫憾微之詞⑨。逢君半日凄涼話⑩，轉憶

① 「莫問」，《遼東詩壇》第六六期作「草間」。
② 「儈」，《遼東詩壇》第六六期作「僧」。
③ 「遺」，《遼東詩壇》第六六期作「遺」。
④ 「蒿」，《遼東詩壇》第六六期作「蒿」。
⑤ 「貍」，《遼東詩壇》第六六期作「狸」。
⑥ 「宴」，《遼東詩壇》第六六期作「晏」。
⑦ 「綃」，《遼東詩壇》第六六期作「鮹」。
⑧ 「近」，《遼東詩壇》第六六期作「進」。
⑨ 「憾」，《勘誤》改作「恨」。
⑩ 「話」，《遼東詩壇》第六六期作「第」。

人間萬事非。伶元老去霜侵鬢，力士歸來淚濕衣。西陵王氣猶龍虎，獨立宮門望落暉。

飲西郊歸作

漫空沙氣蜀薑黃，一角高城漏日光。風色蕭蕭雲黯黯，鼓聲悲壯是漁陽。

渡海八首①

夜上碣石門，青氣如登懸。揚舲出浦口，沙草黄無邊。䶃山望孤嶠，歧海侵秋暝。朱爞爥錦衲，緑煙冒鹽田。地高樹猶見，陲隱波始圓。去鳥識遼水，落日知吴天。冶冰紫瓊冷，陰火丹蕖然②。文螺化鸚鵡，彩蚌嫣蟬蜎。拾月惡溪詠，阻風春草篇。無爲效安石，酣暢催言旋。

海氣空不寒，絳宮生夜明。水上白煙散，龍户星河清。恍惚見蜃市，縹緲聞鸞笙。之罘鬱參差，人家方晚晴。明朝定何有，淡沱滄波平。因之悟世事，邈然霄漢情。

簸卻蓬萊山③，填取碧圓海。玉沙清淺流，種桑應好在。傳聞祖洲上，瓊田收十倍。菰苗如翠眉，旭露發紅彩。褰裳不肯去，祖龍老應悔。蒼苔鞭石橋，沈波臥千載。白日那可駐，青春向誰買？壺頂芝正肥，遲回欲何待。

① 「渡海八首」，《晚晴簃》卷一七二作「渡海」，選其一、其三、其八三首。
② 「蕖」，《晚晴簃》卷一七二作「渠」。
③ 「卻」，原作「郤」，尹本同，依《晚晴簃》卷一七二改。

解衣挂榑桑，濯足南斗傍。海月侵我影，灑然青骨凉。長嘯來天風，島嶼摇蒼蒼。浮瓜流觸人，猶帶蟠桃香。顧見羨門子，龐眉皓秋霜。欲採不死藥，歸獻燕昭王。落日隱重霧，不見金臺黄。躊躕復却去，汗漫追雲將。

暘谷雲有聲，滃出如濤奔。金翅劈水碧，銜上瑪瑙盆。綷縩若木華，猩噀摩翩翻。丹砂點波面，浴天成燒痕。屢盪不得圓，金散光魂魂。升藉交龍蟠，落恐饞鱷吞。黑齒戲且笑，珥蛇弄温暾。折箠鞭羲和，疾驅照寒門。

迴風捎銀濤，呀呷翕林莽。浮槎欲貫月，決起動千丈。初散煤煙黄，天水久瀇滉。須臾噴濃墨，黑影臥修蟒。魚目雜衆星，火齊大如盎。狂鯨觸珊瑚，驚折赤藤杖。柁樓四涵泳，水枕一俯仰。玉鷄潮下鳴，三更夢船長。波間失雲潰，海底亂霞響。熟復《天姥唫》，悠悠落迦想。

雙輪攪坤軸，翻雪塞天地。風呴崩雷驚，濤撞毒龍避。凭欄濺飛雹，射面强弩疾。朝陽爛新紅，赮駮蛟客淚。瀴溟有界劃，劈截水色異。澄泔良玉温，渟黛積雨翠。黯想漆汁污，腐疑木葉積。遠峯盪黑子，帖水若飄墜。稊米泛太倉，人生亦如寄。中天失倚著，弔影自憔悴。

舟軏水底天，笑指石上月。玉珧照珠池，蛣華被銀闕。鵬騫四溟翻，鰲抃五嶽没。縱任無遠近，凴虚得超越①。倘遂凌朱厓②，何由鍊金骨。甘英度西海，終童下南粤。壯遊恐不遂③，江晚蕙芳歇。峨眉歸讀

① 「凴」，《晚晴簃》卷一七二作「憑」。
② 「倘」，《晚晴簃》卷一七二作「儻」。
③ 「遊」，《晚晴簃》卷一七二作「游」。

書，青山未華髮。

海中遇大風

日主祠前雲氣洶，秦東門在銀花中。海扇扇海化秋雪，蛺蝶百翅蒲帆風。風狂地震廢行坐，笑看春蠶繭中臥。下没疑穿水府來，上浮恐掠天門過。一浪打船船一摧，白波四面高崔嵬。恍似褒斜去年路，雪山萬道流皚皚。曉來忽見登州樹，小島荒寒少人住。三韓東望接渺冥，緑影如螺欲漂去。飛濤没頂天爲摇，濤心起立秦皇橋。瑯琊臺樹盡西靡，之罘樓閣寒蕭蕭。披襟獨賞海山好，條條攫海蒼龍爪。不教倒捲過崑崙，净洗羶塵種茅草。

滬瀆雜詩

堯封大一統，未缺漢金甌。萬里更萬里，九州仍九州。猶堪拓西域，何謂似東周。弱勢思强政，張騫浪得侯。

西海一拳石，猶然上國通。未聞四萬里，隱忍事和戎。腼腆籌船政，趦趄畏火攻。楚師舊平寇，肉袒犯艨艟。

海上《占經》在，機祥故有之。如何廢星氣，不信驗安危。天變真前定，君心恐自欺。《春秋》書日食，此意幾人知？

豎亥死不作，争言身毒尊。無人知地理，何處是中原。裨海迴西掖，歐羅巴山水皆東向。方壺衛左藩。亞州、默洲山脊皆西向。扶輿萃神聖，不改此乾坤。

既濟占《周易》，先生豈不知。聖謨訪鶩遠①，世變好探奇。海水無窮處，煤山有盡時。御風思鄭圃，莫漫笑兒嬉。

轉餉談何易，東來主客分。虛荒非鬼物，生死亦人羣。利器豈無制，祕長今已聞。輸窮墨不盡，誰使魯將軍。

軒轅

軒轅宮殿玉山西，瑶水曾巡八馬蹄。萬國爻閭王會少，七雄裨海霸圖低。從知鬭蚌無生鷸，須識連鷄有駭犀。日入虞淵天所覆，不應空恃一丸泥。

重陽武昌登樓

黄鶴樓頭作重九，吴山楚水空何有。萬里中原掌上看，賈胡城郭摇杯酒。沙邱人去少英雄，四極蕭蕭多北風。樓前衣帶通西海，笑殺江南畏阿童。

趙家渡見晚橘

山丹水碧樹青蒼，江步人逿沙路長。猶有萬株金彈子，雪風吹入錦城香。

① 「鶩」，尹本作「騖」。

絶句

人生何地可埋憂，十載相期汗漫游。華頂霜鐘秦觀月，笛聲吹入海山秋。

一笠飄然去不回，舊曾眠處長蒼苔。蓬萊水淺松醪熟，黄鶴仙人逯去來。

芳草連天日易曛，三生離合信浮雲。相思但逐桃源水，海上花開一待君。

前身金粟更何疑，花下同參雪竇師。吴越溪山游倦後，一巢松上住峨眉。

沔縣道中

漾水碧苔色，嶓山紅玉光。清潭映初日，積雪晃朝陽。時有野花發，微聞沙草香。三間神禹廟，碑斷石麟荒。

金牛驛

飛塵如冪雨如煙，風色荒荒石滿川。黄土牆匡花數點，誰家春樹縛鞦韆。

登華山雲臺觀

正月二十一日上華山，宿青柯坪。晨起，腰絙直上。雪深六七尺，鐵鎖皆没。勢盡力竭，舉一人前行，斫冰爲梯，方能容足。猱升至雲臺峯，疲極止宿。明日，登蒼龍嶺。石級盡平，翼欄亦不可見。有湖南僧二，自天門旋轉而下，云南峯雪没胸腹，無路可覓。導僧復報大雪將至矣，急返下山，宿嶽廟。作詩以貽山靈，冀重來得睹玉井蓮花之異也。

積雪横高城，斸坎越雲上。犁壁成天溝，一綫日邊颺。朝暉爛銀海，空中駕高浪。回首臨茫茫，俯墜浮雲葬。初緣千尺崖，臂趾不相讓。鐵鎖蟠白龍，冰花綴仙仗。峰巔得板閣，四海光蕩漾。萬松如玉簪，白蓮半天放。黄河亦何有，瑟縮寒蚓狀。應笑昌黎翁，青天失昭曠。

蒼龍嶺

削鐵爲城角四方，豸冠司寇立仙閶。嵯峨東井三尖白，曲折中原萬里黄。一臂拏空雲拂拂，孤身緣鬣海蒼蒼。秋來騎爾金天去，落雁峰頭落夕陽。

過千秋 戊寅己卯，晉豫大荒，死者數千萬，白骨遍野，路多空邨鎮，最大綿亘數里。今閴無人居①

函關驛路過千家，荒草封門落日斜。啼鳥不知人去盡，春來猶管隔牆花。

讀戰國策

三川水鬭九鼎危，六國茫茫天醉時。秦相已聞收范叔，楚王何事信張儀？盜符公子歸函谷，睨璧將軍退澠池②。四十餘年保東帝，松耶哽咽悔應遲。

---

① 「閴」，諸本同，疑當作「闃」。

② 「璧」，原作「壁」，尹本同，依《勘誤》改。

有感

葱嶺龍池上，軒轅有合宫。山真萬國脊，水與四洲通。奄蔡疆非遠，康居道未窮。馱經猶作記，鑿空竟何功。銕路從天下，金輪會輻中。直行亙南北，横跨極西東。疏勒連安息，蒲昌接太蒙。氣沈冰海白，雲近火山紅。掣電能傳箭，飛舟任轉蓬。計程無累月，行部若乘風。勝事終當見，浮生亦自雄。八荒開闢日，玉帛想來同。

送傅潤生同年之官湖北①

蜀東門，楚北户，一綫蜿蜒屈東注，常山之蛇首當路②。馬頭隔斷中原塵，洞庭吞天不敢渡。王氣銷殘南雍州③，九十九洲已無樹④。上游形勢今猶故⑤，水底龍驤岸虎踞⑥，六月單車此中去。銜杯笑指巫山雲，離心已挂漢陽樹。漢陽芳草春萋萋，不道春悲秋更悲。十年戰血入沙際，蔣芽菰葉生紅絲。當時萬砲

---

① 「送」下《簡陽縣詩文存》卷三無「傅」字。
② 「注」下《簡陽縣詩文存》卷三無「常山之蛇首當路」七字。
③ 「殘」，《簡陽縣詩文存》卷三作「沉」。
④ 「九十九洲」，原作「九十洲」，依《勘誤》《簡陽縣詩文存》卷三、尹本改。「已無樹」，《簡陽縣詩文存》卷三作「亦無處」。
⑤ 「勢」，《簡陽縣詩文存》卷三作「勝」。
⑥ 「岸」，《簡陽縣詩文存》卷三作「陸」。

環轟黃鵠磯，祇今吹笛臨江湄①。想見吳王臺上一聲鼓，滿江魚鱉皆浮尸②。孤城三破未忘痛，八州都督今其誰？樓船飄颸若神鬼③，海市變幻噓蛟螭。腥風磨颭下牢折，漆室摩兜潛噫嘻④。君言五十始爲吏，首下尻高少生意。峨眉明月解笑人⑤，況有當歸寄書至。春前説劍城東寺，細雨檐花窣台地⑥。酒闌燈炧莊生醉，吐氣淩雲萬人避。雷封百里古徹侯，未應卑官自顛頏⑦。䝔䝔七尺高陽徒，相看豈似山中癯⑧。白頭黃閤顧婢語囁嚅⑨，不如竹馬同騎兒挽鬚⑩。知君欲作東平夢，盡壞屏障無所用。葦間漁火臥鼓琴，桑陰雉雊坐聽訟。不食武昌魚，但飲武昌水。青裙老嫗侍夫人⑪，白袷諸生伴公子⑫。伍符尺籍作內政，

① 「祇」，《簡陽縣詩文存》卷三作「只」。
② 「浮」，《簡陽縣詩文存》卷三作「流」。
③ 「飄」，《簡陽縣詩文存》卷三作「飈」。
④ 「潛」，《簡陽縣詩文存》卷三作「聞」。
⑤ 「眉」，《簡陽縣詩文存》卷三作「嵋」。
⑥ 「台」，《簡陽縣詩文存》卷三作「苔」。
⑦ 「卑」，《簡陽縣詩文存》卷三作「早」。
⑧ 「似」，《簡陽縣詩文存》卷三作「是」。《簡陽縣詩文存考證補》：「『相看豈是山中癯』，『是』原作『似』，《澹齋集》同。」
⑨ 「婢」，《簡陽縣詩文存》卷三作「姊」。
⑩ 「鬚」，《簡陽縣詩文存》卷三作「須」。
⑪ 「嫗侍」，《簡陽縣詩文存》卷三作「媼拜」。
⑫ 「袷」，《簡陽縣詩文存》卷三作「面」。

定有蒼頭奮戈起①。一湖那遽判南北②，試爲江漢力湔恥③。龔黄翦牧在一身④，隨何絳灌伊何人⑤？不見湘鄉旗幟滿天下，束伍乃自羅家軍。

寄同年黄君爲其尊人壽

章山峭而奇，貢水清以厲。老人村近廖屋溪，一飲桐江可千歲。讀書學道長獨醒，撲髩萬安無數青。蚌胎明月出年穀，掌上珠匡成六星。君兄弟六人，皆有才名。二人同登進士第。剡籐自寫《伐檀集》，驥子追風踵相及。雙井無雙今有雙，天畔摩圍太孤立。郊祁名字在日邊⑥，菊潭盥漱忘其年。蟻鬬鬩然謂牛鬬，蒼松作骨含霜煙。暑退金臺暮雲紫，木落征鴻度彭蠡。綵衣對戲華鐙前，東家俚儒夜笞子。茱萸酒熟客滿墀，兄弟疊進翡翠卮。豈知泥首向南極，有人竊妬天公私。

---

① 「蒼頭奮」，《簡陽縣詩文存》卷三作「部民枕」。
② 「判」，《簡陽縣詩文存》卷三作「割」。
③ 「力湔」，《簡陽縣詩文存》卷三作「湔此」。「恥」下《簡陽縣詩文存》卷三有「黄州團練君鄉鄰，莫使臨危笑倉兕」十四字。
④ 「翦」，《簡陽縣詩文存》卷三作「頗」。
⑤ 「絳」，原作「絳」，尹本同，依《簡陽縣詩文存》卷三改。
⑥ 「名」，原作「各」，尹本同，依《勘誤》改。

榮縣

青山岈處雉樓低，橋上風清草滿谿。黄蜀葵花開屋角，竹王祠畔午鷄啼。

途中偶成

閣閣羣蛙草没塘，緑蒲獵獵晚風凉。行人三兩樹陰下，圍坐剖瓜銷夕陽。

野寺

榕葉陰陰蓋石牆，牆根露滴静聞香。入門雨後碧苔淨，玉麥滿畦紅穗長。

輿中詠晚霞

天容卵膜四圍皴，中屑珊瑚糝細塵。彩綫斜拖金雀尾，駮紋密界玉龍鱗。脂歛鏤揲春酥凝，錦地盤絲閃繡匀。五色玻璃鑲玉幀，幀中金翠李夫人。

題高觀察珠海歸帆卷子

竦者峭，窅者奥，金筑蠻江出荒徼。垂髫虎穴探虎子，花裙象奴馬前跪。銅鼓蘆笙千嶂懽，清酒黄龍喜折矢。冬青桂樹榮南中，分符淮上歌平豐。桂海驂鸞峰似筆，珠玉羊城不名一。賈胡暘睒火欲然，虎門激浪高磓天。巡海遉來市舶静，翩然徑上牂柯船。豈知世事竟難測，轉眼家山化荆棘。礮火輪舟四極馳，中原天地無顔色。金田毒燄彌潢池，江南烽火連淮西。朱幡按部舊游處，後來一一成瘡痍。披圖長風起絹素，怳見扶胥口邊樹。陸賈歸裝何足言，數篋殘書向江步。木緜嘆血絮作裳，紫髯脱幘支桄榔。鷓鴣啼烟斑竹黄，密箐荒城吾故鄉。問君此圖何處藏，定有白虹生夜郎。

秋雨經旬，庭中雜花爛然，有懷威叔資州官舍，柬寄長句

瓦檐日夜聽巖泉，盆山草木皆蓊然。老籐上屋網蒙密，霉黟默默生琴絃。廘籬黄竹卍字编，有人獨坐池西偏。牀陰蟲語出苔縫，紫莖旁引虬鬚蜷。鷄冠滴露蜀葵折，地上雜錦鋪連錢。草心細碎化蝴蝶，牽牛抱葉嘶寒蟬。碧花翠蔓互縈絡，更有叢叢紅鳳仙。與君昨贈扇頭畫，似妬繁麗争秋妍。春前别淚流階前，秋花帶雨猶娟娟。十日不見已腸斷，况乃遠别逾三年。海棠雪落如珠鈿，啼痕粉暈霾蒼煙。荒煙寂寞自愁絶，霜號月怨何人憐。君今鎩羽未辭蜀，我已拂衣將入燕。浮生富貴草頭露，塵世離合風中船。相衡未可論窮達，等是作繭非人纏。鬒絲颯颯吹病襌，著我虚堂清晝眠。銀槃一縷微颸牽，石欄錯落鳴濺濺。眼前爛縵不忍看，寥落珠江官舍邊。

稺瀣詩集卷第五

仁壽毛澂叔雲

峽猿集

嘉州晚眺

鎖院深深文學臺，烏尤東望翠成堆。黃艟激箭花溪下，紫墨籠山井竈來。雨後蛾眉鈿筆掃，秋清佛脚鏡斂開。旋螺細路芭蕉裏，曾吐車茵臥緑苔①。南皮師督蜀學，於試院築臺，徧植芭蕉。

竹根灘

短篙入手似長鑱，八節灘頭一字帆。江受石侵雲半仄，沙經鹵滲水微鹹。艙中藥草松潘雪，筏上落衣瓦屋杉。如此山川轉東去，峨嵋仙子太思凡②。

---

① 「苔」，原作「台」，尹本同，依《勘誤》改。

② 「嵋」，尹本作「眉」。

犍爲舟中

彩雲零亂日温暾，遠樹平沙處處村。孝女巖前山似堞，叉魚灘下浪如門。漢郎識字亭非昔，地有子雲亭。唐守能詩集僅存。回首高名一寥廓，客愁閒撥付嘑猿。

嘉定至宜賓，江流曲折重複，岸山皆作城雉麾纛之狀。感時無人，海内多故，寄示兩弟

回首鬱姑臺，岷峨亦壯哉。千夫跨雲立，萬馬下天來。樓櫓臨江起，旌旗拂水開。鄉關信靈傑，籌海想雄材。

舟中雜詩

山寒開夕陽，晚泊愛江鄉。紫蔗經霜飽，黄柑撲水香。灘聲失人語，鐙影出漁梁。一磬空巖定，僧歸到上方。

渡口發寒梅，舟隨曲岸迴。山開知市近，帆隱識雲來。白榜臨江寺，青峰瞰月臺。鷺鷥閒勝我，拳立啄毰毸。

人影緑波間，船頭不肯閒。望雲樓改岸，聽雁樹移山。野艇横津渡，寒花傍水關。紅旗小樓艓，知自楚中還。

晨光碧可憐，翠篠聚潭煙。白鳥窺漁飯，蒼鷹立獵船。江寒雲尚宿，波動日難圓。舟檝從漂泊，浮生

又幾年。

野泊見彗

少年曾省識蚩尤，大海揚波四十秋。咸豐辛酉蚩尤旗出。不分灾星躔帝座，辛已夏彗出紫微垣內①。更堪妖彗指參斿。八月已出，今始見。九閽幽遠孤臣淚，去年星變多，請嚴門禁。適有東華門樓失盔甲、慈甯宮佛殿失寶頂、無名男子闖入東華門，及宫中折凉棚得洋火藥諸事。二劍凋殘故國愁。野月荒荒江滚滚，蘆花深處一漁舟。

東下

泥溪東下接涪溪，金距雄冠似鬭雞。山外白知江曲折，崖邊紅見寺高低。頌成檠木無新樂，燒後兵欄有戰聲。豺虎食人歸不得，多言百舌漫鵑啼。

望敘州

雲開江轉見戎州，故壘蕭蕭落日秋。一片青山旗影裏，西風吹角弔黄樓。

泊城外感舊

荔瓤香濺錦衣褠，官舸銀燈綺歲游。已作河梁三度別，自憐騎省七經秋。樹陰點白沙邊堊，雲外深紅

① 「辛已」，尹本同，當作「辛巳」。

峽上樓。錦里珠江兩愁絶，風湍夜火照眠鷗。

鎖江亭

鎖江亭下石如鐵，柏葉滿街紅勝血①。一院蒼苔曬病僧，江聲夜入涪翁宅。

望南岸有感

石門香草事全非，冷遍金沙舊釣磯。洱海春茶笮馬瘦，牂山冬笋竹貍肥。柏臺削牘朝回夢，草屋編詩病後歸。灘上飢鷗吾與汝，平生不解向人飛。

南廣

符水忽然塞，不前如出降。山腔宮數縣，石齒鋸雙江。僰雨通苗服，滇雲接木邦②。客心最愁泊，鐙火溯崆硿。

舟曉

孤舟寒雨泊荒城，風定灘低報遠更。二十五聲秋點盡，沙頭人語未天明。

① 「柏」，尹本作「柏」。
② 「滇」，原作「愼」，依尹本改。

舟中偶成

山雨溪風醉不知，水窗眠熟日高時。迂倪褙絹皴柴索，仿宋泥壺瀹茗旗。箬葉緑包菰米飯，竹篷紅亞蓼花枝。少年總愛江南好，莫向滄浪照鬢絲。

南溪道中

青林點點見黄柑，白鳥雙雙破碧嵐。山嬾欲眠浮水動，寺多如畫入雲含。蘆飛漁艇唱收網，菊壓酒缸香出壜。九月江陽斜照裏，零金賸粉畫江南。

泊瀘州高竹潭孝廉昆仲招同敖金甫刑部小集江樓

有滰萋以繁，江樓歇微雨。冬晚芳草積，欄高見平楚。黔山如佳人，過江欲入户。螺髻近可攬，凉緑洒眉宇。流連京國言，低徊故鄉語。把袂良已遲，銜杯遂成古。城東二水會，飛燕繞煙艫。去去辭北巖，孤游易懷土。

合江

少岷山滿郭，嵐氣映江蘺。鹽岸花開處，鉛船雨泊時。斷雲歸鰼部，秋草入氐祠。猶憶炎天過，冰綃剥荔枝。

舟夜

綠鬢去鬖鬖，孤舟南極臨。灘高挾風近，燭正入江深。缺月行山鬼，飛霜照水禽。彗長看漸短，喜慰厭兵心。

江津輓陳閬廔同年

去年作客錦城秋，共指金臺説壯游。花落玉堂俄短夢，草生江郭竟長休。别來黄髮風中葉，哭向青山水上樓。最痛不曾相送處，病身煙雨一歸舟。去秋閬廔自成都歸，予方出游未返。

飛牋買斷碧雞坊，燕市悲歌座有霜。對策直言疑蹈海，著書孤憤欲投湘。苔侵東閣愁張緒，月暗西園弔孔璋。知否近來琴酒散，草堂花事亦淒涼。閬廔主曾氏别墅，在浣花溪上。文酒流連，極一時之盛。今曾氏舉家宦山西，賓客皆散，惟張子馥茂才一人尚在故居。

繐帳生塵隣笛哀，西風江上故人來。藥籠賸帖猶秦篆，經篋殘箋失蜀材。門外寒沙孤鳥下，村邊細雨一帆開。知君總被神仙誤，欲斫峩眉作釣臺。閬廔學長生術，予屢規之，其病以此。

江津縣

巖根漲縮碧巑巑，几字山光護玉棺。風送語聲來市步，雁拖秋色上檣竿。紅泥墨印開糟户，白露蒼煙冷橘官。時事艱難故人死，獨將淚眼向長安。

礮船

沙頭鼕鼕北風烈，紅旗磨風竿欲折。舢板槳多行百足，翠羽飄纓兩行列。一聲爆竹水雲飛，浦鳥山禽散如雪。師船新製開湖南，亂平分布訶非凡。蜀江如針復如綫，有船何用稽私鹽。邇來鹽法主官賣，邊岸不許他人饞。蜀鹽以滇黔爲邊岸。淮商未復蜀商絶，兩江總督屢請復淮商口岸，皆爲兩湖大吏所持。官鹽浸灌逾湖南。肩頳背赭例輸課，大艦截江不敢過。腐儒骨相非錢鏐，戰鼓忽聞心膽破。君不見一船一官領押運，猛士護鹽不臨陣。惟將巨礮打江鵶，野草閒花聊剸刃。前綱初報三百萬，更有羨餘充歲進。提塲使者已開藩，知務散僚皆典郡。我來祇載凌雲月，殘書破篋無人問。亦欲撲筆投鹺司，不殺賊奴取金印。

水關

啞啞水關烏白頸，一葉隨波舞漁艇。臨風喝問神揚揚，賈客書生本平等。聞説看山例無税，振衣起舞私自幸。祇有覊愁税亦佳，關吏摇頭偏不肯。未到夔巫雙髻斑，一重灘是一重關。蒲帆椎牛望白帝，瓜皮畏虎穿烏蠻。誰始抽釐餉軍府，今日江淮念雷祖。抽釐始於副都御史雷以諴，江淮間讀「雷」爲「釐」，皆呼爲「雷祖」。閩粵海關多漏巵，梁益一隅亦何補。榷鹽分卡紛如麻，青山缺處皆官衙。今年八輩入孫水，蠟蟲利厚人無譁。蜀民好義自天性，但令涓滴歸公家。君不得見緑衣奴子面如玉①，胡琴當關彈啄木。後房糊槅剪春羅，東浦花雕香出屋。燒蘭翠釜駝峰熟，貂錦壁衣宵度曲。豈知憂亂杜陵翁，瑟縮津頭肌起粟。離

① 「君不」下「得」字，尹本同，《勘誤》删去。

愁滿載下吴天，端然自向南雲哭。

東窮峽俗名猫兒峽

羣峰若褰旗，軒舞𪍿溪口。白虹噏古罐，北岸即銅罐驛。長鯨呷春酒①。翅横秋練飛，腹虚夜鐘扣。誰攬萬古雪，直搗千斛臼。連崖陷孤光，仄峽約清溜。銕䤈瀉炭凝，嵐膠劈崖剖。削壁類堵墉，蔬楞髣庮牖。蜂房膜如蠹，牛胡匏疑朽。束柴骨理竪②，皴麻髮紋紐。空翠根冥濛，斑紅𩩲左右。斧鑿謝禹功，海嶽落吾手。出險指珞黄，寒鴉噪高柳。峽盡即珞黄市。

晏起

駛過東窮峽，巴山霧尚濃。鐘聲金界寺，旗影鐵桅峰。江暖餘飛燕，花遲見異蜂。飄飄從此去，薄宦勝爲農。

望渝州

蒼波蹴勢趨江州，天畔羣山争挽流。蝦子碚上石魚脊，貓兒峽前崖虎頭。巴雲漠漠亂蝯急，楚雨冥冥孤客愁。浮水高城尚隱約，望斷寒煙沙際樓。

---

① 「鯨」，原作「京」，依《勘誤》、尹本改。

② 「東」，原作「東」，依尹本改。

得次澥書，知季澥秋試卷爲人割換，得雋刻入試録，感賦

白袍踢壁嘔心紅，萬鵠堂前望至公。行卷鶴聲空有句，戰塲猨臂竟無功。范雎姓字原難貴①，李廌文章祇合窮。眊矂三年容易過，孤寒八百哭秋風。

重慶府

恭南名都會，崇閎冠磐石。翼瓦臨江樓，雉堞借厓壁。結舫浮水居，曾樓倚山積。雲濤轉三面，嵐翠通一脈。坎壈愈仄上，街衖少平尺。瘴退井漸甘，煙多樹猶赤。轂綰楚蜀喉，襟帶關隴腋。萬斛揚風來，百貨常露斥。花卉如初春，笙謌動終夕。眄彼流賊酷，復此亡夏迹。據險見晛消，防亂未雨責。李平亦何勞，安人在邦伯。

銕危峰亭子

岑亭飄半空，長嘯招天人。不覺所踞高，但怪浮雲親。白繚識湯峽，青劃知江津。北嶺墨婠嫿，南峰鋸嶙峋。兩城冠山椒，二水推車輪。元夷禹使者，化石成鼃身。昂首曳其尾，渟飲濯錦春。八達礫兆塀，九軌開涂闉。煙火日薰灼，丹堊長清新。霞嵐漲户牖，鷗鳥飛衣襟。微風忽吹來，雷語何殷轔。俯瞰波上舟，螘子漾漪淪。轟鐵尚龍蜕，三銕竿已失其二。轟轟勞蚋塵。

① 「雎」，尹本作「睢」。

塗山山有真武廟，附祀夏后氏、塗山氏，木主甚卑陋不稱

涿鹿金支降若水，白蜺貫月蜀山氏。兒孫累世留嵋峩，廣柔青羌守桑梓。堙洪正亟塗山娶，游戲綏綏厖九尾。上古聖神靈氣凝，牛首蛇身復何恥。或龍或鶴或卿雲，高唐神女亦如是。羽淵既殛王事勞，山頭化人天出啓。刳兒坪下多血礦，兩世靈奇真續似。若云蝯玃腓無毛，赬顔薄怒夫其豈。石脇呱呱予弗子，橇輂辛壬逾甲癸。魑魅風沙雷電晦，水涌山崩空拊髀。雲華上宫呼萬靈，丹帔朱裳授笞箠。獮猴銕鏁淫預根①，巫支械繫淮井底。金書玉篆劃胸臆，童律虞余揚爪觜。蜀中天子是神仙，萬古軒轅兩人耳。蚩尤戰後絶地天，水土平來判人鬼。三川盡涸九鼎飛，醯甕沓儒妄呰呰。不見黿靈尸逆流，更聞鵑帝魂不死。汶埠秘籙成師傳，武都陰精緣後起。茲山寂寞四千載，石骨西傾尚波靡。山巔螺蚌多於蠶，想見懷襄一篙艤。陽城少室辟所都，巨闕崔巍刻瑰詭。試問歸舟三過門，崧嶽山高太迂矣。當塗玉帛會稽竃，貴後江山詎堪比。蜀人何事輕鄉人，廟貌嵯峨在南紀。灌口功僅川西陲，嘉州斬蛟那足齒。百年漸有夏后庭，茅屋三間由楚徙。蜀人祀李冰、趙昱爲川主，惟由楚來占籍者皆祀神禹。故山又改祠黄冠，應詫何人據吾里。海波蕩潏神州沉，蛟鰐腥臊污郊畤。巴渝僻遠貙虎驕，夔罔爲妖民氣褫。我欲上書告方岳，刊木主名正專祀。指撝文漢産異人，手挈瀛寰歸一軌。

① 「獮」，尹本同，當作「獼」。

泛舟龍門，浩入溪口。躡石壁，訪塗洞。緣山樓閣欄楯，花木嚴靚。裵裒瞻眺良久，和壁間韻

言尋海棠溪，微雨理煙棹。梵唄隔水來，法曲臨舫教。風渦暈酒靨，瑳玉粲山貌。巾屨明鏡空，灘磧溼泥膠。沙净看鷺拳，林深逐猿踔。寺門敞天半，松栝猶霧罩。緣木欄轉高，入花逕逾抝。菊稀秋已殘，茶香午初覺。飛巖結層樓，邃洞閉陰窖。但見江氣佳，不聞市聲鬧。初寮臥馴鹿，密竹隱文豹。爲問世外閒，何如掖庭儤。

覺林寺

林表明浮圖，繚曲轉微徑。竹樹凝冷光，鳥雀適幽興。入門池沼緑，齋厨映深靚。澗水鳴佩環，松風亂清聽。老僧亦何事，向陽坐蘿磴。落日牛羊歸，山花發孤磬。

過江步至海棠溪上感舊

天寒喚酒大江西，獨上江樓憶舊題。鵾鳩聲中花亞艫，羃烟絲雨海棠谿。

渝州歌

渝州去成都，水程千四百。水大三日程，水小十三夕。半路臙脂河，流出猩紅色。一夜到渝城，城邊有粉穴。臙脂嫌太紅，粉水嫌太白。君持二水歸，盥作朝霞雪。海棠溪邊人不知，莫寄成都濯錦兒。

戲占①

九月渝州暖，繁花照眼新。巴江清似酒，渴殺錦城人。
江城烏夜飛，江月潑羅衣。欲問瞿唐賈，琵琶數阿誰？

巴女詞

巴船急於箭，巴月細如紘。如何船射去，不待月弓圓。
浣紗向江頭，繫緘錦鱗尾。好去莫遲留，明朝到沙市。
涪陵雙石魚，只爲傳書誤。但去到江陵，莫向涪陵住。
填却瞿唐峽，郎船何處流。門前烏柏樹②，留着繫郎舟。
郎去遺紅豆，巴山暖易生。妾留多夜雨，枕上怨無晴。

江北登樓

萬里長江下遠空，東流歸海更朝東。雷霆鬥石三巴水，龍虎奔山五夜風。蓬鬢先於孤客白，菊花偏向醉人紅。周公禮殿餘枯柱，消渴相如病峽中。

① 「占」，尹本作「古」。
② 「柏」，尹本作「柏」。

人煙水氣晝昏昏，十七譙樓雲出門。江晚風翻眠虎石，山愁日落挂猿村。孝標辨命因蕭遠，賈誼傷懷爲屈原。欲考漢家《鹽鐵論》，巴官名字在牢盆。

白雁南飛天地秋，感時懷古此登樓。巫雲峽雨趨朝夢，渝舞巴歌作客愁。東去江聲流漢水，西來山勢接荆州。平臺不見桃花馬，佛塚荒凉草一邱。

隔江金碧爛雲煙，人在孤鴻落照邊。廛下帆檣明楚火，樓中薜荔繫吴船。寄書難得東風便，望闕常依北斗懸。莫怨中巴苦留滯，合江門外是朝天。

季瀣專使回卻寄

與爾當時事醉翁，豈知今日獨飄蓬。柴關聽雪三年後，庚辰棧中遇雪最多。石壁看雲九月中。魚洞水來山更緑，龜亭嵐破菊初紅。扁舟不得同游賞，腸斷江樓一笛風。

縉雲山寺

相思寺裏相思竹，千股桃釵埽石塵①。紫粉難揩啼夢迹，翠鬘如伴苦吟身②。巴孃曲罷遠江雨，越鳥聲多幽谷春。欲向靈山問迦葉，拈花何似散花人。

① 「埽」，《（民國）巴縣志》卷三作「掃」。
② 「鬘如」，《（民國）巴縣志》卷三作「環若」。

登城

江北江南雲氣連，大城少城同一煙。山顛粉白春游寺，水上燈紅夜渡船。但望有才分劇郡，扶嘉多事記鹹泉。酒樓歌館俱非舊，何處霜飛蜀國絃。

有感

鬼哭西川十萬家，天彭東望慘蟲沙。赭衣密似經霜葉，紅旆多於過雨花。草屋雞棲煨橡栗，畫堂鳳炭醉琵琶。杜陵老去思嚴武，獨倚江城立日斜。

津吏牙檣百尺竿，連雲戰格鳥飛難。回天無復居青瑣，斫地終愁探白丸。每憶血流思呂母，獨憐羹爛學劉寬。東來賸有閒身樂，水色山光未入官。

初陽

初陽照巴峽，濺雪益朝寒。雲戀相思寺，山飛不語灘。集遲江市静，漂去岸花殘。舟檝平生趣，風波漸畏難。

巴峽短歌

黄草峽西石骨黄，瓦窑峽下煤氣蒼。雞鳴峽口荔支絶，峯巔古寺霜林藏。一峰玉白如經幢，一峰炭黝如囷倉。窮谷荒寒日色死，狐兔跳躑追鼠狼。巴涪風濤四百里，峽斷山連亂煙水。時治輕帆欹側過，時亂彎弧蜂蜎峙。紫極多年兵氣纏，滄海漫天陣雲起。《陰符》一卷孤舟裏，北斗闌干霜割耳。莫鄒莫鄒吾老矣，中夜悲歌遠游子。

荔支園

涪雲淡沱涪山蒼，涪水色凈如瀟湘。天寶故園有遺迹，峽寒夜雨嘑奇鶬。猪兒入帳令公老，劍南歲進仍充綱。先帝貴妃兩寂寞，臣甫再拜涕泗滂。安知蛾眉死報國，馬嵬白土今餘香。猶勝天崩地亦裂，攀髯珈翟號寃霜。佛堂梨樹本心願，從此六飛還帝鄉。金粟先歸不同輦，環佩華清愁洞房。龍摧鳳殄萬古恨，淚枯黄竹瑶池荒。孤鸞弔影更沈痛，菱鏡塵封埋上陽。人生有情不相忘，碧海易填雲路長。八駿升仙玉瑄墜，苕華斷盡詩人腸。戎瀘江津錦樹密，涪州百歲無人嘗。山靈豈解别憾苦①，不遺嘉果生炎方。

北巖

江平山倒鏡，拂黛野航小。隔水如可攀，繫舟乃縹緲。涪翁洗墨處，乳泉蔭寒篠。彎環石橋短，詰屈蘿逕繞。古亭留碧雲，開窗俯樹杪。浦溆涵煙空，風帆亂沙鳥。城郭在下方，禪洞自深窅。幅巾點《周易》，竹露滴清曉。幽禽時一聲，嵓花落多少。

①「憾」，《勘誤》改作「恨」。

涪州舟中夜雨獨坐

涪陵水落雙魚出，腸斷刀州錦字緘。拔笋山如游下寺，劍門外有下寺，山水佳絶。糝落路似入中巖。緑榕滴雨敲篷袂，紅燭摧花落枕函。自笑龍鍾三十九，漁簑不合换朝衫。

平都山

臨江浸水蒼玉屏，滴翠流丹迎客舲。仰見樹杪開窗櫺，未至十里聞風鈴。王陰仙館何清泠①，瑶房夜敞蒼巖扃。青牛晴臥芝上石，白鹿霜鳴林外亭。麻姑不來海波淺，琳宫別淚空流熒。東坡居士能攖甯，東坡過此遇道士，問以丹訣。早知羅綺紛羶腥。北扉南海晚鍊形，華髮竟隨秋葉零。我亦夙讀金碧經，當時一句師邊聽。垂簾却埽常惺惺，静觀煙縷翔伶俜。迴光返照游冥冥，沐日浴月交始青。兩半同升相合并，川流滙海百脈停。東華郎君飄紫霞，白練姹女乘素軿。兩情愛戀歸黄庭，蟾輝滿江微殷霆。酥凝朱橘甘而馨，刀圭入口長延齡。河車罷轉藥罏冷，泥丸九宫飛皓靈。十年詩酒醉不醒，坐慚元穎行星星。翰林草創大還去，眉山辭賦猶哀螢。仙才自古出蜀國，幾人真譔新宫銘。邇來世路尤拘囹，安得白晝生羽翎。徙倚危欄一灑涕，沙頭落日沉寒汀。

①「泠」，尹本作「冷」。

宿酆都城下

巴東煙水白茫茫，那得高樓一望鄉。獨伴寒沙雲外雁，江鳴夜雨宿龍牀。

花林驛

炊烟散沙步，江寒晚來白。新月黄不明，浦風竦將夕①。黤黤波浪心，泛泛鄉園迹。古戍早閉門，落葉滿磐石。角聲漸已遠，寂寂花林驛。

忠州

滿屋江聲白傅祠，東坡東澗少人知。千年只有巴臺寺，晴鳥寒猨和《竹枝》。
水上城門石上樓，初冬蒼翠勝渝涪。江山黯淡多遷客，雲物凄凉近峽州。
山下空江氣不平，山頭古墓野花明。荒城夜嘯長沙鵩，應爲曾經葬賈生。

十月廿日，舟泊南浦，渡江訪岑公洞。歸，游西山太白巖，便道過魯池，讀山谷及南宋人諸題記，賦詩以紀歲月

資州東巖廖家院，大暑晴天落飛霰。北巖滴乳澄碧潭，翠竹蒼松映深殿。岑公輩行亦兄弟，洞口江光

① 「竦」，《勘誤》改作「颯」。

時隱見。輕舠晨出龍窟來，雲濤没身莽上面。朝陽已高霧未散，水氣山嵐籠一縣。發興獨往童僕留，平生好游游欲徧。西盡邳鄢東朐腮，登高凭檻空色變。天生方城作巨硯，天生城，山名，在城北。江流一疋好東絹。想見局終長嘯山月來，醉臥巖龕雪珠濺。暝禽催歸暮煙亂，魯池久淤餘古堰。荒陂野水散漫流，敗蒲蕭蕭朔風戰。湖塍層疊西天衣，老柳枯條不成綫。石梘清流如竹箭，當日傳盃足芳讌。誰注香篘送蓮葉，好擲飲籌走花片。漁磯刻字多摧殘，細讀所云猶健羨。海棠桃杏五百本，亭榭環湖極葱蒨。摩圍故迹成寒灰，歸市低檐一燈顫①。掛冠不得窮神仙，散髮何當肆游讌。勞勞竟日聊自娱，蘸取雲藍入詩卷。

野泊聞長年譚其村人近事感而賦此

萬木臨江激怒濤，灘棱鬬水夜嗷嘈。虎牙銅柱因風折，鼊背金箕積雪高。鼊背梁、金箕碚皆峽路險處。鬖髿病妻秋後去，破線稚子夜深逃。芙蓉城裏花爲屋，肯信人間有石壕。

舟夜不寐

中宵水氣夢魂凉，襆被年深有斷香。厭對巴歌聊止酒，漸聞楚語覺離鄉。西南天遠多長夜，夔峽山高易早霜。何處琵琶彈出塞，漫空飛雪下瞿唐。

① 「燈」，尹本作「登」。

舟望

江城十月蒼，遠郭見新黄。山暖煙嵐潤，霜清橘柚香。峽門驚北客，瘴霧近南方。灩澦聞如象，天陰出水長。

泊舟絶句

峽路蕭條估客稀，青山相向掩柴扉。秋雲來去無拘管，只有空江白鳥飛。

風高水咽撥絃遲，白帝城頭月落時。問到近來憔悴甚，一聲紅淚筯雙垂①。

寄家書

重灘節節送離愁，送到瞿唐水逆流。欲借東風寄鄉淚，莫教吹不過嘉州。

望峽

兩厓一斧劈②，三峽此門開。天從蜀分破，山自楚中迴。雷電煙霞駭，蛟螭風雨來。鎖得愁人淚，勞他灩澦堆。

① 「筯」，尹本作「筋」。
② 「兩厓」，原作「雨厓」，依尹本改。

三峽堂側有小亭，正臨灩澦，俯瞰峽門，江聲悲壯。山僧餉茶果，裵回瞻眺，

還拜昭烈、武侯廟

先主吞吴此出師，空亭坐想託孤時。松低遠嶺僧歸小，葉下高厓鳥救遲。峽影東西隨日轉，江光來去逐雲移。長吟抱膝無人見，瘦骨竛俜天四垂。

夔門

東逝竟難挽，長江終古哀。不教雙壁坼，應使衆流迴。斬斬二州斷，洶洶全蜀來。蹴天濤没日，裂地石轟雷。駮翠凝霞骨①，堅蒼孕鐵胎。衝冠髮成樹，鬥戟血殷苔。浪激翻渝舞，巖荒幻楚臺。瓌瓏鬼匠巧，皴皺巨靈猜。潑絹嘘煙氣，刳雲斲硯材。狂瀾漫猖獗，一柱障虺隤。

東屯

東瀼小摇落，東屯霜已凄。石門山木合，茅屋水雲低。草痺蛟涵卵，泉香麝曝臍。杜陵生理拙，冒險惜阿嵇。

①「駮」，尹本作「駁」。

聞説

聞説施南路，雲邊一角孤。石容人迹半，徑與鳥飛俱。店小門多栅，山高箸似壺。遠遊何所得，波浪與崎嶇。

瞿唐峽

自北有劍關，惟夔實東户。雙扉闔瞿唐，射鐵敵萬弩。鋭角斜入天，欹壁壓水府。呀然鬼門裂，一雷遂終古。衆流各歸喉，咽急久吞吐。棹歌散虚谷，激宕立氷柱。陰森顥靈氣，空濛化飛雨。礒碢幽堂隍，嵚岑幻樓櫓。曾巢杙懸巖，百歲不踏土。未知青本圓，仰視劃兩斧。羲和畏廉鍔，朝曦上亭午。浮航觀鑿痕，神功念微禹。

峽中

山高錯昏晝，日隱誤東西。不覩來舟上，方驚去路迷。碧蒻承絳萼，綵樹憶丹梯。忽憶朝天峽，江空杜宇嘛。

巫山縣

神鴉接食暮喧喧，月上箜篌見峽門。夢境至今疑故老，荒臺何處望中原。笛聲神女新移廟，花落明妃舊住村。無限雲山好樓閣，楚王宫殿在黄昏。

南陵

一百八盤上，路危雲氣扶。猿聲翻日下，人影到天無。峽石中分楚，山城舊姓巫。故宫何處是，落照滿寒蕪。

晚登巫山縣城

神女廟南峽，楚王宫北峰。路侵空色破，山入照痕濃。鸞鶴仙壇駐，笙簫月夜逢。家書祠下寄，硃押第三封。

訪高唐遺址

山頭楓葉早蕭蕭，城外清霜濕板橋。楊柳已無金縷態，向人猶學楚宫腰。

巫峽

坤維鎖鑰複，茲山秉炎德。大風吹火城，斜正各異色。邃古龍蛇鄉，戰鬥今未息。上合愁無天，旁坼疑有國。頂浮不盡青，趾臨萬仞黑。峰巔暫燈小①，星點朱鳥翼。野燒蒼梧南，獵響夢澤北。春雨靈旗翻，仙璈玉軿食。巫咸去已久，九閽遠難即。薄暝湘娥來，神鴉亂如織。

① 「暫」，《勘誤》改作「暮」。

書所見

峭壁稜成瓣，奇峰瘦更纖。蓮囊丹粉擘，笋籜紫茸尖。射日塗金粉，排雲擢玉籤。怪來踰十月，四顧火炎炎。

獨泊

獨泊巫山裏，巫山映水低。青天明月夜，峽口一猨啼。十二嬋娟影，煙空鏡不迷。彩雲宿何處，東下渚宮西。

冬暖

冬暖霧冥冥，山高四面屏。天光落疋白，石氣合空青。卓午升初日，終年識數星。何人碧巉上，爲築小茅亭。

萬流驛

崎嶇出蠶叢，今晨脱虎穴。故巢岷山松，回首驚魄裂。兩年墮漆室，所向觸頑鐵。舉足逢巴蛇，磨牙吐赤舌。陰風走魑魅，深林嘯饕餮。江邊破茅屋，路有食人血。間關幸無恙，樂土已聞説。險盡復思鄉，蜀江又嗚咽。

飯

峽中如屋裏，兩壁色蒼然。岸絶各收纜，潭平横放船。巖花飛硯水，石樹散廚煙。知遇潯陽客，新瓷白似䌛。

逼迮

逼迮過雙隄，高崖灌木齊。峽飛人影下，山壓鳥聲低。落日藤身縋，晴嵐谷口迷。不知巫峽裏，何似武陵谿。

官渡口迴望巫峽

舟出陰窟來，始知天宇空。迴顧金碧亂，洞口深濛濛。水氣接夕陽，山嵐成綵虹。不緣甫身歷，謂與桃源通。峰遠愈娟妙，巖高隱穹窿。但聞青靄奔①，蹔翠雷而風。西上峽勢交，沂江如已窮②。雲鬟更有憾，不見烟雨中。

① 「靄」，尹本作「泝」。
② 「沂」，《勘誤》改作「泝」。

巴東秋風亭下感寇萊公故事

鶴相焚符萬羽趨，令威遺種近糢糊。鼾聲能退澶淵寇，會計方籌景德租。閻馬後來悲白雁，李牛前事泣黄壚。崖州更比雷州遠，落得當時一拂鬚。

過歸州見梅

北風吹雪向江斜，人鮓甕頭梅破花。月瘦孤芳墮汨水，霜清絶艶埋胡沙。楚王城有賣薪市，宋玉宅歸沽酒家。素髪飄蕭歲云暮，荒山寒日天之涯。

白狗峽似瞿唐峽而小

江門似箜篌，峽門山甚似巫峽口。及入乃夔峽。風雨山盡呼，草木石皆甲。斜稜刷鐵翮，剪水欲歸脇。長劍上掛天，地弱愁一插。香雲起藏帙，落月墜古匣。巖隙有物，如叠木片，俗謂之兵書峽。洞寒狖啼苦，波動鳥飛怯。智者所施巧①，愚者謂藏法。何時梯青空，捫霜試銅鍤。

將至新灘

江漲峽生潮，浮尖礙斗杓。日光穿穴下，灘氣隔山摇。險塞張儀割，空陵白起燒。憑窗正懷古，一浪

---

① 「巧」，尹本作「功」。

上青霄。

空舲峽似巫峽而小①

灘雷逐我下，峽雲拒我上。陂陀坑不平，低昂石如長。連峰恥相似，萬彙盈一想。甯識鴻荒初，器物已成象。花開霞外明②，楓落日邊響。赤嶠山君眠，紅泉木客賞。菌芝結華蓋，崖下有物纍纍，俗謂之馬肝峽，蓋石芝也③。藥草挺仙杖。腰斧尋黃楊，行矣吾獨往。

陽景

陽景爛葳蕤，峽平舟轉遲。壁泉生鐵鏽，石髓結雲芝。象飲猿行鼻，猊蹲鳥没耏④。鴻濛觀物化，大造豈忘疲。

屈溪

一綫下雲端，巴江學七盤。石梁龍出骨，峽葉馬垂肝。藥餌去鄉少，病身行路難。蕭蕭數莖髮，危影

① 「舲」，《峽江灘險志》卷下作「岭」。「峽」下《峽江灘險志》卷下無「似巫峽而小」五小字。
② 「霞」，《峽江灘險志》卷下作「露」。
③ 「蓋」下《峽江灘險志》卷下無「崖下」至「石芝也」十六小字。
④ 「猊」，尹本作「⿰犭皃」。

落風湍。

黃牛峽

通陵望黃牛，屏風蔽古廟。及至黃牛下，不見人牛貌。連峰抵南沱，江轉石益峭。兩崖峙仙掌，蘚斑亂蒼縞。欲盡久不盡，後出乃愈妙。梢公立挾舵，漁翁俯垂釣。造物甯有心，遠觀偶相肖。怪石橫長隄，鏤刻穿萬竅。惜哉少亭榭，水落平在窖。出險心已疲，浩歌理煙棹。

憶峽一篇寄季濉

閉眼見夔門，半月耳尚聾。灩澦三足罏，萬鼓環而攻。赤甲樹赤幟，拂日鏖半空。白鹽竦雞冠，俯啄相雌雄。陰隧剖山腹，聲孕地底鐘。難忘幾人家，穴壁如牛宮。石骨色灰冷，坦腹點碎紅。毛生盡向下，髮舉知有風。兩崖初膠連，刻玉鑿成峽。陰陽判凹凸，片片各皴法。譬若手擘瓜，瓤瓣兩分貼。又若蒼皮松，尺寸礫鱗甲。汝昔游華山，蓮花拄其頰。一石五千仞，儷峽祇腰脇。滑不受雕鐫，此則有層疊。中峯似仙掌，縐透巨靈掐。裸胛童其頭，此則有鬚鬣。劍門汝亦見，鋩刃畧比肩。武庫倒地上，此則鮫窟蟠。雲根插古井，深黑生尺瀾。尖影布游魚，瀺灂夜不安。二劍皆面外，三峽皆面內。峽奇出蜀驚，劍好入蜀愛。吃虛陸務觀，衹見西子背。虓愕始下牢，至此反息喙。豁然大溪口，緩櫂心少愉。猶遇惡鬼攫，時復捋虎鬚。惡鬼堆、虎鬚子皆險灘。束竿轉下馬，束竿嘴，夔關於此驗放客船。下馬灘大水亦險。望望瑤姬廬。天地又一閉，身入壺公壺。峕崒亂飄墮，上值媧皇罏。滲鐵癩以竅，累卵成奇觚。將星所墜處，石至今猶趒。入峽門五里趒石，南霽雲生於此。鳥飛霞外響，狨坐日邊嘯。硐户羣山魈，追飛上孤峭。茅茨祀神女，廢址久無廟。巫峰十二筍，朝雲最娉婷。修纖美人立，揚袂風泠泠。舟輕一鵲過，惟見九叠屏。猢猻遞銜尾，繩牽下青冥。從天落巴東，一葉舞牛口。岸束水生脊，中高白蛟走。盤渦學髮旋，鼓濆大盈畝。滿江壯士眼，飛櫓不在手。歸州不可泊，新灘不可下。歸州人作鮓，新灘浪如馬。舟與汨俱入，崖斷繦亦捨①。良久乃上浮，没頂滴腰髁。屈溪望黄陵，山遠水石清。嘗訪諸葛碑，再過殊有情。緘發大峩茗，速覓汲水罌。廣寒玉蝦蟇，竊酎腔彭亨②。菭衣羃背皴，不躍亦不鳴。罰處巖穴間，中有何不平。開口吐月汁，銀綫垂長纓。菡萏開石華，巧碚世未見。蓮花碚在萬縣上。峽窮譎不盡，意外逞奇變。鏟削太湖礓，磨洗海嶽硯。合砌十里城，平浮帶横練。峽固以石怪，石有峽亦全③。風箱錮肋罅，刀笠驅牛前。古櫬髹漆存，覆釜旁黔然。我漱齒隙行，蜕骨遮蜿蜒。每思坐篷頂，倒望得久延。頗恨半月游，未攬四序全④。方春卉初胎，石膚發茸翠。花葉衣老醜，獰惡轉嫵媚。夏木雨後濃，江面蒙緑被。瀑布曳九天，萬尾玉龍戲。秋高崖竅出，藻繢霜氣晴。碧空斷靈吹，竹枝聞月明。我來皆在冬⑤，再見堆瑶瓊。如鏤木假山，聚粉塗崢嶸。阻風西陵前，寄書大雷缺。我心已化峽，目隨碧千折。何暇記驛程，借詩爲汝説。三峽實有五，夔短巫則長。白狗僅數里，空舲二十强。黄牛視空舲，長亦兄弟行。黄牛本非峽，峽始南沱旁。清絶四百里，繇邈名歸鄉。巫亦斷續三，長短差相方。鐵棺與門扇，風雨通巫陽。山靈各争勝，所惜無平章。夔専巖壁奇，巫挾峰巒

① 「捨」，尹本作「舍」。
② 「亨」，原作「享」，依《勘誤》、尹本改。
③ 「石」，原作「世」，依尹本改。
④ 「未」，原作「末」，依尹本改。
⑤ 「冬」，原作「東」，依《勘誤》、尹本改。

勝。白狗夔之孫，空舲夔之媵。瞿唐猛將怒，訾裂雷電横。巫峰擅衆妙，剛柔劑天性。磊落偉丈夫，冠劍對古鏡。窈窕幽静女，袨服明且艷。南沱獨别出，秀峭自澄映。文章不容複，後旅固云勁。語汝看山法，妙處隨步移。面面各異態，久側翫益奇。高下既殊觀，遠近非一姿。故知舟行駛，不如步行遲。瞿唐顛趾奇，巫峰奇在上。巫峰遠近好，空舲遠神王。黄陵趨下牢，近乃夾仙杖。夔巫若留客，内抱力挽臂。黄牛若送客，儀導列兩翅。歸峽亦逆上，面目兼二致。佳客留不能，漸已有送意。夔壁爛五色，滿額塗濃粧。金碧開北宗，吴李猶面牆。巫中設色淺，明睞璚煙霜。猶然見荆關，未遽董巨倡。歸峽色較黯，玉躞薰題潢。黄牛出新意，璧白斑痕蒼。細碎作米點，秀潤疑襄陽。汝嘗受詩法，威叔解畫理。同舫與細論，當得詩畫髓。獨游聽猿啼，淚落女兒子。吾詩即圖經，船窗閣棐几。倘欲訪巖竇，玉虚我久聞。蝙蝠大於扇，鐘乳白勝銀。仙人雜猛獸，百狀羅紛紜。更有杉木瀼，上近青石洞。桃花十月出，古春在深甕。獵幽失其尤，苦爲榜人弄。汝來當繫舟，無使後勞夢。香溪碧於黛，北自興山來。環合儼洞口，入谷天容開。聞説最幽曠，野浄無纖埃。矗獷蠻荒中，乃産絶世才。沉湘與出塞，遺迹萬古哀。汝來試一訪，足慰好古懷。三游元白題，草棘荒莓苔。蘇家父子并，而我兄弟乖。悵惘下夷陵，安見秦時灰。前年離峯亭，威叔曾我許。割山可數叚①，分劃挂四堵。此行百倍之，粉本不可數。威畫汝作詩，署作峽行譜。大笑春明門，擲我百疾愈。黄塵輥赤日，但與峽山語。

① 「叚」，尹本同，當作「段」。

後感興十二首

中朝龍朔紀元年，錦瑟春愁廿二絃。英國女主道光辛已生，壬寅内犯，時已寡居①。南極鼓聲飛銕舶，西方鬘影上金錢。雲低鐘阜天如墨，草入蕪城雨似煙。一卷北盟猩印在，傷心江上麗華船。中英和約後署「大英國大君主」②，蓋印於江甯城外麗華船上。

天南銅柱蘚花摧，浪泊飛鳶跕跕來。唐代衣冠夷九縣，漢家將相望三台。桄榔林外山城閉，翡翠巢邊海市開。猶勝沖繩舊兄弟，日本滅琉球，改沖繩縣。飄飄鯨島更堪哀。

彈丸吹挂榑桑枝，三十六家歸路遲。鼇背負橋迎册使，龍涎染殿引朝儀。飛章北渡求援夜，長跪東華請命時。容得包胥連日哭，當年豈不畏吳知。琉球遣臣跪東華門外③，伺大臣入朝，慟哭求救。慰之云：「禁聲，恐日本使臣聞也。」

山開銅壁下江波，南紀雲煙屬尉佗。霞璽閉關滇路少，砂牀轉海越裝多。緬甸産翠玉寶石，由騰越入關。既爲英國滅，改由海道入粤，雲南遂不復見。象蹄黑水皆能舞，鳥入朱方自解歌。莫問五華春草色，驃王宮殿亦蓬科。

---

① 「辛已」，尹本同，當作「辛巳」。按：維多利亞女王生於一八一九年，時爲嘉慶己卯，壬寅（一八四二年）時亦未寡居，毛氏所記有誤。

② 「中英和約」，原作「中央英約」，尹本同，依《勘誤》改。

③ 「遣」，尹本作「遺」。

神京左臂似條支，八道荒寒異昔時。秦殿僅餘殷版土，海東猶見漢官儀。雞林向日山先曙，龍節朝天水自隨。箕子墓前聞夜哭①，三韓王氣賴扶持。新聞紙中載有是事。

崧嶽蕭蕭鴨緑春，羈囚院主自霑巾。非關拒父難歸衛，恐有横人欲借秦。三國陰謀分鼎急，九朝盟府載書新。碧啼館外山如染，莫遣飛花駢點塵。

緑榕城外赤嵌東，横海樓船萬里風。馬尾侍臣持虎節，鯤身名將守雞籠。莫言賈誼原無策，不信田單竟少功。急水門高殘壘壞，骷髏春戴野花紅。

日晚蒼梧畫角愁，南交八桂亦驚秋。蕉風箐雨臨關驛，榕葉梅根近海樓。不有揮戈來象郡，豈無走舸下龍州。唐衢痛哭終何益，徐福求仙死即休。

十六年間再失機，庚午法酋被禽，乙酉巴黎内訌。國人黨部勢終微。吐蕃僧別紅黄寺，大食兵分白黑衣。捫足竟能師死詐，裹屍何幸得生歸。孤拔戰死，粤撫退軍，關遂不守。將軍大樹春來晚，犵鳥蠻花一半非。

憶諫單于不許朝，槍竿飛礮蜃樓銷。灤河木葉張黄繖，海淀宫花落碧簫。鑄鐵高臺空睥睨，停輪荒島任逍遥。北塘秋草年年緑，腸斷名王八里橋。

聖人先見盧婆羅，不唱開元《得寶歌》。乾隆中即有「千百年後西洋人或爲中國患」之諭，又屢經閉關停市。長白東迴靈氣聚，點蒼西望瘴雲多。松窩漸蹙三陵近，礦硐新開百甸過。雪涕崆峒弓劍冷，中原自古好山河。

絶漠東西萬里沙，天教一綫限中華。風高定界頻移石，雪盡開關歲買茶。秦國地形真大鳥，吴宫陣勢

---

①「夜哭」，尹本作「哭夜」。

似長蛇。氷疆海徼輪帆遍，季子《陰符》費齒牙。

泊宜昌

江上荒城長緑苔，二千年事去難回。風前楚火兼星亂，雲外巴船帶月來。鄉信更無寒雁寄，吟聲空和暮猿哀。洛陽才子頭今白，不到長沙意已灰。

繫舟古柳下夜聞雷

高柳依茅店，孤舟獨夜情。雷聲穿峽遠，電影劃江明。世事行多難，吾生久厭兵。沙鷗飄泊慣，水宿報殘更。

宜都遇大風雪

折蘆病葦滿飛絮，朔風吹船過江去。臨江古縣愁雲多，城上寒山城下渡。篙師醉眠大魚怒，明發枝江向何處。九十九州腥霧黄，烟開不見公安樹。

過湖

平湖如碟子，水淺小山多。漁舍依山麓，門前盡種荷。柳旁垂釣石，松下鬥牛坡。舊泊籬根處，霜晴晒緑簑。

出沌

七澤疑爲一，連峰鎖似城。江濤寒更壯，山翠晚逾明。白鳥銜烟破，紅燈映水清。沙頭有人語，風起誤潮生。

發武昌

落帆鸚鵡洲，長嘯黄鶴樓。樓頭不見月，空鎖漢陽秋。乾坤正鼎沸，苦爲蒼生憂。手持顧榮扇，獨凭欄干頭。欄干影落處，海西歸客愁。長江一掉尾，淚下不可收。世事如雲浮，大江日夜流。棄擲白羽箭，飄飖青翰舟。解維指樊口，狂歌呼仲謀。霸才何寂寞，萬里風颼飀。雪點繞朝策，霜欺蘇季裘。佳哉緑玉杖，且作廬山游。

望廬山

五老搴絳旗，霞標指南紀。湖光若牽動，金翠摇不止。石鏡蘊煙虹，松門響雲水。仰見屏風叠，明錦張天倚。飛梁挂日上，懸瀑垂月裏。峰峰生紫煙，香罏何峰是。醉吟丹竈壞，供奉草堂圯①。惟有東林鐘，説法聲未死。他年訪道去，下看雪山起。萬顆珍珠簾，一漱清心耳。

① 「奉」，尹本作「俸」。「圯」，尹本同，當作「圮」。

望皖公山

袖有廬山雲，放之過江北。江北多仙山，山山有佳色。青峭數峰好，巉絶獨清刻。落影入酒盃，一吸蒼胸臆。天門楚煙外，赤城海霞側。南風吹木瓜，五松笠如墨。長生學已久，無生不可得。齋堂異人在，何日生羽翼。

望九華山

黄山千萬峰，五色石蓮花。九華九紫笋，脩纖故夭斜。飛舟大通下，翠嶺奔龍蛇。九峰獨刺天，潑黛掃日車。長空孤鳥南，隱没彩錯霞。霞氣舉山起，高若倍有加。華頂生青煙，疑是天老家。腰佩黑翢符，過海路匪遐。自下峩眉來，金鼎枯黄芽①。長揖新羅僧，去去令人嗟。

揚州

春歸無處問瓊花，刼後紅橋有斷槎。祇賸竹西亭下月，一彎眉影玉鉤斜。寒鴉元不管興亡，枯柳燒空廢寺荒。禪智山光亦凄黯，更無螢火入雷塘。

① 「金」，原作「全」，尹本同，依《勘誤》改。

清江浦

露筋祠北水雲和，無復揚州《子夜歌》。石埭斷雲懸古畫，珠湖寒水熨秋羅。日斜海戍平蕪遠，霜落淮天病葉多。風作濤聲沙起浪，路人猶説過黄河。

趙北口

柳下漁舟大似瓢，湖冰如鏡雪初銷。馬頭貪看西山色，忘數紅欄十二橋。

偶成寓觀音院作

晴窗風潤墨華滋，狗監無人試筆時。燕子夢沉春寂寂，僧雛曝暖日遲遲。黑頭王掾行將老，白髮潘安有所思。强殺龍荒荷戈手，碧桃花底寫烏絲。

都門夏感

王氣千年擁百靈，太行東折應垣星。三更海色宫門白，六月山光禁苑青。雲上金臺多古意，風迴碣石發秋聽。罪言欲草心先醉，一出承明更不醒。

穉瀣詩集卷第六

仁壽毛澂叔雲

海岱集

憶岱

我昔登泰山，飄飄若飛起。一石隔日月，高高去無已。登封古臺上，山門曠可喜。青垂天一圜，海光半環耳。回頭望西崑，彷彿排玉指。左挾長江流，右掖黄河水。中原落井底，亂絲繞堆米。皇霸争一枰，古今沸羣螘。側想軒轅來，六龍自天委。雲車滿空際，羽葢行復止。端冕臨吴閶，劍戟九萬里。自從鼎湖去，五嶽盡波靡。玉女葬寒雲，仙官泣多壘。蒼苔滿馬迹，松風號石齒。惟有山色在，夢想成緑痞。聞種石上桃，花胎大如李。今朝尺一至，鶴背宜復爾。濯足滄海濤①，青鞋從此始。

夢游嵩少

嵩山如眠龍，蜿蜒顧西土。少室如蓮花，跗萼向天吐。潁南青百里，螺髻出環堵。山城嵐氣中，金翠

① 「滄」，《岱粹抄存續編》卷七作「蒼」。

滿牕户。風來戒壇鐘，雲送少林雨。溪東太白月，萬古照玉女。欲求半畝宅，清潁繞堂宇。瓢飲逢許由，牽牛遇巢父。夜夢游神清，苔香醉仙府。醒來何處笙，鶴背煙中語。

夜歸

暝上高原百草枯，西風大澤響萑蒲。椎牛小市荆卿劍，彈雀空村石尉珠。林裏秋燈星隱見，車前野潦月模糊。荒城一夢三年過，歸去柴桑松菊蕪。

梁王臺

淮陰落魄此成功，兩地高臺一望中。生死君王輸妾婦，古今盜賊幾英雄。緑林縱恥重亡命，白髪何妨再釣翁。巖道山多銅可鑄，不應西去更求東。

登樓

人稀市散北風號，古寺歸鴉亦寂寥。青塚城邊寒漠漠，白楊郭外響蕭蕭。三年薄宦餘詩卷，半世浮生付酒瓢。懷古登樓一搔首，梁王臺上戰雲高。

捕盜宿野市

腰下魚腸短鹿盧，草間狐兔夜驚呼。乍投茅店聞雞唱，欲向荒街覓狗屠。故國唐虞無剩瓦，戰場劉項有寒蕪。匈奴未滅家何在，一校鄉亭老郅都。

出郊有感

一龍飛去入關中，王氣銷殘泠沛豐。泗上亭留妖鳥宿，汜陽壇作野狐宫①。枯桑風急寒雲白，遠樹天低野燒紅。楚漢英雄膹秋草，高原秋草亦成空。

梁王臺新祠成設祭歸途之作

寃氣蒼茫鉅野東，老梟枯木各呼風。哭聲頭下空臣節，戰績身前是狗功。戚堌荒祠殘碣在，項城疑塚暮雲空。項城有武信君項梁墓，今不可考。楚人積粟燔何益，贏得遺臺膹土紅。

捕賊夜歸宿野店

射虎歸來欲四更，長亭下馬月微明。牀支夜合花前坐②，又聽荒雞第一聲。

獨游入古寺

蝸文寒磬倚枯杉，鳥語無人犬睡酣。壁上紅箋書外出，房門金鏁落花黏。

---

① 「汜陽」，尹本作「氾陽」。

② 「牀支」，《勘誤》改作「支牀」。

夢歸

羽衣飛過大河流，下瞰陳倉舊酒樓。華嶽空青鐘半夜，劍門深碧月中秋。峽雲香散三千里，峨雪光寒四百州。鶴背何人坐吹笛，相逢笑語錦城頭。

送人入黔

亂後人稀道路難，播州西去好加餐。花如鸚鵡紅雙翦，山是螺螄碧百盤。天到牂牁常夜漏，風來駱越少春寒。鬼方莫道無名迹，萬仞摩崖立馬看。托代購紅崖碑拓。

登秦觀峰觀秦碑

不見齊州半點烟，混茫元氣合巖前。雙珠下躍天光倒，一粟空浮地影圓。北望皓疑冰海雪，南來紅想瘴雲船。秦皇自恨兵威小，留石峰頭待萬年。

日觀峰疊前韵①

封中玉暖日生烟②，縹緲扶桑拄杖前③。遠翠數峰三島出，空青一氣九州圓④。何當過海雲如地，徑欲乘風石作船。蟣蝨小臣頭已白，夜壇束脯學祈年。

再疊前韵

逸興何人似謫仙，醉騎白鹿過山前。際天碧海浮雲捲，入塞黄河落日圓。路古舊聞松化石，池空曾見藕如船。安期老去文成死，誰見元君入道年？

三疊前韵

杖藜宜倚斗牛邊，呼吸應通帝座前。八極浮沈旋不定，兩儀高下蕩成圓。崑邱霞色中宵火，銀漢濤聲上界船。若到天門飄一唾，散爲花雨又千年。

---

①「日觀峰」下《晚晴簃》卷一七二無「疊前韵」三字。
②「暖」，《岱粹抄存續編》卷七作「煖」。
③「緲」，《岱粹抄存續編》卷七作「渺」。「扶桑」，《晚晴簃》卷一七二作「無雙」。
④「州」，《岱粹抄存續編》卷七作「洲」。

乾坤亭四疊前韵

犧媧巢燧只荒煙，嬴蹶劉顛在眼前。横斷青徐成晝夜，中分天地識方圓。徒聞告代多金簡，肯信飛空有銕船。欲抉浮雲望西北，乾坤今日是何年？

泰山御幛坪石亭銘①

萬石蕉嶢，矗天列屏。獨坐無人，松風泠泠。九天卷練，濺雪滿亭。月上東嶺，我醉未醒。海風驅雲，海霞夜明②。絳草朱松③，丹巖赤城。倐忽陰陽④，吐歙日星⑤。秋雨洗嶽，天地一青。

宿岱頂

窮愁突兀積千端，到此心開眼一寬。環海東西圍匹練，低空日夜走雙丸⑥。三更水樂鳴松澗，五色香

①「幛」，《岱粹抄存續編》目録作「帳」。
②「夜」，《岱粹抄存續編》卷七作「月」。
③「絳」，原作「绛」，尹本同，依《岱粹抄存續編》卷七改。
④「倐」，原作「儵」，尹本同，依《勘誤》、《岱粹抄存續編》卷七改。
⑤「歙」，原作「歛」，尹本同，依《勘誤》、《岱粹抄存續編》卷七改。
⑥「夜」，《岱粹抄存續編》卷七作「月」。

雲起石壇。獨有茂陵秋雨客，每來搔首望長安①。

之官濟陰次辛莊送人登岱②

君登嶽頂瞰扶桑，應笑人間俗吏忙。松影拂天秦御道，花光照水漢明堂。雲封石峪迷殘字，壇隱金泥發異香。日觀峰頭莫長嘯，一聲驚破海蒼蒼。

感春

去年春醉玉宸家，六幅珠衣五色霞。一跨青鸞下滄海，仙壇落盡碧桃花。

觀鬥蟋蟀有感

夕照金臺鬥草蟲，歸來銀甲扣雕籠。衿前繡出銷魂句，冷抱秋花嚼碎紅。丁丑京師市上李少仙中翰句。綺席平時酒百尊，曹南流落豈堪論。荒城秋草封官廨，冷月牆陰照瓦盆。竹籬疏雨一鐙涼，籬角書聲出草堂。三十年間秋夢短，西風吹上滿頭霜。

① 「望」，《岱粹抄存續編》卷七作「問」。
② 「濟」，《岱粹抄存續編》卷七作「泲」。按：「泲」古同「濟」。

續成一首

秋花秋草成秋夢，楚客悲秋又一秋。記鏁鏡籢聽似雨，飼瓜曾折玉簪頭。

春歸

嵋山錦江天下稀，游子春歸胡未歸。桐花撲簾落如雪，明月滿庭么鳳飛。

無題

萬樹妖紅遶郭斜，曹南風物似三巴。泥頭暈破新開甕，階面陰移早放衙。雛燕尾齊簾下草，乳兒粉抹鏡中花。小齋留得餘春住，門外黄飛十里沙。

七月初五日

掖垣花鳥露華清，正憶年時攧笛聲。太液芙蓉夾城道，上蘭鸚鵡御街行。衣冠東洛推裙屐，詞賦南朝記姓名。騎省秋風隔霄漢，河陽今有二毛生。

滙泉寺

畫船歸盡水猶香，寒磬高樓報夕陽。頭白闍黎行脚去，湖干春草入閒房。

題畫

斷雲幽夢逐東風，曲曲屏山有路通。燕子帶花春睡穩，杏梁斜月半巢紅。

二月二日去定陶，父老送道不絕，行四十里，至晚乃抵曹州。是夜，汜陽受命壇新亭乃爲大風刮去八九里，亦異矣

戚姬祠畔草茅青，賸有遺壇走百靈。今日大風非昔日，可憐亭長竟無亭。

海上

海上春雲絮百重，錦袍人立繡簾中。晚來月上東風急，落杏飄香一笛紅。①

泰安道中

西風吹野煙，落日照中川。青山濟南郭，白鳥汶陽田。世路行如此，吾生獨不然。一官成底事，驅馬自年年。

① 《海上》詩下原有《獨游入古寺》一詩，與前文重複，尹本同，依《勘誤》删之。

汶水西岸人家

返照出柴門，炊煙汶上村。雨來沙路暝，鐘定嶽雲昏。穫稼荒茅屋，寒花瘦瓦盆。老翁頭似雪，燈下教諸孫。

無題

夢痕如影復如絲，盼斷蓬山消息遲。隔院笛聲中酒後，小庭月色繞欄時。別來畫鏡人應瘦，立向花間蝶也癡。萬縷千條拋不得，一春惆悵是楊枝。

瑯琊臺并序

瑯琊，魯邑也。何以知爲魯邑？以在長城南知之。齊地皆以長城爲界，其在長城南者，胥取之魯，自泰山以至東海盡然。瑯琊距魯之諸邑百餘里，當即其屬地，今長城在縣南山上，故山北皆齊，山南皆魯。西自平陰、肥城、泰安、萊蕪，沂水緣長城之陽入縣境，東南直抵膠澳，其形勢蓋可以北向而制齊。然魯文弱似趙宋，終春秋之世，吴、楚、齊、晉，侵陵不絶書，猶自負爲秉禮國。勾踐監夫差之失，以爲邗溝紆滯，饋運不給，退師又難，乃改由海道，勝則登岸逐背，敗則洗足入船，用其長技，北人無若之何，魯又不知海防爲何事，取之如入無人之境。擇濱海形勝一彈丸地，砦爲根據，然後徐圖進取，得尺則尺，得寸則寸，西人滅國之術，勾踐實先得之①。齊築長城，西固

①「實」下尹本多一「實」字。

防楚，東則兼以防越，非爲魯也。其號曰都，則以勾踐嘗親莅之。至欲徙元常之墓，以固人心，意其時必與齊爲互市，是又開西人設埠之先聲。使其無死，部署既定，陸師出武城（今費縣），以與海軍相犄角，三江五湖之甲，泝嶧漢而上，以掣楚之援，齊必亡。齊亡，並海以事燕，燕舉然後西嚮，以争中原，則并天下者非嬴氏，而王氣萃牛斗之墟矣。天醉賜秦，霸圖弗遂，勾踐亡而楚滅越，齊乃取之以爲游觀地，卒之爲秦東門。三月留連，蓋有虎視海東島國之意，故徙民以習水師，不然，三萬家胡爲者？武皇繼踐，豈亦將迴姑衍、狼居胥之旆而改向東溟乎？乃司馬遷怨茂陵而及祖龍，遂并其保境殖民萬世之偉績舉非刺之，宵儒甘其毒唾，萬喙雷同。自永嘉後千餘年，無百歲不被四裔之禍者，猶不知悟，甚乃以《越絶書》爲妄。嗚呼，倘三雄而在，豈有神州陸沈之患哉！

臺三面臨海，南百餘里，三峰聳起海中，如列屏障。日照、莒州、海贛諸山峙於右，膠州、即墨諸山峙於左，皆牽連騰踴入海，樹牙插戟，迴青送黛，晦明朝暮，氣象萬變。輪舟往來，但見黑龍空中，連蜷南北，漁颿海鳥，飄拂出没，登者樂而忘返。然臺實因山勢高下爲之畧事堡壅而已①，無所謂「基三層，層三丈」也。馳道亦已無存，惟亭子欄近在山趾。明之礟臺，已半淪於水。附近多故烽堠，自董口來屢見之，蓋沿海延袤萬餘里，彷彿與起臨洮、訖遼左者相埒，秦漢以還，斯其後勁已。又西北十二里有夏河城，明指揮所居，即瑯琊郡國舊治。故城猶有存者，平疇沃衍，海水吐吞，於通商市舶最宜，視登、萊殆又過之。古人建立都邑，其識豈可及耶！

萬曆時，縣令顔悦道於臺上建海神廟、禮日亭，而四時主祠缺焉。亭久圮，廟亦廢，土人搆茅屋三楹，庳陋不蔽風雨。予到官五十日，適俄艦越日南，指臺澎，大府檄飭戒約海上，得一宿焉。既爲詩，謀復廟與亭與祠之舊。尋上蔡書石，則五年前爲風霆所碎，久且散失，擬合而固之以銕，且將繪三雄遺事於壁，以遺後之游者，幸勿誚爲徒侈山海之觀也。（光緒三十一年三月二十八日宿臺上。）

① 「堡」，《勘誤》改作「培」。

蒼龍拔地起，盤拏戲東海。萬松鬌鬣張，呼舞雲濤駭。蜿蜒跨其脊，徑仄愁風擺。俯仰臨高臺，寂寥幾千載。秦石既已頹，漢瓦亦無在。山陰小茅屋，桃花破紅蕾。陽燧昇宵光①，陰火發晨彩。意欲窮南溟，虎嘯午未解。海濱人謂霧爲海虎。忽聞警蹕至，潮聲尚相紿。斜陽下山去，恍惚人世改。

曉登禮日亭

吹開萬里霧，一躍九州紅。扶桑吐華彩，金紫滿天中。秦皇叱石起，跨海駕長虹。雄圖悵已矣，浩嘆落西風。

海上歸次石門作

看盡膠西海上山，千重紫翠夕陽間。巖心樹緑知樵棚，礁角旗紅識榷關。潮退村邊人涉緩，雲歸島上鳥飛閑。吾廬亦有瑯琊柳，頭白淵明尚未還。

游障日山寺

翠旂低亞海東偏，故國峨嵋尚宛然。剩有江山娱老眼，竟憑詩酒送華顛。鶯花草草殘春去，風雨瀟瀟野寺眠。三十三年歸不得，更登高處望西川。同治癸酉游峨眉，今已三十三年矣。

① 「昇」，尹本作「昪」。

春盡

海近風多冷似秋，碧香何處訪新芻。寒雲帶雨歸盧洞，芳草隨人過銕溝。倦倚茗鑪成坐睡，悶尋竹寺當春游。城西不見紅千葉，孤負山東第二州。

行縣

令尹雖貧民氣樂，齋廚久冷夢魂安。茆簷聽雨翻愁曉，滿路紅香不忍看。

官道青青柳映隄，落花如絮總沾泥。陽關舊譜無人記，付與流鶯盡日啼。

盧江小吏君馬黄，處處行歌陌上桑。雉子不驚麥齊穗，樹陰饁籠有葱湯。

水複山重花柳村，牛宫羊棧接柴門。老翁扶杖頭如雪，看取新泥换藕盆。

吴綾半臂欲裝綿，已過江南四月天。海風尚寒魚未至，家家補網話燈前。

逢哥莊劉氏園看牡丹文正、文清後裔皆中落，多未歸。園，其族子所有

萬花橋畔萬花村，在曹州城北三里，滿村皆牡丹。十里紅雲照酒樽。往事已隨春夢斷，餘香猶覺故衫存。蝶來繞樹棲藤蔓，吏散臨池坐柳根。絶好烏衣舊門巷，魏莊耕稼長兒孫。

盧山安國寺

博士逃秦處，千年有故臺。洞寒松月照，殿古蘚花開。生死依丹竈，興亡問酒杯。莫言人迹絶，坡老

幾回來。

潮河城道中

烟嵐渾不似東州，馬耳峰高海氣收。百里松林漁市暝，一川燈火竈田秋。人家種竹多臨水，僧寺依山半結樓。正是清和好時景，恍然歸作蜀中游。

超然臺獨飲

我官於東不記歲，胸中蟠鬱生之而。幸辭奔走得閒曠，如脱桎梏離鞭笞。入境喜見麥苗秀，春風先已蘇瘡痍。書聲遍野訟牘少，天哀老拙真相宜。邦淇城郭好圖畫，門闌處處蘇家詩。山堂怪石散民舍，西園馬廄頹無遺。超然高臺獨無恙，臺久圮①，康熙中，蜀人羅廷璋爲令，重築。海山萬叠青鬟眉。厨傳雖空似當日，亦有杞菊療吾飢。況聞市舶百里外，吴蓴越醬香流匙。鼠姑藕栗石首上，桃花紅落銀刀肥。綾帶魚一名銀刀，海産無多於此。沙中筆管巖下月，清腴不減西家施。蟶生沙中，以細如筆管者佳。鰒附海底巖石，殻圓如月。蛤之絶美者，名「西施舌」。先生舊云本爲口，摸金校尉甯非癡？近年提地丁漕折盈餘至三四，州縣公使錢，根刷已盡。今年銀貴，罄所入不足供額解，非鬻田宅無以償州縣。求去不得，遂有不可問者。無毁無譽我所願，不烹不封聊爾爲。且學杜門飲美酒，醉後登臺來讀碑。

①「圮」，尹本、《晚晴簃》卷一七二作「圯」。

重九登常山 有序

予初度值重九，故常以此日出游。自官齊魯，在曹州者七年，乙酉、己丑，分校入闈；丙戌，在大明湖上；餘四年，皆以乏登高處，野宿鄉村。壬辰，在徂徠山中。癸巳、甲午，皆在泰山絶頂。乙未，在雲門。丙申、丁酉，在單父臺。戊戌，在峴山。己亥，在臧臺。庚子，又在岱頂。壬寅、癸卯，分校入闈。甲辰，亦在岱頂。今年乃在常山。計二十二年中，宿衙齋者，辛卯、辛丑兩年而已。筋力日衰，登陟大不如前，歡趣漸減，詩成，感歎不已。

上巳雩泉插花飲，蝴蝶作團飛錦茵。重來風物只蕭索，鞠躬老柳如迎賓。泉中天尚不改昔，泉上人驚白髮新。豆籬蔬圃夕葵外，髯翁祠宇生秋塵。家去眉山百四十，與公千載爲鄉人。未知九仙夜投宿，是否亦正當蕭辰？東坡在密兩遇重九，皆無詩。乙卯九月，賞雨中牡丹，非重九日；丙辰，有《和晁端彦九日見寄》詩，亦重九後作。自熙寧丙辰，距今八百二十九重陽矣。廣麗亭邊問遺迹，蒼苔白石悲餘春。穆陵煙樹倏明滅，瑯琊雲起如魚鱗。廿年屐齒徧海岱，浪游何處非前因。明年此日又何在？故山萬里懷峩岷。東籬黄菊久荒穢，茱萸酒冷潛酸辛。暮靄沉沉趣歸騎，笑看紅葉黏衣巾。

四時主祠望海

阿房宮殿久成灰，猶賸滄溟百尺臺。立石可能天作柱，憑欄方信海如杯。烟雲忽擁秦橋出，風雨愁移越塚來。楊僕樓船無一在，九重空想伏波才。

稺澥詩集卷第七

仁壽毛澂叔雲

附録

形勢①

南溟之隈有大樹焉②，其名曰建木。拔海而起，其本磊砢魋結③，廣三千餘里，崛而上者高二萬九千餘尺。根蟠其下，皆左旋若絲。幹蚴蟉扶疏，直達於北溟之崖④，短髮鬖然，折而東入海，復起，倒垂而入於南海。其西拂北海而倒垂於西海者二，又直入於南海。幹之東歧而横出⑤，一仰一俯，可蔽風雨，有巢氏巢

① 《（民國）仁壽縣志》「文徵」目録、卷三六題作「形勢篇」。
② 「溟」上《（民國）仁壽縣志》卷三六無「南」字。
③ 「本」，《（民國）仁壽縣志》卷三六作「木」。
④ 「達」，《（民國）仁壽縣志》卷三六作「遠」。
⑤ 「歧」，《（民國）仁壽縣志》卷三六作「岐」。

焉，是爲巢父。其他緣幹附枝、抱蒂卷葉而營搆者①，蠭房蟻户，不可以數。罣縿懸練，縈縋而下，交於泂滃，若斷若續，若出若没，大如積蘇，小如漂粟，鯷人鮫客，孵卵其族，蓋植物之初祖，植物學者之所出也。是樹也，嚮日而旋，以成夜旦；升降於九重之内，以成寒暑。東華則西實，西華則東實，南葉則北零，北葉則南零。其歲榮瘁也代更，出於東海則曰榑桑，出於西海則曰若木，其實皆一樹也。

龍伯國之大人，非大之大者也。有人焉，頭屬於天，足亦屬於天。左脇而臥，其頂圩然②，其腹皤然。右之肱横於西海，足入於南海；左臂與足屬自北海，亘於南海。一呼吸當三百六十有六日，噓而爲風，欬而爲雷，汗而爲雨，交睫爲暝，揚瞬爲午，一臥而與天終古。然其四肢之技巧，雖萬工倕輸班，不能望其踵也，而以捍其頭目，衛其心腑，無頭目心腑，則四肢不能動也。身毛而蟣其靈者，聖人之翹楚也。跂者，翼者，喙者，蜷者，蛹者，毛孔之間蠕蠕者，巧曆不能紀也。夸父聞而循其袴，五周寒暑乃徧。歸以告大章、竪亥二子，使步之紀其里，以鍥簡册。石紐之村氓③，獨捫其腹，臚所見以鑄之鼎，於是有動物之學。

西方之牧豎，露宿石上，仰而視天，見若城郭焉，見若宫闕焉，見若殿陛焉，見帝王后妃、公侯將相、卿大夫士、耕男紝女④，環而居焉。旗斿旄鉞，箕筐杵臼，貴賤之器無弗具。輦道相接，苑囿相屬，三垣、十二舍、二十八野，各爲區域。四獸相顧，如龍之騰，如鳳之翥，如虎之踞，龜蛇蟠互，乃各以其意名之。倦而

①「搆」，《（民國）仁壽縣志》卷三六作「構」。
②「頂」，《（民國）仁壽縣志》卷三六作「項」。
③「氓」，原作「岷」，依《（民國）仁壽縣志》卷三六改。
④「紝」，《（民國）仁壽縣志》卷三六作「絍」。

寢，夢海若曰：「若知天之麗，而不知海之富也。嘗試與汝觀焉。」諾而往，則見山陵、岡阜、川瀆、溝洫、林木、草卉、鱗介之外，飛走動植，家人之器，陸之所有，無弗有也。醒而駭，復倦而寢。媪之神告曰：「若見海中，而未見地中。嘗試與汝觀焉。」竪又諾之。則所見猶海中也。是故天垂象於上，而地寫之，海又寫之，地之中又寫之，其寫之也若鑑。蓋地者，應星氣者也，以爲星氣之本，則非也。

儵與忽既鑿混沌①，相與謀曰：「吾與子無所用力。此摶摶者，吾與子日履之，而不知其中之所有，盍相與鑿井乎？」乃操畚鍤而日矻矻焉。鑿之十尋，得泉而甘；鑿之百尋，得水而鹹；鑿之十里，火乃熛起；鑿之百里，噴怒不已。夫納氣於脬，刺之以鍼，氣如縷，盡則薾耳。刺之以錐而吹之，不逾時磔然裂矣。天氣之重磓也，視錐相萬也，而有不蟛脝僨張者乎？鑿之不止，先儵、忽乃死②，煙埃灰漿③，填山谷而冒城市，不知其幾千里，則形勢不可識矣。

雖然，西極之化人，言大而夸者也。其言曰：「大塊噫氣爲旋嵐之風。風之起也，翻天倒嶽，萬仞夷爲平地④，四海之水立而起，入於雲際，卑者乃與五嶽等。凝而爲山，腹有大火，噴薄而出，則化爲石。」西方之學者繹之曰：「水成之石，其理秩然；火成之石，其理繆然。」

然而化人之言有曰：「空中火發乃焚大塊，崑崙之峯碎爲焦墨。洪水將至，雨彌天而下，點大於車

① 「儵」，《（民國）仁壽縣志》卷三六作「倏」。
② 同上條。
③ 「漿」，原作「槳」，依《（民國）仁壽縣志》卷三六改。
④ 「地」，《（民國）仁壽縣志》卷三六作「池」。

輪。堯之所憂，一滴而已。其將終也，旋嵐之風又起，颺大地爲野馬，不知其幾億萬歲而復聚。其聚也，又不知幾億萬歲而復成爲地。故地之成也，以漸不以頓；其壞也，以頓不以漸。」西方之學者又繹之曰：「地之下自無植物而有植物，無動物而有動物，無人而有人。有人之後，自石器而銅器，而鐵器，層壘而上者也。故今之高山，昔之大海也；今之大海，昔之高山也。形勢不可常也。其成也，壞之始也；其壞也，成之始也。故形勢者，盡地之理，未盡地之紀。欲順地紀，必知古始。故聖人之持世也，天運則與之俱運，地易則與之俱易，天地不滅，聖人不惑。」

時勢①

混沌剖分，垓埏始奠。磨旋軸轉，晷杪弗淹。天運於上而地從之，地運於下而天應之。贏縮參差，著於象數。天地之開閉，民物之盈虛，道德功力之汙隆，皇帝王霸之升降，華夷之强弱，中外之合分，胥隨乎運會，而不由人力。然天舉所有以盡付之元子，是稱天子。使子而遺其父之尺地寸土，則不得爲克家之子，故不務廣地之説，非也。

古皇神聖，乘龍御天，弗可稽已。人皇九州，牟盧六合，神農因之，地過日月，則已抵南北極半年爲晝、半年爲夜之鄉②。黄帝使竪亥步東極至西極，享百神於崑山，十巫上下，於是有括地之圖，實包舉五洲，而啓萬國之聲教。

① 《（民國）仁壽縣志》「文徵」目録、卷三六題作「時勢篇」。
② 「抵」，《（民國）仁壽縣志》卷三六作「抵」。

中外之閡，其在洪水之世乎！元圭底績，僅神農之一州，自是而中國日益藐乎小矣。三皇以前，自狹而廣，自分而合；五帝以後，自廣而狹，自合而分。蓋皇者以道，道無所不包。帝者以德，德所不及則不治，少昊以後，地之可見者，已減於前。王者以德以功，功所不及則不治，故曰「後王德薄，不能懷遠」，故曰「王者聲教不越萬二千里，聖人治中夏五千里」。霸者以功以力，力所不及則亦不治。秦、漢、唐、宋、元、明，王霸之雜也，力大者其地廣，力小者其地狹。趙宋乃有天下三百餘年，始終不能混一，中國之削，至是而極。降及今日，封豕磨牙，合圍而噬，强寇入室，客主易觀。蓋非特其力雄也，機謀百出，殺人之器至於不可思議。詐也，忍也，長此百年，則民物幾乎盡矣！

天下之勢，合久必分，分久必合。今日之勢，分乎合乎？邵子《經世》，去今千二百有餘年，而日中天，中國之運，始造其極。漳浦黄氏之書，則今日已躔尾值坤，坤爲大地，其應即當大一統。邵氏、黄氏所推，麗乎虚者也；今日輪船、輪車、電報、電話、無煙無響之快鎗快礮，空中有船，地下有車，海底有雷有電，何一而非大一統之器，徵諸實者也。虚者未可信，實者其器已出，其機已萌，則混一之期，殆將不遠。且夫王者應天順人，囊括四海，豈必敺風伯以揚旍，叱雷公使擊鼓，積骸等於邱山，流血瀆爲江湖，屋社夷城，犁庭薰穴，然後能輯塗山之玉，而繪王會之圖哉？

方今泰西之民，苦苛歛也。無君無政府，亂黨屢作①，其不敢盡叛者，特刼於威耳。六七雄正鷹瞵虎視，乃欲卷甲放牛，使赤子高枕而臥乎？故天下不一，則征戍不息；征戍不息，則苛歛不止。有王者起，專行仁政，以唱義聲於天下，五洲可傳檄而定也。

① 「黨」，《（民國）仁壽縣志》卷三六作「党」。

然而不可不先自治也。中國苦弱則盡人而兵，中國苦闇則盡人而學，中國苦窮則盡人而農與工與商，中國苦僿則盡舉外國語言文字以通之，中國苦拙則盡舉聲、光、化、電一切物理藝事之學以牖之，夫然，而後可以教戰，日本之前車是已。三十年後有欺我者，一戰而餘威震於殊俗，然後馳尺一之使，以正告之。

其正告奈何？一曰減稅。地稅、屋稅、人稅、犬稅，馬牛、羊豕、雞鶩、魚蝦、穀豆、蔬薪、花果、竹木、煤鐵、金銀、藥材、染料，無不有稅①。人工所成，自煙酒、醯醢、乳酪、餅餌、布帛、絨羽、毯罽、裳衣、冠履、陶埴、冶鍛、髹漆、織繡，百工之貨，無不稅。行商坐賈②，則有出口稅、外國有不收者。入口稅、落地稅、外國無此名目，亦間有收者。燈稅、水稅，尤苛細者爲印花稅。文網之密，過於繭絲牛毛，視中國倍之十之，且二十之。西人之望減，如大旱之望雲霓也。盡除之，留十之一二。

一曰裁兵③。兵不裁則餉不能節，軍火不能停造，稅仍不可減也。天下既一，無攻無守，僅防蠢動，較昔時水陸兵數，可裁十之九。既無攻戰之勞，餉應從覈，較昔時餉數，可裁十之九。又兵船廠、兵工廠，凡百軍用之物，皆當減造，較昔時軍費可裁十之八九。四者皆西人禱祀以求者也。

一曰郵農。歐洲之農，賤於中國，田賦既減，擇孝弟力田者旌異之。

一曰郵工。農之外苦莫如工，故歐美常有罷工之事，當增其工作時刻。

一曰郵商。轉運之劬，次於農工，稅源所出，國之大計，中國古時與同休戚，歐美之制所由來也，不可

① 「屋」，《（民國）仁壽縣志》卷三六作「物」。
② 「坐」，《（民國）仁壽縣志》卷三六作「作」。
③ 「一曰」，《（民國）仁壽縣志》卷三六作「二曰」。

不倍加優異。

一曰保富。富民者，國之外府，均財之説，不可行也。

一曰卹貧。泰西之待貧民，尚非膜視，而法猶未備，貧富相懸至結黨自盡①，不忍人之政，必有以處之矣②。

一曰償國債。泰西國債行息至輕，而年限至久，兵餉既裁，可以先期清結。

一曰限制機器。機器繁而人力廢，荒陬窶户，歲有孳字，必將無所謀食。上古聖人蓋知之矣，限制其容緩乎！

一曰省刑薄罰。西刑輕於中國，而罰差重，然黑獄苦工，不無寃濫，没官之貨，茹痛而不敢言，特外人未及知耳。八者皆西人所禱祀以求而不得者也③，一旦如願以償，徯我后，后來其蘇，東征而西夷怨，南征而北狄怨矣。況乎國仍其國，疆域如故也；君仍其君，名位如故也；官仍其官，職任如故也；禮仍其禮，服飾如故也；教仍其教，祀典如故也；族仍其族，婚姻如故也；俗仍其俗，言語文字如故也。九者西人日夜疾首蹙額而憂黄禍者也，今而後走相告曰「莫予毒也已」。五洲一家，畛域胥泯，無津梁之阻碍，無關禁之譏訶，萬國往來如同室内，雍雍乎太和之氣、大同之治也。

然而國雖仍舊，必命於朝，不得自立，君主、民主、君民共主，皆如之；官雖仍舊，而遥禀朝權；士雖仍

① 「黨」，《（民國）仁壽縣志》卷三六作「党」。
② 「矣」，《（民国）仁壽縣志》卷三六作「也」。
③ 「西人」下《（民國）仁壽縣志》卷三六無「所」字。

舊，而西學之外，必讀中國聖人之書；民雖仍舊，而議院選舉之權，不能高下其手；禮雖仍舊，而服官者必服先王之法服；教雖仍舊，而宮室、田産、權勢皆遵定制；族雖仍舊，而嫁娶各隨其種，不相雜厠；俗雖仍舊，而非通中國語言文字者，不得官中土。是皆所以率五洲而奉一尊也。夫君權既一，則非虎符不能發兵郡國，而鐵路、氣球、電報、光綫、火器，製造皆領於官，徙屬籍、覓新地，皆必上聞。殆有不饜其望者，然亦無如我何矣。況乎元黄之戰，極於血肉，則貞復爲元，繼其後者，殆皇運也。

中國種人，號稱四萬萬，婦女老弱不任金革，尚餘萬萬。果擁萬萬之衆，各挾其堅船利礮、精械良伎，登須彌之頂，撞鐘伐鼓，大聲疾呼，以號召海外，四顧蒼茫，殆无有不應響景者矣①。金輪七寶，瞬週大圜，天戈所揮，八方風靡，然後恢軒皞之鴻基，展子姬之墜典，斠古酌今，辨方正位②，則大一統之規模，可次第舉矣。

首建五京。太原爲北京，復唐之舊。燕都爲東京，仍今之舊。關中爲西京，奄有漢唐舊址，跨渭涉涇，創建新城。洛陽爲中京，復唐之舊。南昌爲南京。舊城以東，創建新京，大江之南，風氣所聚，金陵其門户耳。

次建五都。天山之南，于闐南山之北，葱嶺之東③，蒲昌海之西，古不周之域也，南北兩河之間，風氣所聚，鐵軌四達，歐亞腰膂，是爲中都。北美南部，密士失必河之西，巴拉窩河之東，蘇里文之域，右落機山④，

① 「无」，《（民國）仁壽縣志》卷三六作「无」。
② 「辨」，《（民國）仁壽縣志》卷三六作「辨」。
③ 「嶺」，《（民國）仁壽縣志》卷三六作「領」。
④ 「落機山」，《（民國）仁壽縣志》卷三六作「列機山」。

左押拉既俺，北有連山，南有墨西哥海灣，風氣所聚，是爲東都。歐洲内突，多納江之北岸，烏拉嶺亘於東北，瑞典、挪威抱於西北，阿爾魄士環繞西南，高加索峙於東南，海水吐吞，關鎖重叠，奥之奥也，是爲西都。喜馬拉雅山之南，恒河之北，山水之根也，是爲南都。色楞格河之西，額爾齊斯之東①，北負冰海，南對金山，平原廣野②，方數千里，嶺北風氣之所聚也，是爲北都。成都四圍天險③，是曰上京；西藏四周鐵城，是曰神京，二者陪京也。亞馬森河之南，巴西腹地，南美之中原也，是曰東下都；尼安撒湖雖在赤道之下，而氣候清凉，山水環結，非洲形勢之上游也，是曰西下都，二者陪都也。

都會既定，皇居攸宅，萬年之計，厥惟陵寢。上黨爲天下之脊④，汾晉處太行之腋，西河地僻而寒，陽不外泄，據河山之勝，則晉其一也。長安引領武功、太白、終南、太華，緜延七八百里横於前，黄河遶其後，左右三汧、渭、涇、洛，土厚水深，則秦其一也。大河南北，天地之中，陰陽所交，風雨所會，則豫其一也。此在内者也。雅魯藏布江與恒河繞崑崙之麓，幾市大地，衆山之祖，如木之有根，負陰抱陽，五源交絡，汛天發新⑤，朝海拱辰，可藏者一。廣都稷澤，后稷所葬，山水環之，載在《山經》，五洲高原之首，可藏者二。黑海以北，地暖氣和，可藏者三。地中海以北，背山面海，泱泱大風，可藏者四。天山南路，黄水三周，附近中都，可藏者五。庫倫東西，和林左右，匈奴龍庭、突厥牙帳皆在於是，雄負北俯，俯瞰中原，終古風沙不散，

① 「之」下原多一「之」字，依《（民國）仁壽縣志》卷三六删。
② 「廣」，《（民國）仁壽縣志》卷三六作「曠」。
③ 「險」，《（民國）仁壽縣志》卷三六作「儉」。
④ 「黨」，《（民國）仁壽縣志》卷三六作「党」。
⑤ 「汛」，《（民國）仁壽縣志》卷三六作「汎」。

無以填之，則聚爲殺氣，以故水盡名海，地皆若環，可藏者六。艮維蟠木，萬物成終，白山黑水，包孕平夷，斜互侈歛，可藏者七。東倚落機，西向大海，可藏者八。落機以東，美之腴壤，天時中正，與震旦同，可藏者九。巴西荒穢，亦饒形勝，可藏者十。此在外者也。王者生有所居，没有所藏，根本立矣。

長駕遠馭之方，莫先於道路。古有十字路，近有井字路，今者其惟巾字路乎！北起冰洋，緣烏拉嶺而南，屬於葱嶺，緣葱嶺之西，踰雪山，入罽賓，貫五天竺而極於錫蘭之北①，其中幹也。由烏拉嶺而西，遶歐洲之腹，屈而東轉，南下，踰高加索山，越蘇彝士河，極於大浪山，其右幹也。由烏拉東，直抵白泠海峽②，或架浮橋，或穿隧道，或用冰船，經坎拿大之雪槽，輪路循落機大山而下，過巴拿馬運河，循安達斯山，極於巴他峩拿，其左幹也。三路既成，亞、歐、非、美，四洲相距四五萬里，六飛時巡，不假舟檝，至遠無及半月者，其餘枝分脈擘，若輪綱機絲，交織宇内。

然其尤要者有二。北則沙漠南北，西起伊犁，經庫倫，以訖於大興安嶺，東起臨潢，經陰山北，以訖於巴里坤，爲之衡；東起張家口，西抵賀蘭山③，中間度漠，而北者經涂四五，爲之④。伊古以來，葷粥氏以殺戮爲耕作之俗，其熸於金輪鐵軌間乎！玉門以西，古分兩道，北達康渠、大宛，南通疏勒。而陽關以西，亦分兩道，北沿鹽澤，南並南山，皆經風灾鬼難頭痛之域，盤陀無雷之國。度懸絙，入鐵門，漢之西門在焉，中

---

① 「錫」，《（民國）仁壽縣志》卷三六作「鍚」。
② 「抵」，《（民國）仁壽縣志》卷三六作「抵」。「泠」，《（民國）仁壽縣志》卷三六作「泠」。
③ 「抵」，《（民國）仁壽縣志》卷三六作「抵」。
④ 「爲之」下疑有脱文。

經戈壁數千里，久絶人踪，既建中都，斯爲坦道矣。伊犁、碎葉，中西之湊，界無山險，尤屬康莊。南則歐洲，軌路綰結於東、西突厥之庭，度君士但丁海峽而亘波斯、月支、身毒，踰貉貐、野人山以達滇、黔、楚、蜀，與今日鮮卑大路南北相望，太阿之柄，不可以授人。若夫日本、澳洲、南洋羣島，非輪車所能涉，然鐵艦飈馳，雷艇潛駛，雲車、氣球，飛行霄漢，海底空中，皆皇路也。古稱有飛行皇帝，其在斯時乎①！

萬一有意外之變，目未及眨，警報已至，命將閫閾之中，過師枕席之上，不數日而雷轟電掣於數萬里之外②，此軒轅氏之兵從天而下也，甯復有抗顔行者？蓋天下勢而已矣，得勢者昌，失勢者亡，强幹弱枝，如臂使指。但擇全球至要之地落落十數處，設雄鎮而不以封，任以親賢，戍以重兵，拊頂扼吭，洞胷剸腹，雖有奸雄，睊眙而不敢動。周召之治分陜，漢唐都護之制西域，國朝定邊左副將軍之轄蒙古盟長，皆此志也。舉其著者，如墨斯科之舊都，日耳曼之中原，高奴之上腴，東西羅馬之古墟，中印度蒙回之廢城，埃及、條支、安息之便利，河中、高海之灌輸，美北三湖之鍵束，舊金山、紐約之控馭，孔戈、智利之高掌遠蹠，棊布星羅，各建節鉞，形格勢禁，而天下安於泰山。

外此則關津其至要矣。蘇彝士河之扼歐亞也，巴拿馬運河之扼東西洋也，白泠海峽之扼亞美也③，要之要者也。丹麥之扼黄海，地大尼里之扼黑海，亞丁之扼紅海④，直布陀羅之扼地中海⑤，大浪山、巴他峩

① 「斯」下《（民國）仁壽縣志》卷三六無「時」字。
② 「掣」，《（民國）仁壽縣志》卷三六作「擊」。
③ 「泠」，《（民國）仁壽縣志》卷三六作「冷」。
④ 「丁」上原脱「亞」字，依《（民國）仁壽縣志》卷三六補。
⑤ 「直布陀羅」，《（民國）仁壽縣志》卷三六同，當作「直布羅陀」。

拿之扼東西洋海，古巴之扼南北美海，錫蘭之扼印度海①，多羅爾之扼英法海，巽他海峽之扼南海，長山、對馬、巨文、庫葉各島之扼東海，所以綰其艦路。崑崙南北，葱嶺東西，天山南北，烏拉嶺東西②，阿爾泰、杭愛、肯特山南北，内外興安嶺、長白山南北東西，興都哥士西，高加索山南北，落機、安達斯東西，阿爾魄士山東西南北，非洲三湖東西，巴羅京加山南北，莫不有最要之道在。至於喜馬拉之罅③，獨吉之嶺，殑伽、雅魯藏布之源，實爲三危、五竺之門户，帕米爾高原納林、阿母、新頭諸河紛披，建瓴而下，據亞洲西部之喉襟，尤不可一息忽者也。近而中國古來邊塞亭障，皆當修復，所以鈐其軌路，夫如是，勢其可乎？

然而勢者，因乎時者也。時猶未至，雖聖人不敢先動。邃古以逮有熊，並建者萬國，至春秋而存者七十餘，至戰國而并爲六七，至秦而鏟削之，時爲之也。開闢以暨西曆紀元，榛榛狉狉，不可數紀④，至今而存者，亦七十餘國⑤，其中列强不過七八，全球之時爲之也。驟然盡鏟削之，反側必起。揆時度勢，非封建與郡縣並治之秋耶？亞洲全境，固當全郡縣之，惟英之制印度也，仍其爵號，厚其俸餉，而不令任事，其法可以仍之，且可推之亞西五國。餘洲則皆封建與郡縣兼者也。且夫封建之制，莫若衆建而少其力，天潢剖符，不過千里，勳戚茅土，倍古公侯。方伯連帥，絲牽繩聯，外不敢帝制自爲，而内足以懾肘腋奸臣之魄。納土者分其地以封其子弟，既不絶其祀，又以繫其心。合衆之國，分還舊疆，不順命者夷爲郡縣，以内地牧

①「錫蘭」，《（民國）仁壽縣志》卷三六作「錫南」。
②「烏」，《（民國）仁壽縣志》卷三六作「烏」。
③「拉」下疑脱「雅」字。
④「紀」，《（民國）仁壽縣志》卷三六作「記」。
⑤「亦」，《（民國）仁壽縣志》卷三六作「六」。

令之治治之。民政之國，亦定爲郡縣，而使之地方自治。三者之地，犬牙交錯，互相維持，互相鉗制①，内無權奸簒竊之禍，外無强藩、悍將、四裔、酋長悖畔之虞，此所謂「磐石之宗」也。其勢可以久而不敗。

然久則生齒繁，而地不足以養。殖民之策，白種日汲汲焉。以美地之大於中國，民數不及中國三之一，而日以人滿爲憂，闢地至於呂宋。大如俄、德、英、法，小如荷、比、西、葡，無不以殖民爲事。中國則猶日日訾謷秦皇、漢武，以爲姍笑，不知若無秦皇、漢武，則閩、越、滇、黔至今未被聲教，而燕、齊、秦、晋之郊，早化爲氈裘乳酪之域矣。繆説相承馴至六七千年，神聖所經營，神州赤縣之金地將刈爲白種殖民領土，羲農遺胄淪爲奴隸牛馬，而猶不之悟，則漢宋儒者之説爲之也。今者歐洲、印度版籍充棟，無容足地，北美雖地廣人稀，然不容華人闖户，惟非、澳、南美三洲，其中國殖民之地乎！南洋諸島，僑寓已多，棄地猶富，西南海岸三國，尚多未墾，蓋三行省版圖也。西伯利亞平原②，草萊沮洳，俄民之力，不能盡闢也。徙西北之民以實之，東盡遼海，西至輪臺，高闕以南，長城以北，皆漢唐郡縣地也，今雖放荒，而猶有未盡。盡闢之，使阡陌相屬，雞犬相聞，沙磧不毛，亦變爲繁庶，城郭鄉村，儼然内地。殖民之政，所以彌天地之窮也③，而中國萬年之患，亦於是除矣。

夫王者無外，既盡括天之所覆、地之所載，悉主悉臣，則尺土不可唐捐，然蹕路所經，放乎東海、西海、

① 二「互」字，《（民國）仁壽縣志》卷三六均作「亙」。
② 「伯」，《（民國）仁壽縣志》卷三六作「北」。
③ 「窮」，《（民國）仁壽縣志》卷三六作「穹」。

南海、北海，則有頓宿。江南、嶺表以避寒，北庭、西域以避暑①，則有離宫别館。春之朝，秋之夕，高臺曲榭，清流怪石，嘉葩名卉，珍禽異獸，遊目而騁懷②，則有園觀。黄帝層城之合宫，周穆玉山之册府，幾於荒矣，而與民共之、與天下共之，西人之俗，亦先王之遺也。

然西人能以蕞爾彈丸，馳騁於全球之上者，無不以市埔爲基礎。地既闢矣，民既聚矣，則市埔者，五洲之大命也。自中國析津、滬、香港、鄂渚，以及歐、非、美、澳，或在海濱，或在内地，大者數十，小者數百，無不飆檣林立，登其肆，途容九軌，車馬如游龍，樓閣矗雲，百貨露積，錢流地上，白種所以亡人之國而兵不血刃也。王者欲來遠方之貨，而柔遠方之人，得不於此三致意乎！

夫市埔必扼水陸之衝，陸有鐵路，要隘，雄鎮，戍兵，水則以海軍爲根本。劃海爲五，以五大將轄之，而各領其附屬艦隊，中國洋也，印度洋也，大南洋也，大西洋也，太平洋則大東洋也。五大將軍牙旗飛舞於鯨波鱷浪中，而波羅的艦隊、裏海艦隊、决鹽海以通裏海，决裏海以通黑海，决黑海以通波羅的海，俄人已有此議。黑海艦隊、地中海艦隊、華盛頓艦隊、墨西哥灣艦隊③、桑羅棱索灣艦隊、委内瑞辣艦隊、馬剌若島艦隊皆屬大西洋海④，而將軍寄碇於英格蘭；白泠海艦隊、庫葉島艦隊、海參崴艦隊、舊金山艦隊、加利佛尼灣艦隊、巴拿馬灣艦隊、日本海艦隊皆屬大東洋，而將軍寄碇於檀香山；南洋羣島、呂宋、婆羅巴西里伯⑤、巴布亞、蘇

① 「暑」，《（民國）仁壽縣志》卷三六作「署」。
② 「騁」，《（民國）仁壽縣志》卷三六作「聘」。
③ 「墨」，《（民國）仁壽縣志》卷三六作「黑」。
④ 「馬剌」，原作「馬刺」，依《（民國）仁壽縣志》卷三六改。
⑤ 「婆」，《（民國）仁壽縣志》卷三六作「波」。

門答剌分設五行省①，澳洲亦分設行省、建雄鎮，各艦隊皆屬大南洋海軍，而將軍寄碇於澳大里；東紅海艦隊、西紅海艦隊②、孟買艦隊、孟加拉艦隊、錫蘭島艦隊③，皆屬印度洋海軍，而將軍寄碇於檳榔嶼；渤海艦隊、浙海艦隊、閩海艦隊、粵海艦隊、安南灣艦隊、暹羅灣艦隊，皆屬中國洋海軍，而將軍寄碇於臺灣、新加坡二處。軍港、船隖、礮廠、藥局，中途汲水、添煤、休沐之所，隨地而具，皆所以衛市埔而保商利、固餉源也。

商日以富，農出其粟，工出其貨，亦日以售，國無貧民；既富則教，無人弗學，國無愚民；學無弗正，國無莠民；學而不成，則習實業，國無窳民；君臣一體，中外一心，國無亂民。夫如是，雖日求亡，不可得矣。

雖然，天運循環，無平不陂，無往不復。陽之極不能使陰絶，陰之極不能使陽息，日中則昃，月盈則蝕，天之道也。五德之運，是不一姓，再實之木，其根必傷，理也。百年之井，不塞不堙，千尺之繩，不齧不絶，亦理也。天道也，而實人事也，過此以往，百世可知也。故聖人能爲後人慮之，不能使後人守之，苟能守之，雖三代至今存，可也。

①「剌」，《（民國）仁壽縣志》卷三六同，當作「刺」。
②「孟買」上《（民國）仁壽縣志》卷三六無「西紅海艦隊」五字。
③「錫」，《（民國）仁壽縣志》卷三六作「錫」。

曹説

立乎曹、宋之間而四望，北起帝邱，南極譙亳，東盡曲阜，西止雎考①。縱横不過三四百里，而開闢以來，至聖大賢、英雄豪傑、魁奇磊落之士無不出乎其中。伏羲生雷澤，今菏澤閻什口②。塟皃山；今魚臺人祖陵，陳州者非。神農生隨而都曲阜；黄帝生曲阜之壽邱；今曲阜東北。少昊亦都曲阜；顓頊生若水而都帝邱，又塟③；今開州④。高辛都亳；今商邱穀孰鎮⑤。堯當生是，稷、契、皋陶、伯益亦當生是；堯初封陶，今定陶西北。老於成陽，今菏澤瓠河都胡集⑥。塟其西二里；今胡集趙王河西岸堯王寺，濮州者非。靈臺在濮；今濮州竹林寺，即穀林。舜生姚墟，今鄆城皇姑菴有二妃廟。耕歷山，今閻什口西三里。漁雷澤，今閻什口。遷負夏；今胡集，在雷夏南，故名負夏。禹生石紐而系出顓頊；湯生南亳，今商邱穀孰。都蒙亳，今商邱、曹縣間蒙城寺即蒙亳。塟北薄；今曹縣土山集。伊尹生空桑，今曹縣東。耕莘，今曹縣莘仲集。塟在巳民。今曹縣東。自遂古至蒼姬之世，文、武、周公而外，蓋無遺焉。

春秋以後，孔子生於曲阜，而顔、曾、冉、卜諸賢，以曁於孟氏，儒者之徒，皆出魯、衛。老子生於瀨鄉，

① 「睢」，《（民國）仁壽縣志》卷三六同，疑當作「睢」。
② 「菏」，《（民國）仁壽縣志》卷三六作「荷」。
③ 「塟」字下當有闕文。
④ 「今開州」三小字，《（民國）仁壽縣志》卷三六在「生若水而都帝邱」下。
⑤ 「孰」，《（民國）仁壽縣志》卷三六作「熟」。
⑥ 「菏」，《（民國）仁壽縣志》卷三六作「荷」。

而訏然、莊周、陽子居、墨翟之徒，凡道家者流，多出於陳、宋。漢祖奮梃豐、沛，蕭、曹故人，龍興雲起，終漢之世，名臣碩彦生此數百里間者，史不絶書。至魏武起譙，而中州清淑之氣之衰於是乎始，降及隋、唐，人材漸鮮，然亦時時不絶，其軼出於方外者，則如張陵、僧義元之流，雖不足道，亦皆爲彼法所尊，迨黄巢、朱温出，而地靈盡矣。

夫天地之氣，陰陽遞嬗，而不能獨絶也。故魯有孔子，爲萬世羣聖宗，即有一盜跖與之並生一地，爲千古盜賊渠魁之祖。此陰陽麗雜之氣，雖天地亦無如何也。而三代以前，至聖大賢、英雄豪傑、魁奇磊落之士何其衆，隋、唐以後，黄巢、朱温而外，奇兇巨猾，僂指不能終，至今日而幾於莊皆有賊。嗚呼，何其極也！

吾自服官濟陰，即求其故而不得，既久而後寤。夫大河以南，長淮以北，嵩少以東，泰岱以西，相去皆千里而近，其間率平原廣野①，無高山大陵爲之間隔②。《易》曰：「地勢坤」，地之腹也。濟水出陶邱，滙雷澤，有臍象焉，五臟六腑之所營，三焦百脈之所會，五官四肢、百骸英華之所歸，雖扶輿磅礴廣輪七萬餘里，而神奇之根，實孳萌於此。以理揆之，天地生人，當始於曹、濮，庖犧氏其明徵也。譬之果然，其初生也，氣聚於蒂，僅如纖芥許，以漸達外，而望之纍然，及其藏久，氣液將盡③，則膚甘而中腐。太昊之迹及乎天水，軒轅氏北之上谷，堯、舜、禹西北之河東，湯西之偃亳，皆力争上游，由中達外之驗也。成周之興，王

① 「廣」，《（民國）仁壽縣志》卷三六作「曠」。
② 「陵」，《（民國）仁壽縣志》卷三六作「林」。
③ 「液」，《（民國）仁壽縣志》卷三六作「腋」。

氣始聚於西岐，既衰，而晉、楚、燕、齊、吴、越，遞爲長雄，由中達外之驗也。漢、唐史傳所紀，居中原者十六七，永嘉南渡，而東南之氣始泄，建炎南渡而再泄，數百年來，文學仕宦號天下最。中原之人，遂瞠乎後焉。

興王景運，則自金、元崛起塞外，勳貴世胄，累葉華膴。至我朝發祥蟠木，聖聖相承，度越百代，而從龍苗裔，白山黑水，人物爛然，此尤由中達外之大驗也。道光之末，泰西諸國，駢首東嚮，争出新意，以窮極伎巧①。雖未聞聖人之道，然觀其智慮機械，彼固自云非三四百年以前所及。夫氣愈達而愈遠，將必極九垓八埏之所徼。凡元氣所舉，海波所環，日月所不及照，層冰長夜，胥彈丸黑子之地，靡不有人物出乎其間。而神靈首出之鄉，一變而爲盗囿，得毋其將腐乎？

夫中原之地，水貴而土賤。曹、宋之間，衆水所環，其東古大野澤，南北四百里，東西三百里，盡今鉅野、鄆城、東平、汶上、濟甯、嘉祥、鄒、滕、豐、沛之地，迤而南菏澤，導於魚臺、孟諸，被乎虞、碭、豐之東西，皆大澤。芒碭之間有山澤，迤而西北則葛陂，廣袤幾百里。東北則雷澤，廣亦三十里，中爲南北二濟，分流錯注，其初出在左山之北，土人呼「靈聖湖」。觀其大勢，外隆中窪，故四圍與中皆積水。濟又清水之至清者，故濟水絶而聖人絶。今黄河屢決，大半淤爲平陸，吾嘗因濱河之民争故宅，以長錐探地下三十尺，而得柱礎。其土不附，則其氣必輕而上浮，多産盗宜也。浮則散，散則虚，今曹、宋既已虚矣，更千萬年，不將海外實而中國虚乎？此吾所大懼也。

雖然，果之腐者，其核不腐，非其核不腐，其仁不腐。由仁而坼，而甲蘖，而十圍、百尋，而千萬實。天地萬彙之所以不朽者，仁爲之也。仁，人心也，人心亘終古而不變。吾嘗官陶曹故墟也，其民愿僿有陶唐

①「窮」，《（民國）仁壽縣志》卷三六作「穹」。

氏之遺。嘗官菏，其北衛，其南曹，其民北樸而南秀。嘗官曹，其北曹，其南宋，其民北嗇而南豪。今官單父，魯下邑也，儉不過曹，奢不過宋，殆猶有魯風。然此三四百里間，風氣大抵相似①，其弊悍而嗜利，不耻爲盜，其善伉直而輕死，能感其心，則可與赴義，歷百折而不渝。蓋宋先并曹，後與魯皆爲楚并，漸染楚俗。古所稱剽輕者，不在鄢、郢、湖、湘，而在陳以東傅海之域，其濱於淮、泗、濟、汶者，地氣爲水逼遏，鬱而突出，岡阜間起。其氣之駿雄者，多鍾爲帝王將相，其駮者爲奸人之雄②，其零散桀戾者，緑林之豪得之以椎埋，嘯聚其閭里，自秦漢已然，而唐季藩鎮又教民爲盜，近世稗官小説尤喜傅山東羣盜，復揚其波而煽其燄。夫生成純粹之壤，既淤在重泉之下，而臨水之氣，又忿厲不平，更益以積漸之俗，如之何其不腐也？

然曹、宋皆苦盜，曹之盜多於宋，蒙惡聲亦過於宋。吾久於曹者也，獲盜多矣，到官易承，雖死不怨其上，往往臨刑北面，再拜其父母，然後引頸就戮。是其心雖已死，而未嘗盡死也③。曾子曰：「民散久矣，如得其情，則哀矜而勿喜。」老子曰：「民不畏死，奈何以死懼之？」一郡十一州縣，歲驅數十百人之市曹，如刲羊豕，而盜不少熄，豈無故哉？貧富不均，而民不知任䘏；禮讓不行，而民不知廉耻；懸鞀設鐸之政廢，而民不知有教化；明倫讀法之令廢，而民不知有品節。一切惟以鷹鸇毛擊治之，是有司之過也。

然則治之如何？革其心而已矣。革心若何？開溝洫，課農桑，積穀殖貨，俾家給人足，有無相通，患難

① 「抵」，《（民國）仁壽縣志》卷三六作「抵」。
② 「駮」，《（民國）仁壽縣志》卷三六作「駿」。
③ 「也」，《（民國）仁壽縣志》卷三六作「矣」。

相恤，守望相助。暇則聚其子弟，而澤以詩書，多設鄉校，以誘其秀良，馴其頑獷，此比閭族黨之大經①，連鄉軌里之成法，季康子之所患，不足患也。然而非期月所能程效也。今之吏視官居若傳舍，孰樂鬱鬱久居是，是又搢紳逢掖之責也②。吾見一闤之市，比鄰有窶人子，得升斗之粟拯之，可使不爲盜，固靳不與，後乃捐千金之産以自贖其身。西人之涉重洋來入吾宇者，持其侏儷之言，學舍櫛比，而富家巨室，坐視其貧族終身不能識一字，吾願吾父老子弟之易其心而易其俗也。單父古多君子，吾求如古所稱父事兄事者，蓋當有之，而猶未見也。姑以是説先焉，其必有出而佐吾治者乎！

夫剥復之機，猶若循環，以厥初生民之首基，而天下亂必先亂，天下治必後治，蓋其腐也。今天地之氣，已旁達無垠，則虚者將復實，而腐者將復化爲神奇。崑崙神州之靈之闢而復翕也，翳維人心所召。則是説也，吾豈徒爲曹人雪謗哉③？

①「黨」，《（民國）仁壽縣志》卷三六作「党」。
②「又」上《（民國）仁壽縣志》卷三六無「是」字。
③《（民國）仁壽縣志》卷三六篇末有識語，云：「右毛叔雲先生文三篇，在清代變法初即已盛傳都中，故北京印行之《稺海詩集》後附此三文，吾縣所刊《稺海詩集》則未載。按先生著作宏富，惜宦魯終老，其著作均流傳魯省，本縣傳者絶少，今以採登邑乘，聊見一班云爾。幸閱者勿以無關縣故非之。編者附識。」

稚澥詩集跋

毛公叔耘，原名席豐，登第後改名澂，又字稚澥。爲諸生時，前清南皮相國張之洞光緒初督學四川，稱爲蜀中第一人，隨中丙子鄉試、庚辰庶吉士。散館授山東知縣，歷任泰安、諸城及他各縣，政績卓著，有呈國史館請立傳文，在兹不贅。當在京時，詩、古文詞爲人傳誦，名震一時，其自定稿《稚澥詩集》，身後由華陽喬樹枏先生排印於北平，皆被好者取去，流傳於川者不多。新繁吴又陵君慫恿毛公高弟辜豫渠續刻，不果。端以商於前清縣議長辜叔培，擬以參議會餘款開雕，殊僅得數十圓，而議會停止。繼由董長安、李夢聃各捐百圓，由端在省鳩工蕆事，併刻楊範九先生《春芥山房詩集》，爾時所印，又爲好者取攜書净，此民國十六七年間事也。三十一年，縣長吴公大猷博雅好古，詩學尤深，公餘，慨然捐廉重印，以廣流傳。其啓發幽光、嘉惠後學，意甚厚也。端因述其始末，以爲紀念。印刷後，板存始建鎮圖書館，因二公皆生於斯。其鄉後學及毛、楊雲礽，均當負永寶之責云爾。

鄉後學尹端謹跋。

附録一

集外詩文

石潭①

積鐵蒼崖根，龍潭小如井。秋光湛寒緑，蘋坼見山影。孤雲凝不飛，古鏡光炯炯。掬水沁人骨，嗽雪肝肺冷。

砦上石城②

山牆名古城，横斜絡高嶺。石門無人關，夜半雲氣冷。風添落月響③，月淡秋林影。雞鳴山寺鐘，幽人夢方醒。

① 「石」上《詩草》注有「六十」二字。
② 「砦」上《詩草》注有「六十一」三字。
③ 「月」旁《詩草》注有「葉」字。

擬古①

羣山起西北，萬丈高嵯峨。東南衆水滙，汪汪千頃波。愚公今世無，精衛傳亦訛。誰能挾滄海，移置泰山阿。天地本缺陷，大造將如何。②

尺椽不苟棲，粒粟不苟嘗。煙霞吾室廬，詩書吾餱糧。三月釜無米，厨中青草長。破屋一把茅，漂搖風雪霜。骨立如束柴，金石猶歌商。生不逢黃虞，死當埋首陽。③

石火光一星，燎原山破髓。渤澥滔天波，流自涓涓始。勿曰小何傷，一玷終身恥。沐浴易冠服，皎潔新紈綺。不慎遭微汙，至敝不能洗。④

黠鼠廣其居，穿墉自得計。但知營窟穴，而忘身所庇。牆空崩一朝，盡殪爾醜類。君看蠹國奸，國破身亦斃。⑤

總角攻詩書，困窮今白首。生不見古人，古人常在口。遊蜂採百花，釀蜜滋味厚。經籍糟粕耳，其人骨已朽。不見聖賢心，萬卷亦何有？拊几心茫然，且飲一杯酒。

威鳳不數鳴，千載僅一時。嗷嘈衆鳥噪，聞者憎可知。鸚鵡真聰明，猶受樊籠欺。百舌更可厭，學語

---

① 「擬古」下《詩草》注有「三至二十六」五字。按：此題下《稺瀣詩集》另有十六首，見卷一。

② 此詩《詩草》置於「猗蘭生空谷」與「東鄰有美女」二詩之間。

③ 此詩《詩草》置於「園中新種桃」與「堇肉非不甘」二詩之間。

④ 此詩《詩草》置於「高山石嶄嶄」與「神仙不聞道」二詩之間。

⑤ 此詩《詩草》置於「野墅秋色淡」與「江南鴨嘴船」二詩之間。

如嬰兒。多言德之棄，再拜金人師。①

漆良必先割，桂辣必先折。木直必先伐，泉甘必先竭。盛德貌若愚，至人不絶物。何用行昭昭，擊鼓揭日月？垢汙納山澤，處世忌太潔。被褐懷寶玉，大智惟守拙。入獸不亂羣，入鳥不改列。浩蕩無心人，萬類忘其黠。②

叔季風澆漓，道墜綱常繹。讀書學忠孝，臨難介如石。豈不憚險艱，大義自古昔。竹燬不改節，玉碎不改白。志士甘殺身，遺烈照方策。若使無歲寒，誰能辨松栢？③

醉歌行④

癡莫如藺，絲求自纏。苦莫如蘭，膏求自煎。高陽老子識此意，攜琹日日花閒眠。睡起提壺笑相語，此中貯有羲皇天。東風吹花一片墜，時隨蝶下罇罍前。落日西沉習池水，玉山漸頽呼不起。酒國從來無古今，醉鄉自昔忘生死。君不見蒲萄一斗僅換西涼州，杜康痛哭陶潛羞。帶下金龜號底物，直須骨醉埋糟邱。銜杯大笑登高樓，撞鐘伐鼓驚滄州。更呼雙鬟舞垂手，平頭奴子彈箜篌。一天星斗杯中瀉，萬里江山席上浮。興酣裂袖欲飛去，排雲狂叫天門秋。天門秋兮風月幽，神仙無酒空多憂。何當爲我倒翻滄海變

---

① 此二詩《詩草》置於「江南鴨嘴船」與「故人尺書至」二詩之間。
② 此詩《詩草》置於「弱冠事豪俠」與「岐山化爲谷」二詩之間。
③ 此詩《詩草》置於「驅車古原上」一詩之後，爲《擬古》之最後一首。
④ 「行」下《詩草》注有「卅二」二字。

春醁，盡洗乾坤萬古愁。

苦熱行①

欲雨不雨天無風，火雲餤餤燒秋空。夜涼明月挂高樹，喘呀猶畏曦輪紅。摇扇湖亭汗被體，湯泉熱氣如蒸起。海中見説揚砂塵，江底魚龍渴應死。想是祝融鞲炭飛爐煙，日爇霞烘天亦燃。銀河百沸波如山，羣仙避暑瑶池邊。醉後鏤冰琢雪作牀席，却思裸身下臥北極萬仞清泠淵。天上高寒尚游譃，更有炎歊君不見。可憐三十萬衆當午赤暴烈日中②，鐵甲兜鍪正酣戰！

擬行樂辭③

雨餘庭草青如氈，净掃階前鋪錦韉。胡牀却坐紫玉笛，争吹落日邀青天。象牙撥子鵾雞絃，玉壺清酒如流泉。熊肪炰臑不下箸，芝蹯縷切嬰兒拳。么鳳雙雙鳴綺筵，美人踏歌金井邊。碧桃緑葉成翠幄，暗藏不鳴春困鵑。倚樹度曲蟾宮仙，綘脣唱採秋江蓮④。頭上香雲作紫霧，燈輝燭影凝寒煙。落花猩紅袍袖鮮，驚紅駭緑春風顛。半酣更作鸜鵒舞，羽衣掃地何蹁躚。硯池墨睛猶未乾，銀燭手擘松花牋。詩成漏盡

---

① 「苦」上《詩草》注有「一百〇五」四字。
② 「赤暴」二字《詩草》有墨圍框住。
③ 「辭」下《詩草》注有「卅三」二字。
④ 「綘」，疑當作「綘」。

心惘然，陽烏欲轉東溟淵。此時却憶阿戎苦，愁抱牙籌方未眠。

火輪船歌①

鐵爲四壁鉛爲輪，掀雷掣電風中行。萬艘截海刮海底，水中火作魚龍驚②。颷輪激水疾於箭，蠻煙漲日昏滄溟。船頭簸蕩星辰影，波面喧轟霹靂聲。挂帆當午天爲黑③，爇火中宵海欲明④。島間百國儵明滅，煙波縹渺金銀闕。朝發夕行五千里，西連月蝟東日出。泊處疑從天上來，去時倏向雲間没。破浪中開地軸分⑤，逆流亂蹴天根折⑥。鑿齒時時斷鼇背⑦，撈鉤往往流蛟血⑧。柁樓高處望中原，齊州九點轉浮瀾。薊遼恍惚篷前動，閩粵蒼茫棹底翻。初至猶循朝貢例，津梁漸熟思狂猘。珍寶駢闐將相門，侏儒出入王侯第。公然背德偷天戈，礟聲動地天河波。郡縣水陸商船多⑨，貔貅百萬將如何？外藩老臣獨含怒，手叩天閶擊天鼓。上言利水不利山，島夷豈解行平土。曾聞横海駕樓船，願作伏波鑄銅柱。一旦不戒人爲

---

① 「火」上《詩草》注有「一百〇七」四字。
② 「水中」上《詩草》有眉批曰：「船底入水，淺亦三丈，發机皆在其中，人不能見。」
③ 「天」旁《詩草》注有「海」字。
④ 「海」旁《詩草》注有「天」字。
⑤ 「破浪」上《詩草》有眉批曰：「船過處水成深槽，移時尚不能合。」
⑥ 「天」旁《詩草》注有「山」字。
⑦ 「鑿齒」上《詩草》有眉批曰：「輪之兩面，密排利刃，長尺許，如鋸齒然。」
⑧ 「撈鉤」上《詩草》有眉批曰：「輪齒畏草，常以鐵鉤攬之。」
⑨ 「商船」旁《詩草》注有「要害」二字。

魚，列闔虛懸虎如鼠。邇來見説尤披猖，淮浦連檣通武昌。千年盡失中華險，四裔誰知聖代强。嗚呼！乾坤震盪人民溺，南極平沈天半壁。安得長鯨一吸海水乾，縱有神舟化爲石。

逆夷欲於京師及各省買民田爲火輪車路，事幸格不行，感賦此①

轆轤萬軸如龍行，轟雷百里聞濤聲。塵中瞥見紫電掣，風來散落流星明。敢破關山加鐵錮，馳道金椎聖人怒。所恨不得飛雲軒，直上虛空躡天路。

山水横看②

關塞微茫雲樹影，煙波浩渺江湖心。日夕漁亭落颿處，黄茅白葦青楓林。偶向高齋懸數幅，西風遠水幽人屋。夜寒枕上楚江秋，扁舟夢裡沙頭宿。

萬里橋懷古③

橋上駢闐車馬度，橋下凄清江水流。江水聲聲自終古，車馬年年非昔游。紅牆翠栢祠堂路，煙雨蒼茫惠陵暮。銅鼓年深生土花，石琴月照開煙樹。回首興亾真可哀，永安宫亦成荒苔。陣雲不散彌牟磧，錦浪

① 「逆」上《詩草》注有「七十九」三字。
② 「山」上《詩草》注有「三百七十」四字。
③ 「萬」上《詩草》注有「三百廿四」四字。「古」下《詩草》注有「與《謁少陵祠》皆提學觀風應友人命戲擬」十六字。

遥經淫預堆①。傷心杜老誅茅地，被酒行歌幾回醉。弔古橋邊日往來，春波猶帶詩人淚。英雄割據終已矣，古往今來一江水。老夫乘興欲東流，萬里之行從此始。

幽事②

幽事春逾衆，山深少客來。引泉魚出聽，敲竹鶴知迴。藥長緣山劚，花移傍水栽。更將蓺蔬果，新剪後園萊。

秋晚③

日出晴光冷，孤村近補坳。白雲吞古寺，黄葉葢秋巢。架倒藤相救，門荒草欲交。杜陵長病嬾，不管野人嘲。

獨臥寒林下，北風吹若何。園深霜氣早，山近雨聲多。禮句供詩佛，繙經咒睡魔。祇應結幽會，隣曲數來過。

① 「遥」旁《詩草》注有「愁」字。
② 「幽」上《詩草》注有「一百二十七」五字。
③ 「秋」上《詩草》注有「一百一十三」五字。

漫興①

小隱非忘世，長閑自不才。路隨溪岸曲，門對雪峰開。江客攜雲去，山僧送月來。梅花香入甕，乘興一登臺。

宵奔②

隣村夜急呼，山市已遭屠。巖響傳聲遠，江空照影孤。嚴霜錐刺骨，寒月水侵膚。稚子何人棄，中宵泣道隅。

空山難獨往③，静夜易多驚。草動疑眠虎，林荒畏伏兵。刀矛殘月影，鼓角曉風聲。喜遇逃人説，前鋒已入城。

砦居雜詩二十首④

地闊三千里，時清二百年。銷鋒兵鑄鐻，罷戍壘無煙。忽覩干戈滿，空教歲月遷。偷生息殘喘，攝景

① 「漫」上《詩草》注有「一百一十四」五字。
② 「宵」上《詩草》注有「卌七」二字。
③ 「空山」上《詩草》注有「卌八」二字。
④ 「砦」上《詩草》注有「四十至五十九」六字。按：此題其餘十一首載《穉澥詩集》，見卷一。

萬山巔。①

拔起何寥闊，孤峰入杳冥。庭荒多獸迹，石遠肖人形。陰洞藏丹化，陽崖產藥靈。棲遲成小築，高臥讀遺經。②

箐密林常暗，雲昏路不通。高峰晨障日，虛谷夜留風。田水經霜白，崖花冒雨紅。隻身倚天末，颯沓萬山空。③

天地日秋風，江湖戰血紅。移家求地險，乏食望年豐。棧道黄山隔，滇池黑水通。羈棲三戰鬭，烽火萬方同。

灞上真兒戲，傷心泪不乾。死軍紈綺少，討賊布衣難。滄海求賢詔，秋風拜將壇。雲天俱不見，投筆望長安。④

氣候殊無定，雲烟大古前。雙峰銜落日⑤，深井倒長天⑥。谷鳥千山應，潭魚百尺懸。避秦知幾世，行遁過三年。⑦

---

① 此詩《詩草》置於「古砦高山頂」一詩之前，爲《砦居雜詩二十首》之第一首。
② 此詩《詩草》置於「古砦高山頂」與「梯崖三萬級」二詩之間。
③ 此詩《詩草》置於「青壁古苔滑」與「渡水溪橋斷」（即「久賃樵人屋」）二詩之間。
④ 此二詩《詩草》置於「渡水溪橋斷」（即「久賃樵人屋」）與「江山寒雨冷」二詩之間。
⑤ 「落」旁《詩草》注有「缺」字。
⑥ 「倒長」旁《詩草》注有「攝團圜」三字。
⑦ 此詩《詩草》置於「架屋石岐嶒」與「晝眠常嬾起」二詩之間。

山腹古時寺，枝撐三兩椽。巖欹蹲臥虎，磬啞咽秋蟬。竹葉當窗暗，松梢破屋穿。秦池灰刧慘，吾亦欲參禪①。

園綺歸何處，深山亦戰場。梁空巢野鸛，市廢聚嗥狼②。赤地連年旱，青天六月霜。乾坤盛白骨，誰實摠封疆？

飄泊終無定，淹留可卜居。天心思將帥，吾道在樵漁。路梗行人少，秋深過雁疏。關山空極目，戎馬竟何如③。

送人從軍④

駿馬絡青絲，金鞍贈別離。待君平賊日，是我出山時。善戰尤宜速，成功在出奇⑤。須憐諸父老，慟哭請王師。

① 此詩《詩草》置於「四海未休兵」（即「冤氣黑雲横」）與「忽忽三春盡」二詩之間。
② 「廢」旁《詩草》注有「小」字。
③ 此二詩《詩草》置於「忽忽三春盡」一詩之後，爲《砦居雜詩二十首》之最後二首。
④ 「送」上《詩草》注有「七十四」三字。
⑤ 「出」旁《詩草》注有「用」字。

觀兵①

醉臥橫金鼓，宵征裹鐵衣。礟聲山石舞，旗影塞雲飛。近郭新添壘，孤城未解圍。男兒身許國，努力莫言歸。

賊去歸敝廬②

門外山猶在，窗前柳未稀。驚鴉飛繞屋，餓犬喜銜衣。煖足燒霜葉，充腸煮雪薇。乾坤半逋竄，幾箇得生歸。

散步③

散步出東籬，天低雲四垂。鄉懸歸鳥影，身倚暮鐘時。水涸萍黏地，風多葉滿池。浮蹤兼斷梗，飄蕩兩無知。

---

① 「觀」上《詩草》注有「七十三」三字。
② 「賊」上《詩草》注有「七十二」三字。
③ 「散」上《詩草》注有「六十五」三字。

初冬①

日暮鳥聲亂，披衣尋早梅。地幽人罕至，山近雀常來。石碓封紅葉，磚堦擁緑苔。移牀看雲氣，獨坐意悠哉。

感春②

年年催白髮，處處裹黄巾。勦撫難兼用，恩威豈並伸。軍城花早謝，戰壘草遲春。嗟爾羣兇孽，誰非聖主民。

三月晦日與同人夜飲③

酒闌人老矣，遠郭漏沈沈。池影摇銀燭，風聲誤玉琴。扶花香涴袖，題竹粉黏襟。荏苒年華謝，君宜惜寸陰④。

① 「初」上《詩草》注有「三十六」三字。
② 「感」上《詩草》注有「七十」二字。
③ 「三」上《詩草》注有「廿九」二字。「人」旁《詩草》注有「學」字。
④ 「宜」旁《詩草》注有「當」字。

林亭晚涼①

竹澗有殘雪，晚涼生緑波。磴平鋪蔓草，亭廠竄松蘿。樹影雲來暗，泉聲雨後多。空山不知暑，清夢冷巖阿。

亂後經縣門②

剩有溪山在，無人草木荒。空街填碎瓦，幽署壓頽牆③。月隱春燐碧，塵霾晝霧黄。晚來烽火急，百里見蒼蒼④。

荒廨⑤

偶爾來官廨，居然洗世氛。泉聲廚下過，草色石邊分。衙散羣峰雨，山昏滿轎雲。買臣空奏賦，鄉郡久無聞。

---

① 「林」上《詩草》注有「二百〇六」四字。

② 此題下《穉瀣詩集》另有一首，見卷一。

③ 「壓」旁《詩草》注有「圮」字。

④ 此詩《詩草》置於「背郭人煙少」一詩之前，爲《亂後經縣門》之第一首。

⑤ 「荒」上《詩草》注有「二百六十三」五字。

宿南山舖①

茅店無街柝，林栖解報更。雞聲山月落，虎嘯野風生。拊髀磨鞍瘦②，攔腰插劍横。前途安穩未？勒馬問殘兵。

初至成都作③

東城車馬會，冠蓋似雲浮。山雨沾歌袖，江風雜舞謳。青苔諸葛井，斑竹薛濤樓。遺迹俱千古，躊躇爲少留。

偶出④

羸馬時時出，浮蹤處處家。名園朝看水，深巷暮尋花。道纏歸鞍並，簷低醉帽斜。渾忘在城市，全不覺喧譁。

① 「宿」上《詩草》注有「八十六」三字。
② 「拊」旁《詩草》注有「躍」字。
③ 「初」上《詩草》注有「八十九」三字。
④ 「偶」上《詩草》注有「九十」二字。

城南①

地僻游人少，溪寒水一灣。逕迷藏竹裏，碓響出花間。落日城邊樹，晴雲郭外山。過橋知更好，月出未應還。

古觀②

歷刼灰難燼，崔巍壓一天。殘鐘猶漢隸，古殿自唐年。負藥牛知路，燒丹虎汲泉。欲隨三島客，來往十洲前。

文殊院③

碧瓦莓苔古，朱門松桂深。新晴聞法鼓，曉日照禪林。刻劃鑱天斧，莊嚴涌地金。千秋幾興廢，浩刼聽消沈。

---

①「城」上《詩草》注有「九十一」三字。
②「古」上《詩草》注有「一百六十二」五字。
③「文」上《詩草》注有「九十二」三字。

泛舟①

解纜寺邊樓，清晨泛小舟。漁煙雲破直，水氣日高收。戰艦眠駑馬，戎衣弄沐猴。千年形勝地，獨抱杞人憂。

重訪古觀②

金獸雲房鎖，何時細草生？無人胠壁畫，有鶴守棋枰。簾罅丹牀影，花間藥杵聲。迴風遶庭樹，落日愴餘情。

山中夜半聞鼓吹聲有感③

遁迹深山事事休，誰家簫鼓尚高樓？月明狐兔號荒塚，霜落魚龍漲古湫。夢裏乍聞生别恨，燈前獨聽起鄉愁。遥憐白首沙場客，鐵笛三聲萬幙秋。

① 「泛」上《詩草》注有「九十三」三字。
② 「重」上《詩草》注有「一百二十六」五字。
③ 「山」上《詩草》注有「卅九」二字。

寒食①

寒食烽煙滿四隣，日斜野祭獨沾巾。鵑啼新塚朱櫻落，燕語靈牀緑草春。此日一抔猶有待，他年三釜永無因。親喪未葬遭兵燹，流血乾坤一罪人。先慈服闋逾年，窀穸未卜。

中秋後三日出城作②

城上芙蓉傍晚愁，訶池雲冷錦江秋。寒鴉陣陣争官樹，歸燕飛飛掠客舟。水際蘆花初戴雪，風前楊柳不遮樓。潯陽司馬今憔悴，忍聽琵琶古渡頭。

古渡秋風向夕悲，岸蘆汀柳總凄迷。長天影盡雲山外，落日光寒雪嶺西。貼水斷橋斜襯板，穿林沙路曲沿隄。今宵獨宿知何處，月墮荒街聽曉雞。

上元日入城③

晚來銜鼓散東風，列炬朱門戟晝紅。燈火四山新月下，旌旗萬疊亂雲中。塵香輦過遺金雁，巷狹人多擁玉驄。歌舞一城春似海，綺羅羞入少年叢。

① 「寒」上《詩草》注有「一百二十三」五字。
② 「中秋」上《詩草》注有「二百卌七八」五字。
③ 「上元」上《詩草》注有「一百一十五」五字。

游山題村店壁間①

芒鞋笻杖蹋雲端，詰屈羊腸百八盤。雨夜不眠愁路滑，霜晨早起怯衣單。板橋黄葉水風急，野寺青林山月寒。十萬奇峰俱入眼，攜回留向夢中看②。

書帷③

中秋登明遠樓④

星使掄才地，危樓拱北辰。河山全蜀小，風月一年新。畫棟交花竹，雕欄立鬼神。簷空招乳鸛，梯峻怯游人。鐘鼓僧庵暝，絃歌伎館春。錦張通市肆，旗颭少城闉。野色連三峽，江聲接五津。海雲遥辨楚，隴樹遠知秦。鵰鶚摩霄健，蛟龍得雨馴。廣寒宫近遠，攀桂恐無因。

① 「游」上《詩草》注有「三百七十五」五字。
② 「回」旁《詩草》注有「歸」字。
③ 「帷」下缺。「書」上《詩草》注有「三百七十四」五字。
④ 「中秋」上《詩草》注有「二百卅五」四字。

琴臺①

小市臨邛路，荒塍入野田。臺基徒四壁，琴響寂千年。草碧沿壚畔，花紅照酒邊。秋風尋斷碣，春水想鳴絃。傳自龍門作，官因狗監遷。白頭空賣賦，愁絶茂陵煙。

墨池②

投閣嗟何晚，傷心吐鳳才。戟難扶漢鼎，池尚帶秦灰。隣女煎茶汲，游人載酒來。龜多聞雨出，蟾浴拂雲開。樂想觀魚海，名齊司馬臺。草元終老此，玷節免含哀。

謁杜少陵祠③

俎豆千秋盛，風騷萬古推。名齊文黨室，地近武鄉祠。南浦逢人問，西郊賃馬騎。沿江橋半圮，背郭路多歧。乍覩叢梅發，初看細柳垂。天高山勢遠，野闊地形卑。茅屋今猶在，蓬門昔未移。溪光涵樹色，舍影漾潭湄。石甃圓於卯④，窻櫺折似規。隔牆僧指路，穿巷鳥翻枝。病橘歸隣舍，枯楠認舊基。籀文藤

① 「琴」上《詩草》注有「九十四」三字。
② 「墨」上《詩草》注有「九十五」三字。
③ 「謁」上《詩草》注有「一百二十四」五字。
④ 「卯」旁《詩草》注有「甕」字。

絡壁，亞字竹編籬。棟宇雕鏤壯，軒楹刻劃奇。龕裝紅玳瑁，簷覆碧琉璃。繆篆蟲摹印，香泥燕入帷。書殘無蠹粉，像賸有蛛絲。拜舞魂應肅，清涼夢亦知。玉琴泉滴榻，銀練瀑通池。藻密眠雛鴨，荷圓晒小龜。空亭青草占，破舫緑苔欺。松老撐鱗甲，橙乾縐膜皮。黟塵前代瓦，蒼蘚後賢碑。野寺尋芳日①，平臺啜茗時。好游來必早，懷古去常遲。位賤虛名大，才高定數奇。如公真稷契，致主擬軒羲。竄逐秦州遠，崎嶇蜀道危。雷崩雲棧石，風臯劍門旗。鼙鼓驚烽燧，關河怨別離。寄書憐驥子，逢使訊熊兒②。幕府新僚屬，行宮舊拾遺。官分梁漢米，人餽草堂貲。雙照痕難没③，孤行影自隨。月沈花徑暗，雨過藥欄欹。嘗果惟收栗，添薪爲種榿。瓦盆寒夜火，土銼冷晨炊。鸚鵡籠愁損，麒麟策已疲。遣懷頻索酒，排悶强裁詩④。獨坐撩衰鬢，長吟撚斷髭。爲農身老瘦，臥病面蒼黧。用拙閒通隱，無營嬾像癡。聞鵑皆下泪，見鴈摠含悲。皂蓋荒郊約，黄扉故國思。暮雲看隴首，晴雪望峨眉。南嶽浮蹤幻，東屯廢址疑。依人權出峽，阻賊久棲夔。勝地無逾此，歸魂想戀斯。春秋薦蘋藻，誰作送迎辭。

寒夜雪⑤

竹摇燈尚明，松折雪猶作。夜半峭風聲，梅花暗中落。

① 「日」旁《詩草》注有「地處」二字。
② 「訊」，當作「訊」。
③ 「痕」旁《詩草》注有「啼」字。
④ 「强」旁《詩草》注有「但」字。
⑤ 「寒」上《詩草》注有「卅五」二字。

偶成①

春歸客來少，雲外掩紫關②。獨坐默無語，青山當户閒。

古別離曲③

不恨頭白髮，但恨窻前月。照我顔色老，笑我久離別。

早行泊舟④

夜雨洗江緑，新晴明曉妝。誰家樓下水，猶帶粉脂香。

江邊漁家⑤

雲去蜀山青，雲歸蜀江緑。茅屋隱蘆花，聞歌不知處。⑥

① 「偶」上《詩草》注有「一百六十四」五字。
② 「雲外」旁《詩草》注有「鎮日」二字。
③ 「古」上《詩草》注有「廿八」二字。
④ 「早」上《詩草》注有「一百〇四」四字。
⑤ 此題《稺瀣詩集》作「漁父辭三首」，另有三首，見卷一。
⑥ 此詩《詩草》置於「竿頭一壺酒」與「映水竹籬曲」二詩之間。

九日①

醉後黄花滿繡衣，龍山秋晚鴈南飛②。百年此會知多少，月冷風凄不忍歸。

杜鵑③

故宫花謝冷凄凄，烟雨空江徹曉啼。同是千年亡國恨，春來只傍惠陵西。

書齋夜起

一樹芙蓉窗外栽，夜深香氣入簾來。門前月黑無人影，風露滿庭花正開。

① 「九」上《詩草》注有「卅四」二字。
② 「晚」旁《詩草》注有「老」字。
③ 「杜」上《詩草》注有「一百二十五」五字。此詩詩題與全詩均用墨圍框住。

宿高灘阻雨①

山樓臨水早霜清②，崖下江船爨火明③。風雨似愁佳客去④，夜窻留我聽灘聲。

驛亭⑤

短牆缺處是誰家，桑柘如雲落日斜。遥愛緑陰門巷裏⑥，悄無人迹鹿銜花。

馬上聞鶯⑦

故園花落又殘春，柳色籠隄草色新。惟有啼鶯不辭遠，相呼千里送行人。

---

①「宿」上《詩草》注有「三百廿」三字。《（光緒）井研志》卷三亦載此詩，題作「宿高灘旅店」。
②「早」，《（光緒）井研志》卷三作「曉」。
③「崖」，《（光緒）井研志》卷三作「巖」。
④「愁」，《（光緒）井研志》卷三作「嫌」。
⑤「驛」上《詩草》注有「四百卅上接《岷西》之後」九字。
⑥「遥愛」旁《詩草》注有「好是」二字。
⑦「馬」上《詩草》注有「三百八十」四字。

夜吟有感①

採藥歸來夜築壇，蓬萊祗作眼前看。自從苦鍊金丹久，始信仙家换骨難。

（以上《蜀雲詩草》）

柳堂六十壽詩②

西風圍棘夜談時，秋水丰神松鶴姿。椽筆一揮驚海嶽，騷壇萬丈拜旌旗。仁人必壽緣民望，循吏長年待主知。日觀峰頭翹首祝，九如天保未工詩。

星輝南極綺筵開，人自耆英曳杖來。雅會故鄉齊九老，頌聲舊管徧三臺。臺在惠民。文章又見《河東集》，衣鉢争傳海右才。甲子不須誇絳縣，重輪日進紫霞杯。

（《柳純齋先生六十壽言》卷四）

題泰山圖③

朝吸泰山雲，暮飲泰山水。蘿月清我心，松風洗我耳。十年三綰綬，襆被不知幾。每醉丹崖旁，長歌

① 此詩全詩用墨圍框住。
② 原書無詩題，此爲整理者所擬。
③ 原書題作「三十五」，此爲整理者所擬。

碧雲裏。恨無顧厨手，徒折謝屐齒①。君從閩嶠來，家山畫難似。自言東華峯，日觀差可擬。猶獨愛此山，皴瘦入畫理。解衣坐亭上，秦漢忽在指。滃然東海雲，奇峯滿空是。我思峨眉雪，天半白千里。君憶九曲谿，仙扃石苔紫。同苦一官縛，擾擾等磨螘。四嶽如相招，歸歟遠游子。

（《泰山圖題詞》）

毛氏家譜跋

唐宋以來，氏族書之存者，林寶、鄧名世、鄭浹漈諸家而外，寥寥不數覯。又皆彙載衆姓，非一家之私集。費著《氏族譜》，於成都望族臚列頗詳，而他不備焉。至於諸家譜牒，則皆燼滅煙消，其可見者，體例尤爲不一。蘇明允《譜》止於五服，李獻吉《譜》止於兄弟行，近人譜則無遠不録。詳簡雖殊，要之，不離乎明世系、序昭穆，使族衆知孝弟者近是。

今年春，家君承族尊命修家乘，至秋暮事竣。二百年茫無紀載者，一旦亦已粗有端緒，第稽訪僅三數州縣，且托始於明季，不及溯宋元以前，覽者咸病焉。不知吾族舊無譜牒，前輩傳聞，唯及河南始遷祖。考毛氏舊籍三晉，戰國時毛遂、毛公，漢時二毛公俱趙人。後以避仇徙河南，遂益散處。近江南宜興、廬江猶立奉祀主，姑蘇、紹興、豫章、登、萊等處俱稱世族，而世遠年湮，無徵不信，誠莫可如何也。

或謂歷史所載，不乏名世之賢，譜中一字不登，殊嫌漏畧。然「吾家子雲」，傳爲口實；遥遥華胄，不懼地下閔子騫笑人。且吾覽諸家譜多矣，大抵争託於帝王聖賢之苗裔，以相誇詡。其最惡者，妄尊一聞人爲

①「屐齒」，原作「齒屐」，於韻不合，改之。

祖，世次有缺，則僞撰名字爵里，以附益之，曾不足供通人一噱，而徒自誣其祖宗，苟非喪心病狂，安忍爲此！

又有謂以誥敕傳贊爲冠冕者，尤大紕繆也。夫族之所以需譜者，豈徒爲觀美云爾哉，亦存實録耳。家世寒素，烏得如許而表彰之？况潛德幽光，其見重不因名位，而標榜一家，私相頌美，又烏知非屬愧辭乎！家君此本，一一皆徵諸實，雖文王爲受姓所自，而毛公以後，世次不顯，亦從闕如。惟惓惓於本宗，遠邇親疎，無弗備載。覽是編者，孝弟之心，可以油然而生矣。

席豐不幸，早歲失恃，崎嶇金戈鐵馬間，學殖荒落，未克有所樹立，於今將十稔矣。而故我依然，殯宫草長，懼辱先人。寒月孤燈之下，校寫一通，念祖宗締造之艱，門祚衰微之甚，爲之戚然隕涕云。爰識數語，書於左方。

（《（民國）簡陽縣志》卷一七）

與錫良書①

敬稟者。竊卑職駑駘下駟，謬荷憲知，寵加拂拭，謂可勉效馳驅，久已刻銘心骨。昨十五日奉到賜函，手書温諭，諄摯周詳，以卑職之愚而不加責飭，轉予俯賜矜全，屬吏得此於上台，蓋非易易。捧讀之下，感激涕零，謹即遵照指示各節，逐一從速辦理。

三義成紅票現將追起錢數、欠繳錢數、發過錢數、應發錢數、不足錢數，逐條開列榜示，折半發錢，下餘一半俟追起續發，與前呈單少有參差，尚無不足。罰款一條，查卑職自到任至今，查辦窩家，止有趙法供出

① 標題爲整理者所擬。

張鎖、梁子端、劉際昌三人。張鎖並無罰款，劉際昌捐賞制錢二百千繳案，梁子端初限三月内出貲募捡，劉方田限滿未獲，改認捐備。劉方田、王根春、張小二、李大小、小王五等北方各賊，賞單銀數，後李大小死於河南濟源，小王五爲劉漢翔隊下勇丁張守義轟死，已少二名，猶僅繳銀九十八兩乙錢八分，因犯未獲，並未催問。又辛羊廟團長朱鴻哲等公禀窩家趙喜魁傳案管押，旋即取保，亦無罰款。卑職本任新案，止此四起，餘凡獲賊供出窩家爲數甚多，概未出票，至李廷幹一案，司廷選等一案，均纏訟二三年，原告執定窩家，意在訛錢，被告恐受惡名，忍死不認，累次上控，殆無了期，始斷令捐備，獲賊賞項，兩造無詞完案。然原告、訟棍均大失望，且爲數頗鉅，致謗之由，寔源於此。其餘詞訟罰錢之案，并無一起，惟王燕賓朦控伊胞叔搶刦，罰出磚灰修大堂前引路，亦未罰錢；又時學成抗不出丁團練，罰出火藥折錢百千，此卑職任内罰款之實在情形也。現已逐款開列某名捐銀捐錢若干、某案賞銀賞錢若干，合筭，計尚不敷銀五百餘兩，皆由卑職自捐。而去年八月至今，馬、步餉糈及下鄉緝捕經費已用三千八百餘兩，合筭，一年必須四千餘金，并未提用此項分毫。憲台恩發賞款亦在其外。現均詳列榜示，日内即可張掛。

勇役訛擾良民一節，寔係有之，皆已隨時懲辦。去年有王姓、盧姓二人，在老黄河一帶偵緝，頗有風聲，當即責革。今年有帶隊王姓，暨岳參戎素最信任之新充捕役陳順同謀訛索，尚未入手，即經卑職訪聞，將王弁、陳順一併嚴押懲辦。後陳順經岳參戎關説開釋，王弁開除驅逐。又李昌藻有人控告，因其薄有微勞，未予笞責，嚴加申飭，倘敢再犯，即當痛懲。近日又有九龍口團長、現充經紀之武生李青雲糾眾扎傷勇丁一案。據勇丁供稱，派出巡緝一人，改裝入九龍口廟内後殿，見七人聚飲，旁擱洋鎗，齊向該勇盤詰，當即退出，知會集外隊勇，將廟圍住搜翻，賊已無踪。該廟後殿係屬義學，因向塾師文生王成家詰問，反遭詬駡，致相口角揪扭，李青雲即糾眾扎傷勇丁，奪去毛瑟林、明敦鎗各一桿，圍店施〔放〕火鎗。卑職聞信，派人解散，當即提驗，李青雲、李紕仲受有微傷，王成家驗不成傷，惟勇丁受傷五人，内二人最重，但有一死，即不能不辦。此案勇丁之罪在不應與王成家口角揪扭，而李青雲素不安分，上年催征課程，輒敢毆差，卑前縣倉令任内，曾用火器轟傷勇丁，罰修奎閣，終竟不悛。且卑縣巨盗劉方田等潜回已將帀月，連作巨案，並未遠颺。若非北鄉紳衿、富户、團長、莊長等有人爲之窩藏徇隱，何至難辦如是，乃猶仇視勇役。義學首士李枚卜等，公然具禀挾制，並稱勇丁轟傷民婦。經卑職驗，係砂子打傷手腕，並非後膛鎗子，即非勇丁所傷。似此刁風，若不畧加懲創，恐團練之效未成，團練之害已見，欲加懲辦，又慮勇丁後再生事，輕重皆非，惟有懔遵憲諭，以後刻刻留心，處處訪察，有功必賞，有過必懲，不少寬假而已。

詞訟積壓，卑職自問尚不至此，緣卑縣案件除盗賊外，詞訟無多，亦無甚難了者，皆隨到隨問，遇有事下鄉，亦不過越一宿兩宿而止。并多一堂了結，非要證不添傳，惟原告不齊送審，每踰票限，所言或即指此。卑職此後惟有按限比差，踰限即加嚴責，並於點單外另刋一紙，令到案各人於名下自注何日入城，以備查對，庶差役壓擱之弊，可望盡除矣。

卑職至愚極闇，叠荷逾格恩施，曲加教誨，撫衷兢惕，感愧交并，深恐上負覆載生成厚德。自今以往，謹當振刷精神，夙夜祇懼，遇事禀承憲命，俾有遵循，庶不至貽羞隕越。仍望始終曲全，於卑職迹涉疑似之處，代爲剖白，上籲轉圜，不勝翹企悚惶之至。所有卑職遵諭辦理，暨感激下忱，理合披瀝，縷呈憲聽。專肅。祇請鈞安，伏乞慈鑒。卑職澂謹禀。（七月廿七日到①）

（《近代史所藏清代名人稿本抄本》第三輯第一一七册第六一至七〇頁）

① 爲光緒二十三年（一八九七）七月二十七日。

與喬樹枏書

曾文正慮作不成矣！

泰安縣毛籌辦小學堂經費稟

敬稟者。竊維振興庶政，必賴人才；欲得人才，必先培植；而培植人才，莫先於整頓學校。年來疊奉憲札，欽遵諭旨，飭將所有書院，一律改設學堂。並蒙前升任撫憲袁附片奏明，於省城大學堂外，另設校士館，舉貢生監，均准應課，嗣復推行各屬，以免遠道貧士向隅。遵經前本府，督同將郡中岱麓書院，改爲校士分館，查照頒發章程，聘請教習，取定名額，按期輪課，稟明在案。

查卑縣小學堂，先有泰山上書□□區①，經升任朱道憲，改作仰德書院，考選生童，延師訓課。二十七年秋，卑前署縣李□□□，因其僻在山麓，就學維艱，移至山下西關，改爲致用學塾，延聘教習，訂立學規，□□中西實學。卑職回任，查閱章程，尚屬妥善，一仍其舊課，以經史時務，及各種西學□□。惟經費無多，力難聘請西學教習，於西國語言文字，未能講習，且規模狹隘，學生人數，亦屬過少。

竊思卑縣士民，非不嚮學，大率拘於偏僻，苦無師資，遂致因陋就簡。卑職責司提倡，未便任聽荒廢不振，乃於上年五月，請集各鄉紳董，議創辦小學堂，輿情甚爲踴躍。當議合縣集貲一千股，每股京錢一千文，

① 「□□」，疑當作「院一」。

每月一次，全年可得京錢一萬二千串，先以三年爲度，共可得京錢三萬六千串，專捐上户，其中下等户皆免。上上等認捐二三股，其上中等皆認捐一股，稍次者二三人合捐一股。一人所捐之數，甚屬寥寥，而湊集即成鉅款；又兼分次疊繳，更不吃力，故民間甚以爲便。已經註册，定期繳錢，卑職旋即奉檄調簾，事遂中止。十月回任，正值錢漕吃緊之時，又催辦稅契，及烟土畝捐、牙帖課程酒捐、菸葉捐，諸事蝟集，不能兼顧。今春蒙恩，蟬聯留任，正擬重行設局，收錢開辦，即奉憲札，飭令舉行，教育各端，現經選派妥紳，專管收存此項錢文，惟以之修建學堂，斷不敷用，而事關教育，又不便再事躭延。查岱麓書院，現雖改爲分校士館，無人肄業，與仰德書院，及岱麓書院間壁之資福寺，閒房頗多，均尚整潔，先可借用。雖不在一處，擬分别各門學問，以同習一門者，同居一處，既省經費，亦便講習。俟收集捐項，先以購置圖書儀器、聘請西學教習，即行開學，遵照頒發欽定章程，先行試辦，屆時察看錢數多寡，再定學生名額。大約至多不過百人，少則八九十人，總期事事皆有實際，一文亦不虚縻，仍俟籌款充裕，再行逐漸擴充，議建學堂，以成大觀。

至蒙養學堂，更宜多設，蓋畢生事業，基諸童蒙，必使人人嚮風，庶幾民智日開，人才輩出。現已詳查境内，所有官立、民立各義墪①，一律改爲蒙養學堂，照章課讀，並遵照前頒勸學告示，廣爲勸導。凡有自立學堂者，均與官立學堂一體登進，不稍歧視，一俟查辦齊全，即行造册另禀立案。

伏思當今，時局艱難，需才孔亟；又蒙憲台殷殷督勸，敢不殫竭愚誠，實力興辦，以期稍盡職分？除仍由卑職認真經理、隨時督勸外，所有遵飭籌辦學堂情形，理合逐條開摺，禀請大人鑒核，俯賜訓示祇遵，實爲公便。

（《濟南彙報》一九〇三年第二三期《東政輯要》）

①「墪」，當作「塾」。

泰安縣毛設立蒙學堂並常年經費禀

敬禀者。案查前蒙憲檄欽奉諭旨，令將所有書院，一律改設學堂，並多設蒙養學堂等因，業將卑縣應設之小學堂，籌擬禀辦在案。

竊維蒙學爲學問始基，蒙學堂迺各學堂根本，誠宜多籌分設，以開民智，而植人材。前經查得縣境所有官立、民立各義塾，已一律飭令核實改辦，照章課讀，並諭勸各鄉紳董，設法推廣，逐漸擴充。但事屬創始，自應先籌官立學堂，俾作紳民模範。現經卑職在於城外四關及城内適中之地，設立蒙養學堂五處，每處延中學教習一人，專課經史、輿地、修身、倫理、字課諸學，又總延西學教習二人，兼教西國語言、文字、算法、體操等業。學舍地取爽塏，適於衛生，堂内改做西式，俱用條桌，層遞加高，使日光不隔，教習亦易於講授。學生選取年以十歲以上、十五歲以下附近學堂子弟，亦便早出晚歸。每處擬先招學生二十五人，現已一律開學。惟學堂五處，每年延聘教習、飯食供應，暨門役工食、添置書筆等項，約費京錢二千餘串，需款較鉅，别無可籌。查卑縣酒捐項下，有留支一成公費，計東酒行，每年京錢一千（下缺）。

（《濟南彙報》一九〇三年第二三期《東政輯要》）

祭魯士師柳下惠展子文

維光緒二十九年歲次癸卯四月丁巳朔月四日戊子，泰安縣知縣毛澂等謹致祭於魯士師柳下惠展子之神曰：

維夫子生而爲聖，殁而爲神。生不容于父母之邦，殁乃興起乎百世之人。既不卑夫小官，亦不羞夫汙君。故遺逸而不怨，厄窮而不憫，夫何浼於袒裼裸裎，然而沖和之氣、剛介之節，高可媲乎伯夷，大可侔乎伊尹，身雖三黜，而道則常伸。其英靈肹蠁，固當争光日月，而長在乎尼山之側、汶水之濱。大吉禦災捍患，猶在祀典，而泥乎鄒魯之間，爲和聖丘墓之所存。親炙其風者，鄙夫以寬，薄夫以敦。此固聖代之所崇褒，守土者之所欽尊。奈年代遠湮，樵采弗禁，奚今日而遜于暴秦？況陵遷谷變，前將見其容以三尺馬鬣，其弟委河伯而付波臣。是以伐石徂徠之下，築堤禦水，用以防暴雨、衛榆棼。吁嗟乎！東海之波、泰山之上石可塵，惟夫子之風，曠百世而如新。鄉後進而有志，請親此二千載之孤墳。伏維尚饗。

（《展氏譜》）

天寶郭家莊告諭碑①

撫院營務處花翎在任候補府准調濟南府歷城縣留署泰安府泰安縣正堂加三級紀録十次記大功三次□□□□毛爲出示曉諭，以垂久遠事：

照得縣境汶西地方小汶河西岸，舊有堤堰一道，名曰汶西堤，載在縣志，計長一百六十丈，築自雍正年間，年久失修，歷年河水沖决，坍塌殆盡，所有河西之郭家莊、陳家衚衕、楊家衚衕、南汶西等莊均被水患。當即親詣勘明，飭令各莊紳民，公同妥議，各按受害輕重，畧分等次，捐資出夫，同力合作。因陳氏祖塋近水，按照舊迹，即在堤外，由陳姓族衆禀請，拓外興修，現已一律修築完好。各莊公議，原有舊堤，計長一百□十丈，嗣後遇有沖刷殘缺，應歸同受水患之各莊，公同維修。其餘加長工□，本陳姓爲護持其祖塋而設，

① 此碑現存新泰市天寶郭家莊。

現係陳姓一族獨修，以後永遠歸陳姓自行修築。□□公允，合行出示曉諭，爲此示仰該處附近各莊民人等①，一體知悉，務各永遠遵守毋違，切切特示。

其堤自南而北，南頭頭一段南北長叁十叁丈，郭家莊所修。

監修：武毓巽、梁步鴻、周元吉、和士均。

首事：萬秉珠、郭明高、郭明安、郭明震、郭明翔、郭興和、郭明璽、郭興章、郭元典、郭明欽、郭福寔、郭廣耕仝立。

皇清光緒貳拾九年十月十二日示。

山東泰安縣毛閲報公所牌示

照得現在中外大通，地球九萬里如在户庭之内，雖欲閉門自守，其如人決不容何？無論自强，即欲自保，亦非周知中外情事不可；欲知中外情事，非開民智不可；欲開民智，非多閲報不可。現奉各大憲，諄諄諭以廣購報章，多勸民間閲看。用特先行購覓省城所有數種，其省城所無者亦已託人覓購。惟縣境幅員遼濶，勢難徧及。即仿省城閲報章程，先於城内開設閲報公所一處。即借資福寺閒房安置，多備條案椅几，有願看者，無論何人，皆許入内閲，惟不准携帶出外。選派一人，專司收發報本，不准燒燬污染損壞。另派二人看守廟門，并備有茶水，閲報者不取分文，所有報資、茶水、人役、工食，概由本縣籌發。爲此諭，仰闔縣士農工商軍民人等，趁此農隙閒暇，正好結伴同來，輪分閲看，以便互相講説問難，以廣見聞，以開

① 「仰」，疑當作「佈」。

智慧，以倡風氣。此係近時至爲緊要之事，勿得視爲不急，妄生議論。獨不見京師大學堂亦重閱報，久經奉旨飭行。其各自期遠大，勿以俗見自封，本縣有厚望焉。

（《四川官報》一九〇四年第一七期）

泰安知縣毛澂等堂諭碑①

光緒卅年九月初三日，毛縣尊諱澂批梁真常呈：該廟坐落下汶西，本縣每次親來，皆下汶西地保在彼迎候，可證此地樹株提款應歸下汶西，□即遵照。十月十一日，毛前天批武玉巽等呈：查礤石峪原係下汶西地方所轄，本縣累次□礤石峪，見汶西地保，亦曾詢此地何屬，皆稱係屬下汶西，衆口皆同，何得平空妄扳，實屬荒謬。特飭。毛前天又批朱某等呈：無理妄争，荒謬已極。十月廿八日，毛前天又批武某呈：查礤石峪應歸下汶西，本縣每遇因公至彼，歷有見聞，毫無含混，前已迭次批□，何得復行妄瀆。况天保寨係大地方，何至必須侵蝕他地方乃能興學。特飭。十一月初八日，毛前天又批武玉巽等呈：前已批明，何得復行妄瀆，荒謬糊塗已極。不准。卅一年三月十二日，李縣尊名玉楷批武玉巽等呈：查此案屢經毛前令親誼詢明，礤石峪原係下汶西地方所轄，一再批示在案，何得仍復以學堂爲名，飭詞圖翻，實屬荒謬。不准，並飭。卅一年三月廿八日，李縣尊堂判梁真常批：著該地保傳諭武玉巽等仍遵毛令辦法，將礤石峪廟産交下汶西地方辦理，總以廟在何處，廟地、廟樹即歸何處經管爲一定辦法，不□錢糧飛往何處，倘該生等敢不遵照辦理，准梁真常隨時禀究。此係一縣通行辦法，不得聽天保寨一處獨違成式也。

① 此碑現存新泰市隱仙觀院内。

光緒三十二年九月重陽，遵堂諭同眾立碑以息争端，以垂永久。

題高里山森羅殿①

聿古來帝祀羣神②，亢父主死，梁父主生③，豈獨草儀逢漢代；
爲天下人心一哭，德不能化，刑不能威④，只可尚鬼學殷時⑤。

題高里山戲臺

熱腸憐孝子忠臣，拍案衝冠，猶覺不平千古後；
冷眼看神奸巨猾，收場結局，何曾放過一人來。

（《岱粹抄存》卷七）

① 原書正文二聯標題統作「高里山森羅殿及戲臺毛蜀雲大令各題一聯云」，依齊煥美點校本擬題。
② 「聿」，《岱聯拾遺》作「即」。
③ 「亢父」「梁父」，《岱聯拾遺》位置互乙。
④ 「德不能化」「刑不能威」二句，《岱聯拾遺》位置互乙。
⑤ 「只可」，《岱聯拾遺》作「祇應」。

附録二

毛澂生平資料選編

（一）方志

（民國）仁壽縣志·毛澂傳

毛澂，字蜀雲。識度宏遠，自幼即凌逴輩流。少長，博綜墳籍，凡古今學術源流、政治興廢，以及輿地、星算、陰陽、二氏之書，靡不耽思淹貫，慨然有志於天下。吾蜀自經獻賊亂後，故家文獻，蕩然無存，文化荒替，學子第知殫精制藝以弋取功名。獨澂自闢蹊徑，爲絶學於舉世不爲之日，信乎其爲豪傑之士矣。

弱冠，以縣學生攷取光緒丙子科優貢第一名，與綿竹楊叔喬、華陽范玉賓、漢州張祥齡同受知於張文襄，出試外郡，則乘傳以從屬，以襄校重任。張文襄者，文學界之泰斗也，持節來川督學，創辦尊經書院，一時才俊之士，雷厲風飈，争以經史、詞章各學相雄長，然對於澂則一致折服，咸稱之爲「毛大哥」。蓋彼輩各具一體，而澂則兼擅衆長也。旋領鄉薦，同舉有華陽喬樹枏，亦魁傑士也，時副主考吴觀禮在都下最負文譽，深以得澂、樹枬爲喜，臨行，爲賦《蜀兩生行》以矜寵之，足見其孤詣獨造，早爲名公巨卿所共賞矣。

光緒庚辰科成進士，殿試三甲，朝考一等，授翰林院庶吉士。癸未科散館，以知縣即選。曾請假回籍，主講鰲峰書院。時院苦無書，而課士之法亦久益隳壞。澂設法購置載籍四百餘種，經史子集犂然俱備，并分科教士，計日程功，一洗從前坐領束脩、虛糜膏火之弊，其高足弟子如楊道南、喻晉安、辜豫渠輩皆先後馳英聲，掇高第，師弟淵源，遞相傳嬗，迄今縣人稍知爲學之方，寔以澂爲不祧之祖矣。

澂本擅著作，宏才而又有經世大志，不幸僅以風塵吏終老。雖歷宰魯省十餘縣，治迹爛然，曾經同鄉京官呈請宣付史館立傳，足垂不朽，然自澂視之，特其緒餘耳。卒年六十三歲，海内士大夫聞其歿也，莫不同聲哀惋，深惜其才未竟其用，屈身末僚而道不施於四方也。

長子元炳，貢生，改捐知縣，分發山東試用。次子何，候選訓導。弟瀚豐，以文學與阿兄澂相頡頏，名譽如驂之靳，當時呼爲「大毛」「小毛」，至比於眉山之大小蘇。先後見器於張之洞學使、王壬秋院長，爲尊經高材生，由乙卯科優貢第一名①，朝考改用教諭。戊子科，中四川鄉試舉人，内閣中書俸滿，截取同知，分發雲南，歷署彌渡通判、尋甸州知州，補授南關廳水利同知，升補普洱府知府，俱有政績。尤汲汲焉欲以文化牖導邊徼。兩校鄉闈，所得多知名士，歷任大府，如奎俊、王文韶均極推挹之。正擬大用，因觸瘴氣，牽發舊疾，卒於尋甸州任所。子元佶，山東鹽大使。

摘録同鄉京官具名呈請大總統發交清史館立傳文事實：

（一）故紳生而穎異，孝友性成，形容魁偉，聲如洪鐘。七歲即解《詩》《禮》，十四歲已徧熟羣經，讀

①「乙卯」，當作「己卯」。

宋明理學諸儒書，遂能窺其堂奧，獨於瞿塘來氏之學，謂能直接孔孟心傳，故其言行踐履，必以方正爲逕。咸豐己未，藍、李二逆煽亂犯縣境，該紳隨從鄉團，荷戈守險。暇則精研兵學，講習韜鈴①，常思以干城自任。亂定後，乃專攻經史，博涉羣書，旁及天文、地理、諸子百家與佛道經典，皆能抉其精微，識其窽竅。爲諸生時，與胞弟瀚豐精研經學，化諸家之異同，鎔漢、宋而貫通之，故其作爲文章，多能切於寔用，不作泛泛語。時學政張之洞督學四川，深爲器重，延入幕中襄校。復命胞弟瀚豐入尊經書院肄業，當時仁壽兩毛君，乃有大小蘇之譽。及王壬秋先生長尊經，而瀚豐之學乃愈進。其在孝廉時，遠近生徒從學者常百數十人，俱導以嚮學門徑，讀有用之書，不專以帖括爲教。入翰林後，請假回籍，主講鰲峰書院，購書四百餘種，以小學、性理、經史、詞章分門教授，門弟子常數百人，俱教以修身立行爲本、通經致用爲用，於時藝講求亦不偏廢，故其優異者多能博賅古藉②，蔚爲通才，當時士林稱爲「仁壽學派」。每一文出，展轉鈔襲，傳誦殆遍全川。其風流餘韵，至今學者尤生景仰。晚年信道彌篤，學貫天人，達於性命。聽訟之暇，手不釋卷。其志遠大，才畧過人，而未竟其用。識與不識，無不悼惜。

（一）故紳講求吏治，歷任煩劇，事功卓然。治獄明察，心地慈祥，民情愛戴，二十餘年如一日。在定陶任時，捐廉募勇，勤於緝捕，改建磚城，植樹四十餘萬株，以其材木爲補葺城垣之基本，其餘利則爲書院添置書藉③。生徒膏火，優給津貼，并訓諸生以明禮達用之學。在任三年，政通人和，闔境大治，至今人民

① 「鈴」，當作「鈐」。韜鈐爲兵書泛稱。
② 「古藉」，當作「古籍」。
③ 「書藉」，當作「書籍」。

歌誦弗衰。

在菏澤任時，以該縣素稱繁劇，民情剽悍，盜賊縱横，該故紳募馬、步隊至二百餘人，其薪餉悉由廉俸并地方不急之款支給，并不苛擾於民。迭獲著名之悍首李三元、李四江、王朝顯、草上飛、滾地龍等，四境肅然。西北賈莊爲黄河舊時大險工合龍之處，時直鄭工將合，該紳事先浚治河身，增培埝，厚築堤根，合龍後，河水復故瀆，至今無險，人民利賴。鄰境如濮州、城武、鉅野，及直隸之東明、開州、長垣人民，均因匪首被獲，從匪歛迹，得以安枕，相率來菏歌頌。丁酉夏①，霪雨損稼，上禀請免七十餘村漕粮。及調署曹縣知縣，去菏時，士民攀轅卧轍，一如去陶莅菏時之盛。

在曹一年，庶政畢舉，整飭書院，購書六七百種，時與諸生講授文學，提倡風雅，於署後湖中高阜駕橋，建萬壽閣，環植芰荷，爲諸生課餘游泳之所，風景遂爲邑之勝境焉。方是時，大刀會起鄰境，邑民亦間有轉相傳習者。後來拳匪肇亂，即緣於此。該紳嚴申禁令，違者緝治，卒未蔓延。

（一）該紳於辛卯年調署歷城縣知縣，莅任後，懲治豪猾，整飭街道。至煩至劇之區，向官斯邑者，詞訟之事悉由發審員訊問，該紳猶能事必躬親，不懈於治理。巡撫張曜深爲器重，事無大小，時有諮詢，擬薦於朝，以申大用，該紳撝謙再四，不肯躁進。文武同官，咸相嗟異。

伏汛時，邑境濼口黄河水漲，深夜報險，該紳立即親莅壅護，培治堤埽，半日之内，卒得轉危爲安。是年鄉試，充文闈供給官，慮場屋潮穢，先用藥物薰治，以竹管引珍珠泉水入闈爲飲料，多延醫士，廣儲藥物，以重衛生，士林深受其惠。

---

①「丁酉」，當作「戊子」或「己丑」。毛澂任菏澤知縣爲光緒十四年（戊子）、十五年（己丑）時事。

在平度任時，整興文學，政簡刑清。莅任未久，調署泰安縣知縣。到任後，以泰邑衝繁要缺，整飭百務，庶政畢舉，聽斷明允，有「神君」之頌。邑有社首山，爲古昔登封禪祭之處，舊有廟祀，荒廢圮墮。該紳以人心不古，刑不能威，德不能化，本殷人尚鬼之義，捐廉倡募，遂集鉅款修復其廟，意使人民觀感，知所儆畏，亦可濟法之窮，未必非爲治一助也。

邑境大汶河甚漲，時崔莊、三娘廟兩渡口，向以瓦甕編聯爲渡，時有覆溺破陷之險。該紳捐廉造船二十餘隻，以佐民渡，行旅稱便。甲午中日之釁突起，泰境道當七省通衢之中樞，大軍過境，絡繹不絕，民苦差徭。該紳重惜民力，改爲官捐，物取於民，官與之值。以故，連年大兵過者數十萬，閭閻安靖，民不知擾。

泰山爲五嶽之長，名勝之區，上有孔子殿，久已圮敗，該紳籌款修葺，廟貌一新。其餘名勝，皆加修補，并籌盤路歲修之費，而名山之觀，至是煥然矣。

（一）該紳於乙未年春赴益都本任，到任後，整刷庶政，勘查各鄉。以堯溝以南一帶低窪處二十餘里，潦水散漫無違，民間歲苦浸漂，因攷究水源來處，以工代賑，募民開浚豬龍河上源，於下游廣開支渠，使之俱洩於瀰，水有所歸，遂不爲患。又慮支港大多，恐一泄無餘，并教民以設堰蓄水之法，每溝渠數里皆有數堰，以時啓閉，溢則放泄，竭則瀦蓄備旱，是年竟獲上稔。數百年棄田七八萬畝，遂變爲沃壤。又於城隅植桑三萬餘株，爲民提倡蠶桑之益，人民感頌其衛民興利，至今不衰。

（一）該紳丁酉年在單縣任内，數月間清結歷任盗案七百餘起、積案三百餘起，聽斷明允，人民稱頌。單境毗連蘇、魯、直、豫四省邊界，向稱盗藪，領桿頭目以百計，此捕彼竄，懈即復來，爲害地方，擾及鄰省，他省懸賞購緝者二百餘名。該紳捐廉募馬隊一百名、步隊三百名，親加訓練，在撫院請購毛瑟槍枝二百餘管。并將縣境畫圖分區，每十莊爲一區，令各莊編聯信號，撞鐘放礮，各聽遠近爲差。一莊有賊，九莊協拿，張貼賞格，督率勇隊，不分畫夜巡查搜緝①。先後擒獲領桿盗首趙發、劉四、老虎張才等五十餘名，皆係各省購緝未獲者，請於撫憲，悉治之法，并行文鄰省銷案。半年之後，四境安謐，夜不閉户，遠近肅然。是時直隸藩司周馥聞該紳治盗方畧，深爲贊賞，每見僚屬，輒語及之，謂有盗州縣應當師效者也。又與曹縣知縣曾啓塤協議拿獲大刀會匪正頭目劉嗣端，并置之法，及回益都本任，益父老遠道迎迓，輒喜形於色。在任屢斷奇獄，民驚爲神。當時民間且有將所判奇案編爲書説、被之弦管者。

邑有雲門、海岱兩書院，諸生但習帖括，該紳時莅院中，教以講求寔學爲本，博通中西爲用，并爲購中外科學各書。一時英秀之士得範而受裁成者，寔繁有徒。益人兼通西學，得魯省風氣之先，其因寔源於此，至今益人猶思念不置。

（一）該紳於庚子年春赴泰安本任，到任後，首免各項差徭，凡有重役，皆由官出，以紓民困。夏四月，直隸一帶拳匪蠭起，東省雖未蔓延，而時有竄擾。八月初，突有拳匪逸股三百餘人，由直竄入東平、肥城，延及泰安之安駕莊一帶。該紳聞警馳往，隨帶勇役不過二三十人，截堵要隘，乘其喘息未定，驟然掩擊，匪遂星散，居民、教堂俱獲保全，邑人至今稱頌。是時北方用兵，大軍過境，各項徭役繁興，泰境人民止充僱役，與他邑苦樂有不同者。

及在邱縣任時，該縣連年荒旱，該紳請於大府，動用倉穀，并撥款賑邮，定價平糶，民賴以安。復設壇祈雨，立霈甘霖，而收大稔。五月内，蝗蝻復起，該紳督率軍民，分段掩捕，又設價收買遺孽，竟未成灾，而

① 「畫夜」，當作「晝夜」。

秋田復大豐穰。是年民間所獲，父老言爲三十餘年所未有。縣北境有地，名北五里，一甌脱地，俗名「插花地」，孤懸直境，爲邱邑最富庶之區，商賈雲集①，而亦爲盜賊往來之路，因募勇設防，復親往密爲查緝，獲其渠魁，四境肅然。

（一）該紳於壬寅年復回泰安本任，時兩宮甫回鑾，以國債之故，急於籌款。該紳以久累之身，力顧大局，先後數捐鉅款，又將署内各項入款分别清釐，涓滴歸公。時川中水旱頻仍，同鄉京官倡辦義賑，該紳典質衣物約千餘金，滙京轉滙川省散放。又另籌千金寄本籍紳耆，倡辦平糶，所活甚衆。

癸卯年春，突有教匪來泰散票傳教，蠱惑愚民。入其會者先納錢一千，給票一張，直言將來有大兵過境，可以保身家，遠近從者甚衆。該紳查知，乘謁廟早起，出其不備，直赴該店搜查，擒獲匪首名吕德施，獲票板、票紙、圖記十餘件，名册二本。帶署供訊，尚意其愚昧無知，爲人所惑，必懼罪狡展，乃該匪竟供「其徒黨北至津畿，南連吴楚，與安清道友、哥老會、三點會匪皆一氣相通，謀爲不軌」不諱，并供「有李姓者，掌中有『人王』字紋，在青州，係東路頭目」等語。當即電知益都縣知縣李祖年密拿，亦即擒獲。一面録供飛稟各憲行文所供省分嚴密防範，一面將該匪解省，竟得消患於無形。該紳不以爲功，反憂將來大局，海内曁無人知其事者。

夏初，鄰境杆匪李大賢夥匪五十餘人入境，欲肆搶刼。該紳乘黑夜直撲其巢圍捕，該賊竟敢還槍拒捕，彈由該紳肩旁寸許飛過，立將馬隊孫長發轟斃，幸登時捕獲賊首及從匪一名，餘俱乘夜逃竄。該紳以該馬隊之死無異陷陣捐軀，爲之上稟請卹，并捐廉恤其家。而鄰境各杆匪亦從此聞風喪膽，不敢入境矣。

① 「商」，當作「商」。

東南鄉有和聖墓，即柳下惠壟，距汶水百步許。每夏秋水漲，時冲刷民田，兼齧墓址。該紳相其地形，伐石修壩，以石封固聖墓，清理祭田，禁止樵採，工竣而水患亦息。附近村民感沈灾之既淡，知稔歲之可期，爲請刋碑勒石，以垂永久。

是時朝廷命各縣興學，該紳遂於城西上河橋清查宋時天書觀舊址，剏建高等學校，并加展拓，建講堂、齋舍、書樓、天文臺、教職員執事人役等住室二百餘間。考取生徒，拔其尤者百數十人，分班肄業，并親莅講堂，勉勵諸生於課餘之暇，尤當以舊學爲根柢，不可偏廢，以育通才。又於城關設蒙養小學堂數處，後改國民學校，其高等學堂及西關蒙學尤重西文。并於各鄉同時設立小學堂一百八十五處，皆爲攷訂教員、籌足學款。舉事之初，民尚有未以爲便者，至次年停止科目之詔下，泰人始知此舉乃爲地方培植人材之苦心。復改舊仰德書院爲師範學堂。又泰山前麓舊有斗姥宫，爲尼僧所居，多爲不法。該紳禀承學憲、府憲，飭諭尼僧移住鄉廟，以宫址係唐時龍泉觀故地，改復舊名，派岱廟道士代司香火。觀中有餘室數處，并改爲師範傳習所，招生肄業。又於城關設立高等初級小學堂，又分設平民半日學堂，復於城内及南關設工藝教養等局，新政畢舉，規模宏大。是時巡撫周馥莅泰封山，因偏閲各學堂①，并將所訂章程、功課、管理法、教授法逐細披閲，一一首肯，謂規畫詳審，爲東省興學第一，將來泰人必有興者，正擬登薦於朝，而周以升任去位。

計該紳三任泰安，凡判斷奇情異案及其他政績，尤難殫述。至如興辦山工、點綴名勝、改渠引水以便民飲、築壩修橋、建亭砌道、釐正保甲、捐施義地，至岱頂之孔子殿、青帝宫、玉皇頂，各加修葺，頒行條教，

①「偏」，當作「徧」。

教民孝弟力田，皆係班班可攷，尤爲悉數難終者也。

（一）該紳於甲辰年調署諸城縣知縣，到任後，首問民疾苦。知其地阻於山海，每患粟貴，即申禁一切雜粮出境。時日俄戰事方殷，恐海盜乘間竊發，防範宜固，屢巡各海口，設立警報處。復籌款修復瑯琊臺，上蔡碑爲雷碎，治鐵以合之。以諸邑爲魯省士林讀書講學之藪、衣冠世族之鄉，即爲振興學務、廣開風氣，親蒞學堂，詳加攷試，勉諸生研精經史爲本，貫通中西爲用，而籌款綦難，深以全境未能普及教育爲恨。署後城上有超然臺，稍加修葺，置備器具，因與邑人士不時登覽，東坡遺韵，宛在目前。

又以諸境接近膠澳，環界西人來往絡繹不絶，每生事端，牽及交涉，動輒棘手。四月初，忽有西人博爾德來署投呈，自稱青島某船船主，控邑民王姓兄弟借錢五千元久假不歸，大肆咆哮，力逼追償。該紳洞燭其奸，立傳被告，留該西人當堂質訊，審係莠民買通，特來訛索。該西人聽審未畢，慙惶欲遁，該紳復將該西人善言開導，囑其安分尊重法律，并遣役護之出境。冬初，又有西人某，亦懷呈來署干謁，其事尤爲莫須有，鄉民詞訟細故，該西人乃闌入無理干預，該紳閱呈畢，力擲之案下，謂西人無理干涉，立即驅遂出署①，并查拿主使，該西人聞而宵遁。自是之後，諸民不爲外人欺累，西人亦復不向諸城多事矣。在諸一年，興廢舉墜，政簡刑清，提倡學校，教化乃行。去任之時，士紳人民涕泣請留，其遺愛有如此者。

丙午年，調署滕縣知縣，到任後，巡閲四境，以滕地壤連淮、泗，盜風素熾，嚴辦緝捕，清理積案四百餘起，募馬、步隊二百餘，捕獲巨賊劉有福等十餘名，皆係著名杆首，向在魯、皖、蘇、豫邊境屢作巨案，懸償購緝者。復下鄉問民疾苦，縣境微山湖一帶，汪洋巨浸，草木繁茂，向爲盜賊藏匿出没之所。歷任捕盜者以

① 「遂」，當作「逐」。

其阻險，不敢過問，該紳親歷其處，清查保甲，編制團練，盜匪亦聞風遠颺，滕民喁喁欣然望治矣。

四月二十日，捕賊於滕、嶧交界山中，是日大風雨，輿不能行，奔走泥淖中，雖立獲賊首，竟因此感受寒疾。服藥稍愈，復乘船至南三社勘微山湖湖田，擬振興水利，杜絶盜源，竟因積勞成病，六月初五日，卒於任所。

計該紳服官魯省，歷任十數縣，先後二十餘年，素不治家人生産，專以民事爲重，故後仍屬囊空如洗，一如作諸生時。而民之愛戴，則有口皆碑。

（一）故紳著有《羣經通解》《三禮博議》《秦蜀山川險要記》《單縣團練聯莊互助辦法條例》《齊魯地名今釋》《遼宋金元中外形勢合論》，并《穉海詩文集》六卷、《沿河心要》等書①，待梓。

（一）故紳殁後，諸城縣、泰安縣紳商士民公呈撫院，請列入名宦祠。泰安士民并刊石爲主，公送於高等學校藏書樓供奉，歲時祭享。

（《（民國）仁壽縣志》卷二七）

①「沿河心要」，當作「治河心要」。

仁壽縣志·毛澂傳

毛澂（一八四三①——一九〇六），字叔雲，號瀚豐②，又名稚澥，清道光二十三年（一八四三）生於仁壽鎮子場（今屬騎虎鄉）。幼聰慧好學，及長，專攻經史，旁及諸子百家，對古今學術源流，政治廢興，深入鑽研，爲文能切合時宜，説理精當。光緒二年（一八七六）以縣學生考取優貢第一，受四川督學張之洞贊賞。時張在成都創辦尊經書院，各地俊秀之士會聚一堂，互以經史詞章爭高下，獨澂兼有衆人之長，同輩尊稱爲「毛大哥」。光緒六年赴京會試，中進士，殿試三甲朝考一等，授翰林院庶吉士，以知縣待選。

光緒十年後，歷任山東定陶、歷城、泰安等十餘縣知縣，積勞成疾，三十二年（一九〇六）六月五日卒於滕縣任所，終年六十三歲。澂任知縣二十餘年，不治家産，死後囊空如洗。

在山東菏澤時，縣西北賈莊沿黄河築堤防洪，澂親自考察規劃，先浚河身，厚築堤基，排除洪水之患。一年夏季，遇霪雨，禾稼歉收，澂上報免去七十餘村糧税。去菏澤時，士民懇切挽留，不讓離去。光緒十七年（一八九一）任歷城知縣，時值伏汛，境内濼口黄河水漲，深夜報險，澂親臨指揮，轉危爲安。在泰安時，境内崔莊、三娘廟兩渡口，向以瓦甕編聯爲渡，遇河水暴漲，過往行人時有覆没之患，澂捐薪俸造船二十餘隻，供渡河用。二十一年調益都，境内堯溝以南二十餘里地勢低窪，常有淹没之苦。澂考究水源，招

---

① 「一八四三」，當作「一八四四」，參《光緒六年庚辰科會試同年齒録》下「道光二十三年（一八四三）」亦當作「道光二十四年（一八四四）」。

② 「號瀚豐」，當作「本名席豐」。毛瀚豐爲毛澂胞弟。

募民衆以工代賑，疏浚上下游，並於支渠分段築堰，汛期洩洪，冬春蓄水，變數百年毀棄荒田八萬畝爲沃壤。在邱縣，值連年荒旱，澂上報，動用倉庫儲糧，並撥款賑恤，定價平糶，民賴以安。五月中，蝗蟲四起，澂督率軍民分段掩捕，並設價以公款收買蝗蟲餘孽，竟未成災，是年獲大豐收，爲三十餘年所未有。

在定陶時爲書院添置圖書，對入學生員補以生活津貼。在曹縣時，整飭書院，購書六七百種，時與諸生講授文史。回任益都時，邑有雲門、海岱兩書院，習科舉業，澂親臨視察，指導諸生以講求經世致用之學爲本，並爲購置中外科學書籍，由是益都英秀之士兼通西學，開啓學科學之風。二十八年復任泰安知縣，澂於城西上河橋就宋天書觀舊址創建高等學堂，考取生徒，拔其優者百數十人分班肄業，澂親臨講堂勉勵諸生成爲通才。又於城關設蒙養小學堂數處，鄉村設小學一百八十五處，皆爲籌集學款，考聘教員。對科目開設，無論高等學堂與蒙養小學，均有外國語。爲培訓師資，改舊仰德書院爲師範學堂，招生肄業。又於城關分設平民半日學堂和工藝教養局。各類學校先後舉辦，規模宏大，山東巡撫莅泰祭泰山，因巡視各類學堂，對所訂章程、功課、管理法、教授法逐件批閲，一一肯定，以規劃詳盡，譽爲山東第一。

澂在菏澤時，盜匪横行，澂捐薪俸招募馬步隊二百餘人捕著名悍匪，從匪斂迹。光緒二十三年在單縣時，數月内親結歷年盜案數百起，單縣毗連直隸、河南、江蘇，向稱盜藪，頭目以百計，此捕彼竄，懈即復來。澂募馬隊一百名，步隊三百名，親加訓練，購槍二百餘支，將縣境畫圖分區，編聯信號，一莊報警，九莊協拿，張貼賞格，率隊巡查搜緝，先後擒獲悍匪五十餘名。光緒三十年調諸城，值日俄戰争爆發，西人往來不絶，仗勢侵擾民衆，滋生事端，澂巡視各地，設警報處，加强防範。四月初，有西人博爾德自稱青島某船船主，來縣署投呈控告諸城王氏弟兄貸款逾期不還，咆哮公堂，立逼追償，澂見控告内容諸多不實，立傳王氏弟兄與博爾德對質，一一查訊，博爾德原形畢露，聽審未畢，惶恐欲逃，澂曉諭法紀，並派差役遣送出境。

冬初，又有一西人懷呈來縣署，澂見狀辭，知係無理干預鄉民糾紛，意欲借此索款，怒將狀紙擲於地，斥西人無理，驅逐出署，並下令追查主謀，西人聞訊宵遁。

澂對人民羣衆的裝武鬥争亦緝捕鎮壓①。光緒十六年曹縣大刀會起義，鄰近縣民轉相傳習，澂曾嚴申禁令，違者緝捕。二十六年任泰安知縣時，值義和團起義，有三百餘人由直隸入泰安，澂聞警馳往，進行堵截。

光緒二十年中日戰争爆發，泰安地當數省通道，過境軍旅不絶，民衆差役負擔甚重，澂既組織民衆共紓國難，支援戰争，又愛惜民力，實行官捐，物取於民，官與之值，澂對清王朝喪權辱國憤慨不已，爲詩《感興》第一首云「一卷北盟猩印在，傷心江上麗華船」。下有自注：「中英約後署大英國大君主蓋印於江寧城外麗華船上②。」甲午中日之戰，日本强占琉球，《感興》第三首云：「飛章北渡求援夜，長跪東華請命時，容得包胥連日哭，當年豈不畏吴知？」自注云：「琉球遣臣跪東華門外，伺大臣入朝痛哭求救③。慰之云：『禁聲，恐日本使臣聞也。』」傷心痛恨，溢於言表。澂目睹旗兵將帥養賊自重，殘害人民，憤慨之情，不能自已，所著《苦兵歎》一詩曰：「黄花戰裙紅抹巾，腰刀暗嘯青蛇鱗。閃閃大旗道旁立，日日街頭横殺人。羣入人家捉婦女，彈雞射犬驚童豎。磨刀向頸誰敢拒，厲言而翁不赦汝。賊來猶可避一時，

① 「裝武」，當作「武裝」。

② 「中英約」，《穉澥詩集》卷五作「中央英約」，《穉澥詩集勘誤表》改作「中英和約」。

③ 「痛」，《穉澥詩集》卷五作「慟」。

大軍遍野將安之。哭訴轅門反遭笞①，草間嘔血狐鳴悲。日暮原頭陣雲黑，將軍震踔無人色②。兩軍相遇西山前，炮聲雷碾秋空煙。勁弓猛箭劇風雨，不射賊酋空射天。陰謀蓄賊要恩賞，走馬聯翩來索餉。夜聞賊去膽忽雄，急躡萬旗追長風③。荒村零户百家滅，亂砍民頭歸獻功！」

澂以知縣等候分派時，請假回鄉，主講仁壽鼇峰書院，時院中圖書奇缺，即籌劃購置經史子集四百餘種。復大力整飭校風，一改過去執教不嚴之弊。院中課目，以修身立行爲根本，通經致用爲目標。弟子常數百人，其優異者皆能博通典籍，成爲通才。如楊道南、喻晉安、辜豫渠等，均先後在考試中奪高第，一時士林中譽爲仁壽學派。及遠在山東各縣任職時，仍時時繫念家鄉，遇有災禍，必竭力扶持。光緒二十八年再任泰安知縣時，聞四川水旱頻仍，在京同鄉倡辦義賑，澂典當衣物得千餘金，匯回四川散放，另籌千金直寄仁壽，倡辦平糶。

澂所作詩文爲人傳誦，在知縣任中，暇則博涉羣書，攻經史，著有《稚澥詩集》《羣經通解》《三禮博義》《秦蜀山川險要記》《齊魯地名今釋》《遼宋金元中外形勢合論》及《治河心要》等，除《稚澥詩集》尚存外，餘均失傳。

（一九九〇年《仁壽縣志》第五六一至五六二頁）

①「笞」，《穉澥詩集》卷一作「箠」。
②「踔」，《穉澥詩集》卷一作「掉」。
③「旗」，《穉澥詩集》卷一作「騎」。

泰安市志・毛澂傳

毛澂（一八四三①——一九〇六）字蜀雲，又字叔雲，四川仁壽人。光緒六年（一八八〇年）進士。光緒十八年、二十六年、二十八年三次任泰安知縣。在任期間，居官正直，致力泰山的文物保護和開發建設、興新學、倡新風，爲人稱頌。

光緒十九年②，存於岱廟環詠亭的秦篆刻石突然失盜。毛聞報後，立即下令泰安戒嚴，封鎖出路，「大索十日」。竊賊無奈，只好棄石於泰城北門橋下。查獲原石後，毛將石移存岱廟道院，派人嚴加看護，瑰寶得已保存。光緒二十九年，毛重修徂徠山之陽和聖墓，工竣，題「和聖墓」刻石立墓前。還重修蒿里山神祠、對岱亭、環翠亭等，在黑龍潭建西溪石亭，在雲步橋建酌泉亭等。毛發動泰安各界在金山、虎山、垂刀山、黑老鴰山、摩天嶺及岱頂植樹造林，在蒿里山植柏千株。

毛澂對文化教育十分重視。光緒二十九年，毛倡辦新學，並帶頭捐獻廉俸作爲辦學經費。他在天書觀舊址創辦高小學堂，還在泰山上書院舊址創辦師範學堂。在城關開辦半日學堂教育貧民子弟。先後在全縣創辦初等小學堂一百八十五處，使泰安的教育事業得以振興。山東巡撫周馥巡視泰安時，稱泰安爲「山東小學第一」。爲啓迪民智，毛在岱廟創辦閱報所。一九一三年，山東提學陳榮昌應泰安民衆要求，撰立《泰安令毛君興學記》，對其振興教育事業的政績給予高度評價。

① 「一八四三」，當作「一八四四」，參《光緒六年庚辰科會試同年齒録》。

② 「光緒十九年」，應作「光緒二十年」。參陳代卿《書秦篆拓本後》。

毛澂注重革除陋俗，倡導新風。清中葉以後，斗母宫尼庵漸如勾欄。光緒二十九年①，毛下令查封斗母宫，將尼姑驅逐，改派道士住持。後尼姑法霖向毛表示願洗心革面，謹守清規，方才准許其返回，風氣遂改。光緒三十年，毛調諸城。三十二年又調滕縣。三十四年卒於滕縣任所②。

（一九九六年《泰安市志》第六九五頁）

（民國）華陽縣志・喬樹枏傳（節選）

喬樹枏，字茂萱，晚歲别署損庵，華陽人。……丙子舉於鄉，同舉者有仁壽毛澂，亦卓犖奇士，副考官吴觀禮在輦轂負重名，深以得樹枏、澂爲喜，賦《蜀兩生行》矜寵之，聲譽日起。

（《（民國）華陽縣志》卷一五）

（民國）華陽縣志・范溶傳（節選）

范溶，字玉賓，華陽人。……南皮張文襄公來校士，試第一，入縣學。與仁壽毛澂、綿竹楊鋭、漢州張祥齡四人者同時受知，出試外郡，則乘傳以從，州里榮之。

（《（民國）華陽縣志》卷一六）

① 「光緒二十九年」，據《華金壽日記》等，應作「光緒十九年」。
② 「三十四年」，應作「三十二年」。

（民國）簡陽縣志・毛純豐傳（節選）

毛純豐，簡西三岔壩人。……因廢學早，益重文人，敬禮周至。如仁壽庶常毛澂父子，及邑增生毛德如等至，必款留至再，暢論一切。

（《（民國）簡陽縣志》卷九）

（民國）綿陽縣志・陳漳傳（節選）

陳漳，字經漁，號辛湄。……舉人鄧昶《陳辛湄先生傳》：……弱冠後，張文襄視蜀學，歲試諸生，與仁壽毛蜀雲、緜竹楊叔嶠稱爲内外屬詞賦手，時人謂之「三傑」。

（《（民國）綿陽縣志》卷七）

（民國）定陶縣志

光緒十三年，知縣毛澂稟准，由民捐貲改建磚城，週一千二百四十四丈，雉堞三千三百堵，甕城四座，門樓四所。樓凡兩重，上題以額，東曰「仰岱」，南曰「臨楚」，西曰「景崧」，北曰「望京」。復於東南隅城上建一奎星閣，環城植柳株，儲其利爲修葺費資。此歲有修補，城大改觀。邑人頌其德，撰爲記（見《藝文志》）。邇來變亂時起，四鄉無寨者屢被害，邑以城固可恃，人心帖然。

（《（民國）定陶縣志》卷二）

毛澂，四川仁壽人，庚辰翰林，改選知縣，光緒十年任。有傳，載《名宦》。

……

毛澂，光緒十三年回任。

……

毛澂，字蜀雲，四川仁壽縣人。少負才名，爲張文襄之洞高弟。光緒庚辰翰林，改知縣，任陶。於古迹、軼事多表彰，實心愛民，政成以惠，舉賓興以恤士子，捕盜賊以安閭閻，修堡設卒，保護行旅。覩城多圮，方議修，遽去任。越半載復來，仍執前議，并欲改易以甎。諸首事有難色，公曰：「成城賴衆志耳。」上詳蒙允，督紳興工，民間輸資輸甎，無不踴躍，不數月而功竟。以其餘財，環城樹柳萬株，居然緑楊城郭矣。後以樹所息爲修補費，陶人感其德，爲立碑焉，貢生許繡春記其事，載在《藝文》。後歷任大縣，皆有政聲，升直隸州。歿於泰安任所①。

（《（民國）定陶縣志》卷四）

曹縣鄉土志

萊朱墓，縣南十里，知縣毛澂建祠於墓。

（《曹縣鄉土志》）

---

①「泰安」，當作「滕縣」。

（民國）續修歷城縣志

毛澂，四川仁壽進士，十七年署任。

（《（民國）續修歷城縣志》卷三三）

（民國）平度縣續志

毛澂，字蜀雲，四川仁壽人。庶吉士散館，十七年閏六月任。

（《（民國）平度縣續志》卷四上）

泰安縣鄉土志

知縣毛澂，字蜀雲，四川仁壽縣人。光緒二十八年知泰安縣事，廉能有爲，百廢具興，除奸革弊，民安其業。維時外患日亟，科舉已停，澂目覩時難，遂與紳富商籌的款，創立學堂數十處，訪延教員，分門授課，以開風氣。並設半日學堂，教育貧民子弟；建教養局，俾習工藝；立農桑會，以盡地利；民甚德之。

（《泰安縣鄉土志》）

（民國）重修泰安縣志

雪花橋。俗名雲木橋，在小龍峪北，再上爲三蹬崖，東側爲酌泉亭，清光緒間，邑宰毛蜀雲建。有御帳坪，爲宋真宗駐蹕處。前爲飛瀑巖，瀑水懸流，濺花鋪玉而下，清聖祖《百丈崖觀瀑詩》即此，一名「護駕泉」，又曰「銀河坪」。北舊有五大夫松。按《史記》但云「大樹」，不言松也，且「五大夫」，秦爵之第九級，樹久亡，好事者補裁五株①，失之矣。坊即小天門，一名「誠意門」，自二天門至此五里。坊側巨石屹立，號「飛來石」，相傳明萬曆三十一年，自山巔墮此，有柯紹皋題識。東有望駕石，如人拱立。又東一山，曰「老人寨」，有朗然子洞（詳《古迹》）。西上爲朝陽洞，自五大夫松坊至此一里。北上爲凌虚閣，圮。西爲振衣亭址。洞深廣如巨屋，南闢向日，舊名「迎陽」，亦曰「雲陽」。東爲御風巖，磨勒清高宗《朝陽洞詩》，因名「萬丈碑」。洞北一松，獨挺山崖，曰「處士松」，塗澤民碣曰「獨立大夫」。明萬曆時失其樹，惟碣存焉。

……

西谿石亭。西谿勝處曰黑龍潭，上爲百丈崖，懸流下垂如白練，故又曰「天紳泉」。雖未較廬山香爐峯若何，然噴雪濺珠，挾風疑雨，亦太山中之鉅觀也。清光緒間，邑宰毛蜀雲對崖建亭，以石爲之，顔曰「西谿石亭」，戾其處者時時若風雨懸空，驚心動魄，得建置之要。

……

社首山。在太山南趾，去縣城西南二里，居高里山之左，二山相連。高僅四五丈，唐高宗爲降禪壇於山上，旋名降禪壇爲「景雲臺」。宋真宗禪社首，有王欽若碑。西北爲對岱亭，光緒間邑宰毛蜀雲重建。

……

縣立第一小學。清季學堂議起，邑侯毛蜀雲於光緒二十九年就汶陽橋北天書觀故址創建高等小學，

---

①「裁」，當作「栽」。

學舍且二百楹，一時爲山東諸高等小學冠。其餘縣中各學校雖有興作，無與比者，今特載此一校，以誌其尤。

……

天書觀東橋。邑令毛蜀雲重修。

……

高里山神祠。在城西南三里，本名亭禪山。漢武帝太初元年禪高里，即此。其後因「蒿里之歌」，訛爲「蒿里」，好事者從而附會，建十王殿於高里、社首之間。其説地獄輪迴等事，固屬不經，然陸機晉人，已云：「蒿里亦有亭，幽岑延萬鬼。」又廟中有元至元二十一年、明成化二年，及萬曆年重修碑，皆不能詳其創建，其由來之久可知。清光緒十九年三月，知縣毛澂捐款重建閻羅及三曹七十五司之屬，鈞屬完整。

高里山相公廟。在城西南社首山麓。神稱「高里」，爲東嶽輔相。廟北有宋元豐三年胡元資《高里山相公廟新創長腳竿記》，碣左有三聖堂，東北有藥王廟。相公廟舊在社首山頂，久廢，今廟乃光緒間知縣毛澂所改建。殿廟卑隘，藉存舊名而已。廟與高里山神祠同一周垣。

天書觀。在城西里許汶陽橋北。觀初名「乾元」，宋祥符中，王欽若得天書於此，改今名。後廢爲碧霞元君宮，前一殿奉元君。明萬曆中，尊孝定皇太后爲九蓮菩薩，構一殿於元君殿後奉之。崇禎中，尊孝純皇太后爲智上菩薩，復構一殿於後奉之，乃更名曰「聖慈天慶宮」。像設皆笵銅鍍金，而按察使左佩玹爲之碑。宮成於崇禎拾七年三月，即闖寇陷京師時也。門西有醴泉，祥符中，建亭於上，顏曰「靈液」，久圮。北有鐵浮圖十三級，明嘉靖十二年造。又南有門樓三間，清乾隆三年燬於火，遂廢，銅像於咸豐間移奉靈應宮，光緒二十九年，知縣毛澂就其地建高等小學堂。舊志載天書觀東河涘有清虛觀，殿宇頗幽曠，明郡人蕭太亨重修，清康熙中，郡人趙宏文有碑記，今畧無遺迹矣。

……

隱仙觀。在徂徠蹉石峪貴人峯下，中有吕祖閣、三清殿、靈官殿、玉皇樓，地址下汶西，廟地及樹，均歸下汶西經管。有知縣毛澂堂諭碑。廟地北至貴人峯，東至蜂窩嶺，西至珍□坊，南至清風石山下。有廟中場基，道士陸續修築，瓦房門樓十間，居然一大道院觀，爲徂徠第一奥區。巖谿深阻，竹樹茂美，一水環抱，輞川、桃源不是過也。古今賢達，題刻紛如，道人梁真常不恃捐募，自修玉皇樓、吕祖閣等工，可爲山川生色。

（《（民國）重修泰安縣志》卷二）

……

環翠亭。在高里、社首之間，泰山屏其後，金牛、龍山、云亭、徂徠環其前。當曉煙微茫、夕霞翠靄之際，妙莫能狀。清光緒間，知縣毛澂重建。下有後晉天福年石幢。

……

萃美亭。城西北十里，金州守姚建榮建。亭當西溪勝處，天紳泉懸流於北，水簾洞迸灑於西，雲煙吐吞，晦明變滅，跳珠濺沫，轟雷掣電，令人顧接不暇。據山水之窟宅，擅天壤之奥區，誠得登臨之要者也。亭久廢，清光緒間知縣毛澂建西溪亭於黑龍潭側，恍若萃美亭再現云。

……

和聖墓。在縣東南一百里許天寶寨地方，小汶北。墓地向係平原，因山河改道，遂被冲齧。清光緒二十六年，知縣毛澂二次任內，躬往履勘。墓基約二三畝，荒毁已甚，享堂、祭田，鈞已廢失。因籌集京錢一千串，發交近村紳董，具領監修，適去任，而事寢。比三次回任，履行前議，尅期竣工。墓每面計闊四丈，週圍凡十六丈，高一丈，均砌以巨石。墓頂加高五尺，實以灰土，護墓地基大地二畝八分餘。四角皆立界石，南、西、北三面，各築土堤一道，以禁樵採。其東濱河一面，另疊石壩，長三十餘丈，以防河水侵刷。隙地栽楊柳八九百株，柏十餘株，爲守墓者葺茅舍二楹，兼立碑示後。粢盛出鵝鴨場，場離墓西北數百武，水荒一區，爲近村縱牧鵝鴨之所，至是，飭紳董計值買回，計大地十三畝四分五厘八毫，四面各疊土圩一道，樹以界石，中開稻田，并濬池蓄水，藝植蒲荷，試興水利，以作和聖墓祭田。前後共費京錢三千二百緡有奇，選派祀生妥慎經理。毛公遂將前情通詳撫、藩、道、府立案，以防侵佔，時光緒二十九年七月事也。先是，光緒二十九年四月初一日，山東巡撫周准兵部火票遞到工部咨屯田司，案呈本部彙奏「各省古昔陵寢祠墓防護無誤」一摺，相應抄録原奏行文，貴撫遵照，周准此，以事遞下各級地方官到縣。文以五月初十日到泰安，毛公遂於六月以修竣和聖墓工出詳，倘非事在令先，其何能應命如此之速乎！

（《（民國）重修泰安縣志》卷三）

城區高級小學校表（附師範講習所及職業學校）

名稱	坐落鄉名	坐落地基	成立年月	本校基本欵産	縣欵津貼	創辦人姓名	畢業人數	現在人數	備考
縣立第一學校	西隅	天書觀遺地創辦	光緒二十九年	三千元		泰安知縣毛澂	三十二級約九百名	二百八十名	

……

閲報所。清光緒間，知縣毛澂用公款在城裏將軍廟創設，後移資福寺。未幾，改附於圖書社。圖書社。清光緒三十一年，舉人趙正印等在岱廟環詠亭捐款創設。知縣李玉鍇捐廉百金，以爲之倡。購圖書八十餘種，資人瀏覽。毛澂所創閲報所，亦遷附於此。至宣統元年，爲知縣張學寬取消，與閲報所同併天書觀高等小學校。

（《（民國）重修泰安縣志》卷五）

毛澂，字蜀雲，四川仁壽縣進士。爲人心地慈良，學問淹博，光緒中，四任泰安縣令①。循聲卓著，全境各種學校建設規模，皆自公創之，大中丞周稱所辦高小校爲全省之冠。庚子，奉令封閉教堂，公知係仇教者所爲，暗令西人遷移，查封嚴守。事平，教堂無所損失，無他縣賠償之苦，公之遠識，尤足多者。至修和聖墓以尊先賢，集中外書以餉多士，知公於人心風化，尤爲注意云。

（《（民國）重修泰安縣志》卷六）

柳下惠。魯公族，展氏，名獲，字季禽，無駭之子。食邑柳下，謚惠。其言行具《論》《孟》及左氏内外《傳》。舊志：「柳下即治東南柳里村，有墓在焉，其高如陵。」《戰國策》「秦伐齊，令有敢去柳下季壟五十步而樵採者，死無赦」，即此。舊有碑，今廢。

按：邑宰毛蜀雲於汶西大冢砌石樹碑，大書「和聖墓」三字，而王莊前柳下季隴廢。詳《古墓》。

（《（民國）重修泰安縣志》卷八）

① 「四任」，當作「三任」，分别爲光緒十八年、二十六年、二十八年。

泰山小史注

趙新儒

斗母宮又名妙香院，去城十五里，爲登岱早餐之所。住持尼，明時皇宮替僧，清末光緒時尚盛。幼尼皆妙婉秀麗，解文字，衣裝如美少年，其室宇陳設、飲食供客，極其豪奢，故遊客多樂而忘返。光緒二十九年易以道士①，不能存活，後尼仍回廟，剃度與常僧等，布衣粗糲，僅以自存。舊時勝地，與空山古寺等矣。

……

秦篆李斯刻石，在玉女池西，後置碧霞宮東廡。乾隆五年，廟災，失所在。道光間邑人柴蘭皋先生監修山頂工程，濬玉女池，復得之，只餘九字「臣斯臣去疾昧死請」等字。爲文記其事，書石立岱廟右个，邑令徐宗幹跋之。嵌秦篆九字於岱廟環詠亭東壁，並摹舊摺二十九字本②，嵌亭西壁。光緒十六年③，有盜竊之，時邑令爲毛蜀雲，大索十日，石不得出境，盜棄石北門橋下，乃移道院中。余有光緒十六年初獲石時搨本，後攜之汴，有李古漁老人跋之，已久流落人間矣。今石在東御座，余擬置岱廟大殿，與四壁宋畫相輝映，亦奇觀也。

……

蒿里山應爲「高里山」，謂其高里許也，漢武帝元狩年禪此。後世訛爲「蒿里」，遂爲鬼伯之祠矣。二

---

① 「光緒二十九年」，據《華金壽日記》等，當作「光緒十九年」。
② 「摺」，疑當作「搨」。
③ 「十六年」，當作「二十年」，參陳代卿《書秦篆拓本後》。下「十六年」同。

十年後①，駐軍馬鴻逵部拆毀神祠，就高里山頂修烈士祠。掘地得石函，有金泥玉檢，曾見其搨片，爲唐時封禪物。此足以補史志之缺，然諱莫如深，什襲藏之矣。

森羅殿在山下與社首之間。光緒十六年②，毛蜀雲令泰，重修之。有聯云：「聿古來帝祀羣神，亢父主死，梁父主生，豈獨草儀逢漢代；爲天下人心一哭，德不能化，刑不能威，只可尚鬼學殷時。」先生救世之心，可以概見。先生令泰多惠政，至今民稱之，今其子孫式微矣。賢令之後，乃至是也。

……

柳下惠墓尚有柳下季壟碑，有柏數百株。道光年徐清惠令泰時，爲之立祀，整頓祭田。光緒年，毛蜀雲先生令泰時，又爲修墓植樹，禁止侵佔。近有人公然斫伐林木，土豪在其地設集，牧放牲畜。柳下之子孫式微矣，盜跖之徒，其又猖獗太山之下乎？噫！

（《新刻泰山小史附泰山小史注》）

（光緒）益都縣圖志

光緒十七年，知益都縣張承燮修築堯溝官道，後令毛澂繼之，遂底於成（據縣案）。

（《（光緒）益都縣圖志》卷一四）

毛澂，四川仁壽人。庚辰翰林，光緒二十一年知縣事。勤於吏職，聽斷明允。先是，縣東境堯溝、康家

①「二十年」，即「民國二十年」。

②「十六年」，當作「十九年」，參《（民國）重修泰安縣志》。

洋一帶，水潦爲災，淹没田禾，官道泥濘。前令張疏濬水道，厥功未竟。澂履任後，相度地勢，撥民夫挑浚修治，道路無阻，低田悉成沃壤，民至今誦其德（以縣案修）。

……

毛澂，光緒二十三年回任。

（《（光緒）益都縣圖志》卷一八）

附郭鄉有……崔殿元，北關人。知縣毛澂表其門。

（《（光緒）益都縣圖志》卷四一）

（民國）續修廣饒縣志

明李焕章墓。在益都城東北魏七里莊東南隅。清光緒間，益都知縣毛澂爲之立碑，題曰「明故處士李公諱焕章字象先號織齋之墓」。其後即居於此，藏有《李中行行樂圖》，當是李公嫡派。

（《（民國）續修廣饒縣志》卷四）

（民國）單縣志

光緒二十二年，知縣毛澂任内，奉撫臺李秉衡飭改章，每正銀一兩，連耗羨、火工、解費等項共折收京錢四千八百文，以外不許加徵分文。邑人於本年七月，在大堂前勒石立碑，赴櫃完納，每制錢一千重七斤半者爲合格。

……

（光緒）二十二年九月，知縣毛澂任内，復奉撫臺李秉衡飭，漕糧按合收納，不準捲合作升。邑人於二十三年三月，在大堂前立碑紀事。

（《（民國）單縣志》卷三）

隄根官地。自清光緒七年查丈，經知縣朱世俊、畢炳炎禀明，按畝收租，留作普濟堂支放孤貧口糧。嗣經知縣韓文朗、毛澂、李銓與邑紳歷年查丈，屢有增加，至七十五頃八十二畝三分六釐。光緒二十七年，歸入書院。二十八年，改歸學堂。

……

鄉團。按：清咸豐四年，粤匪竄擾東省，巡撫譚廷襄札飭單縣團練。八年，知縣程繩武重行整頓，以琴臺爲練勇局，按營制編定。光緒二十二年，知縣毛澂諭五方紳董辦立保甲，每莊架一木樓，樹高杆懸旗，中書「鄉團」字樣，晝夜輪班守望，有警鳴鞭砲爲號，四集救援。並詳定懲獎章程，以期防衛，制有成書，圖説周密，惜鄉閒視爲故事。

（《（民國）單縣志》卷四）

（民國）邱縣志

毛澂，四川仁壽縣進士，光緒二十七年任。

（《（民國）邱縣志》卷八）

諸城縣鄉土志

毛澂，四川仁壽人，由翰林改知縣，光緒三十一年署縣事。時奉檄立學堂，而絀於款，澂就書院舊舍，稍改作之，旬日而規模具。廣集生徒，優給膏火，一洗陳腐之陋，邑有學堂自澂始。把總某以重息貸錢商民，解任時囊括去矣，一日挾洋人來索，負勢張甚，澂據理折之，洋人謝過去。邑多教堂，自澂歷任後，民教相安，爲從來所未有。修琅邪臺秦碑，工未竟，明年調滕縣，五月卒於官。邑人請於大府，爲位超然臺上，配祀蘇文忠。

（《諸城縣鄉土志》卷一）

（宣統）山東通志

右秦琅邪臺刻石。據舊拓本，存字處高二尺二寸，廣二尺一寸。篆書十三行，共八十六字，字徑二寸，首末二行剥蝕已甚，細認始識。案：琅邪臺在諸城縣治東南百六十里，臺爲三成，秦碑據其巔。碑中裂寸許，經前知縣事秦州宫懋讓鎔鐵束之，得以不頹。後仁壽毛澂知諸城縣事，築亭覆之，篤古之士，所以保持愛護之者備至。詎十餘年前，劫於雷火，數千載之巨碣，一旦震爲齏粉，殊爲深惜。近聞片石殘字，或有存者，然皆湮歿散佚，不可復收。不知濱海好古家，猶能出而搜剔殘廢，俾署存片段，如泰山刻石之十字否也。

（《（宣統）山東通志》卷一五一）

（宣統）滕縣續志稿

毛澂，字叔芸。四川仁壽縣人。進士，光緒三十二年任。御下嚴，胥吏不敢軌法。卒於官。

（《（宣統）滕縣續志稿》卷二）

（民國）續滕縣志

毛澂，字叔芸，四川仁壽縣人。進士，光緒三十二年任，有傳。

……

毛澂，四川人。以翰林散館，由泰安調滕，政舉而民不擾，任未久，故。

（《（民國）續滕縣志》卷一）

（二）詩文詞

蜀兩生行

吴觀禮

石城山頂窺峨眉①，胚胎靈秀争幽奇。岷源水入錦江碧，奔流到海無盡時。兩生生長山水窟，合有清氣相扶持。我知兩生名，初未識兩生。五色動眸子，雙璧誇連城。青鸞鎩羽大鵬息，黄金之臺高不極。有才自

① 「城」，《兩浙輶軒續録》卷四八作「頭」。

與歲月深，里閈何殊在京國。但令每飯念宵衣①，莫辭三載聊家食。炎曦暍人行路難，十旬羈滯猶長安。長安冠蓋富豪俊，事賢友仁良所歡。喬生好客肝腸熱，門限將穿眼森鐵。與人娓娓不忘規，言泉噴落離堆雪。毛生廣坐兀徘徊，陗如石笋撑寒梅。閉門頌酒自孤枕，夢吞溟渤杯中來。一滄一煦頗殊致，兩人測交敦古誼。攜手同行胡弗徐②，投詩話別憂時事。九州饑饉流民多，況聞苦旱家書至。熒惑摇芒室壁間③，仰視太陽麗天駟。斗車憑戴筐，騎衛信環侍。霧雺升降豈有徵，榆桂參差且循次。汝今涕泣悲路歧，我剩凄凉已無淚。望雲羨汝共言歸，坐令兀兀吾心醉。不敢噂沓矜談天，爲汝少損摩兜鞬。殷憂啓聖睠疇昔，先帝中興方沖年。采芑江漢鞠師旅，騶虞麟趾依親賢。拊膺玉几迭霜露，天荒地老愁神仙。宣仁堯舜終乾乾，所嗟中外多備員。及今英劭爲時出，奮發猶可追先鞭。行矣各自愛，劍氣騰星躔。願友天下士，更攬形勢全。南下吴淞叫精衛，西入夔巫號杜鵑。山澤崇朝有霖雨，甽畝要在能力肩。余生早衰盼雙杖，道逢邛竹煩留連。

（《晚晴簃詩匯》卷一六五）

登眉州三蘇祠雲嶼樓 祠與試院鄰，有門與祠通

張之洞

坡公南歸老陽羨，買宅不入竟折券。迫逐未安白鶴居，結銜遥寄玉局觀。欒城終見子孫長，斜川差有水竹戀。峨岷西望徒懷鄉，豈意鄉人作祠堂。一本作「一家西望徒懷鄉，鄉人種樹築祠堂」。堂上骨肉盡合食，

①「宵衣」，《兩浙輶軒續録》卷四八作「時艱」。
②「弗」，《兩浙輶軒續録》卷四八作「勿」。
③「間」，《兩浙輶軒續録》卷四八作「閒」。

庭檜夾侍虬龍翔。一本無此二句。樹茂竹美人未足，並鑿兩池起華屋。蜀菜可薦三春芹，假山猶是千年木。木假山今見存，矗立堂下。諸賢魂魄儻樂此，想見張髯並捫腹。入門楸花粲春風，祠有楸樹極老，花極繁。花飛入水波涵空。西池竭澤窘魚子，東池吐溜歡鳧翁。文書遮眼黑如蟻，刮膜賴有一泓水。門外謝遣立鵠人，脱冠去佩漱清泚。三年皮骨嗟空存，半日燕閒曾有幾？共我登樓有衆賓，毛生楊生詩清新。范生書畫有蘇意，蜀才皆是同鄉人。仁壽學生毛席豐、綿竹學生楊鋭、華陽學生范溶，皆高材生，召之從行讀書，親與講論，使肄經學。昔聞采石張文謙，高唱呼起謫仙魂。主人未半朱竹君，座客已三黄景仁。蜀産無如天水盛，氣節文章多可敬。紫巖父子亦世家，雁湖兄弟仍同姓。景仁忠直雍國功，都與三蘇相輝映。名山大川靈氣長，誰道後來終不競。思賢懷古難久留，囑付道士祠春秋。賦詩不敢寫祠壁，作俑勿隨何道州。何有詩版在西池上。

（《張之洞詩文集》詩集二）

仁壽毛蜀雲席豐、緜竹楊叔嶠鋭，蜀中績學士也。香濤學使納之門下，爲講明漢學宗旨，因與余友善，亦同氣相求之理，各贈詩二首①

鄭知同

卓犖天才信不羈，百家小技未稱奇。且卑脱穎侯門客，進取明經博士師。恰好傳箋同契早，更無劉賀異時思。年來久已成瘖啞，千偈瀾翻恃子知。

無尊不信古今同，誰是登高呼順風。罔惜開山如力士，端須異代起文翁。清河正自埤《蒼》《雅》，少路從知繼大宗。漢初，施、孟、梁邱三家《易》學皆出田王孫，爲孔門商子木正傳。施讎授張禹、魯伯，伯授太山毛莫

① 録贈毛澂之二首。

如，字少路。許鄭功臣今有在，豈惟汲古擅元戎。國初《説文》止一小字宋本，毛子晉先爲刊行，世始見其書。諸經注疏時亦甚微，皆毛氏首刊，于《詩》《禮》校訂多審。

（《屈廬詩稿》卷三）

丁丑將赴酆寄懷叔雲京師，時方由水道還蜀　楊鋭

長安落木下，之子發盧溝。爲客三年盡，防身一劍留。悲歌燕市月，歸夢海門秋。一葉東流去，遲君到峽州①。

片帆雲氣昏，十月上夔門。峽勢回看鳥，江聲正斷猨。林霜紅繫纜，山雨緑開樽。冬盡南賓縣，交期子細論②。

（《説經堂詩草》）

丁丑秋將赴酆都，寄懷毛蜀雲京師下第後由水程還蜀③　楊鋭

木葉西風裏，遊人意若何？去看秦嶺雪，遄及洞庭波。錦水新吟少，金台昨夢多。燕南有奇士，回日縱悲歌。

① 《劉楊合刊》本《楊叔嶠先生詩文集》詩集卷下此詩題作「寄懷友人由京師還蜀」。
② 《劉楊合刊》本《楊叔嶠先生詩文集》無此詩。
③ 《戊戌六君子遺集》本《説經堂詩草》無此詩。

（《楊叔嶠先生詩文集》詩集卷下）

楊鋭

九月十七日出都，叔雲、茂薆、晦若、孟侯送於彰武門，賦此卻寄①

征衣乍作十分寒，去住無聊兩自寬。燕市悲歌將進酒②，秦關殘雪勸加餐。驪歌送客難爲别，烏帽愁君不忍看。咫尺青門一分手③，人間天上是長安④。

西風吹我欲銷魂⑤，秋過盧溝木葉翻⑥。去國身如霜後雁⑦，望鄉心似月中猨。三年薄命隨書簡，九日狂歌對酒樽。蜀鳥燕鴻兩愁絶，寒天一騎向并門⑧。

（《説經堂詩草》）

① 《劉楊合刊》本《楊叔嶠先生詩文集》詩集卷下此詩題作「九月出都，蜀雲、孟薆、晦若、孟侯送于彰義門，感賦二首却寄」。
② 「悲歌」，《楊叔嶠先生詩文集》詩集卷下作「悲風」。
③ 「咫尺」，《楊叔嶠先生詩文集》詩集卷下作「躑躅」。
④ 「人間天上」，《楊叔嶠先生詩文集》詩集卷下作「百年此會」。
⑤ 「吹」，《楊叔嶠先生詩文集》詩集卷下作「知」。「銷魂」，《楊叔嶠先生詩文集》詩集卷下作「消魂」。
⑥ 「盧溝」，《楊叔嶠先生詩文集》詩集卷下作「蘆溝」。
⑦ 「國」，《楊叔嶠先生詩文集》詩集卷下作「客」。
⑧ 「騎向」，《楊叔嶠先生詩文集》詩集卷下作「劍滯」。

同梁節盦、于晦若、繆小珊、楊次麐、吴柚農、王雪澂、毛穉澥、吴季清泛舟北泊觀荷，還集天甯寺三首　顧印愚

帝城秋色裹，隋塔獨蒼然。塵濁誰幽賞，登臨况勝筵。酒池行曲水，花雨散諸天。詎減雙松底，慈仁高會年。

北泊澂孤嶼，南郊得盛游。緑房蓮坼露，白絮葦吟秋。便覺冠裾滌，無勞歌管酬。江湖有歸興，吾意欲扁舟。

媿附慈恩集，諸公幸見招。詩情争突兀，秋望屬岧嶢。别路同千里，歡言罄一朝。他時向天末，回首奈魂銷。

（《成都顧先生詩集》卷一）

陳同年光明輓詞①　王蘭

浩氣吸長江，龍文健筆扛。堪嗤鶩鳥百，喜識蜀才雙。謂毛蜀雲。君竟歸長夜，余仍滯異邦。蕭蕭白楊樹，愁絶黯銀釭。

（《兩浙輶軒續録》卷五〇）

① 凡兩首，録其一。

出都酓毛菽畇同年

傅爲霖

今春我下瞿唐灩澦堆，長江萬里海門開。番舶如山争出没，昔時天險安在哉？羽衣玉笛黄鶴樓，魚龍雜遝風雲愁。笑掣長鯨跨東海，吟嘯已過三山頭。三山縹緲神仙處，濫竽暫聽霓裳去。一舄隨風落九天，雲中指點來時路。漢家儒林大毛公，雙眸炯炯真英雄。揮鞭爲我吐奇氣，掀髯一笑開鴻濛。眼中之人吾老矣，精衛安能填海水。延津龍劍儻合鳴，尚欲隨君斫蛟子。秋風起，白雲高，一日各千里，馬鳴何蕭蕭。側身南斗望斗杓，瓊樓玉宇高岧嶢。君從香案立當霄，戴匡耿耿化招摇。日月重光兵氣銷，引領再盼英瓊瑶。

（《簡陽縣詩文存》卷三）

重九寄懷潤生次毛菽畇太史送潤生詩韻

王士元

我懷君兮乃在楚三户，漢水茫茫莽東注。孤城鐵篴黄鶴樓，落日扁舟漢陽渡。東南人物歸何處？楚國多材尚如故。侯王將相盡英雄，眼底龍驤并虎踞。知君顧眄渺中原，雄心便欲凌霄去。八九横吞夢澤雲，回頭卻望故鄉樹。故鄉雲樹翠萋萋，有客秋同宋玉悲。叵耐蕭條窮巷裏，懷人燈畔雨如絲。昔年與君同臥釣魚磯，蛩駏駏馳錦水湄。駛足願爲君肅馬，豪情輒笑禰衡尸。追逐雲龍相上下，意氣憑凌更有誰？豈意茵溷兩前定，我爲蚯蚓君蛟螭。萬里扶摇籋雲去，望塵不及空嘘嘻。玉皇香案多仙吏，快意纍纍鐵如意。八騶前列覬元長，五鳳齊飛驂李至。君獨路指南朝四百八十寺，飛鳬翊翐荆襄地。文讌風流賓從醉，長令威棱鮫鱷避。手持循吏一弓書，遠爲蒸黎起顛頓。君不見古來龔黄召杜徒，淳風廣扇山澤癯。竹馬兒童語喔嚅，翩然來挽使君鬚。又不見北溟于公守雲夢，荏苒十年宏大用。當時遺愛遍江南，里忭翕歌息争訟。人生年華如逝水，只要勳名動天子。百年元氣此身扶，萬姓瘡痍一朝起。雷雨經綸滿地天，一雪處士虛聲恥。何必黄馘守蓬茅，親故呢呢歡酌兕。天涯萍梗苦吟身，高會重陽知幾人？想得龍山定相憶，題詩試寄孟參軍。

（《簡陽縣詩文存》卷三）

送叔匀師赴京　楊道南

萬里朝天路，三年立雪身。臨歧皆感泣，賤子倍愴神。黄葉霜中樹，紅衫劍外人。凄凉絃誦地，煙鎖武陵春。

石棧天梯險，千峰猸狖鳴。亂雲驢背影，殘雨馬頭聲。鄉思縈秋柳，詩情寄晚橙。秦關漫回首，煙樹錦官城。

北指長安道，行人喚奈何。荒城禾黍滿，古驛雪霜多。地自雄三輔，人誰奠九河。漢家《講洫志》①，來去費編摩。

歲暮征驂去，春歸客裏天。楳花秦棧雨，柳色薊門煙。北海風虛度，西河月不圓。明年榴火緑，翹首玉堂仙。

（《春芥山房詩集》卷一）

①「講」，當作「溝」。

送勻師館選後入都排律一百韵　　楊道南

萬里寒雲地，三秋瘴雨天。鼇驚東岱徙，鯤轉北溟遷。錦水辭家棹，金臺報國船。大勳看洗日，異代望凌煙。獨有飄零子，偏乖祖别筵。臨風心惻怛，見月淚潺湲。虛負稜稜象，幾同跕跕鳶。吹簫孤館内，擊筑少城邊。埘驥知無分，登龍信有緣。寄懷前事在，頓使舊情牽。綺歲丁家阸，艪齡痛母捐。蘆花寒不耐，椿樹病如禫。栗栗身幾碎，蓬蓬髮未鬈。頻遭人指點，更值境迍邅。慘啜牛衣泣，欣逢鹿洞賢。鑄顏侔大冶，雕宰運真銓。碧澥初尋筏，黄河竟扣舷。投函悲蜀道，攝笈奉伊川。無那風雲會，翻嗟雨露偏。劉蕡書不答，賈誼策空傳。背闕揚舲去，還鄉掃閣眠。高材争鼓篋，傑士共投鞭。載啓誅茆舍，宏開種杏堧。鸞和聲肅肅，魚雅態翩翩。院小鳴金石，宵深醉管絃。隋珠齊炫彩，荊礎并呈妍。蠹碧爬羅富，蟫紅補綴全。鬮詩燒短燭，作賦艷華牋。陰鑿龍門峽，幽窺鹿苑編。梗楠歸斵削，鉛錫共陶甄。竊抱韓郊質，長歌屈宋篇。疏狂隣阮籍，宕蕩似張顛。廣座常容傲，荒居昧省諐。馬嘶因伏櫪，魚得敢忘筌。内疚肝腸裂，深恩肺腑鐫。窮途空棖爾，噩夢已蕭然。鳥影留難住，駒光逝倍遄。屯蒙雖手闢，贊化尚心懸。閶闔綸音下，江湖繡誥宣。雙輪梯泰華，孤艇步灃瀍。雕隼盤雲出，蛟螭近日旋。心源紅泛藻，情岳緑披蓮。貂服冠裳麗，鵬池翰墨鮮。金枝覘靉靆，玉葉裊獬猭。拭目魚伻到，搔頭雁使還。鴻荒開六百，烏道返三千。髩爲憂時素，髭因望治元。銜杯情激越，讀劍意纏綿。未整驊騮駕，重羈騄駬軿。芝山懸絳席，竹閣擁丹鉛。道抉鵝湖秘，功分蟻磨權。吟壇張巨斧，藝苑起幽鍵。竈婢知盤鼎，邨僮解豆籩。松香迷井絡，芸氣溢腥羶。蝶板空三月，鶯花又一年。鍾儀長睠楚，樂毅本思燕。别渚蓮房墜，閒堦蕙帶荎。西河星忽轉，北陸斗初纏。棹買烏尤下，蓬飛赤壁前。同人皆慽慽，賤子倍拳拳。紫閣知休矣，青袍曷舍旃。依人空有鋏，好客竟無氈。夜雨聽秋蟀，春風響杜鵑。寒惟依柳絮，貧轉妬榆錢。奔走同王粲，飄流遇鄭虔。聲華空郁郁，腹笥枉便便。敢謂才難用，深知惡未悛。高文羞五鳳，舊業愧三鱣。飄泊餘書硯，裒裒計粥饘。愁添南去雁，悽斷夜嘶蟬。寄想金蘭隊，當時玉筍聯。李生今槁瘁，王子獨輕儇。雉以文而罪，龜因甲被煎。狂奴何足數，瘦影亦堪憐。舊負三生約，新爲百慮纏。無台延郭隗，何處遇張騫。儻似奔踶馬，潛思縮項鯿。扳鱗愁邅遞，曳尾自洄漩。東望魂猶戀，西歸夢不圓。濡毫情款款，撥墨淚涔涔。大别風青岸，相離水碧漣。私心祈日下，捷足到雲顛。古鏡長磨淬，精金百鍊堅。丹忱昭象闕，絳氣撲龍泉。幸際垂裳主，端資補衮賢。殊方銷斥堠，絶塞渺戈鋋。備患防銷骨，匡危賴仔肩。狼心常不饜，蠶食每相連。策擬回天後，謀圖未雨先。高搏鵬鳥翮，俛笑鷽鳩翾。駿伐垂千奕，鴻徽衍八埏。功成歸梓里，老去厭桑田。掛釜尋關尹，懸瓢訪偓佺。鵷雛皆子弟，雞犬盡神仙。大足鰍生願，由來鵠盼專。摳衣尋舊約，捧杖叩真詮。富貴皆空爾，文章亦末焉。寒花方寂寂，春草儵芊芊。感此盈虚幻，因之得失蠲。臨封心悵恨，斜日又虞淵。

（《春芥山房詩集》卷一）

寄毛尹孺　楊道南

近代佳公子，陵陽舊世家。蜀雲師胞姪，伸雅叔季子也。門遺通德牓，海泛望仙槎。新自日本游學歸。絶學求荒島，新詩寄晚霞。工詩，爲昆季之冠，毛詩有替人矣。相逢尊酒地，未恥近匏瓜。在省與予往還甚秘①。塘水新蒲長，何人惜鳳毛。家居蒲草堂。不羞黄石履，應佩吕虔刀。在東京甚窘，衣履皆自行浣濯，致可欽佩。海國饒征戰，江山起俊髦。平生中表誼，髯可漫相高。嫡祖母爲予從祖姑。

（《春芥山房詩集》卷二）

樽前有佳客五首・毛蜀雲賦詩②

趙國華

樽前有佳客，一卷蜀西來。山水中原合，人天異境開。霞紅帆映燒，月碧礎生苔。迴首讀書處，岧岧太白臺。

（《青草堂三集》卷一二）

答同年毛蜀雲明府

李毓林

塵根斬斷説三關，謂聲色、名利、生死。覺世名言尺素頒。欲挽狂瀾扶聖教，深懷急務濟時艱。德音惠我如金玉，道貌欽君仰斗山。學有淵源真莫負，循聲卓著冠同班。

（《灌亭詩鈔》）

---

① 「秘」，疑當作「密」。
② 此詩爲其三。

泰山山腰有飛泉，泰安令毛菽畇前輩澂築亭其側，余名之曰酌泉，并題小詩　陳伯陶

架石小亭成，飛泉亭上鳴。使君時一酌，不改在山清。（《瓜廬詩賸》卷下）

岱頂觀日出同泰安令毛菽畇前輩澂　陳伯陶

我家近接朱明麓，藜杖飛猱數遊躅。南樓日觀高亦齊，鷄一鳴時見朝旭。茲行乘傳過泰山，更上峯頭抱雲宿。初看大野墮蟾魄，忽訝寒門吐龍燭。鐵爐鼓鑰色炎炎，銅鑑開匳光漉漉。鬱華仙子亦遊戲，似杖擊毬車轉轂。瞥然下坼小跳丸，化作重輪挂暘谷。須臾摩盪迸珠荷，依舊團圞成璧瑴。是夕所見，日初出時動盪不停，忽下坼一小日如跳丸，旋上迸爲一。夾烏立雀古亦有，兩日并吞今所獨。初出遠近辨已難，如此奇觀孰蒙告？細思東海萬里深，巨浪千層簸坤軸。赤馭雖從若木迴，紺鴉實自咸池浴。投錢甌底注水看，水湧錢浮有盈朒。臨鏡兩光夾一光，《墨經》所喻宜三復。泰安縣令毛仙翁，鳧舄分飛同縱目。伸眉賞我衍談天，更聽天雞辨三足。少焉雲掃衆峯出，玉女青童靚如沐。金銀宮闕閶闔開，我欲淩風學黃鵠。朱明洞天會歸去，子日亭邊恣遐矚。搏桑夜半有何奇，好作新詩追玉局。（《瓜廬詩賸》卷下）

遊後石隖隖在岱陰，相傳玉女脩真處。有蓮花洞、黃花洞諸勝，明季州人徐靈哉、王度嘗讀書於此　陳伯陶

岱陽盛宮觀，岱陰人跡滅。誰知衆峯背，石隖乃奇絶。初緣丈人頂，縋險下九折。盤空度巖腹，岈若

洞門裂。嵯峨紫閣聳，彎環翠屏列。上蟠松吟虬，下削石積鐵。陰森迷白晝，中有太古雪。紆徐捫絕壁，靈異更可說。蓮瓣滴懸泉，黄花綻深穴。玉女去不歸，泠泠響環玦。憑闌試南望，飛鳥去寥泬。坡陀出寸碧，掩映兩峯缺。緬懷隱君子，永與塵世訣。雲寒鍊仙骨，山寂味禪悦。感我宦遊人，徘徊不忍别。

（《瓜廬詩賸》卷下）

毛菽畇餉石鱗魚魚出泰山西谿黑龍潭，甚甘美

陳伯陶

黑龍潭中石鱗魚，戢戢三寸四寸餘。色如銀青肉雪白，作羹入口甘而腴。毛君餉我意良厚，云此嘉品凡鱗殊。澄潭游泳深没底，養以石氣無泥汙。施罛設釣不易得，下有瞑睡龍銜珠。我生海國足蝦蟹，十年奔走江與湖。昨者濟南駐軺傳，河魴河鯉充庖厨。南歸一舸過滬瀆，霜刀待鱠松江鱸。口哆頤張更見此，舉箸欲食心躊躇。我聞常龍泰山神，泰山神姓圓名常龍，見《龍魚河圖》。畜擾神物山之隅。璧圭禱雨膚寸合，黑龍潭之南爲白龍池，邑人遇旱於此祈雨。琴高赤尾爲先驅。茲魚棲托得異穴，變服豈料逢豫且。蛟龍窟改鱣鮪徙，暴殄或致靈湫枯。君如安邑禮仲叔，口腹致累過在予。破卵刳胎古有禁，願君勿聽漁人漁。

（《瓜廬詩賸》卷下）

泰安道中寄贈毛蜀雲大令兼呈段春巖太守①

周馥

小雨輕寒麥熟天②，青山迎送馬蹄前③。老農含笑依依立④，問道冬年大有年。今夏麥大熟，秋糧亦茂⑤。

釃渠水可渡平皋⑥，始信山高水亦高⑦。破浪乘風空有願，何妨農圃試牛刀⑧。小作堰引水溉田⑨。

---

① 「寄」下《岱粹抄存》目録無「贈」字。「毛蜀雲」上《玉山詩集》卷三有「縣令」二字。「太守」下《玉山詩集》卷三有「十首」二字。周馥此十一首詩，於光緒三十年刻於泰山雲步橋觀瀑亭内東側額枋，《泰山石刻大觀》第十九卷著録稱《周馥觀瀑亭題詩十一首碑》。

② 「輕寒」，《玉山詩集》卷三作「清寒」。

③ 「送」，原作「芒」，依《泰山石刻大觀》第十九卷觀瀑亭詩刻影拓、《玉山詩集》卷三改。

④ 「依依」，原作「依」，依《泰山石刻大觀》第十九卷觀瀑亭詩刻影拓補。「含笑依依」，《玉山詩集》卷三作「道左荷鋤」。

⑤ 「問道冬」，《玉山詩集》卷三作「笑説今」。「大有年」下《玉山詩集》卷三無「今夏麥大熟，秋糧亦茂」九字。

⑥ 「渠」，原作「榘」，依《泰山石刻大觀》第十九卷觀瀑亭詩刻影拓、《玉山詩集》卷三改。「水可渡」，《玉山詩集》卷三作「分水度」。

⑦ 「始信」，《玉山詩集》卷三作「須識」。

⑧ 「農」，原作「牛」，依《泰山石刻大觀》第十九卷觀瀑亭詩刻影拓、《玉山詩集》卷三改。

⑨ 「堰」下原無「引」字，依《泰山石刻大觀》第十九卷觀瀑亭詩刻影拓補。「小作堰引水溉田」，《玉山詩集》卷三作「勸作堰分水溉田」。

茅簷尚少讀書聲，不爲窮忙不爲名①。但使兒童都識字②，自然有道際昇平。勸設蒙養館③。

蕭條草樹不成林，濯濯牛山自古今④。若使官教留守户⑤，風吹松子亦成陰。勸種樹。

徵輸原爲佐軍儲⑥，感泣當時誦詔書⑦。聖主深恩邁唐漢⑧，不教桑孔榷舟車。謂酒捐等税⑨。

當年鋤笠亦躬親，求法無如海外新。官自勸農農自遠⑩，勸農還要務農人。爲舉精通農事之范一雙爲董事⑪，設農桑會。

生齒日繁生計促，欲將工藝補耕桑⑫。屠龍未若屠牛利⑬，適用由來即巧方。勸設工藝局，以養貧民、教

①「窮忙」，《玉山詩集》卷三作「窮經」。
②「都識字」，《玉山詩集》卷三作「知禮義」。
③「勸設蒙養館」，《玉山詩集》卷三作「勸多設蒙學堂」。
④「牛」，原作「半」，依《泰山石刻大觀》第十九卷觀瀑亭詩刻影拓、《玉山詩集》卷三改。
⑤「官教」，《玉山詩集》卷三作「縣官」。
⑥「徵」下原無「輸」字，依《泰山石刻大觀》第十九卷觀瀑亭詩刻影拓、《玉山詩集》卷三補。
⑦「當時」，原作「日時」，依《玉山詩集》卷三改。
⑧「深恩」，《玉山詩集》卷三作「恩深」。
⑨「税」，《泰山石刻大觀》第十九卷觀瀑亭詩刻影拓作「事」。「謂酒捐等税」，《玉山詩集》卷三作「勸催新酒捐」。
⑩「自遠」，《玉山詩集》卷三作「不信」。
⑪「爲舉精通農事之范一雙」，《玉山詩集》卷三作「勸舉知農事客民范一雙等」。
⑫「將」，原作「得」，依《玉山詩集》卷三改。
⑬「若」，原作「如」，依《泰山石刻大觀》第十九卷觀瀑亭詩刻影拓、《玉山詩集》卷三改。

罪囚①。

慈悲佛法入中華，聞説菩提已絶芽。地氣南來鴂鳥至②，中原開遍米囊花③。常恐萑苻擾市村④，尤防雀鼠啓鄰言。威從愛著人無怨⑤，信在言先道自尊⑥。

（《岱粹抄存》卷八）

題龍峪泉石亭⑦

周馥

捧檄娱親世並榮⑧，春巖太守、蜀雲大令均老親在署⑨。官聲如水喜雙清⑩。飛泉亭上垂金石⑪，留得千秋

① 「局」，《玉山詩集》卷三作「所」。「貧民」，《玉山詩集》卷三作「游民」。
② 「鴂」，原作「鳩」，依《泰山石刻大觀》第十九卷觀瀑亭詩刻影拓改。「南來鴂鳥至」，《玉山詩集》卷三作「自南來鴂毒」。
③ 「囊」，原作「曩」，依《泰山石刻大觀》第十九卷觀瀑亭詩刻影拓、《玉山詩集》卷三改。按：米囊花乃罌粟花之别稱。
④ 「萑苻」，原作「花符」，依《泰山石刻大觀》第十九卷觀瀑亭詩刻影拓、《玉山詩集》卷三改。
⑤ 「著」，《玉山詩集》卷三作「出」。
⑥ 「自」，原作「同」，依《玉山詩集》卷三改。
⑦ 此詩《岱粹抄存》目録無題目，《玉山詩集》卷三作《泰安道中寄贈縣令毛蜀雲大令兼呈段春巖太守十首》之十。
⑧ 「世並」，《玉山詩集》卷三作「舉世」。
⑨ 「春巖太守、蜀雲大令均老親在署」，《玉山詩集》卷三作「段春巖太守、毛蜀雲大令皆禄養逮親」。
⑩ 「喜」，原作「無」，依《玉山詩集》卷三改。
⑪ 「金石」，《玉山詩集》卷三作「雲石」。

守令名①。

蜀雲大令近於□山飛泉峪下，搆一石亭，欲得風景之盛。光緒三十年四月玉山周馥題（鐫於石亭）。

（《岱粹抄存》卷八）

絶句

周馥

我愛遼東范一雙，謫官高臥泰山旁。伯鸞棲隱陶朱富，何必功成返故鄉。

口占絶句寄蜀雲毛大令，轉告范慕韓兄，當爲忻然一笑也。甲辰四月周馥偶書。

（《岱粹抄存》卷八）

毛蜀雲明府招飲普照寺即席賦贈

彭施滌

岱麓禪關絶俗埃，公餘文讌許追陪。撫松猶憶六朝植，對菊須傾一斗醅。秋去雁隨黄葉落，日斜僧共白雲回。使君雅意何由答，願向南山頌有臺。

（《岱粹抄存續編》卷六）

---

① 「名」下《玉山詩集》卷三有「時毛大令建飛雲亭於泰山巖中」十三字，而無「蜀雲大令」至「鐫於石亭」三十八字。

寄泰安毛蜀雲大令代柬乞各石搨六絶①　柳堂

故人南望意拳拳，難得奉高兩度權。百里諸侯東嶽主，無人不説是神仙。

遊山曾記數年前，一日登臨一日還。可惜空逢賢地主，偏教一面也緣慳。十八年以公至，值君公出。

絶壁層崖文字磨，漢唐遺迹古來多。訟庭花落閒無事，搜得新碑喜若何？

秦世詔文諸老跋，鴛鴦碑與泰陰碑。幾番尋覓終難得，願借良工嚮搨之。

説詩曾記沈休文，沈雨霖大令。家學淵源最重君。六義並陳《風》《雅》備，從來唐宋漫區分。

汲古閣中寶笈羅，公餘應不廢編摩。等身著作如持贈，掃室焚香日詠哦。

（《仕餘吟草》卷二）

送毛澂作令山東　易順鼎

燕山九月多悲風，華堂忽墮秋聲中。夜寒霜氣入簾幕，銀燭照顔都不紅。毛侯蕭爽峨眉客，乍向蓬山感遷謫。腹中鬱勃萬古愁，隻字人前道不得。丈夫意氣非軒朱，致君堯舜今何如。六經三史東高閣，去讀司空城旦書。韓家潭畔千絲柳，青眼看人將進酒。海内風流殷仲文，一篇《枯樹》君知否。余亦尊前蕭瑟人，蹇驢將踏太行雲。天涯秋色蒼茫裏，回眺長安不見君。

（《琴志樓詩集》卷四）

① 「柬」下《仕餘吟草》卷二目録有「爲」字。

泰安令毛澂，蜀中名翰林也。余在都門，嘗相往還。今過所治，以詩示之　易順鼎

故人文學比王褒①，一出承明祀奉高。黄帝畫圖公玉帶，素王書讖卯金刀。我經憂患空皮骨，君向雲霄惜羽毛。已視閭閻作兒女，豈徒奴僕命風騷。

（《琴志樓詩集》卷十）

輓顧印伯二首②　易順鼎

薛濤井畔逢君日，西蜀人才聚一堂。花市春游詩似海，桂湖秋醉酒如湘。劉健卿吴筱村毛蜀雲范玉珊兄弟都淪逝，楊叔喬岳堯仙張子馥胡硯孫亦死亡。今日始悲君與我，誤留殘命殉滄桑。

（《琴志樓詩集》卷一八）

題山亭觀瀑③　蕭方駿

置身宜在此亭中，毛叟高情與我同。記得重修歲辛丑，保存古蹟不居功。山亭爲毛叔雲大令重修，駿同毛公曾觀瀑其上，故及之。方駿識。

---

① 「褒」，當作「襃」。
② 凡兩首，録其一。
③ 題目爲編者所擬。

（《汪孟舒泰山詩畫游記冊》第一五頁）

題吴雨僧詩集

徐際恒

黄氏人境廬，論詩發精義。聲律守舊程，思想運新意。心常折此言，持以衡當世。秦蜀兩吴君，妙能參此諦。蜀吴具天才，中年與時棄。秦吴尤卓犖，粹然臻古誼。遊踪偏瀛寰，海洋助詩思。莎士與擺倫，李杜通其志。浩淼歐遊篇，如讀《十洲記》。在昔同光間，藝林有韻事。磊落蜀兩生，吾鄉喬樹枬、毛叔雲兩先達，在尊經齊名，爲張文襄所激賞，當時有蜀兩生之稱。仁和吴子儁爲賦《蜀兩生行》紀其事。雨僧與碧柳，同在清華，以詩齊名。世稱兩吴生。共目爲奇器。秦蜀山脈連，靈毓一姓萃。悠悠五十載，前後遥相類。雨僧年力强，教張文學幟。大雅久淪胥，相與振遺墜。

（《吴宓詩集》卷首題詞）

四川尊經書院舉貢題名碑并序

王闓運

宋儒立書院，將待不志于科舉者，而功令課其效，以養人材，裨國用爲職。國家取士，科舉爲正，故士之不志科舉而能得科舉者，斯足尚也。尊經書院之立，前學使病夫習帖括而廢實學，故力戒程式之文。總督丁公每誥多士，以文翁資遣生徒入京師，爲開利禄之門。闓運承風，申講其誼，嘗以孟子答景丑不移不屈者，入學所當先能也。若有富貴、貧賤、威武之見，不可以爲學徒。又嘗論人爵、天爵之説，爲未能忘爵，天不以爵尊也。講之六七年，諸生習聞之矣。故經丙子、己卯、壬午三科，舉過五十人，未嘗題名。乙酉歲，當選拔之稘，充貢者幾六十人。及秌試可舉者，猶有卅、卌人。而舉者十五人，前十人居其四焉。公車將行，幾羣空矣。于是諸生之不與舉者，喜見其盛。惜其將別，僉以賓興之典、鄉老所司飲酒之禮，以時可習。因欲齒序，遂始題名。蓋聖主不貴素隱之儒，學者必有致用之畧，出則從政，歸而習業，其志行一也。后來者攷其人，或遂隆隆，或遂无聞，猶常人之榮辱耳。誠自念其所從出，怵然唯恐負吾學，斯必有以異于俗儒。而所謂不志科舉者，何足以臧！于是各書姓名及里年，以證本原。九月丙辰，王闓運記，吳之英書。

眉州焦炳瀛少海年　酉陽陳況子經年三十
成都周道洽潤民年三十三　酉陽陳濂伯藻年三十四
南充鄒兆麟星石年二十九　瀘州高樹蔚然年
成都顧印愚印伯年三十一　犍爲吳昌基聖俞
銅梁胡嗣銓與可年　巴州余堃子厚年二十九
岳池何在清絜皆年三十四　秀山江俶少淹年三十五
通江王幼懷少甫年三十八　彭水王光棣葦唐年三十四
廣安周紹暄煦笙年二十九　仁壽毛澂稺灘年四十四
井研董含章南軒年　綿州陳緯元經畬年三十七
巴縣王繩生芝浦年三十三　犍爲羅荃石谿年二十七
眉州王文員灼郛年　綏定潘多賢年
敘州張問惺玉崙　漢州張祥齡子馥年三十三
西昌吳博文麗笙年二十六　南溪包崇祐鐵孟年三十二
成都葉大可汝諧年三十四　華陽楊勳策卿

名山吴福連梓材年三十二
□□彭元瑾仲山年
成都蔡伯陶玉成
重慶楊士欽輔臣年二十五
新繁周煜南克生年
成都曾鑑奐如年二十八
□□□德寶枕虹年二十八②
宜賓邱晉成雲帆年三十八
中江劉全璧華亭年二十三
敘永徐心泰階雲年
富順郭武勳翊周年二十四

榮縣林芝蘭香溥年二十六
華陽傅世洵仲戡
西充蒲九莖芝仙年二十八
□□張映璧　年①
仁壽毛瀚豐霍畦年三十二
涪州陳萱蔭孟慈年二十五
彭縣劉九齡綬仙年
南溪包崇金鐵仲年二十六
□□□政和飲庵年三十二
江津戴孟恂摯如年三十四
永川黄秉湘楚枏年二十二

（《四川尊經書院舉貢題名碑》第一三至一四頁）

毛公改建甎城碑記

許繡春

從來非常之原，黎民懼焉。非常者，非常人之識所能及也。若夫築城鑿池，以固保障，此固至常之事，

① 「□□」，當作「涪陵」。張映璧，見《（民國）涪陵縣續修涪州志》卷十。
② 「□□□」，當作「西陽朱」。朱德寶，見《（民國）涪陵縣續修涪州志》卷一五。

常人莫不識之，而其事卒未敢輕舉者，蓋其功之大非常、其費之多非常，此不特民懼之，而欲動民者，先不能無懼也。然則非常之事，將終不可爲乎？曰：非常之事，必非常之人，有非常之人，而非常之事等諸尋常矣。

蜀雲毛縣主澂，由詞館出任茲土，到任二載，惠政旁敷。創賓興以恤士子，勤緝捕以安鄉民，而又沿路設堡，以護送行旅，惟修城一事，建議未就，遽去任。越半載，福星重臨，甫下車，於紳董謁見之時，即諄諄以修城爲囑，且欲易土爲甎。維時五方首事，俱有難色。意者陶之土城，由來已久，前此築城避亂，苟且補苴，籌款猶艱。今閭閻安堵，已視城垣爲不急之務，易土爲甎，恐民不樂從，巨款更難籌也。縣主執有志竟成之説，矢志不移，諸首事重違其意，遂設局勸捐，剋期興工，乃登城一呼，雲集響應。數月之間，敵樓聳峙，雉堞密環，大工竟以落成矣。工既竣，捐項尚有贏餘，又繞郭環城，栽柳萬株，以待生息，日後補修，無庸再費民財。此其實心爲民，使之一勞永逸也。

工竣之後，闔縣感戴，共議立石以頌德政，囑予紀其事。縣主辭謝，讓美不居，曰：「此皆諸君之任勞，而陶民之易使也。予何力之有焉！」夫以陶民之易使，誠易使矣，非惠政旁敷，早能淪洽於民心，亦烏能致此哉？予因爲之説曰：恐黎民之懼，而不敢興非常之工者，體恤之至意也。興非常之工，而未常致黎民之懼者，感孚之微權也。惟縣主有非常之感孚，故斯役也，捐輸之勇躍也異常，工作之神速也異常。而勸捐督工之首事，晝則梭巡，夜則會計，其茹苦耐勞也亦異常，官民一體，上下同心，舉非常之工，有不啻尋常之易集者，所謂非常之事，必待非常之人，觀斯役而益信矣。謹贅數言，用誌愛戴，庶幾石碑有壞而口碑無壞，縣主之德政，且將與貞珉比壽也。是爲序。

（《（民國）定陶縣志》卷一二）

甘棠雅化碑①

佚名

蓋聞蒲邑三善，中牟三異，非俗吏之所爲也。其尤著者，單父新猷，成鳴琴之治；武城雅化，譜弦歌之聲。古賢宰撫一邑，風清俗美者，大抵薄税斂、減徭役、不拂輿情耳。况泰山無苛政，迄今豈無愛民如子、可謂民之父母者乎？孝門里汶河渡口係九省通衢，過往差使絡繹不絶，本地方止出水旱夫役，不出雜差、兵車，已多歷年所矣。乾隆五拾七年，閤里紳耆將河夫勞瘁情狀恭呈秪天，蒙批現既承辦渡口河夫差使，嗣後一切雜項差徭概行優免。道光二十年，姜天榮任，派出兵車，又將本里舊規據寔禀明，蒙批該地方爲南北往來衝途，既有承辦夫役差使，所有一切雜項差徭，仍照舊概予優免可也。以故闔里居民無不銜感，爰勒瑱珉，永垂不朽。去年冬，兵差陸續過境，孝門地方仍遵舊規備出河夫，無論晝夜風雨，小心伺候，即此一差，已甚繁重。毛天洞鑒民情，加意體恤，獨爲本里出示曉諭，將大小兵車全行減去。可知孝門地方不出雜差、兵車，雖不自今始，而今之出示裁免，更足令人感德無既矣！此殆與苗沛膏雨、棠蔭仁風無異也夫！

孝門地方監生孫志學、耆賓孫□元、宋繼常、張大道、□□張建中、監生李元珠、賈明貴、劉廷□、監生孫鍾秀、□□李永旭、宋繼賢、孟玉正、賈雲長、耆賓張志經、□連成、賈國芳、張志俊、耆賓劉清峯、□□□、宋永□、耆賓宋□揚、監生張大錦、□□□、宋繼純、張志仕、監生宋□信、劉廷敬、宋□□、監生孫心田、監

① 該碑現存肥城市汶陽鎮張家城宮泰山行宮。

生賈秉和、□文貴、張光元、□□賈德仁、耆賓李芙、李承運、高玉哲仝立。

大清光緒二十一年歲次乙未桐月下浣吉日。

重整上書院記①

賈鶴齋

上書院之徒擁虚名久矣！講無席，學無舍，適供遊人宴集耳。歲己亥，養田朱老父台宰是邑，端風俗，興學校，汲汲以培植人材爲務，因斯祠仰德堂舊名，額爲「仰德書院」，葺屋廬，置器皿，捐廉購羣書，並前太尊盧、縣尊秦所留諸書，羅列兩壁間。選諸生肄業其中，日課月試，相勗以經史政事之學，不爲腐末，加惠於都人士者，至深且厚。第規模甫備，遽遷擢去，猶拳拳以未盡美善爲憾。

幸繼之者爲蜀雲毛老父台，固前此宰是邑時，於上書院之振興，有志而未逮者也。用是因端之肇，必使事竟其成。經費無資，爲籌畫之；章程未嚴，復更定之。綜核周密，爲持久計，而又釐正文體，剖晰經義，雖父之詔子，師之教弟，諒不是過。泰邑何幸，斯文又何幸，不第沐澤者樂爲歌詠，當亦三賢之靈所欽佩也。

夫泰山道脈，遥接洙泗，實開濂洛關閩之先聲，夐乎尚矣。宋、趙二公，奮興於後，德業得與三賢並。兩父台之政績卓懋，陶成士類，偕之大道，又不僅與五賢並，當與泰山徵壽矣。後之莅斯土者，踵而增之，其盛美不知又當何如也。是爲記。

候選訓導歲貢生賈鶴齋敬撰。

① 此碑現存泰安市普照寺。

鴻臚寺序班優生錢寅賓敬書。
闔邑士林公立。
光緒二十六年歲次庚子陽月中浣穀旦。

賜進士出身華翎三品銜在任即補知府泰安縣知縣蜀雲毛老父臺德政①　佚名

公蜀達人，以詞林尹山左，三治泰安，泰安益治。甲午、庚子以來，州縣官事事難措手，一或失當，百姓之禍隨之。公數消患於未萌，然不矜伐，陰受其福者，不止時所治邑，所治邑亦不能知，知興學、決獄、振窮、鋤盜、省繇費、事躬親耳，則罄太山之石不能載。載□□和聖墓事，功豈僅在和聖哉？

按縣志：聖墓在柳里村，里分東柳、西柳。西柳，聖里也。祠久廢，尚存「和聖故里」「柳下書堂」二碑，然無墓。嘉慶二年，孫廉訪淵如篆「柳下季壟」四字，檄前邑侯蔣公刻二石，一存郡城關帝廟，一交王莊里甲，以二柳皆王莊地方轄故。而墓址今在汶西地方，適王莊有展氏塋，遂樹焉。展塋舊有元碑，述其先祖自北宋遷於此，世代、存亡甚悉。

公壬辰初來，訪至再。庚子再至，確見其誤，乃得真墓，去西柳三里，祇隔一水，因里甲劃界，幾致湮没。墓本高大，南距柴汶尚遠，無水患，東有水自徂徠出，流經郭莊之東，入小汶。三十年前忽改道，而西經墓東百步許，直侵墓址，復由墓後分流，繞墓一帀，夏秌宛在水中。墓東三里許，小汶舊隄殘缺，水漫溢，郭、陳二莊之田皆没，直衝墓下，日見頹圮。再越數年，將不可識。

① 此碑現存新泰市和聖墓。

公謀大脩，未竟，調任去。壬寅復來，捐千餘金，交邑善士錢奉祥、楊玉成董其役。甃以堅石，高丈四尺，廣方二十丈，并於墓東作石隄、鴈翅以遏水勢，多種柳以固隄。至汶岸舊隄原缺者，令郭、陳二莊合力脩之，以息事訟，繞出陳氏祖塋之外，二莊之田免患，陳氏塋亦得保護，聖墓永無慮沖潰矣。

墓西北有勝國時祭田，無冊籍可稽，荒廢已久，鄉人無敢墾種，呼曰「放馬廠」。咸豐初，有人試懇①，遂啓事端，蔓訟逾年始息。查故牘，地本官畝，三百畝有奇，所争止七八畝，有泉宜稻，獲利厚也。前令不知爲祭田，以之入養濟院，其未墾者，今已盡墾。然典鬻或更數姓，而所争之稻田，其子孫有廢爲石田，不租七年矣，歲投牒勾退佃。公親勘，艸根膠固，一牛力不能任耕犁，然土脉腴潤，掘地及尺，則水泉流涓，過自外流入江以南沃壤也。公豁其逋租，别令人於地之四周濬深渠，以引泉中，開田如罫。復掘深塘以蓄水，泉由渠入田，由田入塘，轉相灌輸。塘植蒲荷菱芡，渠亦如之。渠上築隄樹柳，復爲祭田以供祀事。墓旁結團集一，募一人守之，四面各以三十步爲斷，埋石志之，諸餘侵地皆不問。

西柳故祠地亦□侵入民房，所餘不能容祠。光緒廿八年冬，村民别擇地建祠，仍留二碑以識其舊，亦不復問所侵地。經始於壬寅十月，竣工於癸卯三月，凡此皆吾鄉所共見，雖婦孺亦觀感興起而不能忘。

是聖墓之攸，既令千秋萬歲確知聖墓之所在，祭有田有祠，而俎豆以永，且令鄰村永無水患，墾田永息事端。功在和聖，益澤及和聖之桑梓，俾生斯土者，咸禀禀於聖臤之域，而禮讓成風，豈弟爲一時造福哉？孟子曰：「聞柳下惠之風者，薄夫敦，鄙夫寬。」然則百世而下，仰和聖以及我公者，其觀感興起，又當何如邪？

① 「懇」，當作「墾」。

大清光緒二十九年癸卯三月。

王莊、天寶寨、汶西三地方紳耆張孝中、楊連茹、封華□、賈安魯、武毓巽、□教□、郭興□、朱際□、梁步鴻、陳仲珊、和士均、盧興傳等恭立。

石工邊秀培鐫。

屋後小園牡丹記

陳代卿

牡丹自唐宋以來多紀其盛，至數十百種。山東以曹州爲最，余嘗往來曹屬，未及花時。蜀雲任菏澤，移贈數十種，余以屋後小園不能多種，擇留十餘，今逾十年，僅存數本。大叢高三四尺，花時多至五六十枝者，露珠粉也；少亦一二十枝者，絳雲樓也；花大如盤，至十八九枝者，崑山玉也。慶雲紅可薰作唐花，俗名胡紅，謂非珍品，然培養得法，開大花，亦自鮮麗可喜。又有洛陽景、掌花案、豆緑冰、凝紅雪等名，皆曹人所謂上品，種俱未活。至姚黄名種，屢求不獲，攷宋李廌《洛陽名園記》，當時姚黄、魏紫，一枝千錢，姚黄至無賣者，是此種北宋時已絶，不始今日也。余屋後數弓地，不足以園名，種竹蒔花，差娱老眼，佳客偶至，或贈花數朶，或賦詩一篇，借日涉以消閒，幾自忘其年遲暮矣。光緒甲辰穀雨前三日。

（《慎節齋文存》卷下）

治盗探源

陳代卿

前見邸抄，有人奏東省盗賊充斥，官吏諱盗，捕役豢盗，奸民窩盗，而實由大吏不能治盗。余嘗語蜀雲：「此言能識病而不能醫，君曷主方？」蜀雲曰：「豢盗、窩盗不足患，當先治諱盗。欲官不諱盗，當寬處分，及不必獲盜過半，兼獲盜首，但能獲正盜數名，即可開案。並准獲他案之盜，以抵此案之罰，則諱盜與報盜人數不實之弊可免，且能使此案正盜，無論久遠，獲案皆可辦。否則前報人數不實，而既已開案，雖獲正盜，亦不能辦，轉使正盜漏網。至若不寬處分，先行撤參，遂不得不諱飾，以救目前，而四參限滿，降調之罰尚未及計，言者但謂官不能治盜，不知盜可治，而官不得治也，則處分扼之也。」此言洞見癥結，可謂千金方。

蜀雲經生而有吏能，歷任劇區，於曹屬尤熟習，以善捕盜著聲菏、定、曹、單間。所云獲他盜以抵此罰，本東漢成法，詳《後漢書》建武十八年。此法兼備數善，尤近今救弊急務，姑記於此，以待擇言者。

（《慎節齋文存》卷下）

泰安令毛君興學記①

陳榮昌

中國之山以五岳爲大，五岳以太山爲尊②，故曰岱宗。岱之陽爲魯③，其陰爲齊。孔門高弟多魯人，漢大儒又多産於齊，承學者盛稱齊魯，有自來矣。今朝廷變法，汲汲于設學。泰安之爲邑，在岱之麓，山高而壤平，雄桀龐大之氣④，於是乎在，意其學必勃然以興，葱然蔚然，以衍於無際，乃稱其地之靈焉。予就而察

① 「泰安令毛君」，《岱粹抄存》目録作「泰安毛令」。
② 「太山」，《岱粹抄存》卷二作「泰山」。
③ 「之陽」上《岱粹抄存》卷二無「岱」字。
④ 「桀」，《岱粹抄存》卷二作「傑」。

之，有不盡如所期者，豈地之靈不驗歟？抑在人不在地歟？

泰安之士，相與歎息，而告予曰①：「毛令君者，真其人也，惜乎令君往矣！其於學可謂善作者，而後之人不善成。奈之何哉！當令君之時，初設學之時也，立高等小學二百餘楹，召生徒百餘人肄業其中②。又立師範傳習所，又立工藝教養局，又立初等小學及半日學堂若干所，又諭鄉民立小學凡一百八十有五。令君既出廉俸爲之倡，又爲之清釐公産，以濟其用，不足則令中富以上捐貲爲之助，故款集而事舉。巡撫周公封山至泰安，遂遍閱其校，稱爲東省小學第一③。蓋彬彬乎學風之盛，甲齊魯矣。可不謂之勃然以興耶？使後之爲政者繼長增高，有加而無已，安在不葱然蔚然，以衍于無際也？

「嗚呼！自令君去，而繼之者更數任矣，未聞吾邑之學有進於前，且歲減其數焉！今鄉之小學不滿百矣！若蹶而不振，更待數年，其頽廢尚堪言耶？覘學者推安邱、濰、黄三縣爲冠，無及泰安者，向所稱爲東省第一④，今竟退居人後，不敢起而與之争，有司者固當執其咎，抑亦吾邑人士之恥也！其負令君實甚！令君嘗三莅吾邑⑤，方其去，猶冀其復來，以觀吾邑之學之成也，不意去不復來。今距其殁且七年，而吾邑之

① 「告予」，《岱粹抄存》卷二作「語余」。
② 「召」，《岱粹抄存》卷二作「有」。
③ 「省」上《岱粹抄存》卷二無「東」字。
④ 「稱」下《岱粹抄存》卷二無「爲」字。
⑤ 「莅」，《岱粹抄存》卷二作「權」。

學乃益壞①，於是益思令君不置②。將泐其事於碣③，設其位而尸祝之，爲吾邑勸學者諷也④。願有文焉，以紀其事。」予固有學責者也⑤，無所辭，遂爲之記。

令君諱瀓，字蜀雲，四川仁壽人。以名下士入翰林，改官山左，爲牧令廿餘年⑥，不治家人生産，悉出所入以治民事，故所至多異績。張勤果公謂其才堪疆寄，興學其政之一耳⑦，予職司在此⑧，故尤慕其人而樂道之也⑨。爲青辭以遺泰人，俾歌以祀之，辭曰⑩：

泰山之石兮，吾以銘令君之績兮⑪。汶水之流兮，吾以僢令君之澤兮⑫。令君來兮，吾有子弟得所依

①「益」，《岱粹抄存》卷二作「愈」。
②「益」，《岱粹抄存》卷二作「愈」。
③「泐」，《岱粹抄存》卷二作「勒」。
④「諷」，《岱粹抄存》卷二作「風」。
⑤「者」下《岱粹抄存》卷二無「也」字。
⑥「廿」，《岱粹抄存》卷二作「二十」。
⑦「興」，《岱粹抄存》卷二作「典」。「政」下《岱粹抄存》卷二無「之」字。
⑧「在此」，《岱粹抄存》卷二作「所在」。
⑨「故」上《岱粹抄存》卷二有「是」字。
⑩「辭」上《岱粹抄存》卷二有「其」字。
⑪「以」上《岱粹抄存》卷二無「吾」字。「君」，《岱粹抄存》卷二作「公」。
⑫「僢」，《岱粹抄存》卷二作「擬」。

兮。令君去兮，吾有子弟誰與歸兮？今之人能擴而大兮，固令君之遺愛兮。其或墜以顛兮①，惟令君有斐，誰其諼兮②？令君雖死，死爲神兮，尚陰相我泰人兮。我子我孫，率惟謹兮。自今報祀，永以弗泯兮③。

（《虚齋文集》卷八）

太清寺義塾碑記④

葛延瑛

秦火烈，學派分。一時講學家有漢學，有宋學，有經濟、金石、詞章學，分道揚鑣，皆是其是，而要皆以小學爲基礎。《少儀》《學記》《弟子職》諸篇詳哉言之矣。然後之敢爲大言者，曰上世之學，患談老莊，今日之學，患談孔孟。嗚呼！孔孟，聖人也，非聖無法。夫人而知之，獨怪今之號爲學孔孟者，所習者時藝而已，所求者科名而已。如是以言學，勢不至驅天下子弟盡背而馳焉不止，亦何怪他人之呶呶也！

吾鄉膏淤村西偏太清寺，一方之名勝也。蛇水環其左，古刹峙其中，名流覽勝，多出於此。余也時附末光，見其佛殿崢嶸，禪房幽秀，華嚴界中，輪焉奐焉，爲之低徊者久之。禪師有三，揖予而言曰：「此非余一人之功也。五品銜例貢生瑞亭李公慨捐千餘緡，以成此善舉，吾儕於此得衣鉢相傳，公之賜也。」言已，折而西，別有一院，豁然開朗。余顧同游曰：「蘭若之勝，甲一方矣，使更有大有力者，搆廣廈數間，

①「墜」，《岱粹抄存》卷二作「墮」。
②「諼」，《岱粹抄存》卷二作「諠」。
③「永以弗泯兮」下《岱粹抄存》卷二有「山東提學昆明陳榮昌撰」十字。
④「碑」下原無「記」字，據《岱粹抄存》目録補。

俾吾鄉聰穎子弟讀書於其間，其造福一方，較之急抱佛腳爲何如？」乃曾不數年，而學堂果建矣。問之，則仍瑞亭出其餘貲，以爲玉成，而有三禪師經之營之，以副衆望者，亦可謂壯舉矣。

光緒甲辰，毛蜀雲大令飭建小學，以復古者家塾、黨庠之制，而此學之成，亦會逢其適。有三禪師遂認歲捐五十五千，以爲脩金費。異日翹材茁秀，蔚爲人文之淵藪，可於此卜之矣。余故喜書之，以爲世之樂育人材者風焉。

（《岱粹抄存》卷二）

禀請祀毛縣尊於高等小學校稿①

葛延瑛

竊維績著循良，感德者攀轅聚泣；恩深父老，待澤者遮使請留。笵金寫像，知遺愛之在人；夾道焚香，冀使君之還我。盛德所留，愛深棠蔭；精魂所依，祀作桐鄉。闔邑崇拜，禮固宜之也。

已故歷城縣知縣毛邑侯蜀雲，西蜀名流，東邦良吏。莅官數邑，到處有召父之稱；宰泰十年，重來比寇君之借。開岱陽之廣廈，多士顔歡；崇柳下之名祠，萬家頂禮。識時務即爲俊傑，灑來熱血一腔；食煙火也學神仙，賸有清風兩袖。尋幽蹤於岱下，盛名與泰岳並傳；撫遺植於田間，大澤同汶流俱遠。婆心惠我，仙骨異人。方冀鳬飛葉令，倘得重來；誰知鶴化丁威，頓成已往。賢侯逝矣，部民哀之。奉之名宦之祠，尚需異日；出自輿人之論，宜祀先賢。

泰安高等小學堂，規模宏敞，邑侯締造。其東偏一區，邑侯所常憩息者也，茲擬設位其中，以伸崇報。

① 「縣尊」，《岱粹抄存》目録作「縣長」。

據有功則祀之文，示飲水知源之義。不必絲綉平原，圖其形則鬚眉畢肖；何事淚揮叔子，勒之石則姓字皆香。集百里之冠裳，傾心至地；隆千秋之俎豆，公道在人。第念情雖出於公是，各勵寅清；事必待之上裁，方昭鄭重。爲此懇恩批准存案，實爲公便。

（《岱粹抄存》卷四）

邑庠生座銘公暨張孺人墓表

嚴丹箴

公姓嚴氏，諱錫禕，字座銘，以字行，自新號也。王父諱懷烈，父諱士符，母胡孺人，生二子，長錫祺，次即公。

公生而穎異，天性孝友。弱冠採芹，詩清新雋逸，追踪李、杜，文蓬勃抑鬱，有韓、柳、歐、蘇之風，岱下多名士，莫能或之先也。三入棘闈，兩膺房薦，而卒不第，謂非時數限人，其孰信之？中年後，灰心仕進，以地方治安爲己任。蠹胥猾役，恃官爲護符，每至鄉，墜突叫號①，人不堪其擾，公面請縣令禁止之。邑令吳，酷吏也，横征暴斂，邑人苦之而莫如之何。公憫桑梓之痛苦，與邑令抗辯，邑令愧服，自此滌瑕蕩穢，終其任無苛政。吳去，繼其任者某縣令②，迷信鬼神之説，勒令縣民出巨資，修蒿里山七十二神祠，公力阻無效，鬱鬱成疾，尋卒，時光緒乙未閏五月念七日也。迄今念餘載，而其善行義舉，猶膾炙人口。

德配張孺人，賢孝素著，慈善可風，每逢歲饑，開倉賑濟，活人無算，鄉人呼爲「菩薩」，有以也。民國

① 「墜突」，疑當作「隳突」。
② 「某縣令」，即毛澂也。

九年孟秋，股匪入村，肆行劫掠，孺人仗義罵匪，死之。嗚呼，噫嘻！以孺人而遇害，可慨也。夫古人云「天道瞶瞶」，予亦云然。

中華民國十二年歲次癸亥暑月，族姪丹箴沐手敬譔。

（《泰安嚴氏族譜》卷六）

望湘人 菽畇書來，極道泰山之勝，賦此寄意

朱德寶

正鷗邊夢雨，蟬外吟風，緑楊絲老如許。瘦不成詩，病常中酒，別是今年愁味。劍冷星紋，珠沈月魄，幾分憔悴。恨別來、千里雲羅，一點相思難寄。凝睇舊遊尚記。剩梨花如淚，桃花如醉。道潘鬢全凋，問訊沈腰何似。日觀霞青，雲門氣紫，那處仙人遊戲。須待我、跨鶴東來，同賦曉寒新句。

（《歷代蜀詞全輯》第七九八頁）

鶯啼序

胡先驌

圓明園本清雍邸舊園，四朝踵事增修，極臺榭邱壑之勝。咸豐甲申毀於夷炬，王壬秋闓運曾詠以長歌，並冠以長序。光緒丁丑仁壽毛叔雲澄復作《西園行》及序，述焚園經過較詳，詩亦後來居上。民國後柳翼謀詒徵有《圓明園遺石歌》，則史筆自異於前人。茲園之興廢與艮嶽畧同，因以夢窗此調詠之，即用其韻，惜四聲未能盡合也。

巍峨絳樓紺宇，擁千門萬户。滿眼現、巖壑亭臺，卉竹葱蘢朝暮。擅幽勝、粉涵黛滀，煙波掩映羣花樹。恁匆匆、紅藥吹英，柳綿飛絮。百頃湖光，畫舫漾影，藹香塵麝霧。攬荷芰、深入楨雲，內裝多樣紈素。媚君王、芳春四閣，競歡夕、高歌金縷。剩於今、野水荒陂，久栖鷗鷺。離宮舊館，雙鶴同治朝雙

鶴齋猶存，毅宗數臨幸之。猶完，翠華數寄旅。劫後訪、白頭宫監，忍話天寶，盡歷滄桑，幾禁風雨。銅仙鉛淚，銅駝荆棘，龍舟燈彩渾如夢，亘銀河、不見星槎渡。頹垣敗壁，依稀結綺連昌，艷魄久化黄土。興亡自昔，折戟摩挲，嘆淚沾衫苧。溯肅慎、遼疆鶻起，蠶食鯨吞，禹域沉淪，八旗騫舞。遺黎飲恨，揚州嘉定，乘除否泰應似此，付道情、漁唱鏗絃柱。欣看赤幟飄颺，漢業重光，尚餘恨否？

（《胡先驌詩文集·懺盦詞稿》）

（三）奏摺、書信、諮文、序跋

致毛叔雲門生書

周家楣

一行作吏，凡事皆平生所未經，而一一尋端竟委，自然露出。當然之故、所以然之故，行之而當，於職無忝，於心斯安，此中亦有樂趣。大端聽斷、緝捕、催科爲標，教化、撫字爲本，而聽斷、緝捕中教化寓焉，催科中撫字寓焉，則標本之關係處，尤微且切也。看陶邑情形，緝捕綦要，緝捕之本在保甲，然陳右銘廉訪嘗謂十家一長，以一長而能管十家，談何容易！由其難言之，一家中能聽令於家長，亦不易也，况風氣最難之處，有十家皆賊、百家亦皆賊者，又將如何？總在去其尤，使知儆；與之親，使無所蔽。而平日之所爲使之心服者，則本中之本耳。適請假在署，書此附復。

（《期不負齋全集》文集四）

與高紹良刑部

張諧之

東明地處極邊，孤懸河外，壤地錯雜，久受鄰封之害，其難治之情形，有非腹地州縣所可同者。敬爲我兄陳之：

東明界連兩省，地盡插花，南鄰豫之考城、陳留，東鄰山左之曹縣、定陶、菏澤、濮州，北接直之開州，犬牙相錯，而與菏澤東西相值，錯雜尤甚。或一寨而兩縣分轄，或一街而兩省分管，至菜口一村，爲三省五縣分治，尤屬罕見。即使各成聚落，而菏澤之村溷亂於東明腹地者，計六十餘莊，毫無界限可劃、山谿可隔，其東明之屬甌脱於菏澤東者，計八處，尚數十莊，更無論也。

偪處而聲勢不聯，地近而窺伺易起，彼此顧忌，盜賊滋多，難治者一。地既錯處，則執械行劫，勢甚便捷，其來也極速，其去也最近，或隔一村而即可分贓，或隔數里而即可窩聚，故有蟠踞不散而連劫數縣者，畛域既分，莫敢誰何，難治者二。近年盜之鉅窩，多在菏境，居此邑而彼邑紳民不敢過問，居彼村而此村地保不敢聲張，少有盤詰，勢必仇殺，有司欲祕訪形蹤，即兒童、婦女亦不敢出一語，故地方之保甲，無從清查，難治者三。積習之久，匪類益多，其出門行劫，率數十人，多帶洋鎗，以壯聲勢，故近年盜案多在初更，甚或白晝入村，公然搶劫，肆行無忌，難治者四。近年盜賊愈熾，則又與役爲仇，與官爲仇，去年四月，開州戕殺捕快矣；五月間，菏澤又戕殺捕快矣，菏令毛瀓緣此下鄉清查保甲，爲衆盜所困，經調曹州鎮馬隊往援，始行保護回署；至十三年冬，菏匪戕殺曹州鎮哨官，尤駭聽聞，難治者五。東明捕快孱弱，久不足制賊之死命，雖懸重賞、施嚴刑，終不敢入菏境一步，至無可奈何，則拏鼠竊以搪塞，甚不足恃，難治者六。役不足用，非藉兵力不足以制之，然此匪雖成大窩，其未上盜時，與齊民雜處，未易區別，兵力少則不足制賊，兵力多而處處插花，亦難兼顧，且操之太蹙，亦恐波及無辜，致滋他變，投鼠忌器，難治者七。細詢紳董牛豫章等，咸欲倡辦團練，如同治初年故事，恐團有流弊，則駐練軍以鎮撫之，庶可靖謐，及規畫章程，非與山東諸邑會辦，仍難得力，難治者八。菏澤鹽歸官銷，價貴而鹽劣，慮蘆鹽之灌輸，則設巡役以嚴緝之，而地方插花往往與東民滋事，積成釁端，故連年會辦公事多置高閣，聯絡無從，難治者九。況去歲麥不中稔，秋間得雨少遲，收亦不豐，而山東諸邑收成尤薄，故自去冬以來，糧價漸貴，窮民糊口維艱，圩牆則無力補修，不足保衛，莠民則無資事畜，漸作非爲，盜風漸熾，職此之由，難治者十。

東明經黄水漫溢之後，土瘠民貧，盜案本多，故前令戴心齋亟請交卸。弟受事十一月，值年穀之不豐，體察情形，有此十難。意謂必得年穀順成，與山東聯絡，同力協拏，盜風或可少戢。若雨暘不時，雖智者不能善其後矣。自惟迂疏，不足勝捕盜之任，然難治之情形，敢承莅新之問，而詳及之。

（《敬齋存稿》卷一一）

與金大令某

徐繼孺

啓者：

縣中居敬書院，經前邑侯毛蜀雲前輩籌款購置藏書，四部應用之帙，大畧已備，惟每種僅止一部，不敷住院諸生分讀之用。謹捐廉購求，凡得九十餘部，雖版本不皆精緻，要皆日用所不可闕，庶於劬學之士，不無裨益，另具清單呈閲。其書箱四隻，已送交該監院查檢。伏乞鈞示存案，並飭令該監院將舊存之本一律清查，以防遺失，不勝銘泐。

（《徐悔齋集》卷七）

法國公使施阿蘭致總署函（其一）

光緒二十年九月六日（一八九四年十月四日）

本大臣業於八月二十三日函達諸位大臣，山東泰安府頗屬洶洶，地方官將教民禁押等語。於次日接准函復，已如所請轉電該省在案。此事本因泰安縣知縣毛澂無故與教堂教民往往作難，而馬主教不能不轉報案情，並希設法保護所致。據稱，境内教民尚多，需在該處設堂。上年二月間，經師教士價買本城宅基一所，忽由該縣無故將中人責押，斷令退契。是以主教訴經濟東道委員徐壽基前往辦理。該委員將中人釋放，並勸教士仍用其人作中，另買房基。遂已尋得他房，另立契約送縣過税，而該縣又不與蓋印。俟委員他往，則將作中立約各人重責管押，又將宅門懸立天主堂匾額拆下，勒令七十餘歲看門之教民負送縣庫，並毆罵相加。遂先後派委陳光綬、秦長庚往查。於上年十二月師教士亦赴泰城已買之房居住，即由該縣聚集無賴多名前往作踐，破毁門窗，將教士毆傷驅逐。教士避難先至秦委員處，嗣又往店住，而人衆將教士圍困店内，不許賣給飲食。師教士如此忍饑兩日之久，而毛縣令並不禁止。僅向教士云，若允退宅，管押四人即當釋放，再不生事。師教士無奈，允爲回省請示主教，於是縣差將其押送出城矣。而主教當復函請濟東道辦理，雖已劄行該縣，仍爲不雇，不但未放四人，且多禁八十歲教民二人等情。

以上各節，是知縣毛澂素恨教士，意在不使在泰安城買業，照約與以應得無所不爲。本大臣上月二十三日接電，當即轉達貴署，可知復有教民被禁，此風何容其長在？諸位大臣亦必以爲應迅速切實轉飭毛令，凡有此案無故禁押之人，務當立即放出，並請轉致東撫專派大員，嚴行查明該縣行爲，並將教堂一案查照兩國條約辦理了結爲荷。

（《山東教案史料》第五八至五九頁）

總署致法國公使施阿蘭函

光緒二十年九月十日（一八九四年十月八日）

前准函稱，山東泰安府頗屬洶洶，地方官將教民禁押，請迅速電飭該處勿擾教民，免滋事端等語。本衙門當即電達山東巡撫查明核辦，並函復貴大臣在案。八月二十六日山東巡撫電復，泰安事已飭查，復到日再電陳等語。兹准函催前因，本衙門當即函催山東巡撫，迅速查辦，妥爲了結。除俟函復到日，再爲知照外，相應函布貴大臣可也。

（《山東教案史料》第五九至六〇頁）

法國公使施阿蘭致總署函（其二）

光緒二十年十一月十四日（一八九四年十二月十日）

山東泰安縣知縣毛澂忌恨教民，經本大臣不得已屢次函請貴大臣轉致妥爲保護，並於本年九月初六日，將詳細案情備函達知在案。當於初十日接到來函，轉據山東巡撫電稱，已飭查等因前來。查如此行查似無效驗。緣本大臣現接馬主教電，以泰安事局日衰，毛縣令力爲拒阻，教民復被慘毆，非巡撫自行辦理，斷難相安等語。查情形既已如此，必須東撫竟自查辦，設法了結，使教民借可照約相安度日，應請貴署再爲切實電達該撫，泰安府教案，令其必能籌設一勞永逸之法，妥速辦結，並將毛令治以應得之罪爲荷。總之，本大臣所接山東信報，均是該省情事不佳，此案尤覺必需迅速剖斷完結，以保將來。

（《山東教案史料》第六〇頁）

山東巡撫李秉衡致總署函

光緒二十年十二月十九日（一八九五年一月十四日）

本年十一月十六日，接奉電示，法使函稱，泰安府教民復被慘毆，非東撫自行查辦，斷難相安等語，希速查理並電復等因。復於是月二十三日，接奉十九日東字一百二十四號鈞函，以前案又准法使函催，令即將現辦情形電知等因。查泰安教案先祇二起，一係教堂收養民女田妮，因伊兄呈控，業經委員會同泰安縣斷結，禀經濟東太武臨道張道上達具詳咨呈；一係教士購買城內王尹氏房宅，因紳民以有關岱廟風水，爭執肇訟，亦經濟東道委員會縣了結，取有師教士洋字回片。嗣因馬教士不願收回房價，仍要原房，以致尚未處妥。當將買宅一案結後復翻大畧情形，電請察照在案。一面檄飭張道委員馳往，會同泰安縣妥速了結。

兹據該委員秦長庚、署泰安縣毛澂禀稱：教士馬天恩函述三案，其一仍係府城購買房宅，意在翻悔斷案。一係本年七月間，教民梁元壁因向民人梁元佑索討靛簍價值起釁，即以梁元佑訛賴逞兇等詞控縣。該署縣因控情細微，而梁元壁呈内又未聲明教民字樣，且無慘毆重情，批飭未准。一係本年十月二十九日，縣民常繼春以糾衆逞兇呈控教民王寶芝等一案，訊明王寶芝賒欠常繼春飯鋪飯食錢三百文無償，常繼春向索口角爭毆，互受微傷，並無他故，斷令王寶芝歸還欠賬，各免責懲，彼此和好，取結完案。別無另有教民爭控事件等情。

伏查常繼春與教民王寶芝控案，業經該縣斷結。此外既無民教爭毆呈控案件，自應將教士購買房屋及梁元壁呈控梁元佑兩案，由縣分別傳訊，妥爲辦結，務使民教相安，以免滋生事端。惟該屬縣毛澂因與教士不和，以致案結復生枝節。現已由司檄飭正任知縣秦應逵赴任，會同委員迅速辦理結報，容俟到日再行馳陳。

（《山東教案史料》第六〇至六一頁）

山東巡撫李秉衡致總署諮文

光緒二十一年二月二十二日（一八九五年三月十八日）

據濟東太武臨道張上達詳稱，案據候補知縣秦令長庚、泰安縣知縣毛令澂會禀稱：竊卑職澂奉本道轉奉撫院劄開，以准總理各國事務衙門電開，法使函稱，泰安府教民復被慘毆等情。因查卑縣前有民女田妮，經教士收養滋訟，及教士在城購宅二案。飭即查明，是否另有毆傷教民案件，抑係前結二案復翻爭鬥，據實馳禀電復等因。蒙此，卑職長庚在省亦奉本道劄飭前往會辦，並檄發法教士馬天恩函述三案。當即馳抵泰安縣會晤卑職澂，查明馬教士函述三案。一仍係前在府城購宅之案，意欲復翻也，一係本年七月間，縣民梁元壁以訛賴逞兇等情呈控梁元佑等，批飭未准案也。購宅之案，並未爭鬥。梁元壁呈詞，乃因索討靛簍價值具控，起釁極微，亦未聲明，教民亦不過微傷，且無慘毆情事。一係本年十月二十九日，縣民常繼春以糾衆逞兇等情，呈控教民王寶芝即王保之等一案。

卷查此案呈控到縣，當經卑職澂飭仵驗明兩造常繼春、常繼仲、王寶芝、王立芝各傷痕，注單附卷，傳訊在案。卑職長庚到泰後，齊集會訊。緣常繼春開設飯鋪生理，王寶芝欠伊飯錢三百文。十月二十八日，王寶芝趕集會遇常繼春向討欠錢無償，口角爭毆，常繼仲、王立芝等亦均聞鬧各來幫助，互受毆傷等語。卑職等查核兩造供詞，細故爭毆，均有不合，姑念互受微傷，各免責懲，斷令欠債清還，彼此和好，民教相安。各傷本屬輕淺，復驗平復，應毋庸議，取結完案，一干省釋。法教士所謂慘毆教民，蓋即指此民教口角，互相毆有微傷之案也。

查明此外別無慘毆案件等情到道，即經批飭趕將教士購宅及梁元壁控案，分別傳訊妥辦去後。茲又續據該印委等會稟，訊緣梁元佑價買梁元壁靛簍五角，除還下欠京錢七百文，梁元壁向討，梁元佑以簍有損漏，意欲折減未給，以致口角，梁元壁將元佑兇毆成傷。梁元佑欲赴官呈控，經康玉紳等處，著梁元壁給梁元佑養傷錢十千文，抬回伊家了事。已交京錢三千三百文，下欠未給，此外並無起釁別故。茲經提驗，梁元佑傷已全愈，斷令梁元佑將所欠簍錢七百文，梁元壁原給養傷錢三千二百文，互相交清。至函内所稱，勒派廟内冗費，糾衆毆打，並搶去衣物，撕毀經卷供像等情。查天主教民向無斂錢祀神之事，梁元佑亦非會首，無從勒派。研詰梁元壁，是何供像經卷，語涉含糊。質之地鄰地保醫生及在場勸散人等，堅稱並無毆搶撕毀情事，礙難根究。復經卑職長庚等會同開導，以釁起簍錢，毋得架詞聳聽，梁元壁心亦允服，遵斷具結，當堂繳領完案，稟覆鑒核等情前來。

查該印委等會同訊斷常繼春、梁元壁各案，尚屬平允，理合據文詳請咨覆總理各國事務衙門查照銷案，實爲公便等情，到本部院。據此，相應咨呈。爲此咨呈貴衙門，謹請查照銷案施行。

（《山東教案史料》第六一至六三頁）

法國公使施阿蘭致總署函（其三）

光緒二十一年四月二日（一八九五年四月二十六日）

四月初二日，法國公使施阿蘭函稱：傳教士在山東泰安府城内買房，由該縣官毛澂往往無故抗阻爲難，不令教士在房安居。本大臣已於上年九月初六日，將詳細情形函達諸位大臣在案。旋准貴署函稱，已電致東撫妥辦等因。現接山東馬主教函稱，已往見東撫委辦之張道，據云此事教堂實屬有理，惟因知縣毛澂雖已撤調他處，而與伊情面有關，似難辦結。當經馬主教以柏大臣章程應如何辦理，邇來總理衙門與法國駐京使署互議定妥，張道仍力執賣業者須先報明地方官始准賣業與教堂之論等情。查教士在泰安買房，例應准其安居管業，並無可辯之理。毛令辦理此事，始終殊屬不合，無從爲伊體貼情面，已經山東巡撫撤去泰安原任，確係善舉。現在理應詳細飭令新任知縣，將該教案恪遵條約及柏大臣章程辦理了結。並妥預設法，俟教士前往照例已買房屋居住，免致再出事端。本大臣應請如此切實電致山東巡撫，令在所屬各州縣出示曉諭，自用上憲印信，言明嗣後務須遵照貴署與本大臣新定柏大臣章程全文，即内載賣業者毋庸先報明地方官請示准辦等字樣，一律施行，是所切盼。

（《山東教案史料》第六三至六四頁）

致曹州府邵太守香亭暨曹、單縣毛大令（光緒二十二年兖沂道任）

錫良

江南碭山大刀會滋事謡及曹、單一節，究係從何發端，有何確據？刻下遠近傳播，人心皇皇，爲此函達台端，務祈密爲訪察。如其端倪已露，消弭爲難，即望隨時據實直陳，妥籌辦法。既不可摇於浮言，滋人疑慮，尤不可涉于大意，致誤事機。昨午撫悉電致毓臬，悉即日前往曹、單彈壓，並派開字兩營分紮，以資鎮懾。知念特布，務望曉諭軍民，派兵暫紮，專爲防範外匪、保衛閭閻，務宜各安生業，毋得驚慌。想執事精詳審慎，必能處置周妥也。

（《近代史所藏清代名人稿本抄本》第三輯第一三二册第二七六至二七七頁）

豐縣復單縣信（光緒二十三年六月二十八日到）

王得庚

蜀雲仁兄大人閣下：

頃奉差賫手示，敬悉種切。匪徒鬨教謡傳，敝處亦有所聞，但遍查豐境，並無刀匪潛匿。馬井係屬蕭境，其清化寺、蒲盧寺兩處，亦非敝縣管轄。惟探聞碭山侯莊小教堂于念三日夜被匪焚燬，訪查滋事之人，並非刀會，均係盜匪聚烏合之衆，託名影射，計圖于事後即可置身事外。然若輩藉秫科可以藏身，出没靡定，凡有教堂地方，自應預爲防範，以備不虞。敝境現均佈置周妥，尊處應如何預防之處，並祈早爲裁奪，尚求見聞所及，隨時賜示，以匡不逮。耑肅，復請升安。（六月廿八日未刻到）

（《近代史所藏清代名人稿本抄本》第三輯第一一七册第一七八至一七九頁）

碭山縣復單縣信（光緒二十三年六月二十八日到）

陳誠

敬復者。頃奉手書以聞，刀匪現又起事，焚燬敝處教堂，囑即查復等，因查敝縣各處教堂，並未被匪焚燬，亦無刀匪。又思起事報復之説，惟本月廿四日有東匪聚衆數十人，竄入碭境北鄉，希圖乘機刦掠，經弟聞信之下，即與駐防各營官督率兵勇捕役，會往剿捕。比至侯莊，適該匪等正欲進莊搶刦，當即督隊，上前捦拏。詎該匪等開鎗拒捕，以致鎗火延燒民間草房，約燬二三十間。官兵開鎗轟格，當場擊斃土匪五名，受傷者尤多。該匪等圖刦未成，抗拒又知勢力不敵，隨即潰竄高粱秫内，四散逃走，彼因天已昏黑，秫科遍野，難以搜捕，隨即收軍。此外並無匪徒生事之處。緣承垂訊，合當佈聞。此復。順請勳安。（六月廿八日申刻到）

（《近代史所藏清代名人稿本抄本》第三輯第一一七册第一八〇至一八一頁）

復單縣毛太令蜀雲（光緒二十三年七月十三日）

錫良

十三日晨起，執事專馬來，得接惠簡，讀悉棠治刻下安謐，忻慰實深。惟密邇豐碭，仍須加意巡防，毋稍疏忽，至盼至禱。徐州阮觀督之函亦收到，復函仍交來馬，帶呈台端，祈轉寄是荷。

再密者：昨奉帥函，盛稱閣下能拏盜賊，惟勇役不免訛擾良民，案卷亦多積壓，且有遇案罰款等。因吾兄捕務認真，爲民除害，不遺餘力，勇役老實者不能拏賊，拏賊者不能老實，大抵皆然。要在有功必賞，有過必罰，嚴密稽查，不稍寬假。至於日行詞訟，執事聽斷勤明，何至積壓？特撫憲派人到處查訪，巨細無遺，均有確據，絶少空言，務望吾兄益加勤慎，勿稍大意爲禱。罰款一事，此後勿辦。已罰之款，如何用項，明白粘榜，俾衆共知，以免疑謗。

田、趙二案，慘斃多命，案不報不可，案不破尤爲不宜。劉方田爲前案首犯，王根春、張小二皆其死黨，老同年嫉惡如仇，必能設法踩緝，不使漏網，無俟弟之請託也，曷勝盼切之至。忝在譜末至交，不敢不直言密告，希采擇焉。

（《近代史所藏清代名人稿本抄本》第三輯第一三二册第二七二至二七三頁）

與汪康年書（其四）

潘清蔭

穰卿先生大人執事：

九月初旬得八月八日惠復手諭，敬悉種切。嗣又得「倭模勝華代購速運」之電，鄙事猥勞清神部署，感佩何極。芸子檢討來渝，以銅模到蜀需時商定，暫用木刻試辦，已於十月十一日開館。此舉爲開通蜀學起見，於南中各報不能不擇要采録，以便鄉人之難購貴報者至渝報轉遞，東南見者不免厭爲重複，特於蜀事亦可畧知梗概。茲寄初次、二次報篇各二十册郵寄呈鑒，並希代派交好是荷。九月又在毛蜀雲大令處兑寄百金，入冬當可交致。來電云：「倭模勝華價加半」，不知已前所云每副八百元是否已加半之價？此模明年何時可以交貨起運？所請代雇管機、排字、澆字之人，敝處習西教者已有姓劉者，能排字、澆字，唯管機尚乏其人，此層且待模到時再定雇否。託貴友代購新出各報並《歌訣問答》，書照價加二已經應允，並前函有從八月份購起之説，何以報篇至今未到？又《時務報》由叔海經手者，至今僅看三十六册，雖經尊處囑郵局趕快，何以到川仍遲？前函請將售派川中之報改由敝館經理，（成都之報仍由省友經手，第在宜可以同行起旱，其值平攤，惟叔海所經手者可全歸敝館，將來請專寄百册來渝，由敝館代派彙算。）因敝邑有友在宜昌開同興店，小南門小十字。如書多可以在宜雇脚起旱，其緊要各報之十餘册則另封，屬同興店交大幫寄渝，似此辦理，於貴報及敝處兩有裨益，請酌定是幸。此佈，即叩道安不具。小弟潘清蔭。（十一月十二到①）

子蕃令伯聞十月初自彭起行，今尚未到。

再，印機如現成，無妨先銅模起運。又三號字合僅十餘元。請速購一具，即交萬昌寄川，酒資畧多。緣此地有能造木模澆字者，其五號已有，先以此試辦，較諸每次督催梓人，必易就功也。

（《汪康年師友書札（三）》第二六五四至二六五五頁）

① 爲光緒二十三年丁酉（一八九七）十一月十二日，見下。

與汪康年書（其五）

穰卿先生大人有道：

兩奉惠書，敬悉。增設《日報》，具佩匡時盛心，甚幸甚幸。十二月十一之函又接到，屬派《日報》一事，即可由敝館賬房經理，暫定一百分，暢銷再添可也。訪事一層，謹如雅命，約營山羅莘農、江津許在田兩茂才共爲之，署名三益山房，將來寄件題曰由渝城來龍巷渝報局轉交三益山房察收云云。即從正月上旬起，如能月及百條尤所願也。前承寄《白話報》，即欲仿爲之，擬分五門，曰京城情形、曰各省情形、曰本省情形、曰本城情形、曰外國情形。就中又分數目，曰說讀書、說莊稼、說做工、說貿易、說醫道、說女學、說洋務。每篇首敬列聖諭廣訓直解一段，篇尾附録通商原委一段（即在《白話報》中）。或更採古今中外之能以敗爲勝者，如秦穆、齊靈、楚昭、越王勾踐之類。日衍說一段，期以激發衆恥。（與《白話報》有別者，不載招牌、告白及俚鄙傳記。）誠如來教所謂，開商民之知識，莫善於此。日出一紙，只取值三文，名曰《通俗有益報》，或可銷出三四千紙。惟夔州邵君所有印機，衹能印一尺二寸至一尺六七寸之紙，亟盼尊處代購之機到蜀。今讀鈔寄孫君兩書，所云四百元、三百元印機兩種，不知定購何種？似以大者爲勝。所謂雙張報紙、單張報紙，其尺寸不知若何？現渝報板心與《時務報》一律，如能印紙一張，可裁爲八頁，則一副印機已足，如僅裁四頁、二頁，除已購一副外，則必須添購一副，即上海所製機亦可，即非脚踏者亦可。因敝館于《旬報》及《通俗日報》之外，尚欲排印時務要書，非一副印機所能應給，先生得此信後，請俟孫君所寄各件（三號字合尚未到），何種先到，即行先寄。澆字爐及各種應需之件請配全。澆字、排字、管機，川中皆有人，前寄合同可作罷論。惟應用油墨請購寄若干斤。足敷一二年用。其銀除寄千金，後又從山東毛蜀雲太守寄兑百兩，不知近交來否？擬於正月内再寄三百金來滬，其盈歉俟開帳結算可也。代購各報已收到五六次，十一月十四日止。其中精粗不一，有請添購者，有請停購者，另單開呈。《時務報》與叔海言明，伊所派之四十份，丁酉臘月以内歸伊結算，戊戌正月以後由敝館接辦，此後共請寄六十分，其四十分即從第五十一册起（即江所派）。其續添之二十份，則須從第一册起。（今年寄費，每册二分皆照加。）敝館自正月已遷渝城來龍巷，前函所云宜昌馮同興，其人不可靠，此後報篇由郵局直遞至渝。（《時務報》改從宜發旱脚之説，亦可不必。）若印機字模，則由江輪運宜，交招商渝局徐君文安代運至渝可也。渝中亦擬添訪事人，川中各府一人，雲貴各二人，如能事實增於舊，則於尊處亦可備采擇矣。此書作就，始得弟還會理教官信，然於秋冬始能赴任，一切皆有妥人接辦。此復，恭頌年禧不備。愚弟潘清蔭頓首。正月八日①。（廿一到）

子蕃丈於臘月初至渝，時相過從，寓黄葛街，新歲殯其第三公子，年十六七，可悼！

（《汪康年師友書札（三）》第二六五六至二六五七頁）

與汪康年書（其六）

潘清蔭

穰卿先生大人左右：

茲緣毛蜀雲大令由山東匯寄渝平票銀一百兩，希照收，即作代購銅模之款，餘詳别函。此佈，敬請道安，惟察未備。小弟潘清蔭頓首。丁酉九月十六日。（元月廿一到）

仍懇給與收條爲荷。

（《汪康年師友書札（三）》第二六五七至二六五八頁）

① 爲光緒二十四年戊戌（一八九八）正月八日，見下。

與汪康年書（其八）

潘清蔭

穰卿先生大人左右：

二十一日復書當入鑒。茲由渝幫德生義記厚記作輿仁里。匯寄規圓陸百兩正，不過二月初十日即可交兑，尚乞給予收條爲幸。合諸毛蜀雲太守所寄兑一百兩（早晚必交到），亦足七百之數。所有印機如能先銅模起運尤幸，再託代購外國鉛二千磅，油墨若干斤，貴局《時務報》新定二十分，合接辦叔海所派者共六十分。此時當已首塗，《蒙報》《農學》續添若干種，已具前函，均望早寄。所有新添報費一款已在數百金，但必見報派出，始可索取銀兩。貴友代購各報，已接到臘月初五第二十三號，惟第十八號未收到，此次承寄詳細目録，最爲明晰，可感之至，此後郵局想不至缺誤也。訪事又到十條，恰足六十之額，《日報》二百份，乞於出報即早見寄，以便早派。此佈，順頌時祉。小弟潘清蔭頓首。正月廿六日①。（二月十六到）

（《汪康年師友書札（三）》第二六五八至二六五九頁）

光緒二十五年八月十八日山東巡撫毓賢奏摺

毓賢

山東巡撫奴才毓賢跪奏，爲揀員調補要缺知縣，以裨地方，恭摺仰祈聖鑒事：

竊查泰安縣知縣秦應逵調補歷城縣知縣，接准部覆，坐光緒二十五年六月三十行文，按照限減半計

---

① 爲光緒二十四年戊戌（一八九八）正月廿六日。

算，應扣至二月十四日，作爲開缺日期。所遺泰安縣知縣員缺，係衝、繁、疲、疲、難兼四要缺①，例應在外揀員調補。查該縣係附郭首邑，地當孔道，政務殷繁，非精明幹練之員，不足以資治理。奴才督同藩、臬兩司，於通省現任簡缺人員内，逐加遴選，非現居要缺，即人地未宜；其應補應升人員，又於此缺均不相宜。惟查有益都縣知縣毛澂，現年五十五歲，四川資州仁壽縣人，由優廩生中式光緒丙子科本省鄉試舉人，庚辰科會試中式貢士，殿試三甲，朝考一等，引見，改翰林院庶吉士，癸未科散館二等，引見，奉旨，以知縣用，欽此。旋選授山東曹州府定陶縣知縣，領憑到省，光緒十年二月初六日到任；十一年已酉科鄉試②，調取入闈，派充同考官，差竣回任，報捐加一級；十二年調省差委；十三年正月，恭逢恩詔，加一級，二月仍回定陶縣本任，七月調補益都縣知縣，報捐同知，升銜；十四年調署菏澤縣知縣；十五年兩次恭逢恩詔，加二級，是年己丑科鄉試，調取入闈，派充同考官，差竣，復回菏澤縣署任；十六年調署曹縣知縣，十二月調署歷城縣知縣；十八年代理平度州知州，調署泰安縣知縣，報捐雙月同知，在任候選；十七、八兩年，河工搶險出力，彙保免選同知，以知府在任候補；十九年三月初十日，奉旨「依議，欽此」；二十年飭赴益都縣任，是年大計，案内保薦卓異；二十二年調署單縣知縣；二十三年復回益都縣本任；二十五年經奴才保薦，五月十三日奉上諭「著送部引見，欽此」。

該員才識練達，明幹有爲，以之調補泰安縣知縣，實堪勝任。惟以繁調繁，與例稍有未符，但泰安縣係附郭首邑，衝、繁、疲、難兼四要缺，較之益都繁、疲、難三字之缺，更爲繁劇，且人地實在相需，例得專摺奏

① 「難」上疑衍一「疲」字。
② 「已酉」，當作「乙酉」。

請，據藩、臬兩司會詳前來。合無仰懇天恩，俯念員缺緊要，准以益都縣知縣毛澂調補泰安縣知縣，實於要缺大有裨益。如蒙俞允，該員係現任實缺知縣，調補知縣銜缺相當，毋庸送部引見，惟係再調之員，應完罰俸銀兩，即飭照例完繳。所歷各任，交代已結，並無積案及欠解錢糧，暨未完商課、漕倉銀兩，亦無承緝未獲命盜各案，已起降革參限，其餘因公處分，例免核計，所遺益都縣知縣員缺，係屬繁缺，容俟接准部覆，另行揀員請補。謹恭摺具陳，伏乞皇太后、皇上聖鑒訓示。謹奏。

奉硃批：「吏部議奏。欽此。」

（《申報》光緒二十五年八月二十五日《光緒二十五年八月十八日京報全録》）

山東巡撫周奏因争誤傷親母嚴緝逸犯務獲究辦片初六日　周馥

周馥片：

再臣接據署泰安縣知縣毛澂禀稱，縣屬民婦杜梁氏，係杜恒澧之母，杜恒澧平日與分居胞姪杜和侍奉杜梁氏，孝順。光緒二十九年六月二十六日黄昏時分，杜恒澧因與杜和家務争吵，兩家雇工人張泰、李順在場幫護。正在互毆之際，適杜梁氏趨至杜和身旁，向前喝阻，不知何人用刀向杜和撲砍，一時收手不及，誤傷杜梁氏倒地，杜梁氏亦未看明持刀下手之人，延至三十日，因傷身死。杜恒澧之父杜玉堂主使私埋匿報，該縣於七月初一日訪聞親詣①，相驗差拘，杜恒澧等先期逃逸無獲，集訊他鄰人等，僉稱杜梁氏係被何人誤傷，伊等均未目擊等情。禀經臣批司轉飭該縣，勒限一個月嚴緝去後，毛澂先因檄調入闈，旋即卸事，

① 「該縣」，原誤作「縣該」，正之。

回任後，迄未將杜恒灃等報獲。

伏查杜恒灃因與伊姪杜和，並工人張泰、李順互相争毆，適伊母杜梁氏趨至杜和身旁，向前喝阻，誤受刃傷，越日殞命。是否被杜恒灃持刀誤傷，抑係張泰等下手致斃，事在昏夜，並無切實見證。而在場争毆之杜恒灃等四人，均先逃逸，究係何人正兇，委難懸定，惟該縣未能即時拿獲，實屬疏於防範。該管道府詳由藩臬兩司揭參前來，相應請旨勅部將署泰安縣准補歷城縣知縣毛澂照防範不嚴例議處，以示懲儆。除仍嚴緝逸犯杜恒灃等，務獲究辦外，理合附片具陳。伏乞聖鑒訓示，謹奏。

奉硃批：「著照所請，該部知道。欽此。」

（《申報》光緒三十年正月初八日《光緒二十九年十二月初五日、初六日京報全録》）

泰山志序

秦應逵

金戟門先生撰集是書，條分縷析，煞費苦心。歸田後匯板至，猶見前輩用心實事求是。板存縣庫，流傳未廣，歷年久遠，漸多殘佚。西川毛蜀雲大令前權斯篆，訪求善本，訂訛補缺。未幾，調任去，余承其後，重加補輯，一還舊觀，皇華星使與夫文人墨客往來是邦者，人手一編，以當臥遊，亦快事也。

光緒戊戌孝感秦應逵鴻軒父識。

（光緒二十四年刻《泰山志》卷首）

元至正本新編翰林珠玉跋

沈曾植

《道園遺稿》虞勝伯序云：「先叔祖學士公詩文，有《道園學古録》《翰林珠玉》等編，已行於世。

然竊讀之，每慮有所遺落。」楊椿子年序云：「建寧板行《學古録》，而湖海好事者，復輯公詩別爲一編，然與録所載，時有得失。予於士友間見公詩文，往往二集所不載」云云。楊氏所謂湖海好事者，殆即指孫氏言之。《學古録》李序，稱至正元年，歐陽原功題。至正六年，疑斡克莊刻而未竟，劉伯温乃竟其事。孫存《皇元風雅》刻於至正二年，此刻當亦與之前後，其於《學古録》刻行孰先孰後，未可知也。此集詩不見於《學古録》者數十篇，勝伯皆采入遺稿，然不免尚有所遺。黄氏士禮居蓄有鈔本，珍爲祕笈。著録家近代亦未見刻本。余光緒己卯春得此廠肆荒攤，炎風見之，詫爲奇絶。其後毛蜀雲太令傳録一本，云將刻之川中，然卒未刻，豈以集中詩已具《學古録遺稿》中，遂置之乎？《山谷精華録》，宋世與《内外集》並行。劉辰翁所選放翁詩，四庫與《劍南稿》一同著録，況此書題目字句，與《學古録遺稿》不同者甚夥，固可爲校讎之資，不僅舊刻可貴已也。光緒丁酉，乙厂識於校圖注篆之廬。

（《海日樓題跋》卷一）

北夢瑣言二十卷跋

繆荃孫

校盧本。宋孫光憲撰。此書傳世只有兩本，一《稗海》本，即《提要》詆其脱誤不可讀者；一雅雨堂本，即《提要》所謂出於宋陜西版，差完整有緒者。荃孫在成都時，仁壽毛大令澂囑爲校讐。先取兩本互校，而短長亦互見。如卷十「杜孺復種蓮花」條，盧本脱至一行，何得推爲完整？後又得吴枚庵、劉燕庭兩家鈔本，並據《廣記》所引，逐條細刊，訂正良多。又原書三十卷，今存廿卷。《廣記》採取最多，而録之得四百十條。又於《茅亭客話》得一條，《通鑑注》得一條，共分四卷。

（《藝風藏書續記》卷八）

奉高吟題詞

柳堂

右《奉高吟》一卷，赴泰安往來所作①。泰山爲五岳長，山左三大之一，余適以重陽登絶頂，觀孔子小天下處，所謂良辰、美景、賞心、樂事，兼而有之矣，宜不少佳章，以壯行役。乃迫於程期，朝登暮歸，又無賢地主供筆札。毛蜀雲大令公出。所有登山、志勝等作，皆長途追憶，未知能否確鑿。異日重尋舊迹，當挾是卷以相質証也。至沂州之役，旬日間得兩瞻巖巖氣象，亦未始非區區者之眼福耳。壬寅四月。

（《宦遊吟草》卷五）

跋後石隖題刻②

陳伯陶

光緒壬寅九月晦日，泰安知縣仁壽毛澂導登絶頂，觀日出後，同臨桂董崇□三人游此，因題。東莞陳伯陶書。

書秦篆拓本後

陳代卿

嶧山刻石六十三字，雖傳刻失真，不可謂非奇迹。泰山十字，幾不識廬山真面。殘石二片，光緒甲午春爲人盜去，毛蜀雲大令命人急捕，盜者知不可藏，棄石而去，仍取嵌環詠亭。李斯助秦爲虐，並不保身，

---

① 柳堂遊泰，時在光緒十八年（一八九二）九月。

② 該跋語現存泰山後石隖元君殿稍後石壁之上。

其人無足道，書乃成名山勝迹，後人珍逾尺璧，惟恐失傳，至盜者欲據爲己有而不得，亦非斯所及料矣。尚有孫淵如、徐樹人兩先生撫刻①，幸不與漢唐名迹並湮。孫刻於德州學宫高貞君碑陰，尤完好，以距山遠，搨者希也。

《春在堂隨筆》：俞蔭甫於故書襯紙中得篆書一百九字，察其文字，爲會稽刻石詞，取《史記》遂句排比之②，自「皇帝休烈」至「貴賤並通」四十三句，尚存大半，後無一字，蓋石前半也。不知好事者爲之耶，抑會稽一石尚有摹本傳人間也？因臨數本，分貽好事者。又云：近虞山楊氏刻徐鼎臣碣石頌，真僞難辨，均不可謂非奇迹。

（《慎節齋文存》卷下）

書澄鑑堂帖後

陳代卿

熙寧中，東坡過吴興，郡守孫莘老出文與可畫風竹示之，並出麻面一幅，大如文畫，筆一枝，毫逾五寸，管長尺四，求續畫風竹。曰：「此筆與可製也。」坡公胸竹勃發，濡墨奮迅，倏忽而成。莘老拍案叫絶，請各題數十言，藏之墨妙亭。與可畫自范忠宣逮歷朝題者三十二人，東坡畫自韓忠獻逮歷朝題者四十二人。道光中，延州張河帥芥航得之，以「二竹」名其齋，倩錢梅溪雙鈎上石，苦畫大難縮橅，但取題詞刻石，而梅溪爲之記述歷代珍藏，自御府及世族大家具有本末。余得拓本四卷，其畫曾見於泰州宫大令處，宫多收

① 「撫」，當作「橅」。
② 「遂」，當作「逐」。

藏，與余言此海内無上神品，文、蘇皆蜀産，畫宜歸蜀人。余知其寶貴，未遑問也。後聞歸余姻戚毛叔雲大令，畫誠得所，而題者自北宋、元、明至國朝，類多偉人名貴之迹，閱世八百餘年，不厄於兵燹，謂非神物可乎。

張河帥跋云：「或有疑畫僞者。余笑語梅溪，兩先生皆熙寧、元豐時人，文忠所遭尤不幸，蔡京柄政，列之黨人，並禁其筆墨。不料數百年後，尚有疑其僞而寃抑之者，豈亦磨蝎命宫之所致耶？」然則疑其僞者，殆不始今日也。余因人言問河帥同鄉黄立齋大令，立齋言此畫及石刻，先見於西安，後又見於宫子行家，誠爲至寶，流俗之言何足聽也。因節録張跋，並附立齋語於後。

（《慎節齋文存》卷下）

跋漢三十二字磚

邢端

此磚未經著録，宣統建元，予遊泰山得之。古人稱爲漢虎函，不知何解？書勢樸厚挺勁，文亦雄健可誦。民國初年，從傅沅叔許晤仁壽毛君稚雲，聞其從宦山東，因道及山左金石。毛君言乃翁叔雲先生光緒中官泰安令，聞梁父山下有巨冢，日就陊圮，有石虎首露地上，因令工修葺。畚鍤既施，則虎下有磚，高二尺許，隸文完好。又得「海内皆臣」十二字篆文磚數方，極精妙，始知此磚所從來。旋閱仁和譚氏《復堂日記》亦載此磚，謂筆勢雅近《孔宙》，新政云云，疑爲莽朝；雖云刻石，乃似磚文云云。是此刻爲磚爲石，譚氏尚疑莫能明。壬申、癸酉間，膠東文物如封泥、古錢之屬，輾轉流出海外。黄縣某故家藏磚至夥，已爲人運至青島，有人聞而止之，聞此三十二字磚及「海内皆臣單于和親」十二字諸磚，皆在其中。此後磚歸何所，迄不可蹤迹，然磚石之疑頓釋。所謂監護大夫，疑爲中朝所遺，如漢宣元康四年，遣大中大夫疆等十二人循行天下，覽觀風俗。又元帝初元二年，臨遣光禄大夫褒等十二人覽風俗之類。王莽捐皇后聘錢，分遣九族及貧人，在未居攝之先。及易號後，亦無監護之名。莽立九廟，齊有廟二，爲所重視。或臨時遣吏監護磚造於其時，以頌功德歟。惟修墓時，毛未躬親，其《穉澥集》中亦未述及此事，爲可惜也。

（《蟄廬題跋》）

（四）日記、筆記、雜史

藝風老人日記

繆荃孫

（光緒十五年九月）二十日癸亥，雨竟日。整理書籍。王守晟丈來，交沙田價四百兩庫收並示帳目。賈厚安來。發家信、柚岑、閏枝、柚農各信。又復謝益都毛叔昀信。校《元和志逸文》。

（《藝風老人日記·己丑日記》）

（光緒十七年二月）二十九日癸亥，晴，大風。二十里齊河縣入城行，出城即渡大河。西風甚勁，水溜尤急，渡頗不易，在渡口尖。二十里張中丞專弁持名柬來迎，時已閱兵兖曹起程六日矣。湖南小門生胡孝廉鳳藻迎於路。華陽洪蘭楫用舟丈、吴□□邦鏐、仁壽毛尗昀澂均差人迎於城外。二十里入西門，在後宰門同興店卸車。監院孫子方建策，歷城人，孝廉方正。尚志監院孔慶璥良甫曲阜人，丁卯同年。來，約初一日移入書院。打電報過京寓。

（光緒十七年二月）卅日甲子，晴，大風。李經宜寶潛聯舟弟來。出拜福少農方伯潤、趙菁山廉訪國華、王春庭都轉作孚、黄伯衡觀察璣、李念滋翼清、孫佩南葆田、魯芝友琪光、毛尗昀澂、姚彦鴻岳度、張農孫元燮。在佩南座知陸存齋觀察在日升店，急往候之，談良久。黄伯衡、毛卞畇來。同寓趙亦山大令壽彭，河南安陽人。來談。

……

（光緒十七年三月）七日辛未，晴。拜客。晤朱次帆澤長、梅小巖前輩啓熙、陸存齋、毛卞畇、吴春航、劉元卿。黄仲衡來。録閩縣金石。校《雜記》二。夏尚樵送菜。

……

（光緒十七年四月）七日庚子，晴，熱。録平定金石。毛卞雲來，託撰張宫保六槲壽序。秦藴生約在小滄浪小飲，曹遠謨、石子元祖芬、秦卞固堅同席，菜頗可。隨放舟至會波樓歷下亭一游，小滄浪之水木明瑟，會波樓之鵲華秋色，皆阮文達筆也。晚接家信並楊惺吾信、眉壻信、吴申甫信、鄭澧筠信、夏迪初信、李韡堂信。讀《山東軍興紀畧》。

……

（光緒十七年四月）二十二日乙卯，晴。録夏縣金石。出拜趙菁衫、石子垣、姚松雲釗、李秋圃、陸肖巖、徐菊農、吴蓉村、毛卞畇、楊子儀。交壽序於毛卞畇。課題「有爲神農之言者」兩章。「祈龍宫以降雨」得祈字。

（光緒十七年四月）二十三日丙辰，晴。録芮城金石。毛卞畇來。接畊甫湖北信、金湝生廣東信。假《豫軍紀畧》。曹堃泉來。閲卷。

……

（光緒十七年四月）三十日癸亥，晴。録聞喜金石。蔣箸生丈招飲玉華樓，樓臨水，甚凉爽，佩南同席。佩南同游骨董鋪，得舊搨《多寶塔碑》、趙秋谷條幅。檢新刻書贈蔣箸生丈。出案，以劉鼒祐爲第一。毛赤眗贈潤筆百金。接潤田信，言沙案已准，可喜。

（光緒十七年）五月甲子朔，晴。校《雜記》二十四。録聞喜金石。沈楚卿、姚松雲、陸肖巖、瞿嘯皋來。假肖巖《典墳紀聞》《居業堂集》。閱卷。讀碑。改瞿、張、吴生文。福少農、毛赤眗送節敬。

……

（光緒十七年五月）四日丁卯，晴。校《雜記》二十七。録稷山金石。早詣孫子方游曲水亭，又到歷城學宫訪碑，得元鄉試題名碑一。約胡蔭南、張仲蔚晚飯。毛赤眗送菜，甚佳。孫佩翁來。

……

（光緒十七年六月）二十五日丁巳，晴。决科題。「子貢問爲仁」兩章；蟾宫織登科記。覆集三信。拜許金粟、尹子威、楊調甫、劉湘丞、尹臯卿賡颺、紀香聰、郭儀臣、毛赤眗。赤眗託撰趙菁衫太夫人壽言。劉湘丞來，檢文集還之。晚大雨。送梅君三疏與張朗帥。

……

（光緒十七年六月）二十九日辛酉，晴。毛叔雲、沈海帆世銘、錢少雲來。約孫佩南、王翼北、胡蔭南、秦仲子、孫子方小飲。閱卷。張蘭九送奠儀拾金來。

……

（光緒十七年八月）十九日庚戌，晴。拜盛薇生、逵臣昌頤、張子遠、仲尉、許誠齋。順德師、黎筆侯約吃魚生，龍伯鑾、文琪甫、梁荔樵世經同席。效曾、虎臣來。發歷城毛蜀雲澂信，寄趙太夫人壽序，吕品臣帶。

……（光緒十七年九月）十二日癸酉，晴。傅懋元送祭席來，旋下船行禮，又送日本圖經一部。陳用明重威送幛乙軸。李中堂送廿四元、士周十六元。詣余益齋、于晦若談。發歷城毛尗眴信，並德州平原禹城、濟河謝信。

……（光緒十七年十一月）二十三日癸未，晴。吴巽儀言吴申甫未還上海，滬游亦已。發申甫信索書目。上山東福中丞箋，辭濼源館並還書幣，託彦鴻轉交湯幼庵。發泲南姚彦立信、李洵伯信、毛尗眴信、孫梓芳信。晚不適。

（《藝風老人日記·辛卯日記》）

（光緒十八年十一月）五日戊子，晴。録會稽金石。吴栘香樹棻、瞿贊廷來。讀碑。發山東姚彦鴻信、曹遠謨信、泰安毛叔眴信、商河陳集三信、博平李恂伯信。爲季樵致廿金於沙味三。校《楹書隅録》史部。

（《藝風老人日記·壬辰日記》）

督學山左日記

華金壽

（光緒二十年四月）廿八日。卯刻，赴泰山拈香。由岱宗坊至關帝廟小坐，换山轎入山，行數武，有坊曰「一天門」，過此，道左有廟，曰□□□。又行數武，曰紅門，道左有斗姥宫，土人云先年多尼僧，有瑶光奪壻之遺意，近爲康太守所逐，止餘老尼數人而已。又行數武，有三皇廟，過此則盡屬磴道，左則萬柏成林，右則懸崖峭壁，蔚然深秀，蒼翠交加。過回馬嶺，行十數里，地有名「飛簾洞」者，有名「萬笏朝天」者，有名「柏樹洞」者，至壺天閣，小憩，飲茶。此地亦係一廟，前以閣爲門，後則上山之路，中殿亦供碧霞元君。過壺天閣，行十餘里，有坊曰「中天門」，過此三四里，爲雲步橋，上有瀑布，飛流有聲。過此，有坊曰「五大夫松」，其松不甚大，色亦不甚蒼古，知係後人補種者。小憩片時，又行四五里，道右有對松亭，因道左松甚多，故名，現在興修，尚未迄工。又上行，則山愈高，路愈陡，俗有「三磴巖」「十八盤」之説。過此則南天門，入南天門則泰山廟矣。廟旁有屋宇數間，名曰公館，至此忽大雨如注，移時方住。至廟行香，回公館喫飯，飯畢，雨霽。行三四里，登絶頂，至玉皇閣。秦時没字碑存焉，旁有浴日廳，少坐，毛大令在此陪坐。推窻望遠，適有雲氣彌漫山谷，咫尺莫辨。遂出玉皇閣，迆邐而下，至一廟，内有唐明皇手書摩崖碑，有已殘缺，爲後人補書者。徘徊其下，日已申正，遂下山。至五大夫松、壺天閣，仍小坐。至□□□，縣欲在此備席，辭以日暮人倦，小坐，遂回行轅。

（《督學山左日記·光緒二十年》）

湘綺樓日記

王闓運

（光緒二十六年五月）十八日。早起見月，已而陰雲，未至佃臺，密雨仍至，涂潦積溼，人馬俱濘。到泰安，大晴。夕食後步訪毛泰安，小坐。乘夕光還店，還所借萬錢。曙雲已供張鋪墊、送席，皆辤之。又送還萬錢，加以程儀一个，賫錢送兩回，程儀亦送兩回，乃不還錢，亦不懷賫。二更後，曙雲自來，買碑七種，去錢二千。請游泰山，則以小外孫女畏風，不能往。

（《湘綺樓日記·光緒二十六年庚子》）

黃炎培日記

黃炎培

（中華民國三年十月）三日 星期六（土）

……

西關外天書觀縣立第一高等小學，校舍宏整，係光緒二十九年知縣毛澂以萬餘金創建。毛，四川人，極熱心提倡學務，邑人頗慨歎於繼起之無人焉。是校去年始擴張，現有學生二百六十人。去年百五十人，前年僅百人耳。畢業初小者二之一。學費不收，食料自帶。常年經費二千五六百圓。參觀國文、地理、修身等科教授，均用講演式。

（《黃炎培日記》第一卷）

愛智戊午日記

吳虞

（中華民國七年正月）八日，星二，晴。

與檀、櫻講修身國文。君毅來片（十二月十九日發），言十號交鹿膠四兩，一斤價八元；阿膠半斤，一斤價二元八角。因冰如新到，用費太多，故未全買也。北京近日嚴寒逼人，風利如刀，日中室外華氏表零度下八度，河川凍合，室中水皆冰，東京、成都皆無此冷。聞陽曆正、二月之交當至零度下十度也。柳亞子來信（十二月十八日發），言《女權議》早掛號寄羣益書社轉陳獨秀，並附一箋，請其登入《新青年》後，仍將原稿寄還。而獨秀杳無覆信也。香祖如有遺像寄去，可印入《南社二十一集》云。晚餐後山腴送來《毛叔雲詩集》二册，北京排印，守瑕寄回，而山腴分贈予也。教檀、櫻地理。

（《愛智戊午日記》）

遊岱隨筆（節選）

濮文暹

唐磨巖，東爲宋真宗述功德銘，亦高大，御書正楷。是碑有二，一勒山下城南者，所謂陰字碑也。又明嘉靖間人翟濤書「德星巖」三大字。西北爲青帝宫，大門外巨石蹟臥，名曰「獨石」。西爲元君後寢宫，有臥像。西爲望吴峰，俗呼孔子崖，立孔廟於下，廟久傾圮，邑令毛澂修之。

（《見在龕集》卷二〇）

舍身崖

林紓

舊聞禮元君時，孝子爲親祈壽，必投身崖下，冀代二親以死。崖在日觀峯前，其下殘骨巉巉然。前泰安縣毛公澄惡之，爲易其名曰「愛身崖」，亙以紅牆一道。每遇三月，魯人朝岱，則發壯士十餘人守崖上，不令遊人窺足其間，亦仁者之用心也。毛公於濟南有惠政。雲步橋上，有石亭，即敍毛公政迹者，亭亦毛公所建。

（《畏廬瑣記》）

吕祖洞

李東辰

王母池東南，石崖峭立，有洞方廣如夏屋，可容廿餘人。門外一水曲遶，石突兀可愛，相傳純陽子煉丹於此，曰吕祖洞。洞在唐時曰「發生」，見岱岳觀鴛鴦碑韋洪詩；在宋時曰「金母」，見錢伯言遊記。金母，王母也，見《太平廣記》，是洞在宋宣和時祀王母也明矣。今洞中嵌吕嵒詩，刻年月爲紹聖、政和，末署

「回翁」二字，似簽名，狀如雲頭，是後人以乩筆而託仙踪，無疑也。清嘉慶二年，巡撫伊江阿於洞中築閣，圮。光緒年間，士民捐築抱厦三間，邑侯毛蜀雲徵於洞南建木橋①，跨澗上，塗以硃油，遠望如畫。逾歲，被山洪衝毀。民國三十二年，歷下李玉泉等醵貲在舊跡建石橋，名曰「八仙」，遊者稱便焉。洞門就石刻草書聯，殘缺莫辨，洞内嵌一石刻聯，康熙辛巳仲秋維陽徐元圭所書也②。文曰：

「五夜慧燈山送月；

四時清籟水吟風。」

附記：

呂祖名嵒，字洞賓，號純陽子，亦稱回道人，即俗傳「八仙」之一，唐京兆人。咸通中及第，兩調縣令，值黄巢亂，移家歸終南山，得道，莫測所往。

錢伯言遊記碑刻，行書，在岱廟西墀下，南向，今佚，宋宣和己亥十月遊泰山。

毛蜀雲，名徵，四川仁壽縣人。進士，光緒中，四任泰安縣令③，創辦學校，脩和聖墓。泰山酌泉亭、西溪石亭、桃花澗草亭，皆公所築也。

（《岱聯拾遺》）

①「徵」，當作「澂」，下同。
②「維陽」，疑當作「維揚」。
③「四任」，應作「三任」。

高里山神祠

李東辰

在高里、社首兩山之間。清光緒年間，縣令毛澂蜀雲重修，監工者紳，出款者民，興工後憤者訊以聯云：「重修高里七十五；苛歛地方一百三。」又聯云：「重脩高里山，搬神弄鬼一縣令；奔走閻王殿，摇頭擺尾八鄉紳。」迨工竣，撰書聯語，懸諸森羅殿簷下，表明心迹，時論翕然。文曰：

「即古來帝祀羣神①，梁父主死，亢父主生②，豈獨草儀逢漢代；

爲天下人心一哭，刑不能威，德不能化③，祇應尚鬼學殷時④。」

長沙沈少陶刻聯云：

「信人命無常，到此間毖後懲前，全憑一念覺知，證取初心同皓月；

本神道設教，願萬姓畏德從善，留得滿腔生意，頓消刼火長青蓮。」

（《岱聯拾遺》）

---

① 「即」，《岱粹抄存》卷七作「聿」。

② 「梁父」「亢父」，《岱粹抄存》卷七位置互乙。

③ 「刑不能威」「德不能化」二句，《岱粹抄存》卷七位置互乙。

④ 「祇應」，《岱粹抄存》卷七作「只可」。

蒿里山閻羅廟之創建

徐凌霄　徐一士

蒿里山者，相傳即田横客輓歌所稱，一曰蒿里，一曰薤露。所謂「鬼伯一何相催促，人命不得稍躑躅」也。或又謂蒿里本無其地，乃由漢武封禪奉高里而訛，因之附會爲蒿里山，姑弗深考。山僅一土丘，在泰安西南城外，上有閻羅廟，創建之期，蓋已久遠，清光緒間，僅存正殿。癸巳，華陽毛徵官泰安令①，到任即病，經久不瘥，精神惝惘，目中時若見有鬼物。因念曾作令曹州府屬之荷澤、曹縣、單縣、定陶皆盗風甚熾，非武健嚴酷，不能勝任愉快，己任内以峻法治盗，捕殺極多，得毋昔所殺者，或不無冤濫，而有怨鬼索命之事乎？此蓋其心理作用，乃於蒿里山大興土木，重修閻羅廟，以爲禳解。正殿重施金碧，焕然一新。山門塑神馬，分列左右。儀門則二鬼王守焉，高丈餘，巨掌攫拿，雙睛睒睗，狀至可怖。進儀門，由甬道直達正殿，而兩廡合抱正殿，作曲尺形，共塑七十二司。神像大小，無慮千百，狀貌各異，間雜以歷史及小説故事，使觀者驚心眩目。儀門内兩旁爲時值、日值、月值、年值四司，皆立像，宛若佛寺所塑之四大天王也。東偏院爲望鄉臺，兩廡一爲三法司，一爲六案司，神像左六右三，皆貴官裝，嬉笑怒罵，神氣栩栩欲活。工程既竣，全廟采色爛然，當時人工物料皆廉，聞所費猶銀萬兩云。

敬祀閻王廟之風俗

徐凌霄　徐一士

蒿里山之爲迷信集中地之一，自明代已然。據明人小説《醒世姻緣》第六十九回「蒿里山希陳哭

① 「華陽毛徵」，當作「仁壽毛澂」。

母」中有云：「這蒿里山離太安州有六七里遠，山不甚高也，是個大廟，兩廊塑的是十殿閻君，那十八層地獄的苦楚，無所不有。傳説普天地下，凡是死的人，没有不到那裏。所以凡是香客，定到那裏，或是打醮超度，或是燒紙化錢。看廟的和尚道士，又巧於起發人財，置了籤筒，籤上寫了某司某閻王位下的字樣。若是燒紙的人，預先討了籤，尋到那裏，看得那司裏是個好所在，没有甚麽受罪苦惱，那兒孫們便就喜歡；若是甚麽上刀山、下苦海，碓搗磨研的惡趣，當真就像那亡過的人在那裏受苦一般，哭聲震地，好不凄慘。天氣起於人心，這般一個鬼哭神號的所在，你要他天晴氣朗，日亮風和，怎麽能够。自然是天昏地暗，日月無光，陰風颯颯，冷氣飕飕，這是自然之理。人又愈加附會起來，把這蒿里山通成當真的酆都世界。」明代之蒿里山如此，前乎此者，不暇詳考。要之是山號爲陰司領土，而爲民間重視之所，蓋所從來者遠矣。毛氏爲病魔所苦，疑及幽冥，而以修葺是山廟宇爲祈禳之道，當亦以俗傳管領鬼魂之總機關在是耳。毛氏未修之前，廟雖圮壞，而附近一帶，民家之新有死亡者，咸往叩祭，故香火仍盛。自毛氏大興土木，廟貌莊嚴，祭禱者益趨之若鶩矣。廟由道士住持，挈眷居廟旁，俗稱夥居道士，因香火之盛，收入頗不惡。惟不知明代籤筒分司之法，亦嘗沿用否。猶憶前清部曹之分司行走，由堂上官抽籤定之，亦頗以所分司之優劣爲喜戚焉，是可謂不類而類矣，一笑。是廟去歲亦爲泰安省政府所廢，泥像悉搗碎鋪路，後此不可復睹，故記其梗概，以供談助。愚意此種人間地獄，亦社會迷信心理之一結晶品，未嘗不可資研究民俗歷史者之考鏡，其光怪陸離之泥像，或亦含有美術意味，可作鬼趣圖觀，當時若將保存舊迹與破除迷信分别爲之，使兩不相妨，不更善歟？

（《凌霄一士隨筆》原第六卷第四六期）

張之洞優容熊汝梅

徐凌霄　徐一士

葉昌熾爲甘肅學政時，《日記》中興「始知州縣有褫革生員之權，學政則不能辦一人」之歎，蓋學政雖尊，究屬客位之故耳（詳見本報第十一卷第十三期所載《隨筆》）。又嘗聞林貽書（開蕃，嘗爲河南學政）言，學政按臨，不可無故開罪州縣官，必俟其出結，始可放心，亦閱歷之談。李岳瑞《春冰室野乘》書熊知事（見《國風報》第二年第七期。坊間之《春冰室野乘》單行本止於第一年）云：

昔在部下，聞蜀中友人爲道强項令熊明府汝梅事，謂足繼何易于。熊爲鄂之黄安人，以庶吉士出宰四川，初任奉節，繼調梁山，奉節爲夔州首邑。梁山亦劇縣，其宰奉節也。張文襄方督蜀學，按試夔。故事，學政所臨，一切皆首縣供應。會穆宗上賓，哀詔至蜀，地方官遵例哭臨。是日諸官齊集，文襄領班，立階上，將跪，視地上磚，無拜褥，令從者以氈至。左右傳呼首縣索取，熊正色曰：「此何時也，安所得氈！」令以草薦至。文襄不得已，竟藉草，固心銜之。時公館所用帷帳茵褥隱囊之屬，皆紅紫綢緞，例應以布素易之，文襄僕私取舊所供者，不以歸縣；熊索之急，則毆其從人，且詈及熊。熊大憤，召縣役四十人率以往學政署，戒之曰：「吾命汝捕即捕，命汝杖即杖，即學政見罪者，吾自當之。」至則植立館門外，令諸役皆詈，且索物，如有出者，即反走。果四人出門叱問，甫逾閾，熊亟呼曰：「捉！」四十人簇擁上，執四人，縛以纆，即館門外褫衣杖之。四人者，悉美錦狐裘，衣帶糾結，猝不解，則以刃斷之。杖甫施，知府已使人來召。熊語之曰：「吾公事畢即來耳。」知府不得已，親來，謂四人曰：「孰令若横至此！吾固言熊老爺不可犯，今何如者！」俄而文襄遣人來，言前犯事者已逐出，此四人者非也。熊謬曰：「乃非學政僕耶？若是，愈不可逭！」

命盡繫之獄。文襄竟無如何。功令，學政按試竣，地方官必具結，聲明並無需索，詳大府，咨部，學政乃得行，結不出，學政不得去。文襄試既畢，索結，熊難之，曰：「吾自分與學政同落職耳！」布政使公以手書解之，乃出結，釋四人於獄，語之曰：「歸語汝主，無與縣令構怨！縣令罷，捐萬金可復職；編修罷，非錢所能買也！」顧文襄亦優容之，嘗語人曰：「熊令固好官，惜太客氣耳。」熊聞之笑曰：「不客氣，那敢爾！」

學政爲知縣所苦，事實上固有可能也。其後二十餘年，尹銘綬以編修爲山東學政，按試泰安時，與知縣毛澂相迕，其事聞有與之相類處，澂亦以不出結難之，知府竭力調停，始勉强出結云。銘綬光緒甲午翰林，澂則庚辰翰林，以庶常散館爲知縣者，故早六科之老前輩也。聞澂對銘綬，有「卑職狗運不通」之忿詈語。（熊汝梅同治戊辰翰林，爲張之洞癸亥翰林後輩。）

（《凌霄一士隨筆》原第一三卷第四二期）

泰山有姑子

徐珂

泰山姑子，著稱於同光間。姑子者，尼也，亦天足，而好自修飾，冶游者爭趨之。頂禮泰山之人，下山時亦必一往，謂之「開葷」，蓋朝山時皆持齋，至此，則享山珍海錯之奉。客至，主庵之老尼先出，妙齡者以次入侍，酒闌，亦可擇一以下榻。光緒末葉，泰安令某飭役查禁①，逐其人，使他徙；封其廬，爲横舍。久之，學校亦廢，僅有一老尼蕭然獨處矣。

（《清稗類鈔・方外類》）

---

① 「泰安令某」，即毛澂也。

漢畫象石（節選）①

柯昌泗

漢畫象著録，向惟附於碑目之後。至王文敏撰漢石存目，始分字存、畫存，各爲卷帙。羅師校補於畫存，益爲詳備。凡著録三百二十四石，且以所藏拓本，核定增補。然師自序言，奉命視學山左時，輶車所至，徵求盈笥。如汶上兩石橋畫象等，有前賢未曾寓目者，乃爲東邦友人借去寫真。二人既没，遺失過半，校訂或轉據他籍。是此目仍未爲愜心之作。鄒縣董井專輯齊魯漢畫象爲一書，較此目又有增益。雖僅一偶，然漢畫象石之存留，以山東爲數最多。其次河南，其次四川，若江蘇、山西則偶見於縣邑耳。山東兖、沂、曹、濟諸州，郈中壃畔，舉目皆漢畫石，人不甚重之。其能聚以保存之者，武梁祠尚矣。南武陽孝堂山朱鮪諸石，自來爲地方所護惜，然亦存什一於千百耳。清光緒間，仁壽毛大令澂，訪得益都城西北三十里稷山摩崖畫象，凡四人，旁有孔大夫三字。摩崖之石，幸能保存。

（《語石異同評》卷五）

黄崖案的回憶（節選）

吴吝白

歷城毛蜀雲對於黄崖案不滿②。東撫楊士驤將黄崖案奏請昭雪，不報。又四川人喬茂薎侍郎，名樹枬，亦奏請將黄崖案昭雪，留中不發，事在楊前。

（《山東近代史資料》第一分册第一六六頁）

---

① 題目爲編者所擬。

②「歷城」，當作「仁壽」。

（五）總集、目録、詩文詞評

晚晴簃詩匯·毛澂

毛澂，字叔雲，仁壽人。光緒庚辰進士，改庶吉士，授滕縣知縣。有《穉澥詩集》。

詩話：叔雲早有文譽，與喬茂軒左丞齊名，座主吴子儁編修爲賦《蜀兩生行》。作令河濟間，善治盜，書生而有健吏之稱。詩才藻麗鋒發，有《西園引》，用長慶體賦圓明園舊事，篇長不録。其遒鍊者差有玉溪深婉之意。

（《晚晴簃詩匯》卷一七二）

（民國）仁壽縣志·穉澥詩集

毛澂穉澥詩集六卷（采訪）

穉澥太史學博才雄，爲西蜀詩界泰斗。蚤歲見知於張之洞學使，通籍後，學益淵博無涯涘，詩特其餘事耳。今所刻《仙井集》三卷，《峽猿集》《棧雲集》《海岱集》各一卷，乃清學部左丞喬樹楠所選訂者，典麗沈雄，生平著作實不止此。

（《（民國）仁壽縣志》卷三五）

穉瀣詩集六卷附録一卷（丁巳季夏華陽喬氏排印本）

清毛澂撰。澂字叔雲，號穉瀣，四川仁壽人。光緒庚辰進士，由庶吉士改官知縣，分發山東，歷仕劇邑，署曹州知州六年之久。緝盜綏民，循譽卓著，乙酉、己丑、壬寅、癸卯均分校鄉闈，稱得士。少與喬左丞樹柟齊名，有道義骨肉之雅，光緒丙子，吴觀禮典試蜀中，爲賦《蜀兩生行》。詩凡六卷，卷一至卷三曰《仙井集》，卷四曰《峽猿集》，卷五曰《棧雲集》①，卷六曰《海岱集》，凡古近體詩六百四十一首。附録文三篇，曰《形勢》，曰《時勢》，曰《曹説》，均浩瀚奇恣，氣盛言宜。《曹説》尤佳，澂因莅曹最久，憫曹之多盜，謂不宜但以鷹鸇毛擊治之，務先使革其心，開溝洫，課農桑，俾家給人足，有無相通，暇則聚其子弟，澤以詩書，馴其頑獷，則季康子之所患，不足患矣，洵爲探本之論。《仙井集》中《擬古》及《蜀亂》五言長古諸篇，均胎息韓、杜，《蘇祠新樓呈南皮師兼柬玉賓叔嶠》，又《文學臺望峩眉和叔嶠》七古，則飄飄欲仙，與大蘇爲一氣矣。《棧雲集》中《西園引》七言長古，詳述圓明園故實，如云「汨羅不管金蟾鎖，上陽骨葬青蓮朵。回首阿房一炬紅②，錯認湖山舊鐙火。誰念冰天七月凉，蕃河嗚咽遶宫牆。似聞天語彌留際，猶問離宫一斷腸」，沈鬱蒼凉，追步浣花詩史。「汨羅」句謂管園大臣自沈，「上陽」句謂有嘉慶時宫嬪爗於火也。《海岱集》中《行縣絶句》云「茆簷聽雨翻愁曉，滿路紅香不忍看」，又云「雉子不驚麥齊

孫師鄭

① 「卷四曰《峽猿集》，卷五曰《棧雲集》」，誤。《穉瀣詩集》卷四爲《棧雲集》，卷五爲《峽猿集》。
② 「一炬」，《穉瀣詩集》卷四作「一片」。

穗，樹陰饁籠有葱湯」，今日三復之，猶可想見省耕勸農、遇民如子之情況也。

（《續修四庫全書總目提要（稿本）》第一二册第六〇七頁）

蜀詞人評傳·毛瀚豐①

姜方錟

毛瀚豐，字叔畇，仁壽人。以進士官山東知縣。初光緒丙子，吴觀禮主考四川鄉試，榜發，得瀚豐及華陽喬樹枏，賦《二生行》以寵異之。其詩後爲樹枏印行，詞則多與朱虹父、宋芸子諸人酬唱，所作無刻本也。

（《蜀詞人評傳》第三七八頁）

毛澂

楊世驥

近世四川詩人中，毛澂是最不爲人所知的。也許因爲他中歲以後就在山東做官，後來死在滕縣，身世很平凡，他的詩集在四川又頗不易找到的緣故。

毛澂，字叔雲，號穉澥，四川仁壽人。關於他的先世已不甚清楚。但知他有一個哥哥，名瀚，嘗肄業尊經書院，《尊經課藝》和《蜀秀集》都選有其詩，早卒②。又從他的《哭四弟阿壽》一詩（約作於光緒己丑③），知他那時老母謝世不久，家務由他的姊姊操持，他從成都回來，離家不過七日，四弟又夭亡了。他看

① 「毛瀚豐」，當作「毛席豐」或「毛澂」，下同。此條於毛澂、毛瀚豐兩人事迹有所相混。

② 毛澂無胞兄，此處所云乃其三弟毛瀚豐。

③ 光緒己丑（一八八九）毛澂乃在菏澤知縣任上。據考，此詩當作於光緒乙亥（一八七五）。

見他的另一弟妹：「懷疑未敢問，佇立久徬徨。弱弟向隅泣，小妹嘑盈眶。四顧少一人，驚呼斷中腸。徘徊入家塾，塗鴉堆滿筐。案頭賸棗栗，弄物存空房。日夕鴞作聲，哀鳴孤雁行。」可以想見他的遭逢是很蕭索的。

他早負文譽，曾受學於張之洞。他的詩多少受有之洞的清新雅健的影響。他和楊銳是極要好的明友①，唱和之作頗多。後來戊戌之變，銳以參預新政殉難，他親自從山東跑到北京，爲銳料理後事，惟其詩僅於《都門夏感》一首中隱隱地寄託着他的憤慨②。

他和喬茂萱尤爲道義骨肉之交。茂萱，字損庵，華陽人，亦工詩，兩人自幼相善。後來同到北京會試，出入必偕。吴觀禮曾有《蜀兩生行》一詩，就是贈與他倆的。他以進士歷官山東各縣知縣，因爲爲人清廉方正，不諧世俗，一九〇六（光緒丙午）年卒於滕縣。遺詩幸賴茂萱保存，並爲他變賣書畫，釐次刊行，方得流傳於世。然而他的詩集印了出來，茂萱已先一年逝世了。

他的詩計分六卷。卷一至卷三《仙井集》，爲在蜀中所作。卷四《峽猿集》，爲沿江東下所作，其中記三峽景物者獨多，故名。卷五《棧雲集》，爲經陝入京旅途所作③。卷六《海岱集》，爲服官山東時所作。

我讀了他的詩，就想起和他同時的王秉恩、顧印愚、王乃徵、鄧鎔，乃至今日還健在的趙熙，他們彷彿有同

① 「明友」，當作「朋友」。

② 毛澂爲楊銳料理後事之事，他處皆無記載。且戊戌政變發生於秋季（八月初六），與《都門夏感》題目時間不符，此處惟當存疑。

③ 《峽猿集》爲《穉澥詩集》卷五，非卷四；《棧雲集》爲卷四，非卷五。

一的特點，就是他們習於用尋常的字句，尋常的亦唐亦宋的格調，把蜀中山水尋常地描狀出來，使你於尋常之中，感到不尋常。這樣解釋也許太抽象，還是以我眼前看得到的舉例説罷。如他的《蜀女詞》：「巴船急如箭①，巴月細如弦。如何船射去，不待月弓圓。」現成的譬喻，鉤泐出一幅豐腴的畫面，換了旁的地方便没有那種情致。又如《渝州歌》：「渝州去成都，水程千四百。水大三日程，水小十三夕。半路胭脂河，流水猩紅色②。一夜到渝城，城邊有粉穴。胭脂嫌太紅，粉水嫌太白。君持一水歸，盥作朝霞雪。」這是他由成都初到重慶所作，身居其地的人，曾否注意孟夏水漲的時候，在長江嘉陵江的會合處，有這麼喬麗的奇景？詩人的敏感，常常使他不放鬆一切自然的賦予，而對於他的故鄉，那素來被人譽爲天府之國的故鄉，尤爲感到親切；凡其足迹所屆，他無不紀之以詩：「風送語聲來市步，雁拖秋色上檣竿。紅泥墨印開糟户，白露蒼煙冷橘官」，他把江津喧囂的市廛爲之净化；「繞郭平沙争晚渡，半城明月送行舟。羣峯隔水寒相對，古樹臨江遠若浮」，他站在資州的城樓口號出那個古城的仙境；「農分供食争山界③，僧送春茶入縣庭。只有中峨看不足，乍如眉影乍如屏」，這是煙霧中峨眉的面目；「枯筍山如游下寺④（劍門外

---

① 「急如箭」，《稺澥詩集》卷五作「急於箭」。
② 「流水」，《稺澥詩集》卷五作「流出」。
③ 「供食」，《稺澥詩集》卷一作「供石」。
④ 「枯筍」，《稺澥詩集》卷五作「拔笋」。

有下寺①），糝菭路似入中巖。緑檜滴雨敲篷袂②，紅燭催花入枕函③」，這是雨裏的涪陵的風光。這一類詩，告訴了我們川東川南一帶的青碧的景色。然而當他順江而下，觀感又自不同，他經過嶮巇湍激的峽江，他的一支筆，却一如用在波平浪静的水面，他寫着：「一峯玉白如經幢，一峯炭黝如囷倉。窮谷荒寒日色死，狐兔跳蹿追虎狼④。巴涪風濤四百里，峽斷山連亂煙水。時治輕帆欹側過，時亂彎弧蜂蝟峙。」（《巴峽短歌》）他寫着：「邃古龍蛇鄉，戰鬥今未息。上合愁無天，旁坼疑有國⑤。頂浮不盡青，趾臨萬仞黑。峯巔暫燈小，星點朱鳥翼。」（《巫峽》）他寫着：「灘雪逐我下⑥，峽雲拒我上。陂陀坑不平，低昂石如長。連峯恥相似，萬彙盈一想。寧識洪荒初⑦，器物已成象。」（《空舲峽》）他寫着：「通陵望黃牛，屏風蔽古座⑧。及至黃牛下，不見人牛貌。連峯抵南沱，江轉石益峭。兩崖峙仙掌，蘇斑亂蒼縞⑨。」（《黃牛峽》）出語平易，而使人爲之驚訝不置。不知是青碧巉峭的山水影響着他們的詩，抑是他們的詩最宜

①「寺」下《穉澥詩集》卷五有「山水佳絶」四字。

②「緑檜」，《穉澥詩集》卷五作「緑榕」。

③「催花入」，《穉澥詩集》卷五作「摧花落」。

④「虎狼」，《穉澥詩集》卷五作「鼠狼」。

⑤「旁坼」，《穉澥詩集》卷五作「旁拆」。

⑥「灘雪」，《穉澥詩集》卷五作「灘雷」。

⑦「洪荒」，《穉澥詩集》卷五作「鴻荒」。

⑧「古座」，《穉澥詩集》卷五作「古廟」。

⑨「蘇斑」，《穉澥詩集》卷五作「蘚斑」。

寫青碧巉峭的山水，宛然描狀蜀中的山水，唯有蜀中詩人所獨擅似的。

然而我愛讀毛澂的詩，並不止此。他並不祗是一位太平盛世的遨遊山水的詩人。他在少年時也飽嘗過顛連奔沛的痛苦，那就是四川綿亘十餘年的藍天順之亂①。藍天順原是滇邊山叢中的一個農民，因爲年荒絶食，逃亡蜀中，迫於飢餓，鋌而走險。其先祇在屏山、沭川一帶搶刼行旅②，後來勢力日增，聚衆數千人，出擾岷江沿江各縣，所向無敵，致使整個成都平原爲之糜爛。他的家鄉仁壽，正坐落在岷江東岸，也數度爲匪所陷。他當時懷着一腔希望，希望官軍能把藍天順剿滅，但是當時駐防成都一帶的旗兵和緑營隊伍，且聽到匪來的消息，先就逃匿無蹤，而其奸淫擄掠，更甚於匪。他的詩中記載得很詳細。他的《憂亂》一首，初敍蜀南一帶原是富庶的地方，惟以「邊帥恃地險，防守久廢缺」，乃致藍天順揭竿而起，局勢遂至不可收拾。他分析這些匪徒産生的原因，以爲：

「艱苦身所受，欲語氣嗚咽。軍興困轉輸，黎民苦搜括。重以貪黷吏，奸宄暗萌蘖。賊徒實無能，安敢思僭竊。直爲長官逼③，救死不得脱。虎急思噬人，毒螫類蛇蝎。長驅至西蜀，宇宙電一掣。一舉圍戎州，弧城屢瀕没④！」

洪羊之役，内戰征戍的負荷，官吏的壓迫，却是使匪徒産生的主因。所以藍天順以烏合之衆，一下就

---

① 「藍天順」，當作「藍大順」，下同。
② 「沭川」，当作「沐川」。
③ 「長官」，《稺瀣詩集》卷一作「官長」。
④ 「弧城」，《稺瀣詩集》卷一作「孤城」。

把岷江下游的重鎮——宜賓攻克了。至於這些匪徒踐踏下是怎樣一種情形呢？他說：

「蕭條蜀南地，千里盡空室。請救錦官城，羽檄星火疾。嚴武今不在，告急久未出。遂使梟獍徒，猖狂恣屠割。丁壯斃鋒刃，老弱死崖壑。逃避或不及，轉瞬成異物。虜掠村爲虚，快刀斷其髮。臨陣驅向前，進退兩難活。朝庭養兵士①，征討備奸黠。蔓延盈兩川，坐視竟無術。」

他以一個小百姓，自然希望官軍能够剿滅匪徒，但是事與願違，官軍比匪徒更爲可怕！

「初賊起南詔，烏合本易滅。養癰不早計，蓄毒厚乃決。迫脅日愈急②，蹂躪日愈闊。錦江玉壘間，傷心萬人骨！企望援軍至，延頸慰飢渴。及至又不然，出入民戰慄。白晝公殺人，横行誰敢詰。淫掠甚殘賊，何止害桑麥。受賂不出師，嗚呼誰秉鉞。將軍已富貴，閭閻固騷屑。腐儒竄山谷，奔走筋力竭。腹飢飲泥土，足冷踏霜雪。生死尚難料，驚定神恍惚。流離面目醜，愁思肝肺熱。意欲乘長風，徒手無寸鐵！」

最後一段是他本人的遭遇。這種虎去狼來的慘狀，非出自親身經歷，實無法寫得如此真切。而他的《苦兵嘆》一首，則對於官軍作更進的諷喻：

「黄花戰裙紅抹巾，腰刀暗嘯青蛇鱗。閃閃大旗道旁立，白日街頭横殺人。羣入人家捉婦女，彈雞射犬警童豎③。磨刀向頭誰敢拒④，厲言而翁不赦汝！賊來獨可避一時⑤，大軍遍野將安之。哭訴轅門反遭

①「朝庭」，《穉瀣詩集》卷一作「朝廷」。
②「急」，《穉瀣詩集》卷一作「多」。
③「警」，《穉瀣詩集》卷一作「驚」。
④「頭」，《穉瀣詩集》卷一作「頸」。
⑤「獨」，《穉瀣詩集》卷一作「猶」。

箠，草間嘔血狐鳴悲。日暮原頭陣雲黑，將軍震悼無人色①。兩軍相遇山西前②，礮聲雷碾秋空烟。勁弓猛箭劇如雨③，不射賊酋空射天。陰謀蓄賊要恩賞，走馬聯翩來索餉。夜聞賊去胆忽雄，急躡萬騎追長風。荒村零户百家滅，亂砍民頭歸獻功。」

前言官兵的裝束，使我們看到當日緑營士兵的雄姿，殺戮淫掠，彈雞射犬，正是他們唯一的任務。「厲言而翁不赦汝」，寫官兵口吻，尤爲入畫。他們對付百姓那樣兇悍，遇了匪徒却另是一種面目，匪徒走遠了，他們還藉此邀功。他又有《遇滿洲軍校》《東門行》諸首，則是更透澈地寫着八旗官兵腐敗和吸鴉片之類的事實的。

同樣，當時中國外患紛乘，他也深深地受到感觸，集中關於這一類的詩頗不少，但都失之隱晦。惟有《後感興詩》十首④，痛切地紀載着中國幾件屈辱的大事。例如「雲低鐘阜天如墨，草入蕪城雨似煙。一卷北盟猩印在，傷心江上麗華船」，係言鴉片戰後在江寧城外麗華輪上雙方簽訂和約事。如「唐代衣冠夷九縣，漢家將相望三台。桄榔林外山城閉，翡翠巢邊海市開。猶勝冲繩舊兄弟，飄飄鯨島更堪哀」，係言日本併吞琉球，改名冲繩縣事。如「山開銅壁下江波，南紀雲烟屬尉佗。霞璽閉關滇路少，砂牀轉海越裝多」，係言英國滅亡緬甸事。如「馬尾侍臣持虎節，鯤身名將守雞籠。莫言賈誼原無策，不信田單竟少功。

① 「悼」，《穉澥詩集》卷一作「掉」。
② 「山西」，《穉澥詩集》卷一作「西山」。
③ 「如雨」，《穉澥詩集》卷一作「風雨」。
④ 《後感興》詩共有十二首，非十首。

急水門高殘壘壞，骷髏春戴野花紅」，係言中法之役守軍不戰退却事。這類詩在他集中爲變體，然而也很可看到他對於那個多難的時代的悲憤。

（一九四四年《新中華》復刊第二卷第九期）

中南、西南地區省、市圖書館館藏古籍稿本提要·蜀雲詩草①

孫震

蜀雲詩草不分卷

清毛席豐撰，稿本，一册（重慶）

毛席豐，字伯敷，四川仁壽人，生平事迹不詳。毛氏有詩云：「蜀道天下險，萬古稱石穴……民風素純樸，聖朝厚撫卹。所以二百年，關河久寧謐。」又有詩云：「金陵從古帝王州，十一年來戰血流。」可推知大致生活在道、咸、同三朝。毛氏老來有詩述其一生：「總角攻詩書，困窮今白首。生不見古人，古人常在口。遊蜂採百花，釀蜜滋味厚。經籍糟粕耳，其人骨已朽。不見聖賢心，萬卷亦何有？拊几心茫然，且飲一杯酒。」可知其一生與詩書爲友，然士途舛離，竟至青雲失路，坎坷一生。

是稿録毛氏五言七言各體詩三百餘首②。其詩無纏綿低靡之音、緋惻哀怨之調，且憂國憂民赤子之心貫穿始終。道光、咸豐二朝乃至同治是清中葉社會大動蕩時期，内憂外患日漸深重，以太平天國爲首的抗清運動幾成燎原。毛氏所在的川蜀腹地，亦在不免。詩中多處描寫人民的塗炭與流離。《除夜》詩云：「盜賊年年熾，瘡痍處處貧。兵戈寒嶺色，烽燧阻江春。病叟跪挑菜，孤嫠行拾薪。高樓有思婦，含淚說征

① 此條徵引《蜀雲詩草》時有若干訛誤，爲省繁複，徑改不出校。
② 「三百餘」，當作「一百五十二」。

人。」又有《憂亂五百字》云：「蕭條蜀南地，千里盡空室。請救錦官城，羽檄星火疾。嚴武今不在，告急久未出……丁壯斃鋒刃，老弱死崖窟。逃避或不及，轉瞬成異物……錦江玉壘間，傷心萬人骨。企望援軍至，延頸慰飢渴。及至又不然，出入民戰慄。白晝公殺人，横行誰敢詰。」官比「匪」更凶殘，百姓更是水深火熱，此類詩占有相當的篇幅，幾什有其七。

毛氏詩中不唯直刺清廷的腐敗，更究其原因，乃貪官污吏所爲，指出他們必無好下場。其《擬古》一詩云：「黠鼠廣其居，穿墉自得計。但知營窟穴，而忘身所庇。牆空崩一朝，盡殪爾醜類。君看蠹國奸，國破身亦斃。」這羣「黠鼠」正是戰亂之禍根、國之蠹賊也。

毛氏還有一些詠史與感慨個人命運之作，其數雖少，亦不乏可誦者。

縱觀毛詩，之所以有如此深刻的現實性，固終未能登「廟堂」故也。作爲士，却深居下潦，終能體會戰亂中民衆的悲慘與不幸，乃是稿的現實價值之所自、所在。

（《中南、西南地區省、市圖書館館藏古籍稿本提要》第三二七至三二八頁）

清人詩文集總目提要·蜀雲詩草

蜀雲詩草不分卷

毛席豐撰。席豐字伯敷，四川仁壽人。此集稿本，一册，録古今體詩三百餘首①，重慶圖書館藏。

（《清人詩文集總目提要》第一五一九頁）

① 「三百餘」，當作「一百五十二」。

穉澥詩集六卷

毛澂撰。毛澂生年不詳①，卒於光緒三十二年（一九〇六）。字菽畇，一作叔雲，號穉澥，四川仁壽人。光緒六年進士，改庶吉士。十一年出任山東定陶知縣，後調曹縣及歷城縣，升任濟南府知府②。十九年後任泰安、益都、單縣、任丘、諸城等縣知縣。至光緒三十二年任滕縣知縣，在山東爲令二十餘年。此集民國六年京師鉛印，中國國家圖書館藏。卷首墨書：「中華民國九年十月二十三日華陽喬曾劬捐置京師圖書館。」前有丁巳六月華陽喬曾劬序云「穉澥毛公與先父損庵府君（喬樹枬）有道義骨肉之雅」③，「府君於甲寅冬入都親爲釐次，分爲六卷，遺文散佚甚多，存者三篇，附詩後」。計有《仙井集》《峽猿集》《棧雲集》《海岱集》，凡古近體詩六百四十一首。後附文三篇，名《形勢》《時勢》《曹説》，末篇爲議論開發曹縣之文。卷二《西藏佛》詩，記達賴、班禪佛事；卷三《揚州文匯閣四庫全書殘葉歌》，記揚州四庫全書聚散經過；卷三《月圓墓》詩，記李白妹月圓在隴西墓地及其逸事；《道蘆溝橋》《十刹海納凉》《耶律文正墓》《石景山有感》諸詩，皆記北京名勝風物；卷四《棧雲集》中有《西園引》七言長詩，詳記圓明園被焚經過，内云：「汨羅不管金蟾鎖，上陽骨葬青蓮朶。回首阿房一片紅，錯認湖山舊燈火。誰念冰天

① 毛澂生於道光二十四年（一八四四）。

② 毛澂未曾擔任濟南知府，下文之「任丘」知縣，毛氏亦未曾出任。

③ 「先父」，當作「先大父」。

七月涼，蕃河嗚咽繞宮墻。似聞天語彌留際，猶問離宮一斷腸。」以悲愴古調説耻辱時事，堪稱詩史。

（《清人詩文集總目提要》第一八二八至一八二九頁）

附録三

毛澂年譜簡編

毛澂，譜名舞泗，初名席豐，字伯敷，登第後改名澂，字稚澥，別字菽畇，又作澍雲、蜀雲等。四川資州直隸州仁壽縣（今四川省仁壽縣）人。原籍河南上蔡縣，始遷祖萬輔於明嘉靖初遷至四川簡陽縣正教鄉大水窩龍王溝，五世祖輝麟遷至仁壽縣。曾祖父質潤，字文淵，太學生，作有《世系源流序》。祖父含章，字可貞，一字九苞，增生。父鳴盛，字澥舲，歲貢生，官崇寧訓導，曾於同治中編纂《毛氏家譜》。母鄢孺人，道光舉人、新化縣知縣鄢照蘭女。鳴盛生澂、南豐、瀚豐、阿壽。

清道光二十四年甲辰（一八四四）①　**一歲**

九月初九日（十月二十日）未時，生於仁壽縣鎮子場蒲草塘（原屬始建鎮騎虎鄉，現屬寶飛鎮鳳陵鄉）。

① 各種文獻多將毛澂生年定於道光二十三年（一八四三），然據《光緒六年庚辰科會試同年齒録》，毛澂實生於道光甲辰年（一八四四）。

清道光二十五年乙巳（一八四五）　二歲

七月十八日（八月二十日），葡萄牙拒交澳門地租。

十一月初一日（十一月二十九日），《中英上海租地章程》簽訂。

是年父奉族尊命編成《毛氏家譜畧》。

清道光二十六年丙午（一八四六）　三歲

三月二十日（四月十五日），鄧廷楨卒。

閏五月十五日（七月八日），廣州民衆圍攻外國商館。

清道光二十七年丁未（一八四七）　四歲

六月初九日（七月二十日），上海徐家匯教案。

清道光二十八年戊申（一八四八）　五歲

三月二十四日（四月二十七日），黄遵憲生。

是年二弟南豐生，譜名舞軒。

清道光二十九年己酉（一八四九）　六歲

十月十三日（十一月二十七日），阮元卒。

是年喬樹楠生。

清道光三十年庚戌（一八五〇）　七歲

入芝山書院求學，解《詩》《禮》。

正月十四日（二月二十五日），清宣宗旻寧崩。二十六日（三月九日），皇太子奕詝即位。

二月二十九日（四月十一日），沈曾植生。
十月十九日（十一月二十二日），林則徐卒。
十二月初十日（一八五一年一月十一日），金田起義。
是年仁壽縣編聯保甲，全縣編爲三鄉、六十五處、三百一十七保。
是年陳漳生。

清咸豐元年辛亥（一八五一）　八歲

七月初十日（八月六日），中俄簽訂《伊犁塔爾巴哈臺通商章程》。
閏八月初一日（九月二十五日），太平軍攻克永安州。

清咸豐二年壬子（一八五二）　九歲

二月初九日（三月二十九日），廖平生。
九月，張之洞順天鄉試中舉。
十一月初九日（十二月十九日），太平軍攻克蒲圻，知縣仁壽周和祥被殺。
十二月初四日（一八五三年一月十二日），太平軍攻克武昌。

清咸豐三年癸丑（一八五三）　十歲

二月二十日（三月二十九日），太平天國定都南京，改稱「天京」，分兵西征、北伐。皖北捻黨紛起響應。
三月十六日（四月二十三日），沙皇尼古拉一世下令侵占庫頁島。
四月十六日（五月二十三日），張祥齡生。
八月初五日（九月七日），上海小刀會起義。

十二月初十日（一八五四年一月八日），嚴復生。二十五日（一八五四年一月二十三日），三弟瀚豐生，譜名舞咸。

是年錫良生。

清咸豐四年甲寅（一八五四）　十一歲

四月，太平軍與清軍於湖南激戰。

六月十八日（七月十二日），上海新海關建立，中國海關落入外國人之手。

九月初九日（十月三十日），因沙俄屢犯，中俄東北邊界問題談判開始。

清咸豐五年乙卯（一八五五）　十二歲

四月十六日（五月三十一日），太平天國北伐軍覆滅。

六月二十日（八月二日），黄河改道，由大清河入渤海。

七月，捻軍雉河集會盟，成爲北方反清主力。

十二月十九日（一八五六年一月二十六日），劉沅卒。

是年顧印愚生。

清咸豐六年丙辰（一八五六）　十三歲

正月二十四日（二月二十九日），馬神甫事件。

八月初四日（九月二日），天京事變。

八月十八日（九月十六日），雲南回民起義軍克大理。

九月初十日（十月八日），亞羅號事件。二十五日（二十三日），英海軍以此爲藉口，挑起第二次鴉片戰爭。

清咸豐七年丁巳（一八五七）　　十四歲

已徧熟羣經，於宋明諸儒獨崇瞿塘來知德之學。

三月初一日（三月二十六日），魏源卒。

八月，湖南補行壬子（咸豐二年）、乙卯（咸豐五年）兩科鄉試，王闓運中舉。

十一月十四日（十二月二十九日），英法聯軍攻入廣州，兩廣總督葉名琛被俘，於咸豐九年三月初七日（一八五九年四月九日）絶食死於印度加爾各答。

川南天旱兩年。

是年楊鋭生。

清咸豐八年戊午（一八五八）　　十五歲

集中詩歌最早作於是年。

二月初五日（三月十九日），康有爲生。

四月十六日（五月二十八日），中俄簽訂《璦琿條約》。

五月，英法聯軍攻入天津，俄、美、英、法强迫清廷分别簽訂《天津條約》。

九月初五日（十月十一日），易順鼎生。

十一月二十三日（十二月二十七日），宋育仁生。

清咸豐九年己未（一八五九）　　十六歲

五月二十五日（六月二十五日），大沽口保衛戰。

六月初一日（六月三十日），劉光第生。

八月二十日（九月十六日），袁世凱生。

九月初八日（十月三日），李永和、藍大順於雲南昭通起事，進軍四川。公挈親避難南山石砦，並隨從鄉團，荷戈守險。暇則精研兵學，常思以干城自任。

是年四弟阿壽生，弟子楊道南生。生母鄢孺人卒。

清咸豐十年庚申（一八六〇）　十七歲

避難南山中。兵退後曾歸家。

正月初三日（一月二十五日），汪康年生。

閏三月，松潘廳藏民起事。

五月，湘軍蕭慶高部援井研，穆屯將隨行。

七月，李、藍農民軍何興順部攻入仁壽縣境，先後於禾家、富加、鎮子（始建）、五顯（景賢）等場與清軍及縣民團激戰，首領李遇齋被俘後於縣城就義。

八月，英法聯軍進逼北京，咸豐帝逃往承德避暑山莊。二十二日（十月六日），聯軍侵入圓明園，洗劫後將其焚毀。

九月十一、十二日（十月二十四日、二十五日），清廷與英、法議和，訂立《北京條約》。

十二月初十日（一八六一年一月二十日），清廷成立總理各國事務衙門。

祖父含章約於是年去世。

清咸豐十一年辛酉（一八六一）　十八歲

三月二十五日（五月四日），藍朝鼎、藍朝柱率農民軍進逼綿州，圍城近四月。曾試圖決涪江以灌城，未果。二十七日（五月六日），李、藍農民軍攻占仁壽縣城，改仁壽爲「長樂縣」。

七月十七日（八月二十二日），清文宗奕詝崩於熱河。

八月初一日（九月五日），曾國藩開辦安慶内軍械所。

九月十六日（十月十九日），李、藍農民軍撤出仁壽，奔青神。

九月三十日（十一月二日），辛酉政變，兩宫皇太后垂簾聽政。

清同治元年壬戌（一八六二）　十九歲

春，至縣城，自資州乘船轉簡州，初至成都，游文殊院、薛濤井等地。年内返仁壽。

三月十九日（四月十七日），太平軍陳得才部攻入陝西。

七月二十九日（八月二十四日），京師同文館設立。

八月，繆荃孫應四川恩科鄉試，後雖中舉，因非川籍人，未授名。

閏八月二十五日（十月十八日），駱秉章水淹犍爲龍孔場，李永和被俘，李部農民軍覆滅。

清同治二年癸亥（一八六三）　二十歲

亂定後，專攻經史，博涉羣書，旁及天文、地理、諸子百家與佛道經典，皆能抉其精微。

四月，張之洞會試中式，殿試一甲三名，賜進士及第。

五月十二日（六月二十七日），石達開兵敗大渡河後，於成都就義。

十月二十六日（十二月六日），李鴻章蘇州殺降。

清同治三年甲子（一八六四）　二十一歲

正月赴成都應院試，提學觀風，應友人命戲擬有《謁杜少陵祠》詩。約於是年進學，受知師爲四川學政黄倬。父親鳴盛被選爲歲貢生。

四月二十七日（六月一日），洪秀全卒。

五月初一日（六月四日），新疆庫車回維羣衆起義。

六月十六日（七月十九日），天京陷落。

九月初七日（十月七日），中俄簽訂《勘分西北界約記》。

清同治四年乙丑（一八六五）　二十二歲

正月，赴成都參加歲試。

二月十三日（三月十日），譚嗣同生。

四月二十四日（五月十八日），僧格林沁被捻軍殺死。二十六日（五月二十日），駱成驤生。

五月十三日（六月六日），清軍攻破階州，李、藍農民軍最終失敗。

八月初一日（九月二十日），曾國藩、李鴻章設立江南機器製造總局。

清同治五年丙寅（一八六六）　二十三歲

十月初六日（十一月十二日），孫文生。是日發生黄崖慘案。

十一月十七日（十二月二十三日），馬尾造船廠成立。

是年《（同治）仁壽縣志》刊成，羅廷權主修，馬凡若主纂。

清同治六年丁卯（一八六七）　二十四歲

五月，美軍登陸台灣失敗。

九月十三日（十月十日），趙熙生。

十二月，東捻軍覆滅。

清同治七年戊辰（一八六八）　二十五歲

正月，赴成都參加歲試，升增生，受知師爲四川學政鐘駿聲。

六月二十八日（八月十六日），西捻軍覆滅。

七月，左宗棠部入陝平定回民起義。

十一月三十日（一八六九年一月十二日），章炳麟生。

冬，族叔加美、族弟舞鵬赴簡州暨金堂、華陽、温江、郫縣等縣造訪毛氏族人，清查采編。

清同治八年己巳（一八六九）　二十六歲

清明，毛氏族人於簡陽毛家溝祠堂聚會，囑父重訂家譜。秋暮事竣，公爲撰《毛氏家譜跋》。

五月初五日（六月十四日），遵義教案。

八月初七日（九月十二日），丁寶楨誅殺安德海。

清同治九年庚午（一八七〇）　二十七歲

正月赴成都參加科試。

五月二十三日（六月二十一日），天津教案。

六月，長江中上游發生特大洪水。

八月，鄉試不售①。闈中曾玩月，後賦有詩。

---

① 此前有無參加鄉試，不可考。

十月二十日（十一月十二日），清廷設立北洋通商大臣。

清同治十年辛未（一八七一）　二十八歲

正月，赴成都參加歲試。

四月初十日（五月二十八日），王闓運游圓明園遺址，後作《圓明園詞》。

五月，俄軍攻占伊犁。

清同治十一年壬申（一八七二）　二十九歲

二月初四日（三月十二日），曾國藩卒。

七月初八日（八月十一日），首批留學生赴美。

十一月十九日（十二月十九日），吴虞生。二十六日（十二月二十六日），雲南回民軍領袖杜文秀就義。

清同治十二年癸酉（一八七三）　三十歲

正月，赴成都參加科試。喬樹楠中拔貢。二十六日（二月二十三日），梁啓超生。

六月，張之洞奉旨充四川鄉試副考官，偕正考官鐘寶華赴蜀。

八月，鄉試不售。下第後，赴嘉定府，遊凌雲寺、峨眉山等地。

十月，張之洞奉旨簡放四川學政。

是年左宗棠平定陝甘回民起義。

清同治十三年甲戌（一八七四）　三十一歲

正月，赴成都參加歲試，升廩生，受知師爲四川學政張之洞。與綿竹楊鋭、綿陽陳漳並稱内外屬詞賦手，時人謂之「三傑」。

二月，廖平院試第一，補縣學生。

四月，興文在籍侍郎薛焕偕通省士紳十五人，投牒於四川總督吴棠、四川學政張之洞，請建書院，以通經學古課蜀士，名曰尊經書院。同月，錫良會試中式，殿試賜同進士出身。

五月，喬樹楠於京師參加廷試，授七品小京官，分發刑部。後因養母，乞歸。

十二月初五日（一八七五年一月十二日），清穆宗載淳崩。

至遲於是年起主講芝山書院，楊道南等始從之遊。

清光緒元年乙亥（一八七五）　三十二歲

正月二十日（二月二十五日），清德宗載湉即位。

春，尊經書院成，選高材生百人肄業其中，延聘名儒，分科講授，張之洞撰《創建尊經書院記》，並手訂學教十八條，後撰《書目答問》《輶軒語》，以便學者。

三月二十八日（五月三日），左宗棠奉命收復新疆。

六月初八日（七月十日），日本强迫琉球中斷與清朝的宗藩關係。

八月，恩科鄉試不售。九月歸家時，四弟阿壽已殤。易順鼎鄉試中舉。

清光緒二年丙子（一八七六）　三十三歲

正月，赴成都應試，以縣學生考取優貢第一，與綿竹楊鋭、華陽范溶、漢州張祥齡同時受知，隨張之洞出省按試，讀書論學，襄校重任，時人榮之。

二月初三日（二月二十七日），日本與朝鮮訂立《江華條約》。

三月，從張之洞至眉州。三蘇祠新樓成，張氏爲文記之，公亦有詩記遊。

四月，至嘉定。隨至敘州。同月，繆荃孫會試中式，殿試二甲，賜進士出身。
六月二十九日（八月十八日），左宗棠軍收復烏魯木齊，北疆旋定。
九月，鄉試中舉，爲第六十五名。同舉者有華陽喬樹柟，副主考吴觀禮深以得二人爲喜，臨行，賦《蜀兩生行》以矜寵之。
十一月，張之洞任滿受代，起程返京。
冬，起程由陸路赴京，經劍州、廣元、漢中，歲暮抵寶雞。
是年命三弟瀚豐入尊經書院肄業，時人呼二人爲「大毛」「小毛」，瀚豐後與綿竹楊鋭、漢州張祥齡、井研廖登廷（廖平）、宜賓彭毓嵩合稱爲「尊經五少年」。

清光緒三年丁丑（一八七七）　三十四歲

三月，於北京參加會試，不售。在京流連，訪十刹海、石景山、明景帝陵、圓明園舊址等地，作有《西園引》等詩。
七月初九日（八月十七日），左宗棠奏請於新疆設行省。
初秋，由海路赴上海，沿水程還蜀，暮秋抵仁壽，年末曾遊大滑石等地。
是年北方各省大飢，持續四年，史稱丁戊奇荒。

清光緒四年戊寅（一八七八）　三十五歲

是年公居蜀中，遊仁壽芝山禪院、父子寺等地，後至成都。
九月初六日（十月一日），黄炎培生。
十二月二十七日（一八七九年一月十九日），王闓運應四川總督丁寶楨邀，來川主講尊經書院。

歲暮，公至彭山、青神、嘉州一帶。

清光緒五年己卯（一八七九）　三十六歲

正月，至成都。提學譚宗浚觀風，應友人命賦有《萬里橋懷古》。三弟瀚豐考取優貢第一。

春，沈曾植於北京廠肆得元至正本《新編翰林珠玉》一部，公後傳録一部，擬刻之川中，然卒未果。

三月十三日（四月四日），日本吞并琉球，改沖繩縣。

九月，宋育仁、顧印愚鄉試中舉。

秋至郫縣、灌縣，遊青城山，覽都江堰。年末起程，與三弟瀚豐由陸路赴京。

清光緒六年庚辰（一八八〇）　三十七歲

正月二十一日（三月一日）上華山。後過河南千秋鎮，闃無人居。

三月初八日（四月十六日），於北京參加會試。

四月十二日（五月二十日），會試放榜，中第四十六名。同年有沈曾植、李慈銘、王懿榮、王蘭、傅爲霖、陳光明等人。十六日（五月二十四日），至保和殿覆試，列入一等第五十七名。二十一日（五月二十九日）應殿試。二十四日（六月一日）賜同進士出身第十九名。

五月初九日（六月十六日），授翰林院庶吉士。同月，三弟瀚豐於京廷試，朝考改用教諭。

九月二十五日（十月二十八日），中日草簽《琉球條約》及《酌加條款》。

十月十八日（十一月二十日），琉球使臣林世功自殺抗議。

冬，請假回籍。

清光緒七年辛巳（一八八一）　　三十八歲

暮春歸仁壽，主講鰲峰書院。設法購置書籍四百餘種，並分理學、經學、考據、詞章四門分科講授，大力整改校風。弟子常數百人，一時士林中譽爲「仁壽學派」。

正月二十六日（二月二十四日），《中俄伊犁條約》簽訂，中國收回伊犁。

三月初十日（四月八日），慈安太后崩。

夏秋出遊，至邛州、彭縣、什邡、江油、綿州、漢州等地，重入青城，登鎣華、竇圌、大匡等山。

十月二十三日（十二月十四日），進士同年江津陳光明卒。

是年《（光緒）補纂仁壽縣原志》刊成，翁植、楊作霖主修，陳韶湘主纂。

清光緒八年壬午（一八八二）　　三十九歲

正月，楊鋭考取優貢生。

六月初九日（七月二十三日），朝鮮爆發壬午兵變，七月，清軍平亂，逮捕興宣大院君。

秋，經榮縣至嘉定，乘舟沿江而下，經宜賓、瀘州、江津、重慶、酆都、巫山等地，歲末過三峽。

八月，三弟瀚豐應鄉試時試卷爲人割换。

十月十七日（十一月二十七日），中法商定越南事宜。

是年進士同年簡陽傅爲霖任湖北鄉試同考官，公有詩贈之。

清光緒九年癸未（一八八三）　　四十歲

春，沿長江直下，經宜昌、武昌、九江等地，抵揚州後，由京杭運河返京。

二月，陳士傑莅任山東巡撫。

四月二十八日（六月三日），散館，以知縣即選。同月，劉光第會試中式，殿試賜進士出身。

五月，楊鋭於京廷試，朝考第一，授知縣職。

八月，公分選爲山東曹州府定陶縣知縣。

九月十七日（十月十七日），楊鋭離京，與諸友相送。

十一月十二日（十二月十一日），法軍進攻駐越黑旗軍，中法戰争爆發。

清光緒十年甲申（一八八四）　四十一歲

二月初六日（三月三日），山東定陶縣知縣到任①。捐廉募勇，勤於緝捕。

三月十三日（四月八日），甲申易樞，罷恭親王奕訢軍機大臣之職。

四月二十八日（五月二十二日），張之洞署兩廣總督，後召楊鋭入幕。

七月初三日（八月二十三日），中法馬尾海戰。

十月十七日（十二月四日），朝鮮發生甲申政變，後由袁世凱平定。

清光緒十一年乙酉（一八八五）　四十二歲

定陶縣知縣任上。濮州知州恩奎、連熾和曾代任之。

正月，張祥齡中拔貢，後入四川布政使易佩紳幕。

二月初七日至二月十四日（三月二十三日至三月三十日），鎮南關之戰。

四月二十七日（六月九日），《中法新約》簽訂。

---

① 毛澂任定陶知縣之時間，據毓賢奏摺言，係「光緒十年二月初六日到任」，《（宣統）山東通志》作「光緒十一年」，不確。

七月二十七日（九月五日），左宗棠卒。

八月，山東省鄉試，任同考官，人稱得士。差竣回任，報捐加一級。

九月初五日（十月十二日），改福建巡撫爲台灣巡撫，台灣建省。二十一日（十月二十八日），王闓運撰《四川尊經書院舉貢題名碑》。同月，楊銳順天鄉試中舉，弟子楊道南四川鄉試中舉。

清光緒十二年丙戌（一八八六）　四十三歲

定陶縣知縣任上。期間曾調省差委，徐致愉代任之。

正月十五日（二月十八日），弟子楊道南入京會試，路過定陶，嘗拜謁公。

春，王闓運離尊經書院歸湘。

四月，宋育仁會試及第，殿試三甲，賜同進士出身。

五月，張曜出任山東巡撫。

六月二十三日（七月二十四日），《中英緬甸條款》訂立，清廷承認英國在緬特權。

九月，公在濟南，遊大明湖等地。

清光緒十三年丁亥（一八八七）　四十四歲

正月，逢恩詔，加一級。

二月，回任定陶縣知縣。稟准，由民捐貲改建磚城，不數月而功竟，以餘財環城樹柳萬株，儲其利爲修葺費資，並用以爲書院添置書籍。民頌其德，貢生許繡春爲撰《毛公改建甎城碑記》。

七月，調補益都縣知縣，報捐同知，升銜。

清光緒十四年戊子（一八八八）　　　　四十五歲

正月，范溶考取優貢生。

四月，調署山東菏澤縣知縣。募馬、步隊二百餘人，迭獲李三元、李四江、王朝顯等悍匪。縣西北賈莊沿黃河築堤防洪，親往考察規劃，令水復故瀆，洪患消除。

夏，霪雨損稼，上稟免去七十餘村漕粮①。

五月，有捕快被殺，公下鄉清查保甲，爲盜所困，經調曹州鎮馬隊往援，始得無恙。

九月，陳漳、三弟瀚豐鄉試中舉。

十一月十五日（十二月十七日），北洋水師正式成立。

清光緒十五年己丑（一八八九）　　　　四十六歲

菏澤縣知縣任上。是年兩次逢恩詔，加二級。

二月，光緒帝親政。

五月，范溶於京廷試，朝考一等，授知縣職。

八月，山東省恩科鄉試，任同考官。

清光緒十六年庚寅（一八九〇）　　　　四十七歲

調任山東曹縣知縣。整飭縣中居敬等書院，購書六七百種，於署後湖中建萬壽閣，植芰荷，供諸生課餘游泳。又於縣南萊朱墓上建祠。是時大刀會起鄰境，公乃嚴禁縣民傳習。

① 《（民國）仁壽縣志》載此事於「丁酉夏」，然丁酉年毛澂實在單縣任上。暫繫於此年。

二月二十七日（三月十七日），《中英會議藏印條約》簽訂，哲孟雄（錫金）成爲英國保護國。

十一月二十一日（一八九一年一月一日），醇親王奕譞薨。

十二月，調署山東歷城縣知縣。

是年漢陽鐵廠開建。

清光緒十七年辛卯（一八九一）　四十八歲

歷城縣知縣任上。

二月，繆荃孫應張曜邀來濟南主持濼源書院，公與之多有過從，曾託繆氏撰張曜六難壽序、趙國華太夫人壽言。

夏，濼口黄河水漲，深夜報警，親莅壅護，轉危爲安。

閏六月，署山東平度州知州。

七月十八日（八月二十二日），張曜卒。由山東布政使福潤護任山東巡撫。

八月，山東省鄉試，充供給官，慮場屋潮穢，先用藥物薰治，以竹管引珍珠泉水入闈爲飲料，多延醫士，廣儲藥物，舉子深受其惠①。

九月，范溶鄉試中舉。

是年康有爲設萬木草堂。

① 據毛澂《重九登常山序》，辛卯年重九宿於衙齋中，並未入闈，然《（民國）仁壽縣志》確載此事，姑從《（民國）仁壽縣志》，繫於此年。

清光緒十八年壬辰（一八九二）　四十九歲

署山東泰安縣知縣。光緒十八年、二十六年、二十八年，公凡三任泰安知縣，任間重修天書觀東橋、泰山孔子殿，於崔莊、三娘廟兩渡口捐廉造船，並建有對岱亭、環翠亭等，百姓稱便。又發動泰安各界於金山、虎山、垂刀山、黑老鴰山、摩天嶺及岱頂植樹造林，於高里山植柏千株。又曾爲金棨《泰山志》訪求善本，訂訛補缺。又曾修浚醴泉，得北齊天統六年碑。是年報捐雙月同知，在任候選；後又因光緒十七、十八兩年河工搶險出力，彙保免選同知，以知府在任候補。

九月，遊徂徠山。柳堂來泰安遊歷，未遇。

是年喬曾劬生。山東布政使湯聘珍護任山東巡撫。

清光緒十九年癸巳（一八九三）　五十歲

泰安縣知縣任上。

二月，法國教士馬天恩擬於泰安縣城購買房産，因有關岱廟風水，與縣民發生衝突。

三月，捐款重建高里山神祠、相公廟，撰有聯語。

九月，登遊泰山。

是年，公因斗母宫尼姑庵形同勾欄，傷風敗俗，經禀呈學臺、撫憲後，下令查封，改派道士住持。

清光緒二十年甲午（一八九四）　五十一歲

泰安縣知縣任上。

春，原存於岱廟環詠亭之秦篆刻石失竊，公聞報後立令泰安戒嚴，大索十日，盗不能出，棄石北門橋下。遂移石岱廟道院，嚴加看管①。

三月二十日（四月二十五日），朝鮮東學道起義。

四月二十八日（六月一日），山東學政華金壽視學泰安，登泰山，公陪遊。同月，范溶、張祥齡會試中式，殿試范溶賜進士出身，張祥齡賜同進士出身。

六月二十三日（七月二十五日），豐島海戰，甲午中日戰爭爆發。

七月，李秉衡出任山東巡撫。同月，泰安縣教民梁元壁因起釁控告縣民梁元佑。

八月十六日（九月十五日），平壤之戰。十八日（九月十七日），黄海海戰。

九月初六日（十月四日），法國公使施阿蘭因馬教士購房等案向總理衙門施壓，幾經往復，於次年將公撤調他縣。

十月，易順鼎隨劉坤一北上過泰安，有詩贈公。二十九日（十一月二十六日），泰安縣民常繼春以糾衆逞兇控告教民王寶芝。

冬，公以孝門里汶河渡口係九省通衢，差徭過重，將該地兵車之役免去，次年三月，當地士紳爲立《甘棠雅化碑》。

是年大軍過境，民苦差徭，公乃改爲官捐，物取於民，官與之值，以減輕百姓負擔。

是年農學家范一雙始開發天外村。

① 泰山刻石失竊案，諸書或繫年於光緒十六年，或繫年於光緒十九年，據陳代卿《書秦篆拓本後》一文，乃「光緒甲午春」，即光緒二十年春之事。

清光緒二十一年乙未（一八九五）　五十二歲

春，任山東益都縣知縣。以堯溝以南二十餘里地勢低窪，歲苦浸漂，因考究水源，以工代賑，募民疏浚河道、廣開支渠，令荒田八萬畝變爲沃壤，是年竟獲上稔。又於城隅植桑三萬餘株，爲民提倡蠶桑之益。又曾重修明人李焕章墓，爲其立碑。又訪得益都城西北三十里稷山摩崖畫象。是年大計，案内保薦卓異。

正月十八日（二月十二日），丁汝昌自殺殉國，北洋水師全軍覆没。

三月二十三日（四月十七日），中日簽訂《馬關條約》。

四月初八日（五月二日），公車上書。同月，駱成驤會試中式，殿試欽點狀元。

七月，楊鋭與康有爲、文廷式等人共建强學會。

九月初九日（十月二十六日），登雲門山。同日，第一次廣州起義失敗。

清光緒二十二年丙申（一八九六）　五十三歲

署山東單縣知縣。數月間清結歷年盜案數百起，以境内多盜，捐廉募馬、步隊，購買槍支，畫圖分區，辦理保甲，撰有《單縣團練聯莊互助辦法條例》，先後擒獲趙發、劉四等悍匪五十餘名。又與曹縣知縣曾啓塤合拿大刀會頭目劉嗣端。又撰有《曹説》。

四月二十二日（六月三日），《中俄密約》簽訂。

七月，奉巡撫李秉衡飭，每正銀一兩，連耗羡、火工、解費等項共折收京錢四千八百文，以外不許加徵分文。

九月初九日（十月十五日），遊單父臺。是月，又奉李秉衡飭，漕粮按合收納，不准捲合作升。

是年錫良出任兖沂曹濟兼運河道。

清光緒二十三年丁酉（一八九七）　五十四歲

單縣知縣任上。

六、七月，因捕盜諸事，與錫良、豐縣知縣王得庚、碭山縣知縣陳誠頗有書信往來。

九月初九日（十月四日），遊單父臺。同月，應巴縣潘清蔭請，寄平票銀一百兩與汪康年，助重慶開辦報紙。

十月初七日（十一月一日），巨野教案。二十日（十一月十四日），德國强占膠州灣，李秉衡因派兵與争，被德國迫使清廷革除其山東巡撫之職，由張汝梅繼任。

年末，回任山東益都縣知縣。

清光緒二十四年戊戌（一八九八）　五十五歲

益都縣知縣任上。於雲門、海岱兩書院中購置中外科學書籍，乃益都人兼通西學之始。

春末，宋育仁、廖平、弟子楊道南等於成都創辦《蜀學報》。

四月初十日（五月二十九日），恭親王奕訢薨。二十三日（六月十一日），光緒帝頒布《明定國是詔》，維新變法開始。其時公所撰《形勢》《時勢》《曹説》三文盛傳都中。

八月初六日（九月二十一日），戊戌政變。十三日（九月二十八日），譚嗣同、楊鋭、劉光第、林旭、楊深秀、康廣仁等「戊戌六君子」就義。喬樹楠不避罪譴，趨臨哭斂，時論高之。楊道南、宋育仁則於尊經書院設位私祭。

九月初九日（十月二十三日），登遊崌山。

是年《泰山志》由泰安縣知縣秦應逵續刻成。

清光緒二十五年己亥（一八九九）　五十六歲

益都縣知縣任上。

正月初七日（二月十六日），三弟瀚豐卒於雲南尋甸州任上。

二月，毓賢出任山東巡撫。

五月十三日（六月二十日），因毓賢保薦，奉上諭送部引見。

九月初九日（十月十三日），遊臧臺。

十月十四日（十一月十六日），中法簽訂《廣州灣租界條約》。

十一月，袁世凱出任山東巡撫。

十二月二十四日（一九〇〇年一月二十四日），慈禧太后擬廢光緒帝，立溥儁爲皇儲。

是年，泰安縣知縣朱鍾琪於泰山五賢祠闢仰德書院，規模初具，輒遷擢去。

清光緒二十六年庚子（一九〇〇）　五十七歲

三月，任山東泰安縣知縣。

四月，義和團運動於直隸大起。

五月初一日（五月二十八日），八國聯軍侵華戰爭爆發。十八日（六月十四日），王闓運由濟南赴揚州，途徑泰安，公請遊泰山，未果。二十五日（六月二十一日），清廷向各國宣戰。公奉令封閉教堂，事先暗令西人轉移，查封嚴守。卒無損失，免賠償之苦。

七月二十日（八月十四日），聯軍攻入北京城，慈禧太后與光緒帝出逃。

八月初，有團民三百餘人由直隸入泰安，公聞警馳往，將其驅散。

九月初九日（十月三十一日），登遊泰山。

十月，繼朱鍾琪之任，重修上書院，邑人賈鶴齋撰有《重整上書院記》。

是年公將泰山「舍身崖」更名爲「愛身崖」，並設紅牆、建護欄，防範遊人跳崖①。又於縣東南小汶北訪得柳下惠墓，謀劃大修，籌集京錢一千串發交近村紳董，未竟，調任去。

是年李秉衡兵敗自殺。

清光緒二十七年辛丑（一九〇一）　五十八歲

署山東邱縣知縣。該縣連年荒旱，禀請動用倉穀，撥款振恤，定價平糶，民賴以安。縣北境飛地北五里商賈雲集，盜匪横行，又募勇設防，獲其渠魁，四境肅然。

正月初四日（二月二十二日），毓賢於蘭州被處死。

四月，黄經藻以事過泰安，登岱覽勝，繪《泰山圖》。

五月，邱縣境内蝗蟲四起，督率軍民分段掩捕，又以公款收買蝗蟲餘孽，竟未成災，反獲大豐收。

七月二十五日（九月七日），《辛丑條約》簽訂。

八月初二日（九月十四日），清廷命將各省書院一律改設學堂。同月，山東巡撫袁世凱丁母憂，由胡廷幹護任，百日孝滿，改袁世凱爲署任山東巡撫。

秋，泰安縣知縣李祖年將仰德書院遷至山下西關雙龍街，改爲致用學塾。

---

① 此處遵照周郢《泰山編年通史》。

九月二十七日（十一月七日），李鴻章卒。袁世凱受命署理直隸總督兼北洋大臣，漕運總督張人駿調任山東巡撫。

十一月二十九日（一九〇二年一月八日），慈禧太后與光緒帝回京。

年末，回任山東泰安縣知縣，於桃花澗建蓑衣亭。

清光緒二十八年壬寅（一九〇二）　　五十九歲

泰安縣知縣任上。數捐鉅款，又將署内各項入款分別清釐，交予公家，以抵賠款。是時川中水旱頻仍，同鄉京官倡辦義賑，乃典質衣物約千餘金滙京轉川散放，又另籌千金直寄仁壽，倡辦平糶。又於御幛坪建酌泉亭，於黑龍潭建西溪石亭。

四月，周馥任山東巡撫。

五月，公與縣内各鄉紳董議辦小學堂，議定合縣集資一千股，每股京錢一千文，每月一次，輿情甚爲踴躍。

六月，熊青禾率數千義和拳民攻入仁壽縣城。

八月，山東省庚子辛丑恩正并科鄉試，任同考官。

九月，山東鄉試副考官陳伯陶來遊泰安，公導遊泰山，與之多有過從。

十月，重修和聖柳下惠墓，伐石修壩，清理祭田，禁止樵采。

清光緒二十九年癸卯（一九〇三）　　六十歲

泰安縣知縣任上。

春，擒獲邪教頭目呂德施等人。

三月二十二日（四月十九日），張祥齡卒於大荔縣署。是月，柳下惠墓竣工，士紳爲立《泰安縣知縣蜀雲毛老父臺德政碑》。

四月初四日（四月三十日），公於和聖墓率衆公祭，撰《祭和聖墓文》。約於此時前後，公聞梁父山下有巨冢，乃令工修葺，獲新莽時古磚。二十日（五月十六日），英國威海臨時行政公署行政長官駱克哈特來泰安，公與泰安府知府段友蘭於二十二日（五月十八日）陪同登泰山，留有合照。

夏初，捉拿悍匪李大賢等，公險中彈。從此鄰縣悍匪不敢入泰境。

閏五月初五日（六月二十九日），《蘇報》案發生。

七月初一日（八月二十三日），因縣民杜恒灃與其侄杜和争毆誤殺其母，親詣查驗，後未能按期拿獲主犯，遭山東巡撫周馥劾奏，照防範不嚴例議處。

八月，山東省恩科鄉試，任同考官。

十月十二日（十一月三十日），勘驗天寶郭家莊汶西堤水患情況，立《天寶郭家莊告諭碑》。

十一月二十六日（一九〇四年一月十三日），清廷頒行癸卯學制。

十二月二十三日（一九〇四年二月八日），日本偷襲旅順，日俄戰争爆發。

是年，就縣内宋天書觀舊址創建縣立第一學校，於城關設蒙養小學堂數處，於各鄉設立小學堂一百八十五處，改舊仰德書院爲師範學堂，於斗母宫設師範傳習所，分設平民半日學堂，設工藝教養局、閲報所。約於是年，於王母池、吕公洞之間建木橋一座。

清光緒三十年甲辰（一九〇四）　六十一歲

泰安縣知縣任上。

春，泰安府知府段友蘭於岱麓書院故址設泰安中學堂。
四月，山東巡撫周馥莅泰祭泰山，對公所訂學校章程辦法逐漸批閲，一一肯定，譽爲山東第一。
七月廿九日（九月八日），英屬威海衛行政長官秘書莊士敦來泰山登遊，公負責接待。
九月，登遊泰山。
十二月，楊士驤任山東巡撫。
年底調署山東諸城縣知縣。
是年公於黄經藻《泰山圖》上題詩。又於縣城劉將軍廟設閲報所。
是年泰安縣成立農桑會，范一雙任委辦。

清光緒三十一年乙巳（一九〇五）　六十二歲

諸城縣知縣任上。因該地阻於山海，每患粟貴，申禁一切雜粮出境。於各海口設立警保處，防範海盜。又曾修葺超然臺。
二月二十三日（三月二十八日），黄遵憲卒。
三月二十八日（五月二日），宿瑯琊臺。籌款修復維護瑯琊臺、上蔡碑。
四月初，西人博爾德來署投呈，公察覺其奸，遣送出境。
七月二十日（八月二十日），中國同盟會成立。
八月初四日（九月二日），清廷廢除科舉制度。同月，濮文暹登遊泰山，後撰有《遊岱隨筆》。泰安舉人趙正印等於岱廟環詠亭創建圖書社，公所設閲報所亦附設其中。
九月初九日（十月七日），登常山。

冬初，西人某以莫須有事來署干謁，公驅逐出署。自是西人不向諸城多事。

清光緒三十二年丙午（一九〇六）　六十三歲

署山東滕縣知縣。編制團練，嚴辦捕盗，獲巨賊十餘名。

四月二十日（五月十三日），捕盗滕、嶧交界山中，感染寒疾。服藥稍愈，復至南三社勘微山湖湖田，擬振興水利，杜絶盗源。

六月初五日（七月二十五日），卒於滕縣任所。歿後，誥授通議大夫，諸城縣、泰安縣紳商士民公呈撫院，請列入名宦祠。泰安士民並刊石爲主，公送於高等學校藏書樓供奉，歲時祭享。

妻周氏，歲貢生、候選訓導周貴常女。子三：元炳，初名耀昺，貢生，改捐知縣，分發山東試用；何，初名耀鋆，候選訓導；耀棪。女二。

附録四

引用書目

史籍

中華書局編：《清實録》，北京：中華書局，二〇〇八年
趙爾巽等撰：《清史稿》，北京：中華書局，一九七七年

史料叢編

（清）濟南彙報社編：《濟南彙報》，清光緒二十九年鉛印本
（清）四川官報社編：《四川官報》，清光緒三十年鉛印本
中國史學會濟南分會編：《山東近代史資料》第一分冊，濟南：山東人民出版社，一九五七年
廉立之、王守中編：《山東教案史料》，濟南：齊魯書社，一九八〇年
中國人民政治協商會議四川省榮縣委員會文史資料研究委員會編：《榮縣文史資料選輯》第五輯

《趙熙專輯》，一九八七年
中國人民政治協商會議山東省泰安市郊區委員會文史資料研究委員會編：《文史資料選輯》第六輯，一九八九年
政協仁壽縣委員會文化教育工作委員會編：《仁壽文史》第八輯，一九九二年
舟子著：《泰山文史叢考》，泰安：泰山區檔案館，一九九二年
上海書店出版社編：《申報》，上海：上海書店出版社，二〇一一年
中國社科院近代史所編，虞和平主編：《近代史所藏清代名人稿本抄本》第三輯，鄭州：大象出版社，二〇一七年

地方志

（清）楊士驤修，（清）孫葆田等纂：《（宣統）山東通志》，鳳凰出版社編選《中國地方志集成・省志輯・山東》影印民國二十三年上海商務印書館影印山東通志刊印局鉛印本，南京：鳳凰出版社，二〇一〇年
（清）羅廷權等修，（清）馬凡若纂：《（同治）仁壽縣志》，《中國地方志集成・四川府縣志輯（新編）》編輯委員會編《中國地方志集成・四川府縣志輯（新編）》影印清同治五年仁壽縣署刻本，成都：巴蜀書社，二〇一七年
（清）翁植、（清）楊作霖等修，（清）陳韶湘纂：《（光緒）補纂仁壽縣原志》，《中國地方志集成・四川府縣志輯（新編）》編輯委員會編《中國地方志集成・四川府縣志輯（新編）》影印清光緒七年刻

本，成都：巴蜀書社，二〇一七年
（清）葉桂年等修，（清）吴嘉謨、（清）龔煦春纂：《（光緒）井研志》，《中國地方志集成・四川府縣志輯（新編）》編輯委員會編《中國地方志集成・四川府縣志輯（新編）》影印清光緒二十六年刻本，成都：巴蜀書社，二〇一七年
（清）張承燮修，（清）法偉堂等纂：《（光緒）益都縣圖志》，鳳凰出版社編選《中國地方志集成・山東府縣志輯》影印清光緒三十三年益都官舍刻本，南京：鳳凰出版社，二〇〇四年
（清）陳觀圻輯，（清）劉瑞圻等編纂：《諸城縣鄉土志》，清光緒三十三年鉛印本
（清）楊承澤編：《泰安縣鄉土志》，清光緒三十三年鉛印本
（清）裴景煦纂修：《山東曹州府曹縣鄉土志》，清光緒三十三年鈔本
（清）生克中纂修：《（宣統）滕縣續志稿》，成文出版社有限公司編《中國方志叢書・華北地方・山東省》影印清宣統三年鉛印本，台北：成文出版社有限公司，一九六八年
馮麟溎修，曹垣纂：《（民國）定陶縣志》，鳳凰出版社編選《中國地方志集成・山東府縣志輯》影印民國五年瑞林堂刻本，南京：鳳凰出版社，二〇〇四年
史錫永纂：《峽江灘險志》，民國十一年鉛印本
張典等修，徐湘等纂：《（民國）松潘縣志》，《中國地方志集成・四川府縣志輯（新編）》編輯委員會編《中國地方志集成・四川府縣志輯（新編）》影印民國十三年刻本，成都：巴蜀書社，二〇一七年
毛承霖纂修：《（民國）續修歷城縣志》，成文出版社有限公司編《中國方志叢書・華北地方・山東省》影印民國十三年至十五年續修歷城縣志局鉛印本，台北：成文出版社有限公司，一九六八年

林志茂等修，汪金相、胡忠閥等纂：《（民國）簡陽縣志》，《中國地方志集成・四川府縣志輯（新編）》編輯委員會編《中國地方志集成・四川府縣志輯（新編）》影印民國十六年四川官印局鉛印本，成都：巴蜀書社，二〇一七年

葛延瑛、吴元禄修，孟昭章等纂：《（民國）重修泰安縣志》，鳳凰出版社編選《中國地方志集成・山東府縣志輯》影印民國十八年泰安縣志局鉛印本，南京：鳳凰出版社，二〇〇四年

項葆楨等修，李經野纂：《（民國）單縣志》，鳳凰出版社編選《中國地方志集成・山東府縣志輯》影印民國十八年單縣縣署石印本，南京：鳳凰出版社，二〇〇四年

蒲殿欽等修，崔映棠等纂：《（民國）綿陽縣志》，《中國地方志集成・四川府縣志輯（新編）》編輯委員會編《中國地方志集成・四川府縣志輯（新編）》影印民國二十二年刻本，成都：巴蜀書社，二〇一七年

陳法駕等修，曾鑑、林思進等纂：《（民國）華陽縣志》，《中國地方志集成・四川府縣志輯（新編）》編輯委員會編《中國地方志集成・四川府縣志輯（新編）》影印民國二十三年華陽縣署刻本，成都：巴蜀書社，二〇一七年

薛儒華修，趙又揚纂：《（民國）邱縣志》，上海書店出版社編《中國地方志集成・河北府縣志輯》影印民國二十三年鉛印本，上海：上海書店出版社，二〇〇六年

王文彬等修，王寅山纂：《（民國）續修廣饒縣志》，成文出版社有限公司編《中國方志叢書・華北地方・山東省》影印民國二十四年鉛印本，台北：成文出版社有限公司，一九六八年

朱之洪等修，向楚等纂：《（民國）巴縣志》，《中國地方志集成・重慶府縣志輯》編輯委員會編

《中國地方志集成·重慶府縣志輯》影印民國二十八年巴縣縣署刻本，成都：巴蜀書社，二〇一六年
丁世平等修，尚慶翰纂：《（民國）平度縣續志》，鳳凰出版社編選《中國地方志集成·山東府縣志輯》影印民國二十五年平度縣署鉛印本，南京：鳳凰出版社，二〇〇四年
崔公甫等修，高熙喆纂：《（民國）續滕縣志》，鳳凰出版社編選《中國地方志集成·山東府縣志輯》影印民國三十年刻本，南京：鳳凰出版社，二〇〇四年
陳興雯修，尹端纂：《（民國）仁壽縣志》，仁壽縣檔案局、仁壽縣地方誌辦公室輯《仁壽縣舊志集成》影印民國三十二年稿本，北京：中國文史出版社，二〇一五年
四川省仁壽縣志編纂委員會編纂：《仁壽縣志》，成都：四川人民出版社，一九九〇年
泰安市泰山區、郊區地方史志編纂委員會編：《泰安市志》，濟南：齊魯書社，一九九六年
（明）蕭協中原著，趙新儒校勘：《新刻泰山小史》，沈雲龍主編《中國名山勝迹志叢刊》影印民國二十一年泰山趙新儒鉛印本，台北：文海出版社有限公司，一九七一年
周郢著：《泰山編年通史》，濟南：山東人民出版社，二〇二一年
眉山市人民政府主辦，眉山市地方志辦公室編纂：《眉山市人物志》，北京：方志出版社，二〇一三年

日記

吴虞著，中國革命博物館整理，榮孟源審校：《吴虞日記》，成都：四川人民出版社，一九八四年
（清）王闓運著，吴相湘主編：《湘綺樓日記》，台北：學生書局，一九八五年
黄炎培著，中國社會科學院近代史研究所整理：《黄炎培日記》，北京：華文出版社，二〇〇八年

（清）繆荃孫著，張廷銀、朱玉麒主編：《繆荃孫全集·日記》，南京：鳳凰出版社，二〇一四年
（清）華金壽撰：《華金壽日記》，王建朗、馬忠文主編《近代史研究所藏稿鈔本日記叢刊》影印清末稿本，北京：國家圖書館出版社，二〇二〇年

年譜傳記

孫應祥著：《嚴復年譜》，福州：福建人民出版社，二〇〇三年
王代功編：《湘綺府君年譜》，北京圖書館出版社影印室輯《晚清名儒年譜》影印民國十二年長沙湘綺樓刻本，北京：北京圖書館出版社，二〇〇六年
黃宗凱、劉菊素、孫山、羅毅著：《宋育仁思想評傳》，成都：西南交通大學出版社，二〇〇七年
吳劍傑編著：《張之洞年譜長編》，上海：上海交通大學出版社，二〇〇九年
張懷恭、張銘著：《清勤果公張曜年譜》，杭州：浙江古籍出版社，二〇〇九年
張桂麗著：《李慈銘年譜》，上海：上海古籍出版社，二〇一六年
張遠東、熊澤文編著：《廖平先生年譜長編》，上海：上海書店出版社，二〇一六年
程翔章、程祖灝著：《樊增祥年譜》，武漢：華中師範大學出版社，二〇一七年
劉天昌著：《兩廣總督張人駿》，北京：海洋出版社，二〇一八年
陳松青撰：《易佩紳易順鼎父子年譜合編》，長沙：湖南師範大學出版社，二〇一八年
宋時修著：《毛澂傳》，成都：四川民族出版社，二〇二〇年

總傳

（清）佚名編：《光緒六年庚辰科會試同年齒録》，清光緒六年會文齋、龍雲齋、篆雲齋、聚元齋刻本

顧廷龍主編：《清代硃卷集成》，台北：成文出版社有限公司，一九九二年

家譜

佚名纂修：《泰安嚴氏族譜》，民國石印本

佚名纂修：《（北集坡鎮店子村）展氏族譜》，民國抄本

目録

中國科學院圖書館整理：《續修四庫全書總目提要（稿本）》，濟南：齊魯書社，一九九六年

中國古籍總目編纂委員會編：《中國古籍總目（經、史、子、集、叢）》，北京：中華書局，上海：上海古籍出版社，二〇〇九年至二〇一三年

陽海清主編：《中南、西南地區省、市圖書館館藏古籍稿本提要》，武漢：華中理工大學出版社，一九九八年

王曉波主編：《清代蜀人著述總目》，成都：四川大學出版社，二〇〇九年

李靈年、楊忠主編：《清人别集總目》，合肥：安徽教育出版社，二〇〇〇年

柯愈春編：《清人詩文集總目提要》，北京：北京古籍出版社，二〇〇一年

繆荃孫撰，黄明、楊同甫標點：《藝風藏書記》，上海：上海古籍出版社，二〇一九年

碑誌

黨躍武主編：《四川尊經書院舉貢題名碑》，成都：四川大學出版社，二〇一三年

筆記

李東辰撰：《岱聯拾遺》，民國稿本

徐珂編：《清稗類鈔》，民國九年上海商務印書館鉛印本

林紓撰：《畏廬瑣記》，民國十二年上海商務印書館鉛印本

（清）葉昌熾撰，柯昌泗評，陳公柔、張明善點校：《語石　語石異同評》，北京：中華書局，一九九四年

徐凌霄、徐一士著：《凌霄一士隨筆》，太原：山西古籍出版社，一九九七年

文守仁著，新津縣政協文史資料委員會審定：《蜀風集：文守仁先生遺著》，内部資料，一九九八年

別集

（清）濮文暹撰：《見在龕集》，《清代詩文集彙編》編纂委員會編《清代詩文集彙編》影印民國六年刻本，上海：上海古籍出版社，二〇一〇年

（清）鄭知同撰：《屈廬詩稿》，《清代詩文集彙編》編纂委員會編《清代詩文集彙編》影印民國三

年花近樓刻《遵義鄭徵君遺著》本，上海：上海古籍出版社，二〇一〇年

（清）周家楣撰：《期不負齋全集》，《清代詩文集彙編》編纂委員會編《清代詩文集彙編》影印清光緒二十一年刻本，上海：上海古籍出版社，二〇一〇年

（清）張之洞著，龐堅校點：《張之洞詩文集（增訂本）》，上海：上海古籍出版社，二〇一五年

（清）周馥撰：《玉山詩集》，《清代詩文集彙編》編纂委員會編《清代詩文集彙編》影印民國十一年石印《周愨慎公全集》本，上海：上海古籍出版社，二〇一〇年

（清）趙國華著：《青草堂三集》，《清代詩文集彙編》編纂委員會編《清代詩文集彙編》影印清同治至光緒間刻民國十二年修補本，上海：上海古籍出版社，二〇一〇年

（清）李毓林撰：《灌亭詩鈔》，《清代詩文集彙編》編纂委員會編《清代詩文集彙編》影印光緒二十五年刻本，上海：上海古籍出版社，二〇一〇年

（清）柳堂著：《宦遊吟草》，清光緒二十八年刻《筆諫堂全集》本

（清）柳堂著：《仕餘吟草》，清光緒三十一年刻《筆諫堂全集》本

（清）李鳳岡編，（清）邱光瀛、（清）陳銘、（清）柳翰華校：《柳純齋先生六十壽言》，清光緒三十二年刻《筆諫堂全集》本

（清）陳代卿撰：《慎節齋文存》，《清代詩文集彙編》編纂委員會編《清代詩文集彙編》影印清光緒三十一年鉛印本，上海：上海古籍出版社，二〇一〇年

（清）張諧之撰：《敬齋存稿》，《清代詩文集彙編》編纂委員會編《清代詩文集彙編》影印清光緒二十二年刻本，上海：上海古籍出版社，二〇一〇年

（清）張祥齡著，宋桂梅編：《張祥齡集》，成都：巴蜀書社，二〇一八年
（清）陳伯陶著：《瓜廬詩賸》，汪夢川、熊燁主編《民國詩集選刊》影印民國二十年鉛印本，揚州：廣陵書社，二〇一七年
（清）陳伯陶著，盧曉麗校注：《陳伯陶詩文集校注》，廣州：中山大學出版社，二〇二一年
（清）顧印愚撰：《成都顧先生詩集》，《清代詩文集彙編》編纂委員會編《清代詩文集彙編》影印民國二十一年程氏顧廬上海鉛印本，上海：上海古籍出版社，二〇一〇年
（清）楊鋭撰：《楊叔嶠先生詩集》，《清代詩文集彙編》編纂委員會編《清代詩文集彙編》影印民國三年成都昌福公司鉛印《劉楊合刊》本，上海：上海古籍出版社，二〇一〇年
（清）楊鋭撰：《説經堂詩草》，民國七年上海商務印書館鉛印《戊戌六君子遺集》本
（清）徐繼孺撰：《徐悔齋集》，《清代詩文集彙編》編纂委員會編《清代詩文集彙編》影印民國二十四年大梁刻本，上海：上海古籍出版社，二〇一〇年
易順鼎著，王飆校點：《琴志樓詩集》，上海：上海古籍出版社，二〇一二年
楊道南著：《春芥山房詩集》，民國十六年尹端成都刻本
上海圖書館編：《汪康年師友書札》，上海：上海書店出版社，二〇一七年
陳榮昌著：《虛齋文集》，林慶彰主編《民國文集叢刊》第一編影印民國八年雲南刻本，台中：文听閣圖書有限公司，二〇〇八年
胡先驌著，熊盛元、胡啓鵬編校，劉夢芙審訂：《胡先驌詩文集》，合肥：黃山書社，二〇一三年
吴宓著：《吴宓詩集》，民國二十四年上海中華書局鉛印本

總集

（清）潘衍桐輯：《兩浙輶軒續録》，清光緒十七年浙江書局刻本

（清）黄經藻輯：《泰山圖題詞》，清光緒間鉛印本

（清）王价藩、王亨豫輯録，齊焕美點校：《岱粹抄存合編》，濟南：山東人民出版社，二〇一八年

徐世昌編：《晚晴簃詩匯》，民國十八年天津徐氏退耕堂刻本

汪孟舒寫生記游，張仲仁等題詩跋記：《汪孟舒泰山詩畫游記册》，民國二十三年北平和記印書館珂羅版印本

姜方錟編：《蜀詞人評傳》，成都：成都古籍書店，一九八四年

李誼輯校：《歷代蜀詞全輯》，重慶：重慶出版社，一九九二年

《近代巴蜀詩鈔》編委會編：《近代巴蜀詩鈔》，成都：巴蜀書社，二〇〇五年

梁學武主編：《仁壽歷代詩詞選》，成都：四川大學出版社，二〇一六年

雜著叢書

（清）繆荃孫著，張廷銀、朱玉麒主編：《繆荃孫全集·雜著》，南京：鳳凰出版社，二〇一四年

沈曾植著，錢仲聯輯：《海日樓札叢（外一種）》，上海：上海古籍出版社，二〇〇九年

王价藩等輯録：《泰山叢書》，曲阜：曲阜師範大學圖書館，一九八九年

胡立東總纂，湯貴仁、劉慧主編：《泰山文獻集成》，濟南：泰山出版社，二〇〇五年

林慶彰等主編：《晚清四部叢刊》第六編，台中：文听閣圖書有限公司，二〇一一年

中國人民大學圖書館編：《中國人民大學圖書館藏古籍珍本叢刊》，北京：北京燕山出版社，二〇一二年

貴州省文史研究館編：《民國貴州文獻大系》第三輯，貴陽：貴州人民出版社，二〇一五年

研究論著

劉兆璸著：《清代科舉》，台北：東大圖書有限公司，一九七九年

葛志毅主編：《中國古代社會與思想文化研究論集》，哈爾濱：黑龍江人民出版社，二〇〇六年

毛鑄倫著：《中國崛起與台海兩岸——關於美/日霸權掌控台灣以脅制中國的觀察與理解》，台北：海峽學術出版社，二〇一一年

朱玉、孫文周著：《吳虞詩詞研究與整理》，鄭州：河南文藝出版社，二〇一三年

雙流縣社會科學界聯合會、雙流傳統文化研習會編撰：《槐軒概述》，上海：上海科學技術文獻出版社，二〇一五年

後記

時光荏苒，這部耗費我七年精力的《毛澂集》終於要正式出版了，撫今追昔，不由感慨萬千。

我最早聽聞毛蜀雲公的大名，是兒時在縣城公園内刻有仁壽縣歷代名人掌故的石欄上。儘管當年的我還不能理解「進士」二字的含義，石欄上面對毛公的褒獎依然給我留下了深刻的印象，對他的崇敬也自此埋下了種子。二〇一七年讀大二時，我在某詩詞網站上偶然讀到了毛公的詩作，很是喜歡，在了解到他的《穉澥詩集》依然存世並且未經點校以後，我當即萌生了要替他整理出版的意願。於是七年以來，這成爲了我孜孜以求的事業。帶着他的詩集，我去過台灣，到過北京，在新泰和聖墓前訪過古碑，在重慶圖書館中校過手稿，曾接受過師友親朋的鼓勵與幫助，自己也曾幾度打過退堂鼓，但磕磕絆絆過後，終究還是堅持了下來。

我時常自忖，毛公的老家是始建鎮，與我的老家慈航鎮咫尺相鄰；毛公是張之洞的弟子，同尊經書院關係密切，而尊經書院乃是我母校四川大學的重要源頭；毛公進士及第以後長期在山東爲官，而我也在大學畢業後來到山東大學求學，山大所在的歷城區當年也曾受他治理；毛公仕途的最後一站是滕縣，那裏則是我恩師杜澤遜教授的家鄉。我在搜集資料中注意到，雖然毛公逝世已逾百年，但在他曾經擔任官宰的地方，人們並没有忘記他，尤其是泰安市，民間至今還流傳着「毛官」崇文興學、保護文物的佳話。

對毛公來説，他的品德、功業、才學都值得被更多的人記住；而對我來説，替他校理詩文、考索生平則是很好的古籍整理專業訓練。這些冥冥之中的緣分、於人於己的裨益都讓我堅信手中工作的意義，並成爲了我砥礪前行的動力。前人常言「校書如掃塵」，這一點我體會極深，而在卷帙浩繁的近代文獻中打撈材料更時常讓我有顧此失彼之感。如今的這份書稿肯定是充滿缺憾、有待訂補的，但時間與能力實在有限，我只能止步於此，且把進一步完善的工作留待來日吧。

「衆人拾柴火焰高」，這部書的出版也是羣策羣力的結晶。我首先要感謝仁壽縣委宣傳部、仁壽縣政協和仁壽縣文聯的鼎力資助。提攜風雅，君子之美；表彰賢達，鄉人之責，正如當年《稺澥詩集》能在蜀中廣泛流布是因爲縣長吴大猷與鄉紳董長安、李夢聃的捐款刻印，諸位領導的經費支持讓幾位先賢不得專美於前，這實在是爲弘揚廉政精神、振興鄉邦文獻做了一件大好事。

我其次要感謝杜澤遜、周郢、王紅、羅鷺等老師的諄諄教誨。負笈齊魯以來，我從杜老師門下習得了文獻學的基本治學方法，並在《毛詩注疏彙校》等大項目中獲得了充分的文獻學鍛煉；在我訪書的過程中，杜老師也替我多方聯繫，並介紹我認識了周郢老師。周老師是泰山文史方面的專家，對毛公的研究用力甚深、成果斐然，這爲我搜集毛公的相關資料提供了不少綫索。當得知我的點校計劃以後，周老師極爲贊賞，不僅將多年積累的尚未發表的材料慷慨相贈，還幫我仔細審讀了書中的「毛澂年譜簡編」，在我初訪泰安時更是予以了熱情款待。後來每當發現新資料，周老師都會早早地分享給我，請教之餘，頗得切磋琢磨之樂。這部書能得到兩位老師的贈序，既是我個人的榮幸，也是對毛公的慰藉。王老師和羅老師則是我本科時的恩師，在我産生整理毛公詩集的念頭的時候，是他們最早給我肯定與指導，讓少不更事的我没有將這件事停留於一時的興起，而是努力持之以恒。「一日爲師，終身爲父」，老師們的恩情我會永遠銘記在心。

我再次要感謝的是巴蜀書社的副總編輯王羣栗先生和本書的責任編輯趙安琪師姐。巴蜀是我仰慕已久的古籍名社，所策劃的「巴蜀文叢」蜚聲内外，將毛公的作品集放置其中，與張祥齡、廖平、顧印愚等舊友並駕齊驅，可謂得其所哉。本書能夠順利立項是由於王總編的拍板，對於書中的體例、用字，王先生也給出了很多建設性意見。趙師姐則從我本科起就給過我很多幫助，自從我決定將本書交予巴蜀出版以來，她便時常與我聯絡，不論是商討體例、審核全稿，還是對接事宜、解答疑難，都傾注着師姐的心血，如有機會，希望還能繼續合作。

我還要感謝宋時修、邱建明、段勛、李長青、王學康、郭篤凌、劉英堯等幾位先生以及我的學弟馬竟博同學。宋先生是中國作家協會會員、仁壽縣歷史文化研究會會長，所撰《毛澂傳》是第一部全面反映毛公生平的著作，該書曾爲我補充很多材料，對於我這樣的晚輩，先生也多有提攜。邱先生是仁壽縣作家協會的主席，段先生是我學習書法的恩師，兩位先生都曾爲我的想法提過不少建議，並在很多場合大加揄揚。李先生是著名雕塑家，王先生是特教學校的老師，郭先生是山東科技大學的教授，三位先生雖説職業不同，但都很關注鄉土文獻，書中用到的很多稿本、碑刻便是來自他們的贈予。劉學長是冉冉升起的書法界新星，對我多有關照，本書的題簽正是他依仿毛公的手跡而作，神韻骨法，直可亂真。竟博學弟博涉多能，在我無法回川大查資料的時候，是他幫助我拍攝了館藏的楊道南《春芥山房詩集》，從而大大豐富了附録的内容。

最後，我還要表達對父母及各位親朋好友的誠摯謝意。人生之路走到現在，離不開父母爲我的學習生活提供較爲安穩的環境，離不開親朋好友的關愛、理解、支持與擔待。在本書編撰的過程中，你們對進度的關切更是對我的温情督促。篇幅有限，恕不一一，但斯情斯誼均已念兹在兹，今後我將繼續努力，用實際行動來回報大家的恩情。

二〇二一年六月第一次到泰安時，周郢老師帶我去西湖廉政園參觀了新落成的毛公塑像，感慨深沉，當時便寫下了一首詩。如今重讀，覺得依然能代表自己的心境。謹附於此，但願毛公不會被人遺忘，也期待能有更多的人來追隨他的腳步：

泰安西湖瞻毛蜀雲公遺像

玻璃江水洗塵心，別後何曾返舊林。處處弦歌成德業，巍巍岱華慣登臨。以公筆底煙霞美，添我庭前雨露深。泗上孤墳竟安在？一瞻遺像一盈襟。

李佳傑二〇二四年一月於山東大學